著 冬天的柳叶

韶光慢

下

目录

001……第十一章　名字

026……第十二章　凶手

053……第十三章　惩治

081……第十四章　家书

107……第十五章　笔迹

133……第十六章　入狱

161……第十七章　相认

187……第十八章　山崩

213……第十九章　靠近

240……第二十章　水落

第十一章 名字

马车直接从春风楼后门而入,一直到院子里才停下来。

邵明渊抱着乔昭进屋,吩咐守在此处的亲卫:"速去把神医请来。"

亲卫领命而去,另一人禀告道:"将军,池公子几人在前边吃酒呢,说您若是回来了,就请您过去。"

邵明渊放心不下乔昭的情况,便道:"去和他们说一声我回来了,不过眼下有些事,晚会儿再过去。"

"是。"

因为一场大雨,本该热闹的春风楼前车马稀少,安安静静。

二楼一间临窗雅间,朱彦与杨厚承相对而坐,随意把玩着酒杯,池灿却站在外面凭栏而立,望着被大雨冲洗得发亮的街面出神。

杨厚承看了池灿背影一眼,喝了一口酒,嘀咕道:"拾曦今天是怎么了,一直一副魂不守舍的样子。"

朱彦笑笑:"谁知道呢?"

他想了想,忽然叹道:"今天好像是黎姑娘去疏影庵的日子吧。"

杨厚承掰着手指头算了算,点头:"对,就是今天,黎姑娘提过的,每隔七日去一次疏影庵。"

他说完,一拍桌子:"哎呀,这么大的雨,岂不是被黎姑娘赶上了?"

杨厚承拍桌子动静不小,池灿转过身来,黑着一张脸道:"瞎拍什么!"

"我这不是替黎姑娘着急嘛。那么大的雨下了这么久,这才停了,你们说黎姑娘会不会被困在路上啊?不会遇到什么危险么?"

"你闭嘴!"池灿大步走回来,一屁股坐下,端起酒杯仰头喝光。

杨厚承盯着池灿眨眨眼，福至心灵道："我明白了！拾曦，你一直心事重重的样子，原来是在担心黎姑娘啊！"

池灿闻言脸更黑，睨了杨厚承一眼："胡说！我关心她干什么？我是嫌你聒噪，吵得人酒都喝不好了！"

他说完，又给自己倒了一杯酒，一饮而尽。

杨厚承撇撇嘴："担心黎姑娘就直说嘛，死鸭子嘴硬。我这是才想起来，不然也会一直担心呢。她一个小姑娘，弱不禁风的样子，真被大风刮跑了可怎么办啊？不行，我沿路找找去。"

池灿捏着酒杯，指节隐隐泛白。

朱彦忙把说风就是雨的杨厚承给拉住了："杨二，你忘了，今天还有人去了大福寺呢。"

"还有人？"杨厚承愣了愣。

"庭泉？"池灿已是反应过来。

"是啊，庭泉心性宽厚，若黎姑娘真有什么事，被他遇见一定会相助的，所以你们就不要担心了。"

杨厚承坐下来，松了口气："那就好。"

池灿手指松了松，把酒杯放到一旁，冷冷道："谁担心了，只有杨二烂好心，也不知被黎三灌了什么迷魂汤。"

两位好友一起望着他。

"看我干什么？"

朱彦笑笑："呵呵。"

杨厚承则直接撇了撇嘴："行了，行了，只有我一个人担心，我们池公子才不担心呢，就是站在外面吹了大半天的冷风而已，我们都知道你不担心的。"

池灿："……"这两个家伙是什么意思啊？他确实不担心！

真的不担心！

"三位公子，将军回来了。"

"他人呢？直接从后门进的？"池灿问。

"是的，将军直接去了后院。请三位公子稍等，将军要晚些时候才能过来。"

"这个时候回来还有什么事啊？"杨厚承疑惑问道。

"将军说还有些事。"

池灿三人面面相觑。

"该不会是去寺庙点了长明灯，心情不好，躲起来哭吧。"杨厚承猜测道。

不靠谱的猜测得了池公子一个白眼，池灿放下酒杯起身："走，瞧瞧去。"

不是有可能遇到那丫头吗，一回来就一个人躲在后面是什么意思？

知道这三人是将军大人的好友，且将军大人又没有别的吩咐，亲卫并没有阻拦，抬脚跟了上去。

　　池灿远远就看到邵明渊站在廊庑下，静静望着墙角的蔷薇花出神，身上的衣裳已经辨不出模样来。

　　"庭泉。"他喊了一声。

　　邵明渊侧头看来，嘴角露出淡淡的笑意："你们怎么过来了？"

　　池灿大步走过来，上下打量着邵明渊，问："你这是在泥地里打滚了？"

　　邵明渊笑笑："差不多吧。"

　　朱彦二人也走了过来。

　　杨厚承环顾一下，纳闷问道："不是说有事吗？站在这儿赏花呢？"

　　"哦，不是。我从大福寺回来的路上遇到了黎姑娘，她马车翻了——"

　　邵明渊话音未落，池灿就脸色微变，打断道："她人呢？"

　　邵明渊诧异看他一眼，回道："在屋里呢，有她的丫鬟照顾着，我已经命人去请神医了。"

　　一听请了神医，池公子面色恢复了正常，见三人都盯着他，绷着脸道："我就说那丫头一点不安分，早晚会倒霉吧，呵呵。"

　　朱彦和杨厚承同时斜了他一眼。

　　"你们两个这是什么眼神？"池公子有些下不来台，咳嗽一声道，"我去看看她到底倒霉成什么样了。"

　　他拂袖走了，留下邵明渊颇有些莫名其妙，以询问的眼神望着朱彦与杨厚承二人。

　　朱彦温和笑笑："庭泉你知道的，拾曦这么多年都是这样的性子。"

　　口不对心吗？想着池灿离去前的言行神态，邵明渊若有所思。

　　"是啊，他对黎姑娘明明关心得很，非要死鸭子嘴硬。"杨厚承附和道。

　　邵明渊笑笑："我记得拾曦以前见到姑娘家就跑的，没想到现在不一样了。"

　　"什么不一样？"杨厚承撇撇嘴，"他还不是一见小娘子就鼻子不是鼻子眼不是眼的，害得我和子哲想和漂亮小娘子搭个话都不行。他就是对黎姑娘这样——"

　　说到这里，杨厚承冲两位好友眨眨眼，小声道："拾曦该不会是开窍了吧？难道他想娶媳妇啦？"

　　邵明渊一怔，不由回头看向门口。

　　原来拾曦喜欢黎姑娘啊。

　　得出这个结论的一瞬间，邵明渊牵唇笑了笑。

　　黎姑娘是很好的女孩子，拾曦会动心也不奇怪。

　　他收回目光，投向墙角处的那丛蔷薇花。

　　经了一场大雨，很多蔷薇花瓣落了一地，可留在枝头的显得越发娇艳明媚，那叶子更是水洗过的碧绿，生机勃勃。

他看向温和含笑的朱彦与一脸八卦的杨厚承，心想：其实好友们都到了该娶妻生子的年纪了，这样可真好。

"庭泉，你想什么呢？"

雨后的阳光温柔如水，倾洒在邵明渊莹白的面上，他嘴角含笑道："我在想，那天不知是谁喝了酒，哭着说什么不想娶媳妇呢，怎么今天又怪拾曦拖累你没办法搭讪小娘子呢？"

杨厚承脸大红，抬手给了邵明渊一拳："不带这么揭短的啊！"

邵明渊与朱彦俱都笑起来。

"庭泉，你不去换一下衣裳？"朱彦笑过问。

"等李神医来了，我向他说明一下情况再去换。"

"黎姑娘受伤了吗？"朱彦指指邵明渊被撕扯过的衣摆。

那像是撕下来给人包扎用的。

"应该没有。"邵明渊嘴上这样回着，心中却存了一点疑虑，"黎姑娘淋了雨，有些发热。"

"今天的雨是太大了啊，下得还急，黎姑娘真是不走运。"杨厚承感慨道。

"是呀，不走运。"邵明渊淡淡道，心中却有些自责。

"神医来了。"朱彦看着远处道。

三人抬脚迎过去。

李神医板着张脸问邵明渊："昭丫头怎么淋雨了？"

臭小子怎么照顾的啊，果然嘴上没毛办事不牢！

"是我照顾不周，神医先去看看黎姑娘再说吧。"

李神医冷哼一声："还不带路！"

三人簇拥着李神医往安置乔昭的屋子走去。

先一步过去的池灿在门外站了好一会儿。

门是虚掩的，能看到那个叫冰绿的小丫鬟忙来忙去，一会儿拿软巾给床榻上的人擦脸，一会儿伸手探她额头，一会儿又在屋子里自言自语来回打转。

床榻上的人闭着眼，长发海藻般铺散开来，一张只有巴掌大的脸苍白得近乎透明，连唇都淡得没有颜色。

池灿立在那里，心中茫然。

他究竟……是怎么了？

这样的感觉对池公子来说是绝无仅有的，他有些慌乱，更多的是困惑，以至于迟迟不敢走进去。

李神医抬脚走进去，甩下一句"你们在外面等着"，砰的一声就把门关上了，只留了冰绿在屋子里。

这番动静仍然没有把床榻上的人惊醒。

李神医大步走过去，伸手搭上乔昭的手腕。

冰绿小心翼翼问："神医，我家姑娘没事吧？"

"死不了。"

冰绿咬了咬唇。这老头怎么说话呢，不是她家姑娘的干爷爷吗？什么死不死的，呸呸呸，她家姑娘要长命百岁呢。她也要长命百岁，到时候还能伺候姑娘！小丫鬟立下了远大的志向。

李神医收回手，从随身带的药箱里摸出一个瓷瓶来，打开瓶塞倒出一枚药丸，塞入乔昭口中，吩咐冰绿道："给她喂水。"

冰绿眼睛却直勾勾地盯着打开的药箱角落里一个有些发旧的荷包出神。

李神医抬手敲了冰绿一下，斥道："你这丫鬟是不是傻了，再不喂水要噎死你家姑娘啊？"

这丫鬟可不如那个叫阿珠的灵秀。

冰绿被敲痛了，疼得眼泪都要流下来了，却一句抱怨也没，急忙倒了水，把乔昭上半身扶起来小心翼翼地喂她。

乔昭只是发热睡得沉，并不是深度昏迷，条件反射便把水咽了下去。

冰绿松了口气，拿干净的帕子替她擦了擦嘴角，眼睛又忍不住往药箱里瞄了。

李神医吹了吹胡子："你这小丫鬟乱看什么呢？"

冰绿是有话就说的性子，咬咬唇道："婢子在看您药箱里的那个荷包。"

李神医目光看过去，脸色微变，抬手猛然把药箱合上了，回头冷冷盯着冰绿道："荷包有什么好看的，等昭丫头醒了我可要好好教训她一下，怎么留在身边的丫鬟如此没规矩！"

一听给自家姑娘丢了脸，冰绿立刻急了，忙解释道："不是啊，李神医，婢子是觉得您药箱里的那个旧荷包和我家姑娘的荷包很像啊。"

丑得那么有特色，她可是印象深刻。

"荷包很像？"李神医闻言眯了眯眼。

怕他不相信，冰绿立刻从怀里掏出一个素面荷包来，递到李神医面前道："神医您看，像不像？我们姑娘的荷包里面还缝了鱼皮的，婢子觉得姑娘很喜欢这个荷包，换衣裳时特意收起来了——"

她话未说完，李神医劈手就把荷包夺了过去，盯着看了良久，脸色渐渐变了。

这荷包的样式确实和乔丫头曾经送他的荷包是一样的，乔丫头的荷包里也缝了一层鱼皮——

李神医紧攥着荷包，目光投向躺在床榻上的人。

少女双颊渐渐恢复了血色,呼吸均匀清浅,依然没有转醒的迹象。

疲劳过度,体力透支,再好的良药也代替不了睡眠的作用。

李神医却神色凝重地摸出几根金针,对冰绿道:"你也出去吧。"

冰绿看了沉睡的乔昭一眼,没有动。

"出去,老夫施针,最忌打扰。"

"嗳,那我家姑娘就麻烦神医了。"

待冰绿一走,李神医立刻把金针刺入乔昭几处穴道,没过多久,乔昭的眼皮轻轻动了动,睁了开来。

"李爷爷?"

李神医把荷包递到乔昭眼前,问她:"这荷包哪儿来的?"

"我做的。"在李神医面前,乔昭没有什么戒备心,顺口道。

"你做的?"李神医心狂跳,眼睛死死盯着乔昭,"你怎么会在荷包里面缝上鱼皮?"

"因为防水啊,那样若是赶上下雨天,放在荷包里面的东西都不会受潮打湿了。"乔昭笑盈盈道,坦然与李神医对视。

李神医一颗心已经跳到嗓子眼,让他这个年纪的人颇有些受不住,忙摸出一粒药丸塞进口中压压惊,缓了缓,转身打开药箱,把那只旧荷包拿了出来。

乔昭一直静静看着,不动声色。

李神医把旧荷包与从冰绿那里得来的荷包并排而放,看着乔昭。

"昭丫头。"

"嗯?"

"你不觉得,这两个荷包很像吗?"

乔昭笑了:"看起来一样啊。"

所以说,从南边偶遇起,李爷爷的那些怀疑,那些似曾相识,终于在这一刻,问出口了吗?

李神医默不作声,把旧荷包的内里翻过来,指给乔昭看:"这里面,也是鱼皮做的。"他深深望着乔昭,缓缓开口:"这个荷包是好些年前,爷爷另一个孙女送我的。"

乔昭轻轻牵了牵唇角,苍白的唇有了一点粉嫩的色泽。

她笑着道:"李爷爷把这只旧荷包留了好久啊。"

李神医没有接乔昭的话,就这么望着她,好像要一直望进她心里去。

长久的沉默后,李神医哑着声音问:"昭丫头,是你吗?"

乔昭垂眸,眼睛一点一点湿润了,看着近在眼前的老者,轻声道:"是。"

李神医仿佛不敢相信,轻而易举就得到了肯定的答案。

"我服用了李爷爷给我的灵药,脱胎换骨变成了这副模样。"

"昭丫头，邵明渊……知道你的身份吗？"

李神医小心翼翼的语气让乔昭不由失笑："当然不知。"

她抿了抿唇，看向合拢的门口，淡淡道："我怎么会告诉他呢？我和他，其实只是陌生人啊。"

若不是李爷爷的托付让他们莫名其妙有了一些牵扯，他于她，就真的只是个特别的陌生人罢了。

"陌生人啊——"李神医重复一遍，想了想问，"就不恨他？"

这样的问题，乔昭想，或许此生只会被问这么一次，所以她回答得也认真："并没有。李爷爷没有去过北地，其实鞑子的残忍远比传说中的还要可怕。我那时落入他们手中，能落得那样的下场还是幸运的。"

"就是见到他，容易想到不愉快的事。"乔姑娘说着这话，有着自己不曾察觉的委屈。

李神医却看了出来，抬手轻轻摸摸她的头发，宽慰道："这样也是正常，怎么可能毫无芥蒂呢？昭丫头别急啊，再忍个几年，那小混蛋受不住寒毒就会疼死了，到时候就没人碍你的眼了。"

"李爷爷——"乔昭哭笑不得。李爷爷是故意这样说的吧？别说她对他没有恨，就算有，也不希望大梁的将星如流星般陨落，那样会是大梁的灾难，会是千千万万个如她一般的女孩子的灾难。

"李爷爷不打算给他祛除寒毒吗？"

李神医笑眯眯道："那要看昭丫头的意思。昭丫头想，我就给他祛除寒毒；昭丫头若不想，我管他去死！"

乔昭："……"李爷爷还是那么任性！这问题抛给她，总觉得有些怪异。乔昭心性豁达，既然对邵明渊无恨，自然不会忸怩，遂大大方方道："李爷爷还是给他把寒毒祛了吧，有他在，不是还能让百姓们过安稳日子嘛。"

李神医横她一眼，唏嘘道："你这丫头，倒是把你祖父的做派学了个十成十。"

穷则独善其身，达则兼济天下。

"李爷爷？"

李神医白乔昭一眼，哼哼道："急什么，等我从南边回来再说，你哥哥的脸不治啦？"

乔姑娘被埋怨得莫名其妙。

她没急啊，当然是先给哥哥治脸了。

她想到邵明渊的寒毒，心中会有一点点可怜，可想到兄长的脸，心却是痛的。

再者说，邵明渊的寒毒就是麻烦些，需要多花些时间祛除，其实她也是可以做到的，兄长的烧伤她却无能为力。倘若以后李爷爷不愿意给邵明渊医治，她可以找机会帮他一把。当然在李爷爷给治的情况下,她还是少惹这些麻烦了。

"李爷爷,您去南边要多加小心,尤其是沿海那一带,据说倭寇横行,并不安生。"

"我知道,我会带着叶落的,还有一个好身手的车夫,都是那小子给我找来的好手。"

"两个人会不会太少了?"乔昭还是不放心。

李神医摆摆手:"不少了,我一个糟老头子,没财没色的,只要出了这京城不暴露身份,谁盯着我啊?带两个人足够了,带多了反而引人注意,麻烦!"

乔昭知道李神医性子执拗,遂不再劝,只是暗暗想着回头找邵明渊提醒一下,再多派几个人暗中保护也就是了。

"昭丫头,你现在的身体比之以前可是差多了,我教你的五禽戏记得要练起来,不能偷懒。"

"是。"乔昭干笑。

她在这方面确实没有什么天赋,不过为了强身健体,是该坚持下去。

李神医点点头:"我明天就会离京,不过既然知道了你是乔丫头,回头再整理一些东西给你。"

李神医说完,又问起淋雨的事,乔昭便把事情来龙去脉说了。

李神医听完,看了一眼窗外天色,问道:"这个时候不见你回,黎府的人该去寻你了吧?"

"应该会吧。"想到邓老夫人和黎光文夫妇,乔昭微笑起来。

李神医抬手,敲了敲她额头,训道:"还笑,你这丫头就是心宽。"

乔昭抬手捂额,依然笑盈盈的:"老夫人他们都是好人。"

至于闺誉这种东西,反正早已经在被拐时就丢光了,现在反而乐得轻松,别人对一个被拐少女没有太高的要求。

"行了,既然你觉得他们好,就好好在黎府生活。"

"嗯。"乔昭顺着李神医答应道。

李神医想了想,又道:"要是遇到困难就找邵明渊,反正他欠你的!"

乔昭莞尔:"好。"

李神医这才放了心,起身走到门口打开房门。

见李神医一直不说话,冰绿白了脸:"神医,莫非是我们姑娘不行了?"

"闭嘴!"池灿绷着脸,绕过李神医大步往里走去。

邵明渊忙问:"神医,黎姑娘没事吧?"

李神医一看他这沉稳有加的模样就来气,冷笑道:"小池子还知道着急呢,老夫瞧着,侯爷对昭丫头不怎么关心啊。"

邵明渊被堵得一头雾水。这个也要拿来比较吗?见李神医吹胡子瞪眼,似乎非要他给出一个答案，邵明渊无奈笑笑："在下——"他想说在下当然也关心黎姑娘的情况，可又觉得这样说似乎不大妥当，好像他有什么不该有的想法似的，可要说真不关心——邵明渊脑海中闪过少女侧颜静美的样子。

不违心地说，他当然希望黎姑娘安好：

"在下辜负了神医嘱托，实在抱歉——"

"抱歉抱歉，就知道马后炮，有这个马后炮的闲工夫，不知道滚进去瞧瞧么？"

邵明渊："……"他闭嘴，他这就进去看，喜怒无常的神医惹不起！

乔昭见池灿进来，颇为意外，扬眉喊道："池大哥。"

出殡那日虽然有些不愉快，但那口气当场就出了嘛，所以她才不是记仇的人，至于池灿记不记仇，她就不管了。

许是在李神医面前摘下了属于黎昭的枷锁，乔昭此刻身体虽不大舒服，心情却不错，眉梢眼角都流露着欢喜。

她乌黑的长发披散，巴掌大的脸苍白，这样的欢喜给人的感觉就很脆弱，亦很珍贵。

池灿别别扭扭地想：没想到黎三见了他这么高兴，可见知道那天做得不对嘛。

"还以为你如何了，看样子不是挺好嘛。"池公子凉凉开口。

乔昭不以为意，淡淡笑道："是挺好的，池大哥特意来看我吗？"

池灿耳根一红，一脸嫌弃地冷笑道："你想多了，我们凑巧在这里喝酒，结果一直等邵明渊不来，才来瞧瞧是谁又添乱了。"

这时邵明渊已经进了屋，听池灿提起他，尴尬地立在原地。

乔昭看过来，冲邵明渊轻轻点头算是打过招呼，又喊了朱彦二人，然后对李神医道："李爷爷，我是该回去了。"

李神医点点头，对邵明渊道："我陪昭丫头一起回去。"

"好，在下这就去安排一下。"

池灿见他们说着话，少女听得专注，心中莫名有几分郁闷，于是没话找话："莫非你名字里有一个'昭'字？"

到现在他居然还不知道她的名字呢，怎么别人好像都知道了？

"对，我闺名为'昭'。"

"哪个'昭'啊？"池灿随口问。

邵明渊下意识看过来。

池灿问得随意，乔昭答得自然："'贤者以其昭昭，使人昭昭'的'昭'。"

那一瞬间，如惊涛骇浪拍打在邵明渊的心房。

他依然站姿笔直，腰杆挺拔，一双眸子黑湛湛让人瞧不出波涛汹涌的情绪，可目光始终落在乔昭身上，忘了移开。

耳畔似乎响起乔墨的声音:"邵明渊,你可知道我妹妹的闺名?"

而后,乔墨说:"你记住,她单名一个'昭'字,是'贤者以其昭昭,使人昭昭'的'昭'。"

那个时候,这个名字就刻在他心上了。

此生不忘。

少女清清淡淡看过来,微笑。

池灿轻飘飘道:"这个'昭'啊。"

黎昭,还是挺好听的嘛。

"邵将军,今天多谢了,我想尽快回去,家人恐怕担心了。"

"哦,我这就去安排。"邵明渊收回目光,从好友身上掠过,沉默着转了身往外走去。

马车换了一辆与乔昭散架了的那辆马车类似的,半新不旧,不会引人注意,车夫和拉车的马都是原来的。

乔昭上车前,转过身来:"邵将军,请借一步说话。"

才上了马车的李神医猛然掀开车窗帘,探出头来,目光灼灼地盯着邵明渊。

站在不远处的池灿更是眯了眼,目光在乔昭与邵明渊之间游移。

邵明渊颇有种万人瞩目的感觉,这样的感觉他早就体验过许多回,可只有这一回让他有种说不出的古怪。

然而少女神情坦然大方,他便颔首道:"好。"

二人一直走到旁人能看得见却听不见的地方,才停下来,站在榕树下说话。

"黎姑娘还有事么?"

邵明渊问得客气,乔昭却敏锐察觉到了一种疏远。

好像自从回到春风楼后,有些什么东西不一样了。

乔昭并不在意,只是笑笑道:"邵将军,李爷爷对我说,他明日便会离京,你派了两个人保护他。"

"是。"

"我听说南边沿海颇不安全,虽然将军派的人定然是一等一的高手,可有时候双拳难敌四手,只有两个人我担心有些少了。李爷爷不喜太多人跟着,邵将军若是方便,可否再派几人暗中保护?"

乔昭说完,见邵明渊只是看着她不语,轻轻抿了抿唇,问他:"是我要求太高了吗?"

邵明渊眼底浮现笑意,温声道:"不是,黎姑娘放心,我本就安排了暗中保护的人。"

乔昭水杏般的眸子弯起,郑重对邵明渊福了福:"那就多谢邵将军了。"

"黎姑娘不必客气。"邵明渊侧了侧身子没有受她的礼,"以后黎姑娘若是遇到麻烦,也可以让人联系春风楼的掌柜,这里我常来。"

他顿了顿,回望一眼,改口道:"或者找拾曦帮忙也是一样的。"

乔昭皱了皱眉,看他。

邵明渊被她看得有些尴尬,暗想:他好像没有说错什么啊,为什么今天好几个人看他的眼神都很奇怪?

一头雾水的年轻将军与皱着眉的少女对视,一时不敢乱说话了。

"多谢邵将军操心了。"乔昭一字一顿说完,抬脚走了。

黎府那里,已经人仰马翻。

何氏揪着帕子正呜呜地哭:"老夫人,我就说让我出去接昭昭嘛,您让老爷去!老爷在雨最大的时候出去的,现在雨都停了,结果昭昭没见着,老爷也没见着,嘤嘤嘤——"

"你闭嘴!"邓老夫人太阳穴突突直跳,缓了缓气道,"这有什么可哭的,昭昭是去疏影庵,又不是去了别处,还有车夫丫鬟跟着,天子脚下还能遇到什么事不成?"

何氏一听,哭得更厉害了:"天子脚下昭昭还被拐了呢——"

邓老夫人终于气得没忍住,毫不优雅地翻了个白眼:"下这么大的雨,人贩子都不会出来的!"

哭得两眼泪汪汪的何氏眨眨眼。

居然觉得婆婆说得很有道理!

她不哭了,揪着帕子道:"可老爷与昭昭怎么还没回来呢?老夫人,会不会是雨太大,昭昭困在半路上了啊?"

"那也不打紧,躲在车厢里可以避雨。"邓老夫人虽有些担心,可为了避免儿媳妇再哭天抢地,沉着脸安慰道。

何氏站起来,一会儿看看天色,一会儿来回踱步,碎碎念道:"万一车坏了呢?老夫人您又不是不知道,咱们府上的马车实在忒破了,依着我早该换了,偏偏您不许——"

见老太太黑着脸不说话,何氏接着道:"这次昭昭回来,无论如何也要把那辆破马车换了,对了,还有那匹马,也老得跑不动了,也是时候换了。嗯,还有车夫——"

何氏越说越皱眉,拍板道:"干脆全换新的吧,儿媳出钱!"

"何氏,你给我闭嘴!"邓老夫人气个半死。

用儿媳的钱换马车、换马、换车夫,传出去黎家很有光彩吗?她儿子就只养得起这样的破车、老马和老车夫!

"儿媳哪里说得不对吗?"何氏一脸费解。

她出银子,她愿意出,凭什么不让坐好马车啊!

一个嫌婆婆古板迂腐,一个嫌儿媳暴发户气息十足,两个人视线对上,有那么片刻，格外安静。

二太太刘氏忙打圆场道："三姑娘一直没回来，说不定是被师太留下了呢。"

"这应该不会吧？"邓老夫人回神。

和棒槌儿媳妇置气，太不值当！

"怎么不会呢？咱们三姑娘聪慧又可人，疏影庵的师太一定是极爱的，说不定见落了雨，就把三姑娘留下了，这个时候来报信的人很可能在路上了。"

邓老夫人与何氏不由自主同时点头。

这话说得倒是不错，昭昭确实聪慧又可人，师太留宿也没什么稀奇的。

何氏深深看妯娌一眼，心道：以前没发现妯娌这么有眼光啊，可见年纪大了长进了。

收到何氏的眼神，刘氏暗暗撇嘴。

她才不在乎三姑娘是聪慧还是可人呢，只不过每次眼看着三姑娘会倒霉，结果倒霉的都是别人，为了别殃及她两个闺女，保险起见还是祈祷三姑娘安安生生的吧。

大丫鬟青筠匆匆进来，面带笑容："老夫人，三姑娘回来了。"

邓老夫人大喜："快让她进来！"

何氏已经一个箭步冲了出去。

乔昭才在台阶上站定，衣摆被一阵风刮过，就被一个人抱住了。

"我的昭昭啊，你可让娘担心死了！"何氏哭得一把鼻涕一把泪，抱着乔昭死死不松手。

乔姑娘艰难抬头，看了看李神医。

李神医咳嗽一声。

何氏停住哭声，抬头。咦，这老者瞧着面熟！

乔昭颇无奈，开口道："娘，是李爷爷送我回来的。"

何氏："……"想起来了，闺女认了个神医当干爷爷！

这时，得到消息的邓老夫人已经迎了出来："神医也来了，快快里面请。"

当着众人的面，李神医状若随意解释道："老夫明日要出远门，所以来看看昭丫头，后来想起今天是她去疏影庵的日子，便直接去找她了，半路上碰到她马车坏了，正好把她带了回来。"

邓老夫人客气道："神医快请进去喝杯茶吧。"

李神医摆摆手："不了，把昭丫头送回来老夫也放心了。老夫明日就出门，还有许多东西要整理，就不多留了。"

"那老身真是惭愧了。"

李神医笑笑，语气出乎意料的温和："老夫人这话就太见外了，老夫是昭丫头的干爷爷，说起来都是一家人。你们担心昭丫头，我更盼着她好呢。"

邓老夫人明显感觉这次李神医前来对三孙女似乎更亲近了，这种亲近和先前不同，若说先前是对投缘的小辈的喜爱，如今就是毫不保留的那种亲近。

有人对孙女好，邓老夫人自然乐见其成，客客气气送走了李神医。

转日，门上又来报："老夫人，来了一个年轻人，说是奉神医之命给三姑娘送东西的。"

送东西的年轻人正是晨光。

一箱子一箱子的东西抬进来，把青松堂的堂屋堆得满满的。

邓老夫人震惊了："这些是——"

晨光冲邓老夫人一拱手："这些都是神医来京后别人赠的东西，神医说出门带着这些太麻烦，就全送给三姑娘了。"

别人？神医一进京就住进了睿王府，这个"别人"岂不就是指的睿王？王爷送的东西能差得了嘛，李神医居然把这些全送给了三姑娘？二太太刘氏越想越震惊，盯着一个个箱子，目露精光。乖乖啊，这里面都是什么宝贝啊，怎么她的闺女就没有一个当神医的干爷爷呢？

"老夫人，咱们是不是该打开过目一下？毕竟是送给姑娘的东西——"刘氏试探道。

她虽怀着私心，可这话却不算错。

姑娘家不比别人，收受礼物确实是要慎重一些，不然万一被没怀好心的悄悄塞进去乱七八糟的东西，将来就说不清了。

邓老夫人显然也想到了这些，扫一眼屋内，把不相干的人打发出去，对心腹容妈妈道："把这些箱子打开验一下吧。"

第一个箱子打开，满满一箱子绫罗绸缎，看颜色花样都是适合男子的；第二个箱子打开，是虫草、灵芝等珍贵药材。

容妈妈暗吸一口气，打开第三个箱子，满室惊叹：竟是一株色泽纯正的红珊瑚！

等容妈妈去开第四个箱子时，刘氏一双眼睛恨不得钻进箱子里去，而后眼前一花，只觉满室都亮堂起来。

第四个箱子里居然是满满一箱银元宝！

"天！"刘氏忍不住惊呼出声，忙用帕子掩住口。

邓老夫人吃惊之余，不由皱了眉。

她对皇亲贵胄虽没多少了解，却听东府的姜老夫人说过，睿王爷因其老师是次辅许明达，首辅兰山对其多有针对，而对某些衙门来讲，在朝中一手遮天的首辅可比王爷的话管用多了，是以睿王府的日子并没有普通人想得那么风光。

这样大的手笔，恐怕不全是睿王所赠吧？

第五个箱子很小，只有一尺多长，容妈妈伸手打开时，手指已经有些抖了，不由看向邓老夫人。

"打开。"邓老夫人虽震惊不已，毕竟是经过风浪的，面上还沉得住气。

容妈妈心一横，把箱子打开了。

满满一匣子的各色珍珠流光溢彩，晃花了人眼，更晃花了人心。

第六个箱子更小了些，容妈妈似乎已经麻木了，伸手打开，忙以手遮眼。

竟是一匣子金叶子！

邓老夫人手一抖，险些坐不住了。

她有些后悔命人当众打开了，世上没有不透风的墙，恐怕以后要有很长一段时间，西府会是梁上君子们的首选。

最后一个箱子个头不小，容妈妈暗暗稳了稳神，把箱子打开。

众人紧绷的弦顿时松弛下来。

刘氏悄悄抚了抚胸口，暗道：还好，还好，只是一箱子书，要再是一箱子宝贝，她真要扛不住扑上去了。

一直表情淡淡的乔昭却眨了眨眼，嘴角忍不住翘起来。

李爷爷竟给了她这么多医书，那些入门的医书不过是掩人耳目的，里面一定有李爷爷近几年的心血所在。

这样一想，乔昭就有些坐不住了，恨不得抱着这箱子书飞奔回雅和苑，看个痛快。

总算是检查完了，容妈妈擦了一把汗退至一旁。

邓老夫人缓了缓神，对晨光温和笑道："这么多东西劳烦小哥儿送来，真是麻烦你了。"

"老夫人太客气了，小的不敢当。"

"神医已经出门了？"

"是，神医一早便出门了，托我转告三姑娘，不必担心他，神医办完了事就会回来。"

"神医对我们三姑娘实在是太厚爱了，这么多东西，她一个小姑娘怎么受得起呢？"邓老夫人客气道。

众人中，除了乔昭表现最淡定的何氏一听不乐意了。

这么些东西她闺女就受不起了？将来她那些嫁妆还都留给昭昭呢。想当初她嫁进来可是十里红妆，这些年老太太总拦着，想花都没地方花！

"神医说，这些东西于他只是累赘而已，请三姑娘用起来不要客气。"

累赘？刘氏直接翻了个白眼。这样的累赘，给她来一打！

邓老夫人又客气几句，端了茶。见客的规矩，主人家一旦端茶，那便是送客的意思了。见晨光毫无反应，邓老夫人暗暗摇头：这小伙子瞧着挺精神，人生得也俊，但脑子似乎不大灵光啊。她一个老太太，总不能一直陪着他聊天闲磕牙吧？等了又等，邓老夫人终于忍不住道："小哥儿若是无事，就自去忙吧。"

晨光飞快扫了乔昭一眼，害羞笑笑："老夫人，小的也在神医送给三姑娘的名单中。"

"什么？"面对着一屋子金银珠宝邓老夫人没失态，此刻却吃了一惊。不能吧，神医行事再不同凡响，也不至于送个大男人给她孙女吧？老太太下意识打量晨光一眼。嗯，身高腿长，俊逸不凡，要说起来是送得出手的——想岔了！邓老夫人咳嗽起来："神医把你送给我们三姑娘？"

"是这样的，神医说昨天给三姑娘赶车的车夫有毛病，不能再用了，所以把我送给三姑娘当车夫。"晨光解释道。

原来如此！

邓老夫人松了口气："青筠，领小哥儿去管事那登记一下，以后在车夫的份例上再加三成。"

晨光忙道："老夫人，府上不用给小的发月钱，神医说让小的当三姑娘专属车夫，月钱神医已经出了。"

他又不真是赶车的，等将军大人争气点早些把三姑娘娶回去，他还要继续给将军当亲卫呢。想到这里，晨光有些心酸。他堂堂北征大将军的亲卫如今给一个姑娘家当车夫，将军大人将来要是不能抱得美人归，第一个对不起的就是他！

"这样啊，那青筠去给小哥儿安排一下住处吧，对了，还不知道小哥儿叫什么名字？"

"小的叫晨光。"晨光露出灿烂的笑容。

"好名字。"邓老夫人点点头，命青筠带晨光下去。

这时又有消息报进来："老夫人，宫里来人了！"

"宫里？"老夫人一脸惊疑。

室内众人面面相觑。

报信的道："是丽嫔娘娘派人给三姑娘送谢礼来了。"

邓老夫人一听，忙整理一番，亲迎出去。

来送谢礼的是一个年轻太监，手中捧着一个三层雕花红木匣子，见到邓老夫人便满脸笑容道："昨日大雨，我们九公主得了贵府三姑娘帮助，娘娘很是感激，特命奴婢来给贵府三姑娘送谢礼的，不知道哪位是三姑娘？"

"昭昭，还不谢过丽嫔娘娘的赏。"

乔昭上前一步，冲年轻太监福了福："多谢娘娘赏赐。"

年轻太监把红木匣子递过去："三姑娘，咱们娘娘说了，您昨天对公主殿下的帮助，她记在心里了。等咱们公主殿下大好了，让殿下亲自谢你。"

红木匣子入手微沉，乔昭欠身道："娘娘太客气了，不过是举手之劳罢了，请公公转告娘娘不必放在心上，公公大老远把东西送来才是辛苦。"

"是呢，公公一定要留下喝杯茶再走。"邓老夫人跟着道。

乔昭的话让年轻太监心里颇舒坦，笑意越发浓了："不了，咱家还要赶回去复命呢。"

他这样说，却没有动弹。

邓老夫人人老成精，自是明白小太监的心思，冲容妈妈使了个眼色。

容妈妈把一个荷包塞进年轻太监手里："给公公喝茶的，公公莫要推辞了。"

年轻太监暗暗捏了捏荷包，颇为满意。

这出来一趟有十来两银子可得，很是不错了。

丽嫔娘娘出身低微，又不得圣上独宠，所靠的不过是份例上的东西，他们这些伺候娘娘的宫人过得都紧巴巴的，这匣子里的大半东西还是公主殿下好面子塞进去的呢；不然依娘娘的意思，赏一匣子宫中特制的珠花，已经给足了外臣之女的脸面。

唉，要说起来，公主殿下因为时常有太后等主子的赏赐，身家比娘娘丰厚多了，他若是有机会去伺候公主反而好些。

年轻太监揣着荷包高高兴兴走了。

……

转眼进了六月，雅和苑西跨院里火红的石榴花开了又谢，谢了又开，已经结出喜庆的果实来。

这一日，乔昭收到了馥山社组织社员们小聚的入场帖。

聚会的日子定在六月初六，地点却很有意思，竟然是黎皎的外祖家——固昌伯府。

乔昭仔细翻找着记忆，才想起来，黎皎的表妹杜飞雪同样是馥山社成员之一。

馥山社不同于寻常诗社，在某方面有所长的姑娘都有入社资格，杜飞雪就是因为骑术精湛而加入。

想到终于有机会与寇家大表妹接触，乔昭生出几分迫不及待来。

六月初六这天很快便到了，乔昭对对子时大放异彩虽引起了包括寇梓墨在内的众贵女注意，对她来说还不够。

恰在这时，锦麟卫大都督江堂之女江诗冉提出以射桃来考校新社员的勇气。

作为新社员，乔昭顺势答应下来。

三颗桃子，头顶一颗，左右肩头各一颗。

前两箭顺顺当当，到了第三箭，乔昭有意稍稍偏头，任由换了钝箭头的羽箭擦着脸颊而过。

乔姑娘伤了脸的事一下子尽人皆知，没出几日，当时看着可怖的伤口竟然一点疤痕都没落下，据说是用了比进贡的云霜膏还要好的祛疤药。

寇梓墨听闻后登门拜访，见到乔昭光滑如初的脸颊大为惊讶。这世上真有如此神奇的祛疤药？那表哥脸上的烧伤是不是也有改善的可能？

想到乔墨，寇梓墨心中一阵揪痛，暗暗平复了一下情绪，对乔昭道："黎三姑娘，你所用的祛疤药，对烧伤也有效果吗？"

"有的。"

寇梓墨眼睛一亮，紧张地揪着衣摆："不知这种祛疤药，黎三姑娘还剩多少？"

"所剩不多了。"

寇梓墨满眼失望，喃喃道："这样呀。"

是她病急乱投医了，这样的祛疤良药如此珍贵，别说乔姑娘快用完了，就算还有，她们其实并没有很深的交情，难道让人家割爱吗？

把寇梓墨的失望尽收眼底，乔昭笑道："虽然快用完了，不过李神医把配制此药的药方教给了我，且这药方有些奇特。"

"如何奇特？"

"寇大姑娘应该知道，磕碰伤、刀剑伤乃至你刚刚问及的烧伤在人肌肤上形成的疤痕并不相同，那用来祛疤的方子也是不同的。李神医的这个方子只是基础方，其中有几味药会根据不同的疤痕有所调整。"乔昭说到此处顿了一下，深深看寇梓墨一眼。

寇梓墨听得目不转睛。

乔昭接着道："不只是不同类的疤痕，即便都是烧伤所留的疤痕，也会根据严重程度酌情添减其中几味药的分量。可以说，这一张基础药方，能够变换出数十种方子。所以，医者才讲究望闻问切……"

乔昭讲完，给寇梓墨递了个台阶："寇大姑娘是需要祛疤药吗？"

"嗯。"寇梓墨轻轻点头，迟疑片刻，终于下定了决心，抿了抿唇道，"我有一位表兄，脸被烧伤了，落下了骇人的疤痕。我想……替他求药。"

这一刻，乔昭这颗心才算真正落了下来。

她蹙眉，表现得有些为难："不同的伤情，需要见过本人才能调整药方——"

寇梓墨忽然伸手，握住了乔昭的手："黎三姑娘，拜托你替我表兄看看吧，我知道这个要求有些强人所难，但我真的找不到更好的办法了。"

乔昭坦然笑笑："我并没有什么为难的，能帮到寇大姑娘，我很高兴。"

等了这么久，终于能见到哥哥了。

乔昭忽然觉得眼眶发酸，忙眨了眨眼睛，把泪意压了下去。

"那我明天请你来我们府上玩。"寇梓墨琢磨了一下，"我这就回去，给几个相熟的姐妹下帖子，这样不会太引人注意。"

"寇大姑娘安排就是。"

转日，天有些阴沉，乔昭的心情却是明媚的，带着寇梓墨送来的邀请帖乘车去了寇尚书府。

寇梓墨站在门口，亲自把乔昭迎进去。

"我是不是来迟了？"为了不表现得太急切，乔昭没有太早出门。

"不迟，苏姑娘还没来呢。"

"寇大姑娘都请了谁？"

"礼部尚书府的苏姑娘，泰宁侯府的朱七姑娘，还有许次辅家的许姑娘。"

寇梓墨请这几位姑娘不过是幌子，唯一的目的是创造机会让乔昭给乔墨看脸，所请的人至少是馥山社聚会那日对乔昭没有表现出敌意的。

小聚的地方设在了临湖凉亭。

亭内三道倩影，穿杏衣的是朱颜，穿紫衣的是许惊鸿，穿绿罗裙的则是寇尚书府的二姑娘寇青岚。

听到脚步声，寇青岚回头，笑着迎上去："大姐，这就是黎三姑娘呀？"

她的目光落在乔昭脸上，比之寇梓墨的温柔似水，多了几分难以令人察觉的审视。

十几岁的小姑娘，无忧无虑，即便是这丝被乔昭不经意间捕捉到的审视，都带着令人莞尔的俏皮劲儿。

乔昭忍不住抿唇微笑。

"黎三姑娘，这是我二妹，闺名青岚。"

"寇二姑娘好。"

"黎三姑娘快进来吧，朱姑娘和许姑娘正在下棋呢，我听闻你棋艺高超，正好瞧瞧她们孰胜孰负。"

趁着乔昭与朱颜二人打招呼之际，寇青岚悄悄问寇梓墨："大姐，她是不是太小了些，真的懂药方吗？"

寇梓墨悄悄握了握寇青岚的手，低声道："别想太多，按着我先前托付你的行事。"

"好吧。"

不多时苏洛衣也到了，歉然道："我来迟了，出门前有些事耽误了。咦，黎三妹妹，你的脸全好了？"

朱颜在一旁笑："是呀，我们刚刚已经惊叹过了。"

"竟然好得这么快？"苏洛衣打量着乔昭，松了口气，"之前都传黎三妹妹会毁容，如今总算放心了。"

乔昭笑道："让苏姐姐挂心了，我也没想到能恢复得这么快。"

"还是有些不可思议。"

寇梓墨接口道："这个我是知道的，黎三姑娘手中有上好的祛疤药，比最上品的云霜膏还要好许多呢。"

"真的么？大姐，我怎么没听你提过？"寇青岚忽然问道。

寇梓墨笑笑："你又不认识黎三姑娘，和你提什么？是我那日去看望黎三姑娘，凑巧听说的。"

"这不就认识了。"寇青岚飞快看乔昭一眼。

"对了,梓墨,你不是说邀请我们看小鹿吗?小鹿在哪里?"苏洛衣问。

朱颜跟着道:"是呀,要不是想看小鹿,这样的天气,我真怵出门的。"

"今天阴天。"许惊鸿淡淡道。

寇梓墨起身:"你们跟我来,会有惊喜的。"

几人好奇跟了上去。

寇梓墨领着众人绕湖走了半圈,沿着一条青石小径穿过绿影婆娑的竹林,来到一小片草地前。

"你们看那里。"寇梓墨伸手一指。

乔昭顺着寇梓墨手指的方向看过去,就见两头成年梅花鹿正悠闲吃草,而离两只梅花鹿不远处,则蜷缩着两只小小的梅花鹿。

苏洛衣掩唇惊呼:"竟然是两只?"

"小点声,鹿很容易受惊。"寇梓墨笑道,"我也没想到,居然会生下两只。你们瞧,两只小鹿一模一样呢。"

"可以靠近些看吗?"苏洛衣问。

"可以,这两只鹿是被我养熟了的,只要动静小一些,就不要紧。"寇梓墨说着,率先走了过去。

几人围着小鹿看了许久,这才心满意足地准备返回凉亭。

寇青岚忽然开口道:"大姐,你们先回去吧,我想和黎三姑娘说说话。"

"那我们先回去歇着,等会儿你们就过来,我让人准备了冰碗。"

等回到凉亭,几人吃上放了杏仁、核桃仁、莲子、菱角、西瓜、蜜桃等佐料的冰碗,顿觉神清气爽。

"青岚那样活泼,竟然与黎三姑娘一见如故,我一直觉得黎三姑娘是个很沉静的人。"苏洛衣慢悠悠道。

寇梓墨叹口气:"我约莫能猜到二妹的心思。二妹小时候手臂上落了一个疤,可能是缠着黎三姑娘问祛疤药的事呢。早知道我不该提的,免得让黎三姑娘为难。"

"这也是人之常情,女孩子哪有不在乎这些的呢?梓墨,你家冰碗做得很地道,是请了专门的师傅吗?"

几人闲聊起来。

竹林深处的草地上,寇青岚拉着乔昭坐下来。

"黎三姑娘,我听大姐说,那日在固昌伯府,你在对对子时大发神威,把兰惜浓都压得抬不起头来?"

"只是好玩而已。"

寇青岚眨眨眼："我也喜欢对对子，不如咱们玩玩呀。"

"哦，好呀。"

寇青岚望了一眼竹林，笑道："有了，我的上联是——松叶竹叶叶叶翠。"

乔昭不假思索回道："我的下联是——秋声雁声声声寒。"

"老树含烟书晚照。"

"新枝拂水画初晴。"

寇青岚顿了顿，再道："桃花褪艳，血痕岂化胭脂。"

"豆蔻香消，手泽尚含兰麝。"乔昭信手拈来，说完心中一沉。

这可不是什么吉利的对子。

寇青岚浑然不觉，继续说下去。

二人一问一答，又对了几个，竹林里忽然传来女童清脆的笑声："大哥，快一点啦。"

听到这个声音的瞬间，乔昭浑身骤然紧绷起来，以至于指尖都开始轻轻颤抖。

她不知道等了多久，也许只有一瞬间，却漫长得让人忘了呼吸，终于听到了那个声音。

男子声音清朗，如夏日拂过竹林的风："不要跑快了，当心跌倒。"

"大哥就爱操心，就算跌倒了也不疼的，我要看小鹿呢。"

后面传来男子无奈的笑："就算不怕跌倒，也要轻轻的，不然小鹿要被你吓跑了。"

"咦，二表姐，你也在呀。"

寇青岚站了起来："晚晚来看小鹿啊。"

"是呀，我带大哥来看看这两头一模一样的小鹿。"

"表哥。"寇青岚冲乔墨福了福。

"二表妹。"乔墨冲寇青岚颔首，而后目光落在背对他而立的素衣少女身上。

"这是黎府的三姑娘，今天大姐请来玩的。"寇青岚介绍道。

乔昭转过身来。

"黎姑娘，这是我姑母家的表哥和表妹。"

"二位好。"乔昭垂眸，福了福。

许是近乡情怯，她一时竟不敢抬头。

乔晚目光在乔昭脸上打了个转，就失去了兴趣，回一声"黎姐姐好"，奔着小鹿去了。

乔墨隐隐觉得眼前少女似曾相识，却不好细看，客气点头："黎姑娘好。"

乔昭再也忍不住抬头，看了过去。

比起那日的匆匆一瞥，一身细麻白衣的兄长又清瘦许多，竟有了几分形销骨立的样子。

乔昭心中一痛，痴痴看着，忘了移开目光。

寇青岚站在一旁，心里犯嘀咕：大姐说黎三姑娘要看到表哥脸上烧伤情况才能定下药方，可黎三姑娘见了表哥未免看得太入神了吧，竟一点不觉得害羞吗？

　　她正这样寻思着，就见乔昭忽然大步流星走向乔墨，然后伸手抓住了乔墨的手。

　　寇青岚吃惊地张大了嘴巴，久久没有合拢，一时忘了反应。

　　护兄心切的乔晚虽然把大半注意力放在了小鹿身上，却瞬间反应过来，冲过来去打乔昭的手，恼道："你干吗摸我大哥？"

　　乔昭低头，盯着与乔墨交握的手。

　　乔墨的手骨节分明，手指修长，有着贵公子特有的白皙柔软，可手心却是凉的，凉得乔昭心口发疼。

　　乔墨有些恍惚。

　　在这一瞬间，他骤然想到了大妹出殡那日在人海中偶然瞥见的那个女孩子，这是他没有第一时间甩开陌生姑娘的手的原因。

　　那个女孩，有一双和大妹极相似的眼睛。

　　眼睛很像，眼神更像。

　　当时他心潮起伏，再想寻觅却不见了那个女孩的踪影，谁承想今天她就这么突兀出现在自己面前，还用同样的眼神看着他。

　　在这样一双眼睛的注视下，他如何会记得松开她的手？

　　乔晚冲过来时，乔墨才醒过神来，忙松开少女的手，可少女却手腕一转，指尖搭在他手腕上。

　　乔晚瞪大了眼，气鼓鼓道："你，你羞不羞呀？快松手，不许再占我哥哥便宜。"

　　"乖，不要说话。"乔昭顺手摸了摸乔晚头顶，面色凝重，按着乔墨手腕不放。

　　望着少女冷凝的眉眼，乔墨竟有些无措，不知是该碍于男女有别把少女推开，还是就这么静观其变。

　　静观其变什么，他其实也不知道。

　　"二表姐，你从哪里带来的女登徒子啊？"乔晚人小力弱，只得气呼呼扭着头向寇青岚求救。

　　寇青岚这才如梦初醒，一个箭步冲过来，结结巴巴道："黎，黎三姑娘，你不要太激动，女孩子这样是不好的。"

　　虽然表哥曾令满京城的女孩子心驰神往，可如今毕竟毁了容，黎三姑娘怎么还如此激动呢？哦，这样一想，黎三姑娘对表哥也算是真心喜欢了，这份心意还挺令人感动的。呸呸，她在胡思乱想什么，表哥是大姐的！寇青岚这才彻底反应过来：天，大姐岂不成引狼入室了？

　　"黎三姑娘，你再这样，我可就喊人了——"寇青岚冷着脸威胁道。

　　"别喊，对乔公子名声不好。"乔昭手指一直搭在乔墨手腕上，随口回道。

寇青岚呆了。这就是所谓的人不要脸天下无敌吗？黎三姑娘居然只想到了表哥名声，提都没提自己，所以她这是反被威胁了吧？被乔昭威胁住的寇二姑娘傻了眼。

"黎姑娘，把完脉了吗？"气氛太尴尬，乔墨终于忍不住开了口，声音好似夏日淌过人心头的清澈泉水，瞬间抚平了人心的躁动。

寇青岚冷静下来，反问："把脉？黎三姑娘，你还会看病不成？"

手中有祛疤的良方，和诊脉看病是完全不同的。

"我干爷爷是神医。"乔姑娘总算松开手，面色平静道，神态比大家闺秀还要得体，半点看不出刚才死抓着陌生男人的手腕不放的样子。

"哦。"寇青岚点点头。

这个解释似乎很有道理，可又好像有哪里不对劲。

"乔公子，我们去那边可好，我想单独与你说说话。"

"好。"乔墨深深看乔昭一眼，安抚地摸了摸乔晚的头顶，抬脚往乔昭所指的地方走去。

直到二人在不远处站定，寇青岚才后知后觉反应过来：不对啊，黎三姑娘的干爷爷是神医不假，可这和黎三姑娘本人会不会医术有什么关系？

"二表姐，你带来的是什么人呀？"乔晚气得鼓着腮帮子一脸不高兴。

寇青岚心情复杂："我也不知道。"

乔墨神情温和看着乔昭。

乔昭心情涩然，轻声问："乔公子，刚才吓着你了吧？"

"并没有，黎三姑娘这样做，定然是有原因的。"说到这里，乔墨笑笑，"倒是在下，没有吓到你就好。"

乔昭眼睛一热，忙咬住了唇。

无论经历什么磋磨，兄长永远都是最好的模样。

"乔公子见过李神医了吧，他是我干爷爷。"

乔墨笑起来，笑意多了几分亲切："原来李神医说的干孙女，就是黎姑娘。"

"李爷爷和你提到过我？"

"提到过，李神医还说，等他回来，介绍我们认识。"乔墨很是坦然。

乔昭垂眸："李爷爷原来说了这么多。"

李爷爷既然和兄长说了这么多，难道没有告诉他，他中了零香毒吗？还是说，大哥体内的零香毒是近日才中的？若是这样，她更加担心，毕竟如今兄长在外祖家几乎是足不出户，这毒从何处而来，就令人不寒而栗了。她今天一定要弄个明白！

"乔公子知不知道，自己中了毒？"乔昭干脆选择了开门见山的方式。

如今的他们是纯粹的陌生人，开门见山或许是最好的选择。

乔墨笑意一滞，深深看了乔昭一眼。

他以为眼前的女孩子只是略懂些医术，却着实没想到，她能一眼看出他中过毒。

"这毒，名零香。"乔昭又翻出一张底牌。

有李神医干孙女的身份，又准确说出了大哥所中何毒，想来大哥不会对此事只字不谈。

"黎姑娘好眼力，在下确实中了零香毒，幸亏李神医替在下解毒——"

乔昭骤然打断乔墨的话："李神医替你解了毒？"

"是。"

乔昭忍不住后退一步，脸上血色全无，苍白如纸。

原来李爷爷已经替兄长解过毒！

大哥中毒的事李爷爷竟半个字未对她提起，若不是她迫不及待要与兄长见上一面，恐怕永远不会发现这件令她不寒而栗的事：既然李爷爷已经替大哥解过毒，那么此时大哥体内的零香毒是从哪里来的？

难道说，害大哥的凶手，就隐藏在外祖家？

乔昭只觉眼前迷雾重重，让她压抑得喘不过气来。

"黎姑娘不舒服？"

"我还好。乔公子，有件事我要告诉你。"

"黎姑娘请讲。"

"你体内此刻依然有零香毒。"

乔墨听了这话，面色没有任何改变，只是眸色骤然转深。

这细微的变化旁人看不出来，乔昭却捕捉到了。兄长此刻内心肯定也掀起了惊涛骇浪吧？如何能不震惊呢，以李爷爷的医术，不可能让大哥体内还残留毒素，那么无论是她还是大哥都能想到，这毒是在李爷爷走后再次下的。甚至可以说，大哥体内的零香毒，就是在外祖家中的。而这个几乎算是肯定的推测，让她甚至不敢往深处想。

这一瞬间，兄妹二人仿若心有灵犀，视线在空中交汇。

乔昭在乔墨眼中看到一丝茫然，很快，那茫然就被深沉取代了。

可乔昭无法做到沉默。

眼前的人是她的兄长，是她在这个世界上最亲近的人，纵有千般顾忌，在明知有人暗害兄长的情况下，也无法再徐徐图之。

"乔公子，你还是搬出来吧。"

乔墨一怔。

尽管眼前的女孩子让他下意识觉得亲近，可这样的话还是交浅言深了。

可少女黑湛湛的眸子就这么看着他，让他无法回避这个问题。

乔墨道："没有适合的落脚之处，只能暂居尚书府。"

乔昭心中一动。什么叫没有适合的落脚之处？他们明明在京城有宅子的。等等，大哥这样说，是不是有什么深意？家里那场大火，是不是真如她隐隐预感的那样，没有那么简单？大火的事现在提起显然不合适，但大哥体内的毒却不能就这样算了。

"等一下。"乔昭忽然说出这么一句，抬脚向乔晚走去。

看着走来的女登徒子，乔晚目露警惕之色，一张小脸皱成了包子样。

乔昭半蹲下来，与乔晚目光平视："乔妹妹真漂亮。"

啊？乔晚显然没料到乔昭会这么说，一张脸骤然红了。这女登徒子，其实也没有那么讨厌啦。不过，她才不是爱听漂亮话的人，才不会因为这样就原谅乱摸哥哥的人呢。直到乔昭转身返回乔墨那里，小小的女童脸上红晕还未消退。

寇青岚："……"黎三姑娘真的是来给表哥治脸的吗？

乔昭在乔墨面前站定，半仰着头，声音很轻："令妹没有中毒。"

乔墨神色明显放松，微笑道："那就好。"

尽管毁了半张脸，可眼前男子长身玉立，眉眼清隽宁和，仿佛毁容于他来说只是不值一提的烦恼，丝毫没有放在心上。

乔昭怔怔望着乔墨，莫名有些委屈。

"黎姑娘——"

乔昭回神，压下心中委屈，轻声道："乔公子对妹妹真好。"

乔墨笑笑："舍妹是我在世上最亲近的人了。"

才不是呢！乔姑娘心里悄悄反驳。

她才是和兄长最亲近的人，晚晚只能排第二！

委屈了一小下，乔昭在心里自嘲笑笑，继续说正事："令妹应该不是和乔公子住在一起吧？"

"对，舅母给舍妹另外安排了院子。"

"即便这样，令妹依然会时常与乔公子一起用饭吧？"

"嗯。"乔墨点头，忽然明白过来，"黎姑娘的意思是，零香毒是下在饭菜中的？"

乔昭扫了寇青岚一眼，抬脚往远处又走了数步。

乔墨见状跟了过去。

寇青岚不由咬了咬唇。

就是看个脸，怎么这么多话说？表哥和姐姐都没说过几句话呢！

乔昭立在青竹旁，声音压得很低："从李神医替乔公子解毒后算起，倘若每天乔公子都会不知不觉摄入零香毒，那么从天数与你中毒深浅来分析，就不可能是下在饮水中，那样毒素积累太快，就不是现在这种脉象与表征了。这样的话，把毒下在饭菜中是最好的选择。"

乔昭说完，抿了抿唇。

乔墨却听得有些出神了，不只是因为眼前少女所说的令人心惊的内容，更是因为少女有条不紊分析事情的样子,让他总忍不住想到一个人。

乔昭继续分析着:"但令妹没有中毒,所以我可以进一步推测,这毒最大的可能,是下在早饭中。"

晚晚和大哥不住在一处,哪怕经常会一起用饭,早饭却不大可能一起吃。

乔墨心头一震。

仅凭发现他中毒,就能推测到如此地步,黎姑娘给他的感觉与大妹越发像了。

"冒昧问一句,黎姑娘今天为何会出现在这里?"

乔昭微笑:"因为寇大姑娘拜托我给乔公子治脸呀。"

在兄长最不堪的时候,梓墨表妹初心不改,这是难得的情意。只是——乔昭转而想到乔墨的毒,心头浮上一层阴霾。大哥的毒究竟谁是幕后黑手,很难说。有可能是买通尚书府下人的外面势力,也有可能——乔昭不愿深想,理智却逼着她面对这个现实。若是后者,真相可能会更残酷。

乔墨似乎察觉到了乔昭的揶揄,却并不在意,淡淡笑道:"可是黎姑娘应该知道,在下脸上的烧伤很严重,即便是李神医也要离京采药。"

言下之意,你明知自己治不好,为什么还是来了?

受寇梓墨所托来给他治脸的理由,难以站得住脚。

乔昭眨了眨眼。大哥果然还是如此擅长从细微处找漏洞。

"因为我想见乔公子,所以就来了。"

乔墨一怔。

大妹也是如此,一旦想做的事,不论世俗眼光如何,都会坦坦荡荡去做。

"李爷爷说我和他另一个干孙女很像,所以我想看一看,那位乔姑娘的兄长是什么样子。"

第十二章 凶手

乔墨沉默片刻,心头蓦地涌上感伤。

他曾想,李神医新认的干孙女,或许能和晚晚成为朋友,可见到真人才发现,黎姑娘其实更可能与大妹成为知己。

她们是如此相似的人,相似到,让他总忍不住在她身上寻找大妹的影子。

见乔墨凝眉不语,乔昭认真问:"我可以叫你乔大哥吗?"

她问出这话,心竟然忍不住怦怦跳。

明明凭着李爷爷的关系,她用黎昭的身份叫兄长一声大哥再正常不过的,可她却紧张到手心出了汗。

"当然可以。"乔墨被少女的认真晃了一下神,怔了片刻才回道。

少女立刻露出灿烂的笑容,半仰着头看着乔墨,语气熟络:"那咱们把给你下毒的人揪出来吧。"

说到这里,少女语气一冷,带着几分势在必得:"毕竟只有千日做贼,没有千日防贼的道理。"

乔墨:"……"总觉得进展好像有点快,他们刚刚明明还是陌生人,现在就要一起做这么重要严肃的事了?

可偏偏,他居然不觉得有什么不自在。

"乔——大哥,你觉得怎么样?"喊出"大哥"的瞬间,乔昭心里又酸又甜。

终于可以光明正大喊他"大哥"了。

"这个——"乔墨迟疑一下,无奈笑笑,"并不是这么简单的事。"

他与幼妹寄居外祖家,里里外外上上下下都是外祖家给安排的,连一个可用的人手都没有,想要神不知鬼不觉地调查下毒之人,哪是这么容易的事?

"乔大哥是觉得无人可用吗？"少女仿佛完全猜到了乔墨的想法，神色平静而认真，不疾不徐道，"那咱们可以一步步来，先确定毒是厨房的人所下，还是取饭的人所下。"

如绝大多数富贵人家一样，外祖家也是各位主子的小厮或丫鬟定时去大厨房取饭，外祖父与外祖母是一种份例，舅舅舅母们是一种份例，大哥和表妹表弟们是一种份例。

份例多的是在基本份例上再添几样，但基本的菜是一样的。想要确定是在哪个环节下的毒，并不难。

"乔大哥回忆一下，早饭必有的吃食是什么？"

"粥。大多数时候是碧粳粥、大枣粥或肉粥，偶尔是红稻粥，馒头、花卷也是必有的。"被少女认真的态度所感，乔墨回答得同样认真。

"零香毒不适合下在馒头、花卷这样的吃食中，那应该就是下在粥里了。乔大哥，今天我先用银针帮你把毒素导出，这三日你可以借口食欲不佳，不要碰粥。等三日后我再来，如果你体内没有新的零香毒，那就证明毒是厨房中人所下；如果再次中毒，那么就说明是送饭小厮所为。"

会选用零香毒徐徐图之，说明对方很谨慎低调，即便要害死大哥，也想做出因体弱生病而逝的假象。那站在下毒者的立场来分析，显然参与此事的人越少越好，这样的话，厨房和小厮勾结的可能性是很低的。

大哥这两天不碰粥，时间尚短，厨房那边是不会知道的，那人依然会把毒下在粥里，那么大哥就不会再次中毒。

而如果是伺候大哥的小厮所下，他见大哥不吃粥，为了完成任务一定会把零香毒下在别处，比如茶水。

所以她只要等三日后再来，就可以确定下毒之人是谁了。

乔昭说完，见乔墨凝眉不语，便笑问："乔大哥，你觉得这样如何？"

乔墨下意识抬手想去揉一揉少女头顶，手动了动又忍住了，神色平静温柔："好。"

大哥果然也想到了。

乔姑娘眨眨眼，心道：以前兄长揉她脑袋，她还常常会恼，现在居然很想求他揉一揉。她一定是越活越回去了。

"黎三姑娘，再不走，大姐她们该等急了。"寇青岚见乔昭与乔墨一副谈笑风生的样子，终于忍不住出声提醒。

乔昭与乔墨对视一眼，走回去。

"寇二姑娘，现在恐怕还不能走。"

"什么？"寇青岚吃了一惊。

怎么还有死赖着不走的啊？

"受人之托忠人之事，寇大姑娘拜托我替乔公子治脸，我就要负责到底。"

"你怎么负责啊？"寇青岚撇撇嘴。

她最讨厌听一个女孩子说对一个男子负责了，一般这样说都没什么好事。

"乔公子的脸上烧伤太严重，直接用药是没有效果的，需要先用银针替他导出火毒，才能用药。"

寇青岚听得一愣一愣的，下意识反驳："我还没听说过烧伤的人需要用银针导出什么火毒才能用药的。"

乔昭认真点头："嗯，寇二姑娘没听说过很正常，因为你不懂医术。"

寇青岚被噎个半死。她不是这个意思！黎三姑娘真的不是以此为借口接近表哥吗？

"黎三姑娘莫非医术精湛？"寇青岚冷笑着反问。

这么大的女孩子要能医术精湛，岂不是见鬼了！

乔昭忽然上前一步，凑在寇青岚耳畔轻声道："寇二姑娘，今晚你会天癸水至。"

听到这句话，寇青岚一张俏脸陡然涨红了，下意识慌张地去看乔墨，见乔墨没有任何反应，这才收回目光瞪乔昭一眼，恼羞成怒道："黎三姑娘，你再乱说，我可要恼了！"

她来月事还不足一年，时间根本不固定，连自己都不知道这次来了，下一次会什么时候到，黎三说这样的话，不是荒唐可笑吗？

"黎三姑娘，我真没想到你是这样信口开河的人，我要去告诉大姐，她错看你了！"寇青岚气得跺跺脚，叮嘱乔晚道，"晚晚，替二表姐盯着她，不要让她靠近你大哥，我去去就来。"

眼看着寇青岚被气跑了，只剩下乔晚鼓着包子脸挡在兄长面前，一副护犊子的模样，乔昭忍不住轻笑出声。

这下好了，她可以直接替大哥解毒了，青岚表妹真是体贴。

"乔大哥，那咱们开始吧。"

乔晚伸出双手阻拦："不许靠近我大哥！二表姐说了，要我看着你呢。"

乔墨半蹲下来，拍拍乔晚的头："晚晚，你是听二表姐的，还是听大哥的？"

乔晚想了想问："都听不可以吗？"

"只能选一个。"

"那当然是听大哥的。"小姑娘毫不犹疑道。

"那晚晚就乖乖等一下，不要打扰，黎姑娘是替大哥治脸伤的。"

"嗯。"乔晚怀疑地看了乔昭一眼。

虽然她觉得这个比她大不了几岁的登徒子根本不能治好大哥的脸伤，但既然是大哥说的话，她还是会听的。

"乔大哥，你去那边坐下。"乔昭指指竹林旁的草地。

过了一阵子，寇青岚沉着脸返了回来。

刚刚她跑回去，找了个婢女悄悄把大姐叫到一旁说了这边发生的事，谁知大姐居然说"疑人不用，用人不疑"，让她回来带黎三姑娘回去就是了。

这么一来，倒显得她里外不是人了。

寇青岚拉着乔昭穿过竹林，回了亭子处。

"你们可算回来了，黎三妹妹，咱们来下棋。"苏洛衣一见到乔昭，眼睛一亮。

朱颜瞪她一眼，用团扇敲敲石桌道："咱们这盘棋还没下完呢。"

因二人玩笑惯了，苏洛衣说话很随意："反正胜负已经定了，快快把位置让出来。"

朱颜一听不由恼了，问乔昭："黎三姑娘，你看这局棋胜负定了吗？"

乔昭笑笑："谁胜谁负还要看怎么下。"

寇梓墨昐咐丫鬟给乔昭端来冰碗，笑道："你们两个就不要闹了，让黎三姑娘先吃了冰碗再说。"

几人下棋、闲聊，很快消磨到近中午时分，寇梓墨开口留饭，许惊鸿淡淡婉拒："我看这天色说不准要落雨，还是早些回去吧，正好我还有别的事儿。"

苏洛衣与朱颜一听，亦跟着附和。

寇梓墨再三挽留后，送几人往门口走去。

朱颜与苏洛衣各自上了马车，许惊鸿落后一步，回眸看了一眼。

寇青岚正拉着黎三姑娘说着告别的话。

许惊鸿收回目光，面无表情上了车，心道：今天这一场小聚，寇家姐妹分明是冲着黎三姑娘来的，她们几人全是陪衬。不管寇家姐妹有何目的，有她们在场耽误了事，便成了讨人嫌的。她许惊鸿可没这么不识趣。

眼看着许惊鸿三人纷纷上了马车，寇青岚摆出来的笑脸立刻收了起来，一副和乔昭根本不熟的样子，退到寇梓墨身边。

"黎三姑娘，如何了？"寇梓墨知道母亲一向盯得紧，在这人来人往的门口根本不敢多提乔墨，借着送乔昭上马车的机会压低声音问道。

乔昭长话短说："需要先把火毒拔除，用药才有效果。我已经替他施了一次针，三天后还需要再次施针。"

"还要再次施针？"

"是啊，要一点点拔除火毒，对身体的伤害才会最小。"

一听是为了降低对身体的伤害，寇梓墨立刻不再犹豫，低声道："那等三日后我再请黎三姑娘过来。"

乔昭轻轻点头，低头上了马车。

寇梓墨立在原地，目送马车缓缓离去。

寇青岚走过来，嘀咕道："大姐，你真相信黎三姑娘会医术？就不怕她图谋不轨啊？"

寇梓墨垂眸，轻叹了口气："她能图谋什么呢？"

"图谋表哥啊！"寇青岚脱口而出。

寇梓墨羞红了脸，嗔怒瞪妹妹一眼："休得乱说！"

"大姐你别不信，我亲眼瞧着呢，她一见到表哥就扑过去抓着表哥的手不放，拉都拉不开。不信你问晚晚，小孩子总不会撒谎的。"

"黎三姑娘应该是给表哥把脉呢。"

寇青岚跺跺脚："大姐，黎三姑娘莫非会灌迷魂汤不成？怎么把你们一个个都给迷惑了？你知道吗，她居然跟我说，今晚我会来月事。这种荒唐话她都能说得出来，可见是个不靠谱的。"

"黎三姑娘还说了这话？"

"是呢。"寇青岚撇撇嘴，"本来我只是有些怀疑，一听了她这话，立刻明白她是吹牛了。"

"二妹不要急于下决定，是不是吹牛，等晚上便知道了。"

"大姐，你就是不见棺材不掉泪。"

寇梓墨转身往回走，轻叹道："不，我只是觉得，表哥的状况再坏也不过如此了，就算黎三姑娘有什么图谋，只要她能把表哥脸上烧伤改善些许，我也认了。"

"那，那要是她图谋的是表哥的人呢？"

寇梓墨身子一颤，继而露出浅淡的笑容："那我也不后悔。"

乔昭回到西府，把晨光叫住。

"姑娘有事找我啊？"

乔昭点点头，沉吟一下问道："晨光，你以前一直跟在邵将军身边吗？"

晨光顿时来了精神。

咦，三姑娘居然打听将军的情况，这是不是说明三姑娘终于对他们将军大人上心了？

"是的。"

"那……我想问你些事。"

小车夫一听，心情格外激动，立刻拍着胸脯道："三姑娘想问我们将军大人什么事尽管问，小的什么都知道，就算不知道，也包打听！"

一贯淡然的乔姑娘表情瞬间扭曲了一下。

她什么时候要问邵明渊的事了？而且，"包打听"是什么玩意儿？

"三姑娘？"察觉乔昭脸色有些不对劲，晨光困惑地眨眨眼。

乔昭沉着脸道："你误会了，我是想问问你的事儿。"

晨光吃了一惊。打听他的事儿？莫非三姑娘没看上他家将军大人，而是看上了他？这样不好吧，他们是不会有结果的！

乔昭挑挑眉。

总觉得她的车夫表情太丰富了，不知道心里在乱想些什么。

乔昭干脆直言："你擅长审讯吗？"

"啊？"晨光一愣，见乔昭神色认真，勉强点头，"还行。"

这虽不是他的专长，但作为将军大人的亲卫，可是什么都训练过的。

"那擅长刺杀吗？"

小车夫听得一愣一愣的："还行。"

"那擅长摆脱追捕吗？"

"还，还行。"小车夫快哭了。

三姑娘，您到底想干吗就直说吧，再这样下去他的小心脏要受不了了！

"哦，我知道了。那没事了，你下去吧。"

什么？问了半天，就这样？小车夫一步三回头，见乔昭毫无反应，险些真哭了。这不是浪费感情吗，白让他提心吊胆了！

等晨光走了，乔昭回屋倚在了美人榻上，回想着今日在寇尚书府的点点滴滴，叹了口气。

想来青岚表妹今晚来了月事后，两位表妹会认可她的医术的。这样的话，哪怕青岚表妹对她今天的言行有所不满，给大哥施针的事应该就不会有变故了。

很快入夜。

寇尚书府中，寇青岚沐浴更衣，一身清爽去了寇梓墨闺房。

"大姐，我就说黎三姑娘是胡说八道吧——"这话才说出口，寇青岚顿觉小腹一阵抽痛。

见寇青岚面露痛苦之色，寇梓墨忙问："二妹，你怎么了？"

"我——"寇青岚下意识按住腹部。

肚子怎么会隐隐坠痛？难道真的来月事了？

寇梓墨显然也想到了这点，试探问道："二妹，是不是——"

"不可能！"寇青岚迫不及待否定。

寇梓墨了解妹妹，知道她为了面子死鸭子嘴硬，有意逗她道："我是说，你是不是吃坏肚子了？"

"对，对，我可能是吃坏了肚子。大姐，我借用一下净房。"

好一会儿，净房里传来寇青岚有气无力的声音："大姐，劳烦派个丫鬟去我那儿取月事带来……"

寇梓墨好笑摇摇头，吩咐丫鬟把她尚未用过的月事带给寇青岚送进去。

不多时寇青岚从净房出来，一脸别扭的表情。

寇梓墨笑道："这有什么不好意思的，女孩子都这样。"

寇青岚咬咬唇，才道："大姐，你说黎三姑娘怎么知道的？就算她瞎蒙，也蒙不了这么准啊。"

"是啊。"寇梓墨亲手倒了一杯热水递给寇青岚，"所以她必然不是瞎蒙的啊。"

寇青岚下意识握紧了杯子，因为腹痛，面色苍白："难道说，她真能看出来别人什么时候来月事？就算是太医署的太医，恐怕也不能吧？"

"太医署的太医，也治不了表哥的烧伤。好了，二妹，你身体不舒坦，快些回去歇着吧。"

劝走了寇青岚，寇梓墨坐下来，手指有一下没一下敲打着床沿。

黎三姑娘比她想象的还要厉害，希望表哥脸上烧伤能够改善吧。

三日转瞬即逝。

乔昭再次登了寇尚书府的门。

这次见面的地方依然是那片竹林前的空地上。

"黎三姑娘，就拜托你了。"寇梓墨冲乔昭欠欠身，而后拉着寇青岚去了路口处，以防再有旁人闯进来。

乔昭目不转睛地看着乔墨。

乔墨被她看得太久了，轻咳一声问："怎么样？"

"哦，什么？"

见面前的少女一副如梦初醒的样子，乔墨无奈笑道："在下是问黎姑娘，我体内是否又有了零香毒？"

"这个看不出来的，因为时间太短了，需要测一测。"

乔墨："……"那刚刚黎姑娘目不转睛在看什么？

"伸出手。"

乔墨老老实实把手伸出来。

乔昭从荷包里摸出一根银针和一个花生形状的小玩意，先用银针刺破乔墨指肚，紧接着把银花生一捻，居然就打开了，其中一半是空心，另一半则放着凝脂般的膏体。

乔昭从乔墨指肚挤出几滴血来，落入盛放着凝脂膏体的半个银花生里，轻声解释道："若是血液中有零香毒，这白玉色的膏体会变成浅红色。"

话音才落，半个银花生中的凝脂以肉眼可见的速度变成了浅粉色，色泽渐渐加深。

乔昭抬眸，与乔墨对视。

乔墨神色没有多少变化，淡淡道："家逢不幸，在下又喜静，来到尚书府后，贴身伺候并负责送饭的小厮只有一个。"

"这个小厮是谁给乔大哥的？"

"尚书府是在下的外祖母当家，不过如今大半事务都交给了在下的大舅母。我们兄妹前来投奔，衣食住行等事都是大舅母安排的。"乔墨很是客观陈述着，补充道，"不过这说明不了什么。"

乔昭点点头。

既然外祖母把管家权利渐渐交给大舅母，大舅母安排这些都是理所当然，她派来的小厮，不能说明下毒的事就和她有关。

只要是人，就存在着变数，小厮有可能是听了大舅母安排行事，也有可能被不知哪方的势力暗暗收买。

"所以这依然是件难解的事，让黎姑娘费心了。"

乔昭面上不见半点气馁之色，反而笑笑："现在至少肯定了小厮有问题，所以从他下手就是了。"

乔墨神色淡淡："明枪易躲暗箭难防，如今知道小厮有问题，可以防备一二，若是赶走了他，反而打草惊蛇。"

"乔大哥说得是。"乔昭颔首。

如今幕后凶手只是让小厮暗暗下毒性小、潜伏期长的零香毒，万一逼急了，给大哥下砒霜，那就连哭都来不及了。

大哥与幼妹寄人篱下，手上没有可用之人，显然是顾忌这点，不能轻举妄动。

可她不把凶手揪出来怎么能安心？

一想到有人这样算计兄长，乔昭眼底冰冷一片，平静道："现在想要揪出幕后凶手，小厮是最好的突破口。乔大哥担心赶走了小厮会打草惊蛇，这固然有道理，不过我有一个法子，既能打草，又不会惊蛇。"

少女冷静从容、侃侃而谈的样子让乔墨心中微动，淡淡笑道："愿闻其详。"

担心说太久会引起寇梓墨姐妹怀疑，乔昭一边替乔墨施针一边道："很简单，乔大哥想法子让寇大姑娘把咱们下一次见面的地方安排在府外就是了……"

她说完，等不到兄长接话，不由看他一眼。

莫非是内容太惊悚，吓着大哥了？

"乔大哥，你觉得这样如何？"

乔墨压下心中波澜，点头："甚好，就依黎姑娘所言。"

乔昭不由松了口气，露出淡淡笑容。

"黎姑娘，冒昧问一下你的名字。"

乔昭心中一动。以大哥的性子，几乎不可能主动问一位才第二次见面的姑娘的闺名，这样显得太轻浮，可大哥却忍不住问了。乔昭暗生欢喜。这是不是说明，大哥觉得她很像自己的妹妹呢？从心底里，乔昭很渴望与兄长相认，可她若贸然表明身份，换来的很可能是大哥的戒备与疏远。她不能冒这个风险。只要兄长好好活着，她不怕慢慢等，等到水到渠成兄妹相认的那一天。那时候，她就不是一个人啦。乔昭这样想着，笑容更甜。

乔墨却一头雾水。

他问女孩子闺名是有些唐突，黎姑娘不愿回答也可以理解，可不回答只是傻笑，这到底是什么意思呢？

"哦，是在下唐突了——"

乔昭忙摆手："不唐突。我闺名为'昭'，乔大哥可以叫我'昭昭'啊。"

"昭昭？"乔墨面色倏变，喃喃道，"昭昭——"

"嗳。"乔昭笑着应道。

乔墨回过神来，面色复杂地看着笑靥如花的少女，好一会儿才恢复了平静神色，淡淡道："还是叫黎姑娘吧，免得引人非议。"

"昭昭"是独属于他对大妹的称呼，眼前的女孩子哪怕与大妹再相似，终究不是已逝的大妹。

对面前的少女，他会因为与大妹相像而不由自主心生怜惜、亲近，却绝不愿让任何人取代了大妹的位置。

乔昭垂眸，掩去心头失落："乔大哥怎么叫都可以。"

"咳咳。"轻轻的咳嗽声响起，紧接着传来寇梓墨的声音，"好了吗？"

乔昭冲乔墨欠欠身，抬脚走到寇梓墨身边："可以了。"

寇梓墨匆匆对乔墨颔首，忙拉着乔昭走了，等回了屋子才道："那时看到我娘院子里的婆子路过，让她撞见不大好。"

乔昭点点头表示理解，起身告辞："那我就先回府了，等三日后再替乔公子施一次针，就可以用药了。"

"好，到时候我再安排。"

三日后，乔墨提出去大福寺添香油钱替亡妹祈福，带着小厮乘马车出了门。

这一天热得有些出奇，阳光毒辣炙烤着大地，地面是一片耀眼的白，路两旁的树木蔫蔫的，瞧着无精打采，拉车的马呼哧呼哧喘着粗气。

"麻烦帮我倒一杯水。"马车里，乔墨对小厮道。

满头是汗的小厮遮掩好不情愿的神色，磨蹭到车壁一角，端起茶壶摇了摇，扭头道："表公子，没水了。"

"外面可有茶摊？"

小厮探头往外看了看："没有啊，公子，您还是坚持一下吧，刚出城的那地方有茶摊。"

乔墨闭了眼，不再吭声。

小厮目光在乔墨脸上打了个转，撇撇嘴。都这个样子了，还这么娇贵，以为自己还是贵公子呢？这么热的天，非要跑出来添香油钱，这不是穷折腾嘛。小厮抹了一把汗，掀起车门帘催促车夫："快点啊，表公子渴了。"

车夫甩了一下马鞭："快不了啊，天太热，再快马该受不了了。"

小厮烦躁放下车门帘，小声嘀咕道："这可真不是出门的天！"

话音才落，马车忽然一个急停，小厮整个身子往前甩去，额头碰到了车壁上。

"怎么赶车的？"小厮掀起车门帘破口大骂。

车夫往前指了指道："小哥儿，那站着个人呢，刚刚要不是我手疾眼快停了车，非撞上去不可。"

"撞就撞了呗！"刚刚撞到额头的小厮气不打一处来，嘀咕道。

"你是什么人？为何站在路中间挡路？"小厮扬声问。

"请问车里是乔墨乔公子吗？"

"没错，是我们表公子，你找我们表公子有事吗？"

"没什么大事。"拦路的青年把放在背后的手伸出来，露出了手中的刀。

小厮眼都瞪圆了，声音变了调："你，你想干吗？"

年轻人缓缓把刀举起来："杀个人——"

艳阳下，白光一闪，长刀带着寒气袭来。

小厮大喝一声："等等——"

刀在半空一顿。

"等我让开再杀啊！"小厮把后面的话说了出来，抱头鼠窜。

举着刀的年轻人有瞬间呆滞。

还有这样的小厮？

他很快回过神来，冷喝一声："乔公子，受死吧！"

长刀举起，寒光闪烁，携着劲风往车厢砍去。

已经吓傻了的车夫下意识扬鞭，狠狠抽向骏马。

马长嘶一声，扬蹄往前奔。

这时刀已经砍到了车壁上，深深陷了进去，马车忽然动了，年轻人手中的刀顿时脱了手，随着马车跑出十数丈才掉落到地上。

"给我停下！"年轻人捡起刀拔腿狂奔。

小厮跟着喊："带上我啊！"

年轻人忽然停下，转过身来。

"你，你要干什么？"小厮往后退几步，转身就跑。

年轻人一个飞起把小厮踹倒在地，然后往前追了一段路，见追不到马车，只得返回去，拎起被踹晕的小厮施施然走了。

精神紧绷到极致的车夫唯恐年轻杀手追上来，频频回头张望，正把这一幕看到眼里，不由松了口气。

还好他跑得快，还好小厮太蠢，拖住了杀手。

烈日下，车夫拼命甩着鞭子，拉车的马喘息声犹如拉破的风箱，终于轰然倒地。

那一瞬间，马车侧倒在路旁，车夫飞了出去落在了草地上。

"咳咳咳咳。"乔墨的咳嗽声响起。

被摔蒙了的车夫好一会儿才爬起来跑过去，手忙脚乱掀开车门帘："表公子，您没事吧？"

乔墨靠着车壁，面色有些苍白，有气无力道："没事。"

"没事就好，没事就好。表公子，马热死了，老奴扶你走吧。"

乔墨走出马车，轻轻拂了拂衣摆，神色从容依旧："不用，走吧。"

车夫瞪大了眼睛望着前方，一脸惊恐。

乔墨顺着车夫视线看过去，就见一名头戴幂篱的灰衣男子持剑立在不远处，瞬息的视线交汇后，一步一步往他们的方向走来。

车夫面色大变："表公子，不好啊，杀手不止一个！"

他就说怎么能这么容易逃脱呢，这下真的要把老命交待在这里了！

看着一步步靠近的杀手，乔墨心情有些凝重。

黎姑娘跟他说，安排了人假冒杀手在从大福寺回来的路上实行袭击，把小厮掳走，这个情景刚刚已经发生过了，那么眼前这个杀手又是怎么回事？

为什么对方的气势和隐隐散发出来的杀气，让他觉得心里不安呢？

乔墨缓缓后退一步，想到了某个可能：莫非有人顺水推舟，借着他与黎姑娘定下的计策来个将计就计，派出了真正的杀手？

乔墨并不畏死，早在一草一木都熟悉的家燃起大火，亲人们葬身在那场横祸里，他就已经没了畏死之心。

可不怕死，他却不能死。

这些念头在乔墨心里瞬息而过，冷喝道："分开跑！"

车夫愣了愣，而后伸开双臂挡在乔墨面前："表公子您快跑，老奴替您挡一挡！"

话音才落，车夫一声惨叫，被走过来的杀手抬脚踹到了路边。

乔墨转身便跑。

杀手一言不发紧随其后，拔剑出鞘，对着乔墨后心刺去。

"表公子小心——"车夫努力抬起头，大声喊道。

乔墨脚下一个踉跄，栽倒在地，恰好躲过了长剑。

杀手手势一转，举剑对着倒在地上的乔墨刺去。

"小心啊，表公子！"车夫看得胆战心惊，声嘶力竭地喊道。

剑刺下去，乔墨一个翻滚，剑尖刺入地面，掀起阵阵尘土飞扬，而后又拔起来，继续往他身上刺去。

乔墨被尘土迷了眼睛，看不到剑来的方向，只能感到一股寒意笼罩过来。

眼看着闪着寒光的剑正对着乔墨心口刺去，车夫已经吓傻了，大喊一声："表公子——"

老车夫闭了眼，等了片刻没听到惨叫声，反而听到金属相击的声响，忙小心翼翼睁开眼，就见一名眉眼普通的年轻男子与头戴幂篱的灰衣男子正你来我往缠斗着，刀光剑影，令人胆寒。

老车夫爬起来，暗暗吸了一口气给自己鼓劲，眼睛一边盯着斗得正激烈的二人，一边蹑手蹑脚往那个方向挪，好不容易挪到乔墨身边，见那二人都顾不上这边，拖起乔墨就跑。

"快开门！"寇尚书府门前，车夫一身狼狈，用力拍着门。

兽首铜环的朱门吱呀一声开了，门人以为眼睛花了，揉了揉眼，大吃一惊："老王，你这是怎么了？"

"快别问了，赶紧让我们进去。"

门人一看车夫旁边的男子，骇了一跳："表公子，您，您怎么一身的土啊？快进来，快进来。"

不多时，表公子乔墨回来路上遇袭的事就传遍了尚书府。

正陪着毛氏说话的寇梓墨一张脸都吓白了，腾地站了起来。

毛氏睒女儿一眼，淡淡道："梓墨你先回屋吧，我去看看你表哥。"

"娘——"寇梓墨上前一步。

"让你回屋。"

"是。"

眼看着毛氏走了，寇梓墨抬脚直奔寇青岚那里。

"二姑娘呢？"

"二姑娘还没回。"

寇梓墨不由泄了气。

是了，她一心慌怎么忘了，青岚这个时候应该还在五福茶馆与黎三姑娘一起呢，恐怕还不知道表哥遇袭的事。

寇梓墨心一横，去了乔墨的住处。

听风居里，薛老夫人和长媳毛氏、次媳窦氏都已经赶过去了，一见寇梓墨过来，毛氏眼风一扫，随后柔声道："梓墨过来了。"

顶着母亲意味莫名的目光，寇梓墨福了福："祖母、娘、二婶，我听说表哥从大福寺回来的途中遇袭，不知表哥怎么样了？"

薛老夫人沉声道："幸亏你表哥无事，只是受了些惊吓，现在正在屋子里歇着呢。"

寇梓墨暗暗松了口气。谢天谢地表哥没有什么事，不然她要自责痛苦一辈子。

没有她的安排，表哥怎么会出府呢？

"祖母，表哥遇袭究竟是怎么回事儿啊？"

"正要问呢。庆妈妈，带车夫老王头过来。"

不多时，庆妈妈领着车夫老王头进了屋。

老王头直接跪下来："见过老夫人，大太太、二太太。"

"庆妈妈，给老王头搬个小杌子坐。"

庆妈妈搬来小杌子，老王头拘谨坐下来。

"老王头，今天究竟怎么回事，你且一一道来。"

"回老夫人的话，是这么回事。咱们从大福寺出来就往回赶，天还挺热，都心急回府呢，就看到一个人站在路中间……"老王头说到激动处，忍不住拍了拍大腿，"怀峰那小兔崽子忒不是东西，一看杀手奔着马车去了，撒腿就跑了，幸亏老奴临危不惧、忠心耿耿，立刻把马车赶得飞快。杀手追不上马车，肯定是觉得不划算呀，就把怀峰那小兔崽子弄走了，这可真是老天开眼——"

眼见主子们脸色不怎么好，老王头声音低了下去。

"既然如此，你和表公子为何如此狼狈？"薛老夫人沉声问。

老王头抹了一把眼泪："没法不狼狈啊，老奴拼命赶车，谁知前面还有一个杀手等着呐。那杀手头戴幂篱，身穿灰衣——"

薛老夫人忍耐地挑挑眉。

毛氏咳嗽一声道："说重点！"

"呃，重点是这个灰衣杀手更冷血、更无情、更可怕，老奴拼命阻挡都没有用，那人直奔着表公子就去了。表公子拼命躲避，眼看着那杀手举剑对着表公子心口刺去，说时迟那时快——"

"这不是说书！"毛氏抽了抽嘴角。

薛老夫人抬抬手："由他说！"

得了老夫人允许，老王头立刻发挥出说书人的实力，从灰衣杀手冷血无情到路人拔刀相助，再到主仆二人艰难逃回来，声情并茂地说了个明明白白。

"老王头，你忠心护主，做得很好，去账房领赏吧，"薛老夫人挥挥手让老王头下去，侧头对毛氏道，"毛氏，你给墨儿安排的小厮，可没挑好。"

有妯娌窦氏在一旁，毛氏脸立刻臊得通红，柔声道："是媳妇没安排妥当，媳妇回头定选个好的来伺候表公子。"

"罢了。"薛老夫人摇摇头，看垂手而立的心腹庆妈妈一眼，"庆妈妈，我记得你的小孙子如今也有十五了吧？"

"上个月刚满了十五。"

"那就让他来伺候墨儿吧，怎么样？"

庆妈妈忙谢恩道："那小子能伺候表公子，是他的福气。"

毛氏尴尬不已，暗暗把帕子都要扯破了。

老夫人果然疼大姑子生的孩子，以前乔昭一来，就把她的两个女儿比到天边去了，老太太满心满眼都是外孙女，如今对外孙亦是如此，就因为一个小厮，半点不给她面子。

"梓墨，你回去吧，祖母和你娘还有二婶商量点事儿。"

薛老夫人开了口，寇梓墨自是听话离开了听风居，却没有回房，而是悄悄从后门溜出去，直奔五福茶馆。

"大姐，你不是有事出不了门？"五福茶馆的雅室里，寇青岚当着乔昭的面不好直说，委婉问道。

"表哥出事了。"

"啊？表哥怎么了？"

寇梓墨把老车夫的话简要讲了一遍，神色凝重对乔昭道："黎三姑娘，我表哥受了惊吓要休养，最近恐怕不能出门了，他的火毒——"

乔昭笑笑："不碍事，乔公子体内残留的火毒已经不多，等有机会再见面，给他施一次针就行了。现在他受了惊，还是以休养为主。"

她面上不动声色宽慰着寇梓墨，心中却惊疑不定。

怎么会有两个杀手？听寇梓墨所言，那第二个杀手分明是想置大哥于死地的！

按着她和大哥商量的计策，接下来大哥会服下她给的药丸，化被动为主动，造成病重的假象。这样的话，幕后凶手以为暗害大哥的目的已经达到，就不会再出什么杀招，也就保证了大哥这段时日的安全。

可如今好端端又冒出一个杀手，这又是哪一方派出来的人呢？

思及此处，乔昭不由一阵后怕。

要是真被那个杀手得手，岂不是她害了兄长！

辞别了寇氏姐妹，乔昭心事重重回到家，立刻把晨光喊了过来问起当时情况。

"姑娘您放心，那个小厮已经被我丢给了一个同袍，我那个同袍是最好的审讯高手，而且口风很紧。"

"晨光，我问你，你有没有叫同袍一起扮成杀手？"

晨光愣了愣，摇头："没有啊。"

乔昭一颗心陡然沉了下去。

事情超出了掌控，乔昭心情颇为沉重，唯一庆幸的是兄长没有受伤，算是最大的安慰。

转日，乔公子风邪入体、病情来势汹汹的消息就传了出去。

邵明渊第一时间得知这个消息，备了礼品前往寇尚书府探望。

寇梓墨正坐在屋子里默默垂泪。

寇青岚在一旁劝道："大姐，发生这种事是谁都想不到的，你何必如此自责？"

"若不是我为了治好表哥脸上烧伤，安排表哥出府，表哥又怎么会遇到这种事？"

"大姐，话不是这样说的。表哥是大人了，虽然在咱们府上住着，可并不是坐牢，就算你不安排他出去，有事时他还是会出去啊。表哥昨天遇到了杀手，既然没受伤，那就是好事，至少以后再出门就不会毫无防备了。"

"可表哥现在病得厉害，都昏睡不醒了！"

"那是因为表哥身体虚弱，心情郁结，这场病只是趁机发作出来罢了。"寇青岚挽住寇梓墨手臂，"大姐，你就不要把表哥生病的责任揽在自己身上了。"

"大姑娘、二姑娘，太太请你们过去。"

姐妹二人对视一眼，略作收拾，起身去了毛氏那里。

"娘叫我和姐姐来，有什么事呀？"寇青岚笑吟吟问。

毛氏脸一沉："这么大丫头了，就不能稳重点？"

"好，好，我稳重。"寇青岚绷紧了唇角。

毛氏睇了寇梓墨一眼，眼风从长女微红的眼角扫过，淡淡道："你们随我去看看你们表哥吧。"

寇梓墨一怔，显然没有想到毛氏叫她们来是因为这个。

自从表哥来到府上，别人没有察觉，她与二妹却再清楚不过，母亲对她简直严防死守，唯恐她和表哥多见面。

"还愣着干什么，走吧。"毛氏起了身。

寇梓墨跟在毛氏身后往外走，心中生出几分暖意。

无论如何，表哥是姑母留在这世上唯一的孩子，现在病了，母亲终究还是心软了。

听风居位于尚书府西北角，很是偏僻。

毛氏领着两个女儿穿过扶疏花木，款款前行，拐了一个弯后，迎面撞见了两个人。

其中一人是个四五十岁的婆子，正是伺候薛老夫人的婆子庆妈妈，另一人修眉星目、俊朗不凡，竟是个二十来岁的年轻男子。

寇梓墨与寇青岚一脸错愕。

毛氏已是温声笑道："侯爷也来看乔墨啊？"

邵明渊行了个晚辈礼："见过舅母。"

"侯爷不必如此多礼。"毛氏忙避开。

眼前的人是圣上亲封的冠军侯，她虽是个拐着弯的长辈，要是真的托大，那才是傻了。

毛氏眼波一转，扫向两个女儿，浅笑道："梓墨、青岚，还不来见过侯爷。"

姐妹二人对视一眼。寇梓墨垂眸，心中嘲弄一笑。原来如此！母亲还当她是三岁小儿不成，竟以为她会相信这样的"巧遇"！

在毛氏温柔似水的目光注视下，寇梓墨却觉得脸上是火辣辣的难堪与羞辱，笼在衣袖中的手暗暗握紧，冲邵明渊福了福，声音平淡无波："见过表姐夫。"

毛氏嘴角笑意一滞。

这个丫头是怎么回事儿？

她得知冠军侯上门来探望乔墨，算好了时间带两个女儿过来，期望能给冠军侯留下几分印象，以便将来促成一桩姻缘，谁知好不容易有了光明正大让他们认识的机会，梓墨怎么叫起"表姐夫"来了？

这不是在提醒冠军侯，他们之间的亲戚关系脱不开冠军侯的亡妻乔氏吗？

没有理会母亲瞬间的神色变化，寇青岚跟着福了福，笑盈盈道："见过表姐夫。"

毛氏面上不动声色，心中气个半死。这两个死丫头，一个个真是要气死她。梓墨一直对乔墨有念想也就罢了，青岚这丫头是不是傻啊，跟着她姐姐犯什么混？

邵明渊冲寇梓墨二人微微点头，然后退至一旁，对毛氏道："舅母先请。"

毛氏露出温和的笑："既然碰上了，侯爷随我们一起进去吧。"

"不了，舅母不必等我一起，我有些体己话要与舅兄说，等舅母出来我再进去。"邵明渊说完，迈开大长腿走到一旁的凉亭里去了。

毛氏瞠目结舌。说好的温文儒雅、进退有度呢？什么叫有体己话要与乔墨说？有什么话不能当着她的面说吗？退一万步讲，就算真有什么话想单独说，就不能委婉点提出来啊？

自觉很没面子的毛氏心里很是窝火，偏偏她看好的这青年不是什么普通人家的儿郎，而是位高权重的冠军侯，只能把火气压在心里，带着两个女儿进了听风居。

毛氏踩着这个点过来，原就是为了和邵明渊撞见，借着探病的机会让两个女儿与他多些接触，此时算盘落了空，本来就一直对长女严防死守，如今哪还能任由长女与乔墨增进感情，自是早早就带着两个女儿出来了。

邵明渊进了听风居，就闻到一股淡淡的药香味，不由加快了脚步。

乔墨正躺在床榻上，双目微闭昏睡着。

邵明渊见状停下来，打量了一会儿，悄悄退到外间去。

"大夫怎么说？"

"已经请了两个大夫，都说是受了惊吓导致风邪入体，表公子先前被火烧伤本来就伤了元气，身体一直很虚弱，所以就一下子病来如山倒了。"庆妈妈道。

邵明渊脸色有些难看，离开听风居后前往主院与薛老夫人道别："外祖母，倘若舅兄病情有什么变化，请及时通知我，或者有什么需要的，都可以交给我来办。"

听了这话，薛老夫人很是宽慰，点点头道："侯爷不必太担心，若真的有事情，老身会差遣人去跟你说的。"

邵明渊这才离开尚书府，却没有回靖安侯府，而是直接去了春风楼。

这个时候，春风楼酒客稀少，邵明渊去了池灿等人常待的雅间，要了一壶酒，自斟自饮。

窗外日头高照，阳光透过窗棂洒进来，在酒桌上投下一个个跳跃的光圈，有的落在男子修长的手指上，让那本就白皙的手指显得有些透明。

这样炎热的天气，邵明渊却感觉不到一丝热意。

他在窗前酒桌前坐了良久，终于下定了决心，吩咐人道："去黎府联系晨光，让他请黎三姑娘来春风楼。"

"邵将军要见我？"

冰绿忙点点头："晨光托婢子跟您说的，现在邵将军还在春风楼等着呢。"

小丫鬟眼巴巴望着乔昭："姑娘，您去吗？"

乔昭颇有些无语。

为什么觉得她要是说不去，眼前的小丫鬟就要哭出来的样子？

"去。"第二个杀手仿若一块石头压在乔昭心上，与其待在府中胡思乱想，不如与邵明渊聊聊，说不定会有什么意外的收获。

黎府离春风楼不远，乔昭跟何氏打过招呼，带着冰绿出了门。

"三姑娘，将军在里面。"晨光直接从后门把乔昭主仆带进去，领到一扇房门前停了下来。

门忽然开了，邵明渊站在门内，对乔昭客气笑笑："黎姑娘，后院葡萄藤下有石桌石凳，我请你在那里喝茶，你看可好？"

"行。"乔昭很痛快答应下来。在哪里说事她都无所谓，不过看来邵明渊还是挺注意男女之防的。这个发现，让乔昭莫名看眼前的男子顺眼了些。

"请跟我来。"

如邵明渊所言，后院果然有一架枝叶繁茂的葡萄藤，一串串葡萄掩映在青翠欲滴的绿叶中，青涩的样子让人一看就忍不住冒出酸口水来。

邵明渊请乔昭坐下，亲手斟了茶推到她面前，笑道："再过半个多月，这里的葡萄就可以吃了，味道比外面卖的要好很多。"

乔昭见邵明渊没有直入正题，也不急着问，眼波在他白净如玉的面庞上一扫而过，笑道："邵将军不是才回来，就知道这里的葡萄好了？"

邵明渊端起茶杯，语气很是随意："年少时曾和拾曦他们偷过这里的葡萄吃。"

好一会儿，乔昭才道："没想到邵将军以前也这般顽皮。"

邵明渊笑笑。

"邵将军今天找我，有什么事？"

抬眸看了一眼不远处站着的晨光，邵明渊道："黎姑娘托晨光办的事，晨光对我讲了。"

乔昭点点头，没有表露出诧异的样子。晨光是邵明渊的亲卫，这样的事不告诉邵明渊反而不正常。她本来也没想着瞒着邵明渊。

"不知道黎姑娘为何会如此尽心为我舅兄谋划？"

"舅兄？"乔昭反问。

"黎姑娘不知道吗，乔公子是我妻子的兄长。"

乔昭抿唇。

她当然知道，她就是不知道这人叫"舅兄"还叫得挺顺口的。

"所以我想冒昧问一句，黎姑娘为何对我舅兄如此用心？"

葡萄架下，石桌对面的男子白衣黑发，点漆般的眼眸犹如一汪深潭，令人猜不透此刻的情绪。

"因为李爷爷让我以后与乔大哥互相扶持啊。"

"乔大哥？"

"对呀，李爷爷说，我和乔大哥是他在世上最亲近的两个晚辈，他不在京城的日子，希望我们能互相扶持。我是受人之托忠人之事。"

受人之托忠人之事？李神医托他照顾黎姑娘，又托黎姑娘关照舅兄，咳咳，总有种只有他一个人是后娘养的感觉。邵明渊目光从乔昭面上扫过，笑道："还没恭喜黎姑娘，容颜恢复如初。"

"哦，谢谢。"乔昭随手摘了颗葡萄放在手中把玩，"邵将军应该听说了吧，昨天先后有两个杀手袭击乔大哥，第一个杀手是晨光扮的，第二个杀手让我很意外，从昨天到现在一直在琢磨这件事，也不知是什么人要置乔大哥于死地——"

她话说到一半，忽然发现邵明渊表情有些异样，不由住了口看着他："邵将军？"

邵明渊回神。

"邵将军莫非有什么心事？"

"并没有，就是有件事要告诉黎姑娘。"

"洗耳恭听。"葡萄架下，素衣少女把玩着青涩的葡萄珠，大大方方与年轻的将军对视，语气悠然。

邵明渊却莫名有几分压力，犹豫了一下才开口道："第二个杀手——也是我派的。"

乔昭手上一用力，葡萄顿时被捻破了，溅出晶莹的汁水。

"邵将军是说，那个冷血无情，追得乔大哥狼狈逃窜、受惊过度的灰衣杀手，也是你派的？"乔昭一字一顿问。

"嗯。"邵明渊老实点头，眼风忍不住瞄了下场凄惨的葡萄一眼。

"邵将军为何如此做？"乔昭拿出雪白的帕子缓缓擦拭着手指。

"这样显得更真实一些。黎姑娘不是想让幕后凶手以为有别的势力想对我舅兄不利吗？出现两个杀手会把水搅得更浑，令人更难窥透真相，而且第二个杀手的出现是谁都不知道的事,他们的反应会更真实,这样就不会有破绽了……"邵明渊侃侃而谈,从战略布局到人心算计,赫然把这次事件当成了一项军事行动。

乔昭揉了揉帕子,强忍着把帕子扔到某人脸上的冲动,淡淡问:"说完了?"

邵明渊咳嗽一声,拿起茶杯啜了一口。

"邵将军想得很周全,但为何不提前知会我一声?"

她又不会出现在现场,还需要什么真实反应吗?

"不动则已,一动自然要确保万无一失——"

"这不是打仗!"乔昭黑着脸反驳。

知不知道她担心得一夜没睡好啊?睡不好的人还能这么好脾气跟他喝茶,已经很不容易了。

"抱歉,是我错了。"

啥?乔昭眨眨眼。这么容易就认错,这人还讲不讲一点原则了?

见相对而坐的少女脸色缓和,邵明渊暗暗松了一口气。

和女孩子打交道太麻烦了,果然遇到分歧时道歉比讲道理要管用。

"那冒出来拦住灰衣杀手的人呢?也是邵将军安排的?"人家都道歉了,乔姑娘没了揪着不放的理由,转而问起这个问题。

"这个不是。本来我安排了人,不过还没等出场,那人就出现了。"邵明渊看了乔昭一眼,"那人是锦鳞卫。"

"锦鳞卫救了乔大哥?"乔昭一怔。

世事多变,很多事情果然是计划没有变化快。这下好了,确实不用担心给大哥下毒的幕后凶手理明白其中头绪了,她都要乱了。

"舅兄是乔先生的孙子,又因为一场大火寄居尚书府,在京城本就备受瞩目,倘若出了事定会引起风波,想来是锦鳞卫不愿看到这种情况发生,才会出手相救。"

池灿曾和他说过,当今天子越来越厌恶麻烦事,而作为天子的眼与手的锦鳞卫,当然会照着主人心意行事。

"黎姑娘,若是从小厮口中问出给我舅兄下毒的是何人,你打算怎么做?"

乔昭神色淡淡开口道:"当然是要对方受到惩罚了。"

邵明渊沉默片刻,直视着乔昭的眼睛问:"如果幕后之人是尚书府的人呢?"

那些人是舅兄的亲人,而黎姑娘其实只是个外人,这样插手的话,有可能里外不讨好。

"不管是什么人,害了人,就该得到惩罚!"乔昭一字一顿道。

什么是亲人?相亲相爱、荣辱与共才是亲人,要是背后捅刀子的,那算什么亲人?伤害哥哥的人,她一定要让那人得到惩罚!

"邵将军打算怎么做呢?"乔昭反问。

在旁人看来，邵明渊与大哥的关系可比她与大哥的关系要亲近多了。

"自是要先问过舅兄的意思再说。"

"邵将军说的也对。"

葡萄架下，二人你一言我一语，气氛渐渐和谐。

晨光遥遥看了一眼，喜上眉梢。

"你笑什么？"冰绿问。

"没笑什么。"晨光忙敛起笑容，一本正经道。

要是被这小丫鬟瞧出来他有意撮合将军大人与三姑娘，给他搞破坏怎么办？不能让她发现！

"有毛病啊！"冰绿翻了个白眼，忽然又乐了，"我怎么瞧着邵将军和我家姑娘很相配呢，晨光你觉得呢？哎呀，要是他们能在一起就太好了，邵将军连草帽都会编，以后一定不会让我们姑娘吃苦的。"

晨光愣了愣。等等，将军大人什么时候编草帽了？他怎么不知道啊？更重要的是——晨光目光落在冰绿身上，顿觉小丫鬟漂亮了不少。刚刚是他太小心了，闹半天这原来是战友啊！

晨光正在傻笑，眼风无意间扫了前边一眼，顿时一惊。

那不是池公子吗，他怎么来了？

晨光赶忙把冰绿往一边推："你快去和将军他们说一声，让他们赶紧躲躲，我去拦住池公子！"

冰绿被晨光的紧张搞得昏了头，居然真的跑去通知邵明渊与乔昭。

晨光快步迎上去挡住池灿去路，低眉敛目道："池公子，将军刚刚从后门出去了。"

"这么不巧？"池灿摇摇扇子，忽然伸手用扇子抬起晨光下巴，"等等，我怎么瞧着你眼熟？"

"呵呵呵呵，属下是将军的亲卫，池公子当然会觉得眼熟。"

池灿眯了眯眼，恍然大悟："不对，你是黎姑娘那个车夫！"

什么？这都能被认出来？唉，这就是长相太突出的缺点了吧。晨光默默想。

"你怎么会在这儿？"

"我——"

池灿收起折扇一拍掌心："这么说，黎姑娘也在这里？嗯？你刚刚说你们将军走了，那黎姑娘一个人留在这里干什么？不对，你小子蒙我呢，你们将军肯定还在这里。"

"不是，池公子，您误会了——"

池灿一把推开他，冷冷道："我本来没误会，但现在真的误会了。爷倒是要瞧瞧，他们两个在干什么见不得人的事！"

池灿推开晨光大步流星往前走去，晨光欲哭无泪。

池公子这么敏锐干什么？他出现在这里，就不能是有事情来找将军禀告吗？

葡萄架下，看着慌慌张张跑过来的冰绿，邵明渊与乔昭同样一脸错愕。

"发生了什么事？"乔昭问。

冰绿跑得上气不接下气："姑，姑娘，快躲起来——"

"嗯？"乔昭一脸莫名其妙。

"来不及了！"冰绿拉起乔昭，左右四顾，慌忙拉着她一起躲到了葡萄架后面。

邵明渊站起来，下意识追了两步，看到气势汹汹过来的人，又收回了脚步。

"还好！"冰绿抚着胸脯松了一口气。

"到底怎么回事儿？"乔昭压低声音问。

"那个池，池公子，他过来了！"冰绿大大喘了一口气道。

乔昭蹙眉不解："池公子过来了，我为什么要躲起来？"

"啊？"冰绿愣了愣。

对呀，池公子来了又怎么样，她家姑娘和邵将军约会，光明正大！

眼见小丫鬟张大了嘴说不出话来，乔昭摇摇头，抬脚欲要出去，忽听熟悉的声音传来："庭泉，今天好兴致啊。"

乔姑娘默默收回脚。

本来没什么的，可这个时候再出去，就有些尴尬了。

"一个人喝茶呢？"池灿一屁股坐下来，修长手指把玩着面前浅浅不足半杯的碧色茶盏，挑眉道，"不对呀，有两个茶杯呢。"

他忽然身子前倾，嘴角弯起露出夺目的笑容："莫非庭泉早知道我会来，提前就准备好了？"

邵明渊还处于呆滞状态。谁能来告诉他是怎么回事儿，他和黎姑娘正聊着正事，好友怎么一副捉奸的架势就过来了？嗯，瞧着有点吓人。

他默默坐下。

"怎么不说话啊？难道是见到我，喜出望外了？"池灿斜睨邵明渊一眼，端起茶盏抿了一口。

邵明渊目光直直落在池灿捏着的碧色茶杯上。

顺着邵明渊诧异的眼神垂眸一看，池灿一张白玉般的脸迅速红了，猛烈咳嗽起来："咳咳咳，这个——"

他怎么一不小心，把那丫头喝过水的杯子给用了，这岂不是，岂不是——

池灿越想越脸红，羞恼之余，心中莫名又有些说不清道不明的喜悦，也因此，脸就更红了。

"这个是我刚才用的茶杯。"邵明渊道。

"啥？"池灿一愣。

他一定是听错了！

"你坐在那——"池公子无法接受和一个男人共用一个茶杯的事实，挣扎道。

邵将军同样心情复杂，可为了不让好友以为是用的黎姑娘的茶杯，只得解释道："我之前坐在你现在的位置，刚才还没来得及坐下，你就先给占了。"

池灿扶额。

他一点都不想听！

邵将军完全没有听见好友的心声，淡淡道："所以你就不要想多了。"

用他的茶杯，总比不小心用了黎姑娘的茶杯好。

池灿黑着脸站起来，冲着葡萄架冷哼一声："黎昭，你想躲到什么时候？难道要我请你出来吗？"

葡萄藤轻轻摇曳，乔昭面色平静地走了出来。

池灿一看，顿时气不打一处来。

她居然还敢面色平静？

"有什么见不得人的事，见了我还要躲起来？"

"拾曦，有话好好说。"

池灿冷笑："心疼了？"

邵明渊眸中满是愠怒，飞快瞥乔昭一眼，伸手搭在池灿肩头，歉然道："黎姑娘，抱歉，我带他去清醒一下。"

"邵明渊，你给我松手！"

直到二人不见了身影，某人的怒喝声还隔着葡萄架传过来。

乔昭冷着脸扫冰绿一眼："走吧。"

"姑娘，就这么走啦？"

"不然呢？等他们一决胜负？"

见姑娘脸色不好看，冰绿吐吐舌头不敢说话了，亦步亦趋跟在乔昭身后往外走。

总觉得三姑娘才和将军大人说了几句话，就这么走了未免太可惜，晨光不怕死来一句："姑娘，池公子要和我们将军一决胜负，肯定很快出结果的，要不您再等等？"

"或者你留下，我换个车夫？"

"这就走！"晨光满眼泪。不带这么威胁人的啊！

邵明渊把池灿拎到墙角，松开手叹了口气："拾曦，当着黎姑娘的面，能不能别乱说？"

池灿双手环抱胸前，冷笑："我哪句话乱说了？你敢说你对黎姑娘没有另眼相待？"

"我对黎姑娘的另眼相待，只因李神医的嘱托，绝无其他。"

见邵明渊神色坚决，不似作伪，池灿愣了愣，一时没有吭声。

邵明渊眸光深深,看着他问:"那你呢?"

好友性子太别扭,再这样胡闹下去,会弄得大家都难看,还不如借着这个机会说明白好。

"我怎么了?"

邵明渊叹气:"你对黎姑娘格外关注,难道只是因为好玩?"

池灿被邵明渊问住,脸上神情变化不定,仔细想了想道:"也不是,就是不平衡吧。"

"不平衡?"

"对啊,我可是把那丫头救出虎口的人,她居然不感激涕零、结草衔环、以身相许什么的,还时不时给我脸色看!"池灿越说越不高兴,"爷自从那年之后,这么多年什么时候救过女孩子?好不容易出手一次居然得到这种待遇,怎么想心里都不痛快!"

"这么说,你不是因为喜欢黎姑娘?"

池灿仿佛被踩到尾巴一样跳起来:"开玩笑,我怎么会喜欢女孩子?"

等等,这话好像有哪里不对劲儿。

发现邵明渊瞬间往远处挪了挪,池灿脸一黑:"躲屁啊,你想到哪里去了?"

邵明渊默默挪了回来。

"反正你别误会就是了,我又不是眼瞎!"

邵明渊打量着池灿的神色,见他一副义正严词的样子,点了点头:"好吧,看来是我想多了。"

"你就爱胡思乱想,走吧,之前那丫头答应给我做叉烧鹿脯吃,择日不如撞日,正好酒楼能提供现成的东西,咱们今天就尝尝她的手艺。"

二人并肩往回走,葡萄架前空荡荡的连个人影都没有。

"人呢?"池灿左右四顾。

邵明渊冲后门处的亲卫招招手。

亲卫忙跑过来:"将军有何吩咐?"

"刚刚在这里喝茶的姑娘呢?"

"那位姑娘带着丫鬟和晨光一起走了。"

"好了,你下去吧。"邵明渊挥挥手,转而对池灿道,"已经走了。"

"我知道了,不用你再重复一遍!"池灿黑着脸,咬牙切齿道。

"那叉烧鹿脯——"

"你还提?"

邵明渊:"……"这是典型的恼羞成怒吧?

"我走了!"池灿一张脸臭得不行,大为恼火。

居然就这么走了,那丫头的良心一定是被狗吃了吧?

眼见好友黑着脸走了，邵明渊返回葡萄架下坐下来，拿起池灿用过的茶杯看了看，好一会儿才放回去，起身离开了春风楼。

还没到晚上，乔昭就等到了晨光的传信。

西府地方小，乔昭在一个亭子见了晨光。

"有消息了？"

夕阳缱绻，给晨光俊秀的脸更添了几分光彩，他笑容灿烂道："我那个同袍是审讯高手，有他出手，就是敌国细作都手到擒来，更别说只是个软脚虾小厮了。"

"这么说，那小厮已经交代了幕后之人？"

"交代了，就是尚书府的大太太，乔公子的大舅母。啧啧，真是最毒妇人心啊，乔公子已经这么惨了，投奔外祖家，当舅母的居然如此容不下他，还要给他下毒——"触及乔昭苍白的面色，晨光陡然住口，迟疑一下，小心翼翼地问，"三姑娘，您怎么啦？"

"我没事。"乔昭笑笑。

晨光心直口快道："还说没事，您这笑比哭还难看呢，啊，您别哭啊……真的哭啦？"

发现乔昭眼角红了，晨光一下子手足无措起来，掏出手帕想递过去，又反应过来这样不合适，急得直打转。

乔昭调整好心情，面上恢复了波澜不惊的样子，问晨光："那个小厮可交代了缘由？"

大舅母——不，毛氏为何要对大哥下这种毒手？

难道是因为梓墨表妹？

大舅母知道梓墨表妹对大哥芳心暗许，为了防患于未然，于是下毒除掉大哥？

可这有些说不通。

大哥毁了容，就算梓墨表妹想嫁给大哥，那也只能是她的一厢情愿，无论是外祖家还是大哥自己，都不会考虑这件事。

大舅母因为梓墨表妹对大哥心生不喜很正常，可至于做出这种伤天害理的事吗？

乔昭隐隐觉得有一个点想不通。

"三姑娘，这件事，小的要跟将军禀告一声。"

乔昭睇他一眼："好像我说不让你禀告，你就听似的。"

"呵呵呵。"晨光尴尬挠了挠头，笑得露出一口白牙。

"行了，你去吧。"

晨光站着不动。

"嗯？"

"三姑娘有没有话托小的转告给将军啊？"

"没有。"乔昭立刻否认。

他们又不熟,她有什么可说的?

"那小的走了。"晨光一张脸垮下来。

乔昭回屋后,晚饭都没动几筷子,草草洗漱后直接就躺下了。

天还不算晚,烛火已经燃了起来,乔昭在床上辗转反侧,如烙饼一般。

"姑娘是怎么啦?"门外,冰绿一脸担忧,低声问阿珠。

阿珠摇摇头。

"好像是见过晨光后就这样了,一定是晨光那笨蛋说了什么话,气着姑娘了。不行,我找他算账去!"

冰绿气呼呼往外走,被阿珠一把拉住:"姑娘不会与晨光计较的。再说,天都黑了,你怎么去找晨光?"

冰绿一下子蔫了。

里屋的乔昭却猛然坐了起来,扬声道:"阿珠,给我倒杯水来。"

阿珠快步走进去:"姑娘,水。"

乔昭伸手接过水杯,一口一口喝着,眸子比天上的繁星还要亮。

黑亮黑亮的眼,让阿珠瞧了莫名有些发慌,可少女平静的眼波又让她心头安定下来。

乔昭把杯子递给阿珠:"你下去歇着吧,我没事。"

想不通毛氏有什么充足的动机害大哥,那就不想了,她只要让毛氏得到惩罚就够了!

庆幸的是,她早早把药丸给了大哥,让大哥以受惊吓为幌子发病,毛氏一时半会儿应该不会再对大哥下毒手。

不知道邵明渊知道了这件事,会怎么做呢?

乔昭性情坚韧,一旦下了决心,反而平静下来,不多时便沉沉睡去。

邵明渊听了晨光的禀告,薄唇紧抿,带了十数亲卫前往寇尚书府。

黄昏时分,许多人家已是炊烟袅袅,街上行人稀少。

青石路面被马蹄敲击,发出嗒嗒声响,最前方的男子白袍墨发,身姿挺拔,身后跟着十多名黑衣男子,骑着清一色的乌毛骏马,最后面则是一辆马车。

这些男儿明明面无表情,不见半分厉色,可那整齐有力的马蹄嗒嗒声,还有几乎一致的骑马姿势,却让路人感到一股无形的巨大压力。

那马蹄声仿佛不是踩在青石路面上,而是一下下踩在行人心头,令人无端胆寒。

行人忙避开来,低着头大气都不敢出,等这队骑手远去了,又出于好奇的天性,伸长脖子眺望。

有些人惊讶地发现那队骑手在刑部尚书府门前停下来。

邵明渊侧头点点头。

一名亲卫翻身下马,来到朱漆大门前拍了拍。

"谁呀,都这个时候了——"门人把大门打开一条缝,探出半个头,不满的嘀咕声在看到清一色的高头大马时戛然而止,声音都变了调,"什么人?"

"冠军侯前来拜访你家大人。"亲卫朗声道。

门人哪见过这般架势,一时忘了冠军侯是自家大人的外孙女婿,拔腿就往里跑,气喘吁吁禀告道:"不得了了,冠军侯来了,带了好多人,还骑着马!"

刑部尚书寇行则此时刚下衙不久,因心情不大痛快,叫了长子寇伯海一同饮酒。

父子二人正在对饮,忽然听门人这么一说,寇伯海猛然站起来,拔腿就往外走。

"站住!"寇尚书放下酒杯,喊了一句。

"父亲,您没听见么,冠军侯来了!他这个时候突然造访,肯定有什么大事!"

"伯海,冠军侯是什么人?"

"冠军侯?那是皇上亲封的常胜将军啊,在军中风头无二的人物——"

寇尚书慢慢站起来,沉声道:"你忘了,冠军侯还是我的外孙女婿,该叫你一声舅舅的。"

寇伯海张了张嘴,尴尬笑笑:"一时情急,还真给忘了。"

他说完,瞪了传话的人一眼,斥道:"话也说不清楚,慌里慌张做什么?"

寇尚书扫他一眼,淡淡道:"行了,别和一个下人计较了,你去迎一下。"

"父亲,冠军侯在咱们面前是晚辈,去迎什么——"

"糊涂!"寇尚书瞪长子一眼,"刚刚我是提醒你不要忘了这层亲戚关系,现在是要你知道,就算冠军侯是你我的晚辈,他最重要的身份还是圣上亲封的冠军侯。他这个时候前来,是公是私尚不清楚,你一个五品小官,岂能在他面前托大?"

"父亲教训的是。"寇伯海平复了一下心情,摆出随意而不失郑重的态度,迎了出去。

朱红的门打开,寇伯海朗声笑道:"侯爷来了,快快请进。"

邵明渊把缰绳交给一旁的亲卫,大步走了过去。

身后十几名黑衣亲卫齐刷刷跟在后面,动作整齐划一。

寇伯海目光不由在那些亲卫身上打了个来回。

"见过舅父。"邵明渊对着寇伯海行了揖礼,一双黑湛湛的眼平静无波,从他脸上扫过。

眼前的年轻人礼仪上明明无可挑剔,寇伯海却莫名觉得那扫过他的目光带着透骨凉意。

那一声"舅父"带来的长辈优越感,顿时烟消云散。

"侯爷多礼了,快里面请。"寇伯海领着邵明渊往内走,十多名亲卫紧随其后,引得尚书府的下人频频注目。

文臣不同于武将，哪怕位极人臣，何曾有过这等架势？

等主人走过后，有的下人悄悄议论起来。

"那位冠军侯不是白天才来过吗，啧啧，当时瞧着斯文有礼，跟清贵公子哥儿似的，怎么忽然就让人觉得杀气腾腾的呢？"

"可不是嘛，我原先还琢磨着，冠军侯能令鞑子闻风丧胆，是不是夸大其词啊，现在见了，才知道是自己看走眼了。"

"你们说冠军侯这个时候过来干什么？不知道的还以为来抄家呢！"

"呸呸，狗嘴里吐不出象牙来。"

有管事的狠狠咳嗽一声，下人们这才一哄而散。

邵明渊跟着寇伯海往内走，就见寇尚书站在门口石阶上等着。

一见邵明渊走近，寇尚书下了石阶相迎。

邵明渊忙见礼："见过外祖父。"

"侯爷快起身。"寇尚书亲自把邵明渊扶起。

他身材发福，脸是圆的，笑起来令人如沐春风："侯爷这时候过来，是有什么急事么？"

"确实有一桩急事。"

"来，进屋说。"

第十三章 惩治

厅内桌上的酒菜已经撤了下去，三人才进屋，就有仆从奉上香茗。

寇尚书示意邵明渊喝茶。

邵明渊没有推辞，端起茶盏抿上一口，把茶盏放下道："这个时候前来叨扰外祖父，是明渊的不对，不过事情是挺急的。"

"侯爷，到底是什么事如此着急？"虽然贵为六部尚书之一，天子也是经常见的，可邵明渊身份特殊，这个时候过来，还是难免让人心里打鼓。

"明渊想接舅兄去我的侯府住。"

寇尚书一愣，不由看向长子寇伯海。

寇伯海同样一脸不可思议："侯爷这个时候赶过来，就是因为这个？"

"正是。"

一听是私事，且和自己的外孙有关，寇尚书心下一松，摆出了长辈的姿态："原来侯爷是为了这个。侯爷对乔墨的关心我知道了，不过乔墨现在昏睡不醒，挪动多有不便。"

邵明渊淡淡一笑："这个请外祖父放心，明渊带了专门布置过的马车来。"

寇尚书摇摇头："何必多此一举呢？乔墨去了侯府，还要麻烦靖安侯夫人给他重新安置地方。"

"外祖父误会了，明渊说的是冠军侯府。我的住处已经修葺好了，本来就给舅兄准备了一个院子。"

"冠军侯府？"寇尚书愣了愣才反应过来，瞥了已经留起胡须的长子一眼，心情格外酸涩。

果然是人比人得死，货比货得扔，眼前的年轻人刚及弱冠就已经封侯拜将，成了京城上下不容小觑的人物。可他的大儿子年纪都快能当人家爹了，还是靠了他的荫庇才得以混了个五品官。

思及此处，寇尚书又是一番感慨。

提到这个，他不得不佩服亲家乔拙的眼光。

外孙女年纪尚幼时，乔拙就结下这门亲事，为此长女回娘家时还和他们抱怨过。

如今看来，他那个亲家眼光是极好的，就是可惜了外孙女命薄，摊上了必死的局面。

"原来冠军侯府已经修葺好了，回头叫你表弟他们去给你暖屋。"

"多谢外祖父，欢迎表弟他们随时过去玩。"

寇尚书笑道："不过乔墨还是不必搬了，这里是他的外祖家，又已经住了这么些日子，搬来搬去反而不习惯。且冠军侯府离尚书府不算远，明渊要是想见他，随时过来就行。"

邵明渊站了起来，冲寇尚书一揖："外祖父，明渊想要舅兄搬过去住，其实是出于私心，还请外祖父成全。"

"呃，这话怎么讲？"

"今天白日明渊听说舅兄病倒，前来探望过。"

寇尚书点点头。

这事他已经听夫人提起过，夫人当时还感慨，这个外孙女婿倒是个有心的，就是可怜他们的外孙女没有福气。

"明渊探望过舅兄回去后，小憩之时忽然入梦，梦到了妻子责怪我对舅兄没有尽心照顾，害她担忧牵挂，难以瞑目。明渊醒来，思及此梦，再也坐不住，这才前来接舅兄去我那里。明渊知道此举有些唐突，给外祖父添了麻烦，还请外祖父看在明渊日日承受丧妻之痛，能成全明渊的这份心意。"

万万想不到邵明渊执意要接走乔墨竟然是这个理由，寇尚书嘴唇翕动。

想要斥其是无稽之谈吧，可这小子说梦到的是自己外孙女，他听着还怪受用的。

再者说，这小子话都说到了这份儿上，就算是子虚乌有的事儿，他也不好这么驳他的脸面。

"既然如此，那就依你。"寇尚书叹口气，转头对已经听傻了的寇伯海道，"去和你媳妇说一声，赶紧给墨儿收拾一下，该带的都带好，叫些人陪着墨儿一同随侯爷去侯府。"

见目的达到，邵明渊笑意温和："只要把舅兄的随身之物收拾好就行，明渊带了不少人来，就无须麻烦府中人了。"

寇伯海心中冷哼一声。这个小子，把他吓了好大一跳，还以为出什么事了呢，闹半天只是接乔墨去侯府住，没见过走个亲戚这么大架势的。十几个亲卫，一看就都是刀尖上舔血的杀神，吓谁呢？

寇伯海回房把这事对毛氏讲了，毛氏一听就愣了："老爷说什么？冠军侯要接乔墨走？"

"对，父亲让你安排人赶紧给乔墨收拾一下。"寇伯海说完，发现毛氏表情怔怔的毫无反应，不由皱眉，"怎么跟丢了魂儿似的？没听我说什么吗？"

"啊，听到了。"毛氏猛然反应过来，犹豫了一下问，"好端端的，冠军侯为什么要接乔墨走？老爷，不是我说，这里怎么说都是乔墨的外祖家，冠军侯这个时候跑来接人，都等不到明天早上，这传出去多难听。"

"难听什么？"

"老爷想想啊，世人都爱往坏处想，定然会嚼舌咱们尚书府刻薄家遭大难寄人篱下的外孙呗。"所以千万不要答应啊！

"那没办法，父亲已经答应了。实在不行，就把冠军侯来接乔墨的理由传出去呗。这样既是一段佳话，又不会让尚书府名声受损。"

"什么理由啊？"

"他说梦到了昭昭。"

这也行？毛氏瞪大了眼睛，嘴唇抖着好一会儿说不出话来。

"父亲答应的事，不行也要行，快些去安排吧。"寇伯海催促道。

乔晚知道要被杀了姐姐的坏人接走时，整个人都蒙了，但她还牢牢记得乔家女的身份，眼下哥哥又病了，可不能撒娇耍赖，让外祖家的人看轻了去。

于是小姑娘一直死死忍着，直到上了马车，才哇的一声哭了出来。

骑在马上的邵明渊勒住了缰绳。

"将军，小姑娘哭着呢。"亲卫提醒道。

天色已经暗下来了，临街的商铺都熄了灯，这么一行人在路上走着，再加上车厢里隐隐传来的女童哭声，让偶尔路过的行人吓得拔腿飞奔。

邵明渊掉转马头来到马车旁，翻身下马，弯腰进了车厢。

车厢里点着灯，有个四十来岁打扮利落的婆子正守着乔墨伺候着，对女童的哭闹束手无策，一见邵明渊进来，不好意思道："侯爷，老奴哄不好——"

"照顾好乔公子。"邵明渊看向哭得眼睛红红的乔晚，温声问："为什么哭？"

"我和大哥才不要去你家。"

"喜欢住在外祖家？"

听邵明渊这么问，乔晚皱了皱眉。

其实她也不喜欢住在外祖家，她喜欢住在嘉丰的杏子林，还喜欢住在京城的乔府，只有在这两个地方才自由自在，是自己的家。

可是外祖家好歹有表姐们，这个坏人家有什么？

"你能不能送我们回去？"

"你叫我什么？"面对才七八岁的女童，邵明渊笑着问。

乔晚嘟嘟嘴。这人真是讨厌啦，难道想听她叫他姐夫吗？呸，想得美！

"我说，你能不能送我们回去？"

被问话的人闭目靠着车壁养神，对小姑娘的问题没有半点回应。

烛光下，他脸色苍白，眉黑如墨，黑与白的鲜明对比，让他整个人都是清冷的。

"你不要装睡——"乔晚伸手去拽邵明渊，指尖碰到对方冰凉的手，猛然缩回去，心中蓦地生出几分恐惧，脱口而出道，"姐夫？"

邵明渊睁开眼，漆黑的眸子露出笑意："嗯？"

已经喊出了口，对一个小姑娘来说再喊就没什么困难了，她咬着唇气呼呼道："姐夫，你干吗吓人啊，刚刚我问你，能不能把我们送回去。"

"不能。"某人回答得干脆利落。

乔晚气得瞪大了眼："你，你不是让我喊你姐夫，就答应的吗？"

"没有，你喊我姐夫，我只是知道你要和我说话而已。"

"你，你……骗子！"乔晚气得抿着唇不说话了。

对哄孩子邵明渊没什么经验，见她不哭了，便弯腰出去了。

乔晚："……"哪有这种人啊，果然是大坏蛋！

马车渐渐消失在夜色里，当晨曦重新拉开了一天的序幕，冠军侯因亡妻托梦而把舅兄接走的消息瞬间传遍了大街小巷。

乔昭一夜睡足，正吃着花卷，从大厨房逛了一圈回来的阿珠就把这则八卦讲给她听。

"咳咳咳——"乍然听到这个消息，乔昭不小心咬到了下唇，当即就把下唇咬出血来。

她连连咳嗽着，冲准备给她拍背的阿珠摆摆手，缓了缓问："现在外边的人真这么说？冠军侯梦到……他死去的媳妇儿给他托梦了？"

"真的，如今大街上卖菜的都在说冠军侯对亡妻情深义重呢。"

去他的情深义重，去他的亡妻托梦，那混蛋真是说瞎话不眨眼了，她还活着呢，哪来的亡妻托梦？

乔昭闭了闭眼平复一下心情，吩咐冰绿道："去把晨光给我叫来。"

西跨院晨光自是不便过来，乔昭依然是在亭子里见了他。

"姑娘今天不出门吗？"

"出。"

晨光呆了呆。

他就是随口问问啊，这么大太阳，他不想出门！

"去春风楼。"

"好的,小的这就去备马!"某车夫瞬间活了过来。

"等等,我还有话问你。"乔昭完全不理解这车夫跟打了鸡血似的是为什么,沉着脸道。

"姑娘请说。"晨光返回来。

"昨天邵将军去了寇尚书府上把乔公子接走了?"

"啊。"

"那我怎么没有听你说?"

晨光一脸冤枉:"姑娘,将军没跟小的说啊。您想想,将军是什么身份,小的是什么身份,将军大人有什么打算,怎么会和小的商量呢,您说是不?"

乔姑娘脸更黑了。她的意思是,邵明渊要把大哥接走,居然一点没跟她透露!昨天见面还认错态度良好,现在她是明白了,合着认错归认错,该一意孤行的继续一意孤行!

"那你去备车吧。"乔昭站起来,带着冰绿往外走去。

春风楼里院中的合欢树花开如荼,亭亭华盖遮蔽了艳阳,给树下交谈的人带来清凉与静谧。

"黎姑娘找在下有事么?"

乔昭一听,莫名有些不快。她来找他当然是有事,可这人说话怎么这么让人讨厌呢?她没事就不能来了?这里是酒楼,她来喝酒不行吗?

"我听说,邵将军昨天把乔大哥接到自己府上了?"

乔昭一口一个"乔大哥",是有原因的。

以她现在的身份,在邵明渊面前管兄长叫"乔公子"无疑更合适些,但这样就无形中拉远了与兄长的距离。

她在邵明渊面前常常叫"乔大哥",久而久之,就会让他下意识觉得她与兄长很亲近,这样以后兄长再有什么事,或者她想见兄长,就显得理所当然了。

"嗯,是这样。"

"对乔大哥的大舅母,邵将军打算怎么办?"

对于敢伤害兄长的人,不管是谁,她是不打算就这么放过的。

不过眼前这人能力太大,还没等她行动就先一步把兄长从尚书府接了出来,这样虽然确保了兄长以后的安全,可万一他对毛氏有什么打算自己却不知道,那就被动了。

"这个想等舅兄身体好些了,问问他的打算。"

寇尚书府与乔墨是打断骨头连着筋的关系,究竟怎么对付毛氏,对邵明渊来说,自然是以乔墨的意见为主。

若是舅兄看在外祖家的亲人面子上不想把事情闹大,他能做的就是保证舅兄以后的安全,并尊重舅兄的意见。

"我听晨光说,审问小厮的人是邵将军手下的审讯高手,不知有没有从小厮口中挖出来,乔大哥的大舅母是否受人指使呢?"

"我问过了,那个小厮已经把能交代的都交代了,至于是否受人指使,小厮应该不知情。"

乔昭抬眸与邵明渊对视,郑重问他:"那么乔大哥以后住在邵将军府上,邵将军能够保证他的安全吧?"

邵明渊深深看乔昭一眼,总觉得眼前少女对舅兄的关注已经远远超出了她之前给出的理由,然而少女坦荡清澈的目光又让他不会想到其他地方去。

"责无旁贷。"邵明渊这样回答她。

听了这个答案,乔昭嫣然一笑。既然如此,她就放手一搏,先收拾了毛氏再说。至于兄长会不会因为考虑到外祖家其他亲人而放弃追究毛氏,咳咳,那就不关她的事了。

"还没恭贺邵将军搬入新居。"

邵明渊面上表情很淡,似乎对搬家这件事没有半点情绪波动:"只是收拾了出来,还没有正式搬。"

没有正式搬,但他已经开始在冠军侯府长住了。

到了夜里,偌大的冠军侯府明明冷冷清清,没有什么人气,他却觉得比住在那个生活了多年的靖安侯府还要安心。

"我想去看看乔大哥,不知道邵将军方便吗?"

邵明渊笑笑:"当然方便,以后黎姑娘想见我舅兄,随时都可以过来。"

"多谢邵将军。"

"黎姑娘要现在过去吗?"

"好。"乔昭点头,似乎想到了什么,貌似随意地问,"邵将军,外面都在说,你之所以把乔大哥接出来,是梦到了……"

总觉得在邵明渊面前说"你妻子"有些怪怪的。

邵明渊却坦然接话道:"梦到了我妻子。"

"呃,你真的梦到她给你托梦吗?"

邵明渊诧异地看乔昭一眼。黎姑娘给他的感觉并不像热衷于这些八卦的人。更何况,就算再八卦,也没有几个人敢直接问他的。这一刻,邵明渊没觉得生气,更多的是困惑。难道女孩子都是这样复杂吗?他自以为看透了一个女孩子的脾气,其实这女孩子还有许多面是未知的。嗯,这和他那些并肩作战的同袍一点都不一样。眼前的少女还大睁着一双清亮的眸子望着他,长长的睫毛忽闪着,与她平时淡然恬静的样子很是不同。

邵明渊笑道:"自然是真的。"

"这种事听来有些匪夷所思。"乔昭喃喃道。

"亲人托梦,并不少见。"

"亲人?"乔姑娘抓住了重点。

邵明渊脸有些热,却丝毫没让眼前的少女看出来:"妻子自然也算是亲人。"

他和乔氏只见过那一面,他们虽是夫妻,却还来不及生情就已阴阳相隔。他对她,更多的是愧疚,"爱妻"两个字挂在嘴边未免虚伪矫情。

乔姑娘脸有些黑。

谁是他的亲人啊?简直莫名其妙!

"先夫人请你照顾乔大哥吗?"

邵明渊呆了呆。

怎么还往下问?黎姑娘今天有些怪。

虽然如此,他还是答了:"是,亡妻对我说,她不放心兄长住在外祖家,希望我能把兄长接到身边来照顾,这样她才能安心……"

对面少女意味深长的眼神让邵明渊语气一顿,问道:"黎姑娘怎么了?"

乔昭:"呵呵。"

看这家伙一本正经编瞎话的样子,真没想到啊,他是这样的邵明渊!

"没什么,请邵将军带我去看看乔大哥吧。听说他一直昏睡不醒,我有些不放心。"

从春风楼去冠军侯府的路平坦宽阔,乔昭安安稳稳在车里坐着,想到以后见兄长不再需要费尽心机,心情不由轻松了许多。

……

京城最近最热闹的八卦就是冠军侯亡妻入梦,白袍将军夜接舅兄回府,没想到这个八卦还有后续。

冠军侯之所以把舅兄接到自己府上住,是因为亡妻托梦说尚书府内有一只白毛老虎把兄长吃掉了。

世人对于托梦都是深信不疑的,更爱琢磨梦里的寓意反映到现实中的意思。

这则八卦传得沸沸扬扬,那些不了解上层情况的普通百姓顶多看个热闹也就罢了,许多勋贵官员家的女眷则开始热烈讨论起来。

"我跟你们说啊,这梦里梦到的东西呢,都是暗指人的。这吃掉乔公子的白毛老虎,肯定是指某个要害乔公子的人。所以冠军侯的夫人才不放心兄长,前来托梦呐。"

"不能吧,乔公子是住在自己外祖家的,怎么会有人害他?"

"这可就不好说了,高门大户什么事没有,就是住在自己家,被害的也不是没有。传闻里不是说了嘛,那只白毛老虎就在尚书府呢,这证明害乔公子的人就在尚书府中。"

"怪不得冠军侯连夜把乔公子接走呢。你们说,这白毛老虎是指谁啊?"

一个个闲得无聊的人认真琢磨着。

人们想到某家人,自然是先从主子们考虑。

一个圆脸妇人恍然大悟道:"我知道了!"

众人投来的目光让她倾诉欲望更加强烈:"是寇尚书府上那位大太太毛氏啊!白毛老虎,你们想想?"

"对哦。"众人恍然。

"对了,毛氏正是属虎的!"跟着这个思路走,另一个妇人道。

众人议论纷纷之际,又一个妇人倒抽口冷气:"不知道你们知道不,毛氏的外祖家,就是姓白!"

"这就错不了了,白毛老虎定然是指毛氏无疑了。可她害乔公子干什么啊?"

"那谁知道呢?也许是嫌乔公子累赘,不想一直养着?毕竟当舅母的,还是隔了一层。"

这则流言传入邵明渊耳里后,坐在葡萄架下喝茶的他愣了好一会儿,吩咐亲卫道:"联系晨光,请黎姑娘来春风楼一见。"

乔昭接到晨光传信来到春风楼。

"邵将军找我有何事?"

"那则流言在下听说了。"

"哦。"乔昭一脸平静,心中却在疑惑:邵明渊特意叫她来,就是交流一下八卦?他不像是这种人啊。

邵明渊看着乔昭:"流言是黎姑娘传出去的吗?"

乔昭一怔,随即脸黑了:"邵将军说话,都是这么直接吗?"他们又不熟,这人就不觉得交浅言深,怎么能一点面子不给女孩子留,直接问人家是不是造谣者呢?呃,虽然是她造的谣没错。

邵明渊同样呆了呆。

黎姑娘为什么生气了?他和属下们讨论军情都是这样的啊,直接不才更有效率吗?

"黎姑娘知道流言是谁传出去的吗?"年轻的将军琢磨了一下,决定从善如流,换个委婉点的问法。

乔姑娘脸色更黑。

这人怎么明知故问呢!

邵明渊:"……"他还是不说话好了!

"是我。"乔昭决定不和这人计较了。

见邵明渊沉默,她问:"怎么了?"

"在下觉得,这件事还是尊重我舅兄的意思为好。毕竟,这是我舅兄的私事,或许还涉及一些隐情……"

邵明渊说不下去了，因为他忽然发现，眼前的小姑娘居然哭了。

或许也不算哭，那双好看的眸子里忽地蕴含了水光，委屈得像是奔跑在林间乍然见到生人的小鹿。

邵明渊有些蒙。对黎姑娘，他一直是欣赏的，虽然对方年纪尚小，但他从没把她当小姑娘看待。她于他，更像是能平等相交的朋友。现在才知道，原来再怎么样黎姑娘也是女孩子，和他那些同袍是不一样的。但是他到底说什么了，就惹得黎姑娘要哭了？

"邵将军是觉得我多管闲事了？"乔昭抿着唇问。

她知道不该委屈的，她现在不是乔昭了。不是大哥的妹妹，也不是眼前人的妻子。在所有人眼里，她就是个多管闲事乱操心，一点也不安分守己的女孩子。可是她在所有人面前都不觉得委屈，在邵明渊面前就是忍不住。

邵明渊手足无措。

他真的没有说什么啊，黎姑娘明明不是这样无理取闹的人，到底哪里出了问题？

"黎姑娘，对不起，你，你还是别哭了——"

不远处站着的晨光和冰绿时不时往这边扫一眼，邵明渊很有种拔腿就跑的冲动。

"我不能多管闲事，连哭也不能吗？"少女含泪问。

"能，当然能的……但是其实真的没什么好哭的……"年轻的将军干巴巴地劝。

乔昭更生气了。她已经很克制了，换成别的女孩子早哭死了好吗！他居然还说没什么好哭的，这混蛋知道什么呀！乔姑娘猛然站起来，抬脚踢了邵明渊的小腿一下，转身便走："冰绿、晨光，我们回府！"

冰绿和晨光跑过来。

"姑娘，您怎么哭啦？"冰绿吓了一跳，扭头问邵明渊，"邵将军，你是不是欺负我们姑娘了？"

邵明渊默默低头，看着自己被踹过的小腿。女孩子力气小，踢的那一下对他来说就如蜻蜓点水一般，轻得几乎感觉不到。可是，那一下又仿佛踢到了他心上，让他至今难以回神。他居然被一个女孩子踢了，那个女孩子偏偏受了很大委屈的样子。可这到底是为什么啊？

"冰绿，别说了，咱们走。"乔姑娘拂袖而去。

冰绿见状瞪了邵明渊一眼，赶忙追了上去。

晨光连连摇头，恨铁不成钢道："将军，女孩子不能欺负啊，要哄的。"

"我没做什么。"面对下属，年轻的将军面上还算冷静。

他没哄过女孩子，再说，他没打算再娶妻，哄妻子以外的女孩子也不合适吧！

"不可能没做什么。三姑娘是属下见过的最坚强的姑娘，将军您一定是做了很严重的事，才把她气哭的。"

难道将军非礼三姑娘了？嘿嘿嘿，将军大人好棒！

邵明渊认真想了想，道："我好像就说了她多管闲事——晨光，你怎么了？"

"没，没什么。"晨光一脸生无可恋地走了。

回去的路上，冰绿愤愤道："姑娘，您别哭了，以后咱们再也不来这破春风楼了。"

乔昭看她一眼，道："还是要来的。"

冰绿："……"姑娘，咱的志气呢？

冷静下来，乔昭又有些懊恼。她怎么踢了邵明渊呢？这样未免太幼稚了。罢了，罢了，随他怎么想，反正她要做的事，还是会接着做的。

在邵明渊看来，大哥的事与她无关，但对她来说，目前没有比大哥的事更重要的了。伤害兄长的人，她一定要对方得到惩罚。

寇尚书府自然也听到了风声。

毛氏听说后，又心虚又生气，饭都吃不下去了，直接就病倒了。

"毛氏，你又不是小门小户出来的，怎么还理会那些谣言呢？"薛老夫人劝道。

"老夫人，您听听外面传得多难听，说什么乔墨是让儿媳害的，以后儿媳还怎么和人打交道？"

"清者自清，浊者自浊，这种毫无根据的谣言就是无根的浮萍，用不了多久等新的流言冒出来就一阵风般散了。"

毛氏一听，更加不好了。就是因为真是她动的手，才怕事情愈演愈烈啊。

"很不舒服吗？"

毛氏虚弱笑笑："还好，让老夫人担心了。"

"怕我担心，你就早点养好身体。我上了年纪，精力不比从前，这偌大的尚书府还要靠你打理呢。这些乱七八糟的传言，不必放在心上。"

"儿媳知道了。"

"那你养着吧。"薛老夫人扶着丫鬟的手出去了。

毛氏死死抓着薄被，心中翻腾不已。无风不起浪，她给乔墨下毒的事，究竟怎么让人瞧出端倪的？当时得到零香毒时，明明说了，零香毒无色无味，发作时就像是普通伤寒，根本不会被人察觉的。还是说，这世上真有神明，真的是短命的乔昭给冠军侯托梦了？

毛氏猛然坐起来，双手合十，口中喃喃念着什么。阿弥陀佛，倘若真是如此，那死鬼也不要找她麻烦啊，她为了女儿的终身幸福着想有什么错？梓墨从小对乔墨情根深种，乔墨要是远在南方嘉丰也就罢了，可偏偏还住到了尚书府里。难道要她眼睁睁看着女儿越陷越深，耽误了终身大事吗？再者，她也没打算要乔墨的性命，那零香毒不是让人身体虚弱的嘛，中毒后只是时常会生病罢了，又死不了。

乔墨时常生病，冠军侯才会经常过来探望，这样她的女儿才有机会……

是的，乔墨毁了容，又要守孝，就算梓墨鬼迷心窍，他们也没有可能在一起，让冠军侯经常出没尚书府才是她最终的目的。

可令人呕血的是，乔墨才一病倒，冠军侯居然就把人接走了。

如今目的没达成，还传出那样的流言，可真是让人吐血。

好在除了她的心腹，无人知道是她动的手，就像老夫人说的，流言传上几天也就散了，只要她沉得住气，别人又能如何？

不过最近这么不顺利，是该抽空去大福寺拜拜了。

黎家西府雅和苑的西跨院里，乔昭坐在石榴树旁的石桌旁，正打理着一张虎皮。

"姑娘，您把这张虎皮拿出来干吗呀？"

乔昭头也没抬，淡淡道："有用。冰绿，你去把晨光叫过来。"

"叫到咱们院子里？"冰绿有些意外。

以前姑娘和晨光见面，都是在靠外院的那个亭子里呢。

阿珠同样吃了一惊，不由看向乔昭。

让晨光一个大男人过来，真的好吗？会不会影响姑娘名声？

乔昭抬眸，看向冰绿："快去。"

而后对阿珠解释道："没事，祖母他们挺喜欢晨光，不会影响他的。"

阿珠目瞪口呆。

不是啊，姑娘，该担心的难道不该是您的名声吗？

乔姑娘神态怡然，拿一只小刷子不紧不慢地打理着虎皮。

原本棕黄相间的虎皮渐渐成了白色。

不久后脚步声响起，冰绿禀告道："姑娘，晨光来了。"

晨光长这么大还是第一次进姑娘家的院子，拘束得都不会走路了。

看着同手同脚走进来的晨光，文静如阿珠都忍不住笑出声来。

冰绿发现后更是笑出了眼泪："晨光，你走路怎么顺拐了啊？"

晨光脸大红，都不好意思看乔昭了，低着头问："三姑娘，叫我来有什么事啊？"

乔昭扫一眼冰绿和阿珠，淡淡道："你们两个去守着院门，看好了不要让人靠近。"

"是。"

等阿珠二人退走，乔昭一时没有吭声，继续拿小刷子梳理着虎皮。

晨光目光落在虎皮上，忍不住问："三姑娘，这虎皮是那次下雨，在猎户那里得来的吧！"

乔昭停下手中活计，点头："对。"

不只是这张虎皮，眼前的车夫也是那次下雨得来的。

晨光笑笑："原来三姑娘这么喜欢虎皮啊，不过您怎么把虎皮染成白色了？"

"需要一张白色的虎皮。"

白色虎皮市面上少见，且这个当口她不能派人出去采买，以免留下破绽，所以还是自己动手比较妥当。

"三姑娘早说啊，北地白虎很多，我们将军那里有十几张白虎皮呢。"

乔昭低头看着染了半截的虎皮，再看看一脸炫耀的小车夫，很有种把小车夫的头发也染白的冲动。

果然是邵明渊的属下，连讨厌都是一样的。

晨光犹不自知，替自家将军大人卖好道："我回冠军侯府给您拿一张吧。我们将军知道是您需要，肯定随便拿的。"

"不用了。"

那人已经在责怪她多管闲事，又脑子转得快，猜到她要白虎皮的用途，谁知道会不会阻拦呢？

"今晚是月圆夜，晨光，我想拜托你一件事。"

"三姑娘请讲。"

"我想请你夜里去寇尚书府，披上这件染白的虎皮，吓吓人。"

"啥？"晨光一脸呆滞。

他一定是听错了。

为什么自从给三姑娘当了车夫，他的人生就走上了一条诡异的道路呢？

乔昭把早画好的布局图递给晨光。

晨光晕乎乎地接过来，打开布局图一看，不由吃了一惊：

三姑娘居然把地图画得如此逼真，甚至连山石树木也纤毫毕现，这份本事要是用到战场上——

不行，他一定要帮将军大人把三姑娘娶回家！

乔昭可不知道晨光的思绪又跑偏了，素指轻点着布局图："这里有一棵桂花树，你可以从这儿进去，然后往这边走……"

讲完，乔昭抬眸看向晨光："有问题吗？"

"没有。"晨光摇摇头，忍不住问，"要吓谁啊？"

乔昭笑笑："不一定吓谁，尽量让更多的人看到就够了，记得在这个院子附近隐匿行踪，然后就可以回来了。"

她所指的是毛氏的院子，只要让晨光在这个院子附近消失，给人造成进入毛氏院子的假象，那些人自会往那则谣言上想。

"晨光，要是做不到，就不必勉强，我再想别的办法。"

晨光拍拍胸脯："三姑娘尽管放心，这对我来说小菜一碟。"

连齐人的大营他都跟着将军混进去过，何况区区一个文官府邸？

"那好，一切拜托了。"

是夜，寇尚书府灯火渐暗。

灶上的王婆子依旧热得睡不着。

这样的大热天，主子们安寝的屋子里摆着冰块，大丫鬟们还能跟着沾点福气，她们这样的下人却连个冰渣都见不着的。

"造孽哟，年轻的时候学什么做饭，要是能当上奶娘现在就享福了，哪用受这种罪！"上了年纪有些尿频，王婆子嘟囔着起了身，解决了问题后正抓着腰带往回走，眼前忽然晃过一个白影。

眼花了？王婆子一手提着腰带，一手抬起揉揉眼睛。月光皎洁，能够朦朦胧胧看到花木旁卧着一个庞然大物。这是——睡意未退的王婆子脑子还不大清醒，此时忘了害怕，反而因着人好奇的本能凑近一步，伸长了脖子看。

"老虎啊——"一声尖叫划破夜空。

起夜的婆子因为极度恐惧，手一松，裤子掉了，露出大红的小衣。

按着计划，晨光本该立刻一闪而逝的，可披着虎皮的他却惊呆了，若不是定力好，差点跟着尖叫起来。

直到多处灯光亮起，晨光才如梦初醒，拔腿狂奔。

要死了，一定会长针眼的！他长这么大还没见过大姑娘的小衣呢，冤不冤啊！

"王婆子，怎么了？"

"有老虎，好大一只白毛老虎，刚刚就卧在这里……"王婆子吓得涕泪横流，连裤子都忘了提。

"怎么可能呢，你一定是眼花了。"

"真没有眼花，那白毛老虎还盯了我好一会儿呢！"

因刚刚晨光那一犹豫，出来早的人有眼尖的也瞧到了个大概，跟着道："我好像也看到了，那只白毛老虎往那边去了。"

"不可能，府里怎么会有老虎，走，大家一起去看看！"

七八个被惊醒的下人顺着那个方向追去。

"那里，那，那……那里！"一人手指着前方，吓得腿肚子直抖。

这一次，众人都瞧得清清楚楚。

一只白毛老虎从围墙处一跃而上，随后不见了踪影。消失前，那只白毛老虎甚至还回头看了一眼。

这一眼，又把好几个人吓得腿软。

足足过了好一会儿，才有人道："真的有老虎！"

"又不是深山老林，怎么会有老虎呢——"

"嘶，你们听说那个谣言没？"

"你是说——"

"但是那种事，不会是真的吧？"

有人面色一变："那个院子不就是大太太的院子吗？"

众人彻底变了脸色。

经过这一夜，寇尚书府有白毛老虎出现的事更是闹得沸沸扬扬。

因着府里有多人言之凿凿亲眼见到，薛老夫人再也无法忽略，叫来昨夜的人问个清楚。

谁知这一问，连薛老夫人也没底了。

一个人可能是眼花，难道这么多人会一起眼花？

"查一下府上各处！"寇尚书沉着脸道。

卧床的毛氏一直昏昏沉沉的，醒来后想要叫丫鬟送水，忽然听到了低低的议论声："那白毛老虎真的是太太变的吗？"

"快别乱说，让太太听到了撕烂你的嘴！"

"太太一直睡着呢。说不定啊，太太不是睡着，而是离魂了，出窍的魂化成白毛老虎的模样，在府中游荡。"

毛氏一听气得眼前发黑，张口想要斥责，又生生忍住，继续听丫鬟们议论。

"别瞎说，那都是谣言，咱们太太多慈善的人，怎么会害表公子呢？"

"可昨夜府中好多人都看到白毛老虎了啊，今天老太爷不已经下令搜查各处，寻找老虎的踪迹嘛？"

"咳咳咳——"毛氏再也忍不住，挣扎着起身。

两个嘴碎的丫鬟吓得花容失色，齐齐跪下道："太太，您醒了。"

"说，到底发生了什么事？"

两个丫鬟面面相觑。

"一个字不许瞒着，给我一五一十说清楚，不然立刻发卖了你们！"

听两个丫鬟说完，毛氏一张脸青白交加，瞧着竟有几分阴森。

两个丫鬟不自觉打了个冷战。

"滚出去！"

等人走了，毛氏闭着眼，睫毛却不停颤抖着，内心一片翻江倒海。

难道真是人在做天在看？

不会，不会，这世上那么多坏事做尽的人都没得到报应呢，她只是一个一心为女儿幸福着想的母亲，又没害了人性命，为什么就会得到这样的惩罚？

从这一天起，毛氏病得更重了，整个人都没有精神，大半时间都是在昏睡中度过。尚书府请遍了京城出名的大夫，连太医都请了好几个，可就是连病根都找不出来。

大太太丢了魂化成白毛老虎害人的说法在尚书府愈演愈烈，已经开始传到外面去。

从一开始扮成杀手掳走下毒的小厮，到扮成老虎夜逛尚书府，参与了整件事的晨光百思不得其解，终于忍不住问乔昭："三姑娘，毛氏真的吓丢了魂吗？"

乔姑娘面色平静："不是，她有病。"

"有病？还真是生病了啊？"

乔昭笑笑。是啊，心病也是病，且药石难医。只不过，现在的毛氏还缺少压垮骆驼的最后一根稻草。

一见乔昭笑，晨光就心里发毛，擦着冷汗道："三姑娘，不会又让我去做什么稀奇古怪的事吧？"

他真的不想干了，现在做噩梦还出现那婆子的大红裤衩呢！

"一回生二回熟。"乔昭安慰道。

晨光："……"他一点都不熟！

寇尚书府毛氏得了离魂症的八卦很快传得沸沸扬扬。

寇尚书身为六部长官之一，家中闹出这样的事来，自是脸面无光，一回到家便沉着个脸，薛老夫人跟着着急上火。

府中人心浮动，背着主子议论此事的下人越来越多。

"大太太的魂不知道还能不能找回来啊？"

"我看难，这太医都请了好几个了，一点不见好转啊。要我说，请什么太医啊，应该请道士来做场法事才对。哪有离魂不请道士请大夫的？"

"对，对，对，是该请道士来做法事。不过大太太不像是做那种亏心事的人啊。"

"这可不好说，知人知面不知心呢——"

没过两天，尚书府果然请来了道士做法事。

毛氏当天便精神了些。

"尚书府请了道士做法事？"乔昭听完阿珠在外面打探来的消息，笑了。

果然还是如她预料的，到了请道士驱邪这一步。

所以给毛氏致命一击的时候也到了。

乔昭走到窗前，看着窗外。天空是烟青色的，云层重重叠叠。是个阴天，要是赶上雷雨夜，就更好了。

乔昭想了想，叫来晨光。

晨光现在只要一进西跨院就开始心惊胆战，感觉等会儿的午饭都要少吃一碗。

"三姑娘找我有事？"

"晨光，我听你说过，每当变天，你们将军就会疼得厉害吧？"

"啊，对。"晨光一怔，随后心中欢喜不已。

三姑娘居然知道关心他们将军了！

"我们将军可惨啦,一旦遇到阴雨天,真是疼得冷汗不断,跟泡在水里似的。不过我们将军从来都一声不吭的。没办法呀,说了也没人疼。三姑娘,您说是不?"

乔昭:"……"

为什么小车夫这么多话?

"那你去问问,今天邵将军有没有觉得疼得厉害。"

"这就去!"晨光眉飞色舞。

"晨光——"

"三姑娘还有什么吩咐?"

"不用刻意问,就当无意中问起的,不要提到我。"

"明白,明白。"三姑娘这是不好意思了啊。

晨光到了春风楼,脸上笑容就没断过。

邵明渊正坐在葡萄架下看书,见晨光来了,放下书卷:"黎姑娘有事?"

晨光行了礼,笑嘻嘻道:"将军,三姑娘托属下问问,您今天身体怎么样?"

毫不犹豫把乔昭卖了的小车夫毫无愧疚之色。

邵明渊意外扬眉。

黎姑娘问他身体怎么样——

难道……是觉得那天踢他一下能踢出内伤来?

"告诉黎姑娘,我很好,让她不必放在心上。"

不放在心上哪儿行啊,不放在心上他什么时候完成任务?

晨光一听将军大人这么说,就很不满意,眼珠一转道:"将军,属下觉得三姑娘很关心您,您觉得呢?"

邵明渊看晨光一眼,黑眸湛湛,令人看不透情绪:

"回去吧,有雨。"

晨光回到黎府。

"邵将军是否说了今天有雨?"

"说了,说了。"晨光连连点头。

"那就好。"乔昭放心点点头,忽地对晨光一笑。

晨光一脸警惕。为什么他又有种不祥的预感?

"晨光,今晚还有件事要麻烦你。"

沉默了好一会儿,晨光一脸生无可恋提议道:"三姑娘,我就是个小车夫,您办的都是大事,总这么麻烦我好吗?不如让我们将军来?"

"但是车夫是我的,你们将军和我无关。"

晨光满眼泪。

别啊,其实将军也可以是您的……

乔昭把放在手边的画卷递给晨光。

晨光接过来，惊疑不定看着乔昭。

乔昭温和笑笑："打开看看。"

晨光心惊胆战，一点一点把画卷展开。

令人惊讶的是，这画卷的底色涂成了黑色，渐渐地才出现女子牙白色的裙衫。

黑与白相映，莫名有几分触目惊心。

晨光心中一跳。

这是三姑娘的自画像吗？好奇怪，为什么底色是黑色的？

画卷终于全部展开，露出女子光洁素净的面庞。

晨光手一抖，画卷落到地上。

乔昭忙把画卷捡起来，皱眉道："怎么了？"

晨光脸色颇有些难看，目光一动不动盯着乔昭，连声音都是不稳的："三姑娘认识画上的人？"

三姑娘画功了得，只一眼，他就认出来，画上的女子是已逝的将军夫人！

乔昭同样有些意外。当初邵明渊派来接她的人中可没有晨光，居然被晨光认出来了？按理说，晨光唯一见她的机会，就是她被鞑子推到城墙上时。可那时的她那样狼狈，又隔着一段距离，晨光居然见过后就一直记得？

"晨光认识画上的人？"同样的话，乔昭问回去。

"当然认识，这是我们已逝的将军夫人啊。我在将军的书房里看到过的——"晨光猛然住了口。

该死，他怎么说出来了，让三姑娘知道将军大人房里挂着夫人的画像，万一以后不理将军了怎么办？

乔昭心中一跳。邵明渊画了她的画像？邵明渊居然还会画画？真看不出，他那样冷情冷心的模样，会把女子的画像放在书房里。乔昭涌起自己都说不清的复杂心绪。虽然她出事不是那人画多少幅画像能够挽回的，但毕竟，被人记住和转而抛到九霄云外去的感觉，还是不同的吧。乔昭嘴角不由露出浅淡的笑意。

"三姑娘，您什么时候见过将军夫人的？"晨光抓心挠肝般好奇。

"这有什么奇怪的，你们将军夫人以前不也住在京城嘛。"

"原来是这样，刚刚我还吓了一跳。那您画这个干吗呀？"

"晨光，上次让你扮成老虎去吓人，难为你了吧？毕竟夜里潜入他人府邸，还是挺麻烦的。"

"这有什么麻烦的，对我来说如履平地，三姑娘您不知道，想当初在北地的时候……"

晨光眉飞色舞地说，乔昭耐心地听。

等他说完，乔昭笑笑："既然如此，那就麻烦你再去一趟吧，用这幅画吓吓人。"

晨光："……"剪刀呢？他要把这烦人的舌头剪下来！

天阴了一整天，没有一丝风，整个京城都像笼在蒸笼里，寇尚书府自然也不例外。

伺候毛氏的两个丫鬟汗水直淌，跟从水里捞出来似的，只得悄悄挪到敞开的窗子旁透口气。

这样的天气真是熬人，偏偏太太病着，屋子里不能放冰盆，又一屋子药味，连她们都跟着受罪。

"春枝，扶我下来走走。"毛氏哑着嗓子喊。

两个丫鬟忙去扶毛氏下床，心道请玄清观的道长们来做一场法事还是挺管用的，原本大半时间都在昏睡的太太今天就清醒不少。

太太早点好了，她们日子才能好过。

连日卧床，毛氏腿脚有些发软，挪到窗边坐下来，缓了口气道："今天这样子，要有大雨了。"

"有大雨好，咱们府上才做了法事，再下一场大雨，把一切晦气冲刷得干干净净，太太就能大好了。"

毛氏笑笑，看向窗外低沉乌黑的云。

玄清观是有名的道观，道长们都是有大本事的，请来他们做了法事，什么魑魅魍魉都会被驱得干干净净，那个短命鬼又算什么。

这样一想，毛氏顿觉浑身又轻快不少。

一丝凉风从窗口吹进来。

毛氏舒适地叹了口气。

"太太，可能要下雨了，您才好些，还是不要吹风了，婢子扶您回去躺下吧。"

病了一场，毛氏更加爱惜身体，听丫鬟这么一说，点了点头，由丫鬟扶着往回走，并吩咐道："窗子先不必关，屋子里跟蒸笼似的，等雨落了再说。"

夏夜的雨来得急，毛氏这话说了没多久，屋外狂风大作，吹得窗户呼呼作响，春枝忙去关窗。

她来到窗前，下意识往外看了一眼。

白衣白裙的女子立在窗外，长发披散，鬼气森森。

"啊——"春枝尖叫一声，连滚带爬往回跑，"太太，有鬼，有鬼啊！"

受惊了的毛氏几乎是从罗汉床上弹了起来，抬脚就往外走。

另一个丫鬟忙去追："太太，您别去啊——"

毛氏充耳不闻，像是要验证什么，一眼看向窗口。

外面狂风大作，从敞开的窗子灌进来，彻底没有了星光月色的夜如墨般浓得化不开。

正巧一道惊雷落下，外面瞬间亮如白昼。

窗外女子白衣飘飘，面庞素净如雪，可一眼瞧去，却没有一点人气儿。

大丫鬟春枝见到窗外的白衣女子只以为见鬼，可毛氏却一眼认了出来。

这是死在北地的乔昭！

窗外的白衣女子眼角、嘴角忽然流出血来。

毛氏的脑子嗡地炸开："不要过来，不要过来，我没想害死你兄长！"

她软倒下去，紧随其后的另一个丫鬟秋华跟着尖叫一声："有鬼，有鬼！"

她再仔细一看，窗外却没了影子。

丫鬟婆子们连带睡在书房的寇伯海都被惊动了，不大一会儿工夫，各处就已灯火通明，众人顶着风雨赶过来。

见到人们赶到，两个瘫倒在地的丫鬟抖若筛糠，惊恐的泪水流了满面，别提多么狼狈，口中一直喊道："鬼，白衣女鬼！"

寇伯海大步走过来，冷着脸道："还不把太太扶到床上去。"

丫鬟婆子们七手八脚把昏死过去的毛氏往床榻上抬。

寇伯海沉声问两个丫鬟："究竟是怎么回事儿？"

两个丫鬟齐齐指着大敞的窗口："窗外有鬼，有白衣女鬼。"

寇伯海大步走到窗前。

这个时候雨已经落了下来，风夹着雨扑面而来，系在窗棂上的白绫帕子迎风飘摇，格外显眼。

寇伯海解下白帕子，探头往窗外看，窗外空无一人。

"去看一下外面可有人留下的痕迹。"寇伯海吩咐道。

子不语怪力乱神，比起相信有鬼，他更相信是有小人作祟。

寇伯海低头看了一眼白绫帕子，上面一行朱红小字：大舅母，你做的事，我看着呢。

很直白的一句话，鲜红的字落在白绫上，却让人从心底发凉。

寇伯海心中惊骇。

这个字迹，为何隐隐瞧着有些熟悉？

他心惊不已，忽听里面传来丫鬟婆子们欣喜的喊声："太太醒了。"

寇伯海快步走进去。

毛氏一张脸惨白惨白的，就如寇伯海手中的白绫一般，见他进来，呆滞的眼睛转了转，嘴唇微动："老爷——"

"太太，没事吧？"寇伯海拍了拍毛氏手臂。

毛氏像是受惊的孩子，直往寇伯海怀里缩："老爷，有鬼，有鬼啊！"

"太太别怕，你看错了——"

毛氏劈手把寇伯海手中的白绫夺过去："这是什么？"

打开来，白绫上的血字像是一道惊雷劈中了毛氏。

她呆了呆，发出声嘶力竭的惨叫："走开，走开，不要缠着我，不要缠着我！"

毛氏抱头要往外跑，寇伯海忙拦住她："太太，你不要跑，真的没有鬼——"

他话音未落，毛氏已经软软倒了下去。

"快请大夫。"

整个尚书府一夜灯火通明，廊下挂着的大红灯笼被风雨吹得不停摇晃，烛火忽明忽灭，犹如府中上下惶恐不安的心情。

再次醒过来的毛氏疯了。

当着尚书府的主子们和大夫的面，毛氏口中不停念着一句话："我没有害死乔墨，我只是想让他身体不好才下毒的，求求你不要来缠着我，不要来缠着我……"

这话让所有人都惊呆了，寇尚书当机立断塞给大夫大笔诊金当封口费，转头立刻安排人把毛氏移到了府中最偏僻的院子里，对外名曰静养。

"昨夜毛氏和丫鬟们口中的白衣女鬼，查到什么线索了吗？"寇尚书问寇伯海。

寇伯海摇摇头："没有，明明下着雨，外面连个脚印都没留下。"

众人默默不语。

寇伯海忍不住道："父亲，会不会真的有鬼——"

"糊涂，这种事你也信？"

寇伯海把白绫帕子拿出来："父亲、母亲，您二位看看，这是我在昨夜女鬼出现的窗口发现的，我是因为见到这个，才不得不这么想。"

寇尚书伸手接过来，看到上面的一行血字，眼神一紧。

心情沉重的薛老夫人扫了一眼，大惊失色："这，这是——"

寇尚书闭了闭眼，声音有些颤抖："这是昭昭的笔迹！"

此话一出，满室皆静。

如果说毛氏等人看到白衣女鬼有可能是人假扮，可与死去的外孙女一模一样的笔迹又是怎么做到的？

越往深处想，每个人心里就越凉。

薛老夫人垂目哭道："我可怜的外孙女啊！不管怎么说，毛氏做了丧尽天良的事是真的。她的心是什么做的，怎么能这样害墨儿呢！"

外间忽然传来惊呼声："大姐，大姐，你怎么啦？"

寇青岚冲进来，泪流满面："大姐昏过去了！"

毛氏的疯言疯语是当着所有人的面说出来的，他们自然也听到了。

长辈们在里屋商议母亲的事，他们不方便听着，只能像受刑般默默在外间等着。

可即便是听不到长辈们的话，他们也知道，母亲的疯病就算能治好，也彻底完了。

有懂医理的婆子忙给寇梓墨掐人中，一番折腾后寇梓墨缓缓苏醒，哽咽道："梓墨不孝，让祖父、祖母还有父亲担心了。"

屏退了不相干的人，薛老夫人叹了口气，语重心长道："梓墨、青岚，当初你们母亲生下天羽后身体一直不大好，你们算是我教养长大的。祖母教你们的话都忘了吗？人这一辈子，没有一路平坦的，会有很多坑等着你们，绊倒了再也爬不起来。所以你们遇到事，首先要做的是自己沉得住气。你们母亲是做错了，如今也算是自食恶果，但不能因为这样，你们自己的人生路就不走了，你们说是不是？"

"是。"小辈们齐齐低头。

"好了，既然明白了，你们都下去吧。"

打发走了小辈，寇尚书盯着那方白绫手帕，沉声道："去查，毛氏害墨儿的毒究竟是怎么来的！"

"刑部尚书府的大太太疯了？"江远朝扫过摆在书案上呈报的消息，若有所思。

离京数年，再回到熟悉又陌生的京城，京中局势让人越发看不透了。

他派去北定城查探消息的江霖，和另一股暗中查探青楼女子的势力已经数次交锋，至今依然谁也不后退一步，调查进展陷入了僵局。

前不久传出冠军侯亡妻托梦说兄长被白毛老虎吃掉的流言，显然是有人在布局，结果这才几日，流言暗指的尚书府大太太毛氏就疯了。

也就是说，那位大太太真的对乔公子下过黑手。

乔家，冠军侯——

江远朝伸出修长的手指，在书案上写着这几个字，来回摩挲。

他隐隐有一种预感，好像所有谜团，都是在这两者之间越滚越大。

而其中，关键的人物有谁？

江远朝轻轻点了点"冠军侯"三个字。

毫无疑问，北征将军邵明渊是关键人物之一，乔家幸存的公子乔墨同样是关键人物。

还有——

江远朝脑海中忽然闪过素衣少女泪流满面的样子。

那泪当然不是对他而流。

冠军侯夫人出殡那日的情景历历在目，素衣少女流着泪追着出殡队伍跑，她的眼中只有一个人——乔墨。

他是放弃了派人盯着那个女孩子，但像冠军侯这样举足轻重的人物，却是锦鳞卫紧盯的对象之一。

黎姑娘竟然与冠军侯有颇多交集。

她还曾经去刑部尚书府做客——

江远朝下意识在桌面上写了一个"黎"字，而后伸手覆住。

他可不可以认为，黎姑娘也是关键人物之一呢？

只不过，他暂时想不通把黎姑娘与这些人联系起来的最合理的一环。

江远朝仰靠着椅背，轻叹一声。

那个女孩子，究竟有什么特别，为什么每次想起，心底总有种说不出的惘然呢？

他摇摇头，把这莫名其妙的心情挥去。他已经是要与义妹定亲的人了，想这些乱七八糟的徒增烦恼罢了。

乔昭那里，翌日一早得到晨光的回复，露出淡淡的笑意。

晨光却有些心塞，鼓起勇气问乔昭："三姑娘，尚书府那位大太太会怎么样？"

虽然他手上有不少人命，可那都是该死的齐人，让人知道堂堂北征将军的亲卫装神弄鬼把一个妇道人家吓死了，这有点丢人啊。

"她大概会被吓疯吧。"乔昭一脸平静道。

从传出白毛老虎的流言开始，一步步走来，她等的就是这样的结果。

人心可以很坚强，也可以很脆弱。作为一个医者，特别是从李爷爷那里得到了奇书的医者，她比谁都清楚，人得了心病，就会生暗鬼。

她不同情毛氏，也不后悔把毛氏逼疯，这是毛氏害兄长的代价。

而一个疯了的人，十有八九会把平时压在心底最不可告人的秘密说出来。

无论是她还是邵明渊，站在外人的角度想要进一步追查都不是那么容易的事，所以不如交给外祖父他们。

外祖父他们知道毛氏下毒害兄长，一定会彻查此事，那么，无论毛氏背后还有没有别的人，从内部查起就方便多了。

这是一箭双雕之计，逼疯毛氏作为惩戒，同时以毛氏的疯让外祖父他们出手。

"吓疯？"晨光脸色发苦，"这样是不是不大好？"

乔昭看了他一眼："哪里不好？"

"我一个大男人，把一个妇道人家吓疯了——"

乔昭不以为然笑笑："不是你吓疯的，是我。"

"啊？"

"你只是奉命行事而已，所以不要有负担。"

晨光险些泪流满面。

三姑娘真会开解人，然而她心里就不会有负担吗？

晨光忍不住问了出来。

乔昭一脸诧异："我有什么负担？我就是要吓疯她呀。"

晨光："……"

忽然觉得这辈子都不想娶媳妇了，怎么办？

"晨光，你跑一趟春风楼，问问你们将军，我想去看乔公子是否方便。"

"是！"被乔姑娘吓住的小车夫响亮回道，回完才反应过来这不是在军营。

完了，完了，黎姑娘这么可怕，比将军布置作战任务时给他的压力还要大。

晨光片刻不敢耽误，跑去春风楼传话。

"黎姑娘要去看乔公子？"邵明渊下意识蹙眉。

不知为何，黎姑娘那一脚踢到他腿上，明明不痛不痒，却让他生出远远避开，不再与那个少女有更多交集的念头来。

他也说不清这样的心思是为什么，却隐隐预感到，这样的选择才是对的。

这是他无数次作战对危险养成的本能，让他死里逃生多次。

如今虽然不是在战场上，却同样适用。

晨光一看将军大人想拒绝的样子，忙道："将军啊，您可千万别拒绝！"

"嗯？"邵明渊不明所以。

晨光这小子跟着他这么多年，这才给黎姑娘当了几天车夫，就胳膊肘往外拐了？

"将军，卑职是为您着想啊，您根本不知道三姑娘多可怕！"

邵明渊叹口气："说吧，黎姑娘又做了什么事？"

晨光把乔昭交代他做的事娓娓道来，最后总结道："三姑娘忒吓人了，将军您可要三思而后行啊！"

万一将军拒绝了，三姑娘一个不高兴，把将军大人也吓疯了怎么办？

"你是说，黎姑娘一开始就打着吓疯毛氏的念头？"

"对呀，就是不知道毛氏现在究竟如何了。"

"已经疯了，尚书府对外的说法是养病，把她关了起来。"从别的渠道得到消息的邵明渊淡淡道。

晨光双眼含泪："所以啊，三姑娘惹不得！"

邵明渊垂眸，盯着白皙中泛着青色的手指。

"晨光，你是说，昨夜黎姑娘给了你一幅画，画中人与我夫人一模一样？"

"对，真的太像了，比您画得像多了！"他对当初站在城墙上的将军夫人还是有些印象的。

"她不应该见过我夫人。"

"三姑娘说见过的，毕竟都在京城嘛。"

邵明渊深深看了晨光一眼。不，她撒谎。他回京后，了解了亡妻一些事。乔氏在靖安侯府深居简出，几乎从没出门走动过，黎姑娘一个十几岁的小姑娘，家族又不属于勋贵圈子，究竟能从什么途径见到乔氏？"同在京城"这种话，也就骗骗晨光罢了。少年时，他因为好奇曾想"偶遇"自幼定亲的未婚妻，都不曾实现过。

"请黎姑娘过来吧。"因着这个怀疑，邵明渊又迫切生出一见乔昭的念头。

乔昭还不知道自己被怀疑了，带着冰绿心情愉悦地来了春风楼。

"邵将军。"少女盈盈浅笑，全然看不出前几日委屈的模样。

邵明渊忽然有些头疼。

接下来的问题他非问不可，可他到底是该直接点还是委婉点呢？

"邵将军是不是有话要问我？"乔姑娘善解人意问道。

晨光是个养不熟的，定然把她交代的事都一五一十告诉邵明渊了，嗯，大概是她惊世骇俗的行为把眼前的人吓着了吧。

他会觉得她恶毒又阴险吗？

这个念头闪过，乔昭抿了抿唇。

随他怎么认为，她才不在意呢！

听乔昭这么问，邵明渊松了口气，露出自以为温和的笑容："在下听晨光说，黎姑娘画了一幅画像，是我已逝夫人的。"

居然没有问她逼疯毛氏的事，而是问这个？

乔昭微怔，而后点头："嗯。"

"黎姑娘如何认识在下的夫人？"邵明渊目光深深，与乔昭对视。

"同在京城，见过啊。"乔昭随意道。

邵明渊常年不在京城，这样的理由他应该找不出破绽。

"如何见过？"邵明渊再问。

乔昭眯了眼。

这人怎么刨根问底呢？

"黎姑娘的圈子与在下夫人的圈子并不相同，且你们一个是小姑娘，一个是已婚妇人，即便圈子相同，也鲜少会有打交道的机会。"

已婚妇人！乔昭听了这四个字，莫名有些脸热，抬眸白了邵明渊一眼。她这个"已婚妇人"纯粹是白担了虚名，见到夫君的第一面，就被眼前这家伙射了一箭！

邵明渊被乔昭这一眼白得心惊肉跳，又无端有些尴尬。

"邵将军是怀疑我吗？"乔昭板着脸问。

邵明渊被问住了。他显然是在怀疑她啊，可这么明显的事，问出来让人怎么回答？他说怀疑，这丫头是不是又要哭给他看？可是不问，他心里放不下这件事。

"我是觉得，你与在下的夫人不可能见过。"

"所以，邵将军觉得我在撒谎了？"

邵明渊果断闭嘴。

"虽然我与邵将军的夫人生活圈子没有什么交集，但同住京城，巧遇并不稀奇吧？"

邵明渊顶着把小姑娘再次惹哭的压力揭穿："不会有巧遇。在下的夫人年少时鲜少在京城，嫁入侯府后更是深居简出。退一万步讲，就算黎姑娘与我夫人巧遇过，匆匆一面，在下的夫人对黎姑娘来说又不是什么特别的人，如何能在这么久后，还能把她的样子栩栩如生地画出来？"

作为常年与齐人打仗的将领，相信"巧合"这种事的，往往坟头青草都会长老高了。

乔昭挑眉。这人这么犀利做什么？本来是不准备计较的，可看对方一副笃定的样子，乔姑娘起了逆反的心思，笑盈盈道："谁说就不能了？麻烦邵将军让人拿笔墨来。"

邵明渊心生好奇，命人取来笔墨纸砚等物。

"春风楼人多，应该有我从未见过的，邵将军可以请一个这样的人来让我看看。"

"晨光，去叫人来。"

不多时，一名面容普通扔到人群里就能不见了的年轻男子跑过来："见过将军。"

乔昭扫了一眼，淡淡道："可以让他退下了。"

"下去吧。"邵明渊越发好奇。

就见少女动作优雅在石桌上先铺上垫子，再铺上宣纸，执笔看向他："能否请邵将军磨墨？"

"好。"

乔昭闭目平复了一下心情，让心境变得宁静，而后睁开眼，蘸上饱满的墨汁，在宣纸上挥洒自如。

她的笔下很快出现年轻男子的头饰，而后随着笔锋下移，一个人的轮廓缓缓出现。

无论是对于作画的人，还是观看的人，当注意力集中在一件事上时，时间就会过得很快。

不知不觉乔昭搁下笔，扬眉问邵明渊："邵将军觉得如何？"

少女目光清湛，难得带了点小姑娘的意气风发。

她没有留额发，把光洁饱满的额头露出来，额头上沁出细密的汗珠，犹如晨间的露珠。

邵明渊蓦然觉得心头一跳，忙别开眼去，由衷赞道："像极了。"

"所以说，刚刚邵将军的话不成立。别人见过就忘不能做到的事，我可以。"

邵明渊忽然有些好笑。

他以前竟没看出来，黎姑娘是这样好强的人，偏偏又让人无话可说。

"嗯，是我错了。我忽视了这世上还有少部分得天独厚的人。"

有些人，生来便有常人努力也赶不上的天赋，他在世人眼里大概也属于这一种。

黎姑娘的做法反而更让他确定自己没有想错。不过这个时候再深究，黎姑娘恐怕真要恼了。

邵明渊识趣没有再问，笑道："黎姑娘不是要去看乔公子吗？走吧。"

二人一同前往冠军侯府。

侯府很大，却鲜少见到下人的身影，反而偶有亲卫打扮的人路过，见了二人规规矩矩行礼。

乔昭莫名觉得那些亲卫目光落在她身上的时间长了些，佯作不觉跟着邵明渊往里走，问道："乔大哥怎么样了？"

"大半时间还是在昏睡。"邵明渊深深看了乔昭一眼，"黎姑娘懂医术吧？"

"会一点。李神医离京前，把他毕生整理的医书送给了我。"

"今天黎姑娘是来给我舅兄治病的？"

毛氏疯了，舅兄也该好起来了。

乔昭与邵明渊对视，不由抿了唇。

男人太聪明了些，果然一点不可爱！

邵明渊给乔墨安排的院落比尚书府的住处要大得多，乔昭一进去就发现，这里比别处有人气多了。

乔晚正由几个侍女陪着踢毽子，小脸蛋因为活动而红扑扑的，见到邵明渊就扑了过来："姐夫——"

乔昭听了，挑了挑眉。

"姐夫"两个字，这丫头叫起来很顺口啊。

她不由侧头去看邵明渊。

邵明渊半蹲下来，与乔晚平视，带着对外人不曾有过的温柔："毽子好玩么？"

"好玩！"乔晚连连点头。

小孩子就是这样，谁对她好，最开始的敌意与芥蒂很快就会消弭。

邵明渊抬手揉揉乔晚的头："等你身体锻炼好了，姐夫送你一头小马驹。"

乔晚眼睛一亮："真的吗？"

"当然。"

"姐夫，你可不要骗我。"小姑娘兴奋极了，伸手拉着邵明渊的衣袖摇晃。

乔昭冷眼看着，心里莫名有些不痛快。

没见过邵明渊这样娇惯孩子的，以后晚晚还不被他宠坏了！

邵明渊伸出手："君子一言——"

乔晚欢欢喜喜与他对拍一下："驷马难追！"

邵明渊这才站起来，含笑对乔昭道："黎姑娘，这是我妹妹晚晚。"而后对乔晚道，"晚晚，这位是黎姐姐。"

乔昭与乔晚对视一眼。

乔晚嘟起嘴："怎么又是你！"

邵明渊拍拍乔晚："晚晚，不能这样对黎姑娘讲话。"

乔晚不情不愿地向乔昭行了个礼："黎姐姐。"

"乔妹妹不必多礼。"乔昭笑笑。

"晚晚,你在这里玩吧,我带黎姑娘去看你大哥。"

乔晚一听,眼珠一转,拉住邵明渊道:"姐夫,我也去。"

这个黎姑娘简直阴魂不散,怎么到处都能见到,莫非她要抢走她大哥,还要抢走她姐夫?

"姐夫,我也去嘛。"见邵明渊没吭声,乔晚撒娇道。

"好——"完全不知道怎么应付小女孩撒娇的某人马上妥协道。

与此同时,乔姑娘淡淡道:"不好。"

邵明渊与乔晚同时诧异看向她。

"凭什么不好,这里又不是你家!"乔晚反应过来后,不满道。

乔昭低头:"这样吧,我出一个对子,你对上来就一起去,对不上来就乖乖继续在这里玩,怎么样?"

乔晚愣愣看着乔昭。以前大姐就爱这样考教她。小姑娘还没反应过来,一个"好"字已经脱口而出,而后懊恼地咬唇。

"别担心,很容易的。你听好了,上联是——岁月无情风刻意。"

上联一出,小姑娘全副心神立刻被吸引了过去。

邵明渊悄悄松了口气,一边往里走一边对乔昭笑道:"还是黎姑娘会哄孩子。"

"乔妹妹也不算是孩子了,邵将军若仍用对待孩子的方式对待她,说不定她就是下一个江大姑娘。"

她像乔晚这么大的时候,已经学着给祖父调养身体了。

当然,乔姑娘是绝对不会承认听到庶妹说"这里又不是你家"那句话时,心里是莫名有些恼火的。

邵明渊尴尬笑笑:"我没什么经验。"

乔昭白他一眼。

当然没经验,你又没有孩子!

乔墨的屋子里摆设不多,乔昭却一眼看出每一样都是精挑细选的,足以看出布置屋子之人的用心。

乔昭默默想,不管怎么样,邵明渊对大哥是挺上心的,这样的话,她总算能安心些。

乔墨并不是真生了重病,连日的昏睡主要是药物的作用,那药不但不会对身体有妨碍,反而会让被毒素侵蚀过的身体得到滋养。

乔昭先是用银针刺入乔墨几处穴道,而后开了一服药递给邵明渊:"按着药方抓药给乔大哥熬了喝,一天喝一次,连喝三天就能大好了。"

"好。"邵明渊把药方折好,珍而重之地放入怀中。

"那……我就回去了。尚书府的事等乔大哥醒后,邵将军告诉他吧。"

或许大哥知道她逼疯了毛氏,会怪她的。

这样一想,乔昭自嘲笑笑,眼底闪过落寞。

邵明渊看了乔昭一眼。黎姑娘好像有些伤心。不过,他似乎也没有立场多问。

"黎姑娘,我送你。"

"多谢。"乔昭随着邵明渊往外走,走到门口忍不住回眸看了床榻上的乔墨一眼。

第十四章 家书

二人走到院子里时,乔晚还在冥思苦想下联,见到二人忙迎了上去,仰头问邵明渊:"姐夫,下联是什么?"

她才不会问黎姑娘呢。

这个图谋她大哥和姐夫的心机女!

"下联?"邵明渊见乔昭没有反对的意思,有意逗乔晚道,"可是上联姐夫忘了。"

"上联是岁月无情风刻意。"乔晚忙提醒道。

"下联我对:光阴已逝雨寒心。"邵明渊说完,才察觉这对联未免太悲戚了些,不由看向乔昭。

"邵将军对得好。"乔昭淡淡道。

乔晚抬了抬下巴:"那当然,我姐夫文武双全!黎姐姐还有下联不?"

"有呀。"乔昭斜睨邵明渊一眼,笑道,"我的下联是:红尘有爱墨留心。"

说完,乔昭含笑离去。

小丫头片子都敢和姐姐瞪眼了,她就喜欢欺负了小丫头还让她哭不出来的样子。

乔晚琢磨了好一会儿,等邵明渊回来,气得跳脚:"姐夫,您以后不要让那个黎姑娘过来啦。"

"怎么?"

"她,她对大哥图谋不轨!"

邵明渊脸色微沉。

小姑娘浑然不觉,越想越气道:"您听听她的下联——红尘有爱墨留心!墨留心,墨留心,她,她分明是对大哥不怀好意嘛。"

邵明渊神色淡淡,抬手拍了拍乔晚的头:"好了,小姑娘不要胡乱猜测大人的事,黎姑娘不是这样的人。"

"姐夫，您现在就向着她说话了！"

这时有亲卫来报："将军，侯府来了信，说侯夫人病了，请您回去。"

"知道了。"邵明渊收拾一下，赶回靖安侯府。

"明渊，你回来了。"

"父亲，母亲怎么样了？"

"犯了心绞痛的老毛病，倒是没有什么大碍。"

虽没有什么大碍，但母亲病了，当儿子的也是要回来的。

"我进去看看母亲。"

靖安侯夫人沈氏的心绞痛是老毛病了，据说是生次子邵明渊后落下来的。

二公子生下来体弱，被太医断言很难养活，沈氏为此哭了又哭，后来就落下了心绞痛的病根。

邵明渊走进沈氏屋子里，就见沈氏歪在床榻上，大公子邵景渊夫妇还有三公子邵惜渊都围在她身边。

"二弟来了。"

"大哥、大嫂。"邵明渊与邵景渊夫妇打了招呼。

邵惜渊冷哼一声，别过头去佯作不见。

邵明渊浑不在意，冲沈氏行礼道："母亲。"

沈氏睁开眼，冷笑："你还有脸回来？"

邵明渊薄唇紧抿，没有作声。

"这还没搬家呢，就整天在外面胡混，是不是我死了你都不知道？"

"母亲——"邵景渊开口。

"你不用劝。"沈氏制止了长子，对着邵明渊一顿劈头盖脸地骂，"真以为封侯拜相了，就翅膀硬了？你就算封国公，我依然是你娘。我病了，你就得回来伺候着！"

邵明渊默默听着，等沈氏骂够了，温声道："母亲，心绞痛的话，情绪不能过于激动，您还是别生气了。"

沈氏一听，气得胸脯起伏："你这个逆子，是在说我没病装病？"

邵明渊只得不作声。

"好了，夫人，老二已经回来了，你就好好歇着吧。"靖安侯实在看不下去，出声打断了沈氏的数落。

沈氏捂着心口咬牙："侯爷，我知道，我说说这个不肖子，你就心疼了，是不是？"

靖安侯一个头两个大："我不是这个意思——"

"父亲，母亲正病着呢。"邵景渊轻声提醒道。

邵惜渊瞪邵明渊："总是惹母亲生气。"

沈氏拿帕子拭泪:"行了,你们都嫌我烦,我也不说了。我病着,少了伺候的人不行。老大媳妇有了身子,不能伺候我,老大要照顾媳妇,过了病气也不好,老三年纪又小。老二,从今天起,你来侍疾吧。"

邵明渊垂眸,淡淡道:"好。"

虽然他也不明白心绞痛如何能过了病气,但身为人子,给母亲侍疾是天经地义的。

从这天起,邵明渊留下来给沈氏侍疾。

沈氏白天还好,到了夜里,一会儿要水,一会儿嫌热,不时还要吐几口痰,偏偏又不让丫鬟伺候,事事要邵明渊亲力亲为。

邵明渊夜夜不得安睡,不出几日人就又瘦了一圈。

靖安侯大怒:"夫人,你一定要把老二折腾出个好歹来,才罢休吗?"

沈氏冷笑:"折腾?侯爷有脸出去说这个话吗?当儿子的给母亲侍疾不是天经地义的吗,怎么能叫折腾?"

靖安侯被噎个半死,缓了好一会儿叹道:"夫人,咱们都这把年纪了,就不能安安生生度日吗?如今三个儿子都孝顺,难道非要闹出点事来才舒坦?"

"老大、老三孝顺我承认,老二这么多年在我身边待过多久?现在好不容易回京了,这个家还容不得他似的,整天在外头。如今我病了,才伺候了我几天,就受不住了?"

"你说说,老二哪里不孝顺了?你让他侍疾,他可吭过一声?夫人,老二不是逆来顺受的性子,他在外面也是举足轻重的人物,这个样子不是孝顺你,还是什么?"

沈氏声音高扬:"怎么,他出人头地了,就不能给我侍疾了?就算是皇子还得给长辈侍疾呢,一个小小的侯爷怎么了?"

沈氏越说越恼火:"侯爷说他孝顺,我可看不出来。这年头,就没听说要守妻孝的,他天天穿一身白衣纯粹是想给我添堵呢!"

"这怎么一样?老二媳妇的死不同一般,老二心里苦,想尽点心是应该的。"

"他为他死去的媳妇尽心是应该的,为我这当娘的尽心就受委屈了?侯爷心疼老二伺候我,也行,那就早点给老二续弦,让他媳妇伺候我。"

靖安侯一怔:"续弦?这是不是有点太早了?怎么也要等满了一年。"

"满了一年就可以娶进来了。老二媳妇没了半年了,现在开始挑合适的,不算早吧?"

"这个还是要问过老二的意思。"

"问他做什么?当年老二的婚事,不也是你直接定下来的嘛。婚姻大事什么时候由着儿女自己做主了?"

"如今不同了,老二长大了——"

"没有什么不同,除非他不认我是他母亲!"

靖安侯张了张嘴，说不出话来。

他发现和女人讲道理，比打仗还难。

"我娘家侄女今年也十六了，与老二年龄正相当。前几天我不舒服，有些想她，已经派人去接了，今天应该快到了。侯爷看怎么样？"

"夫人说的是芸儿？"

"正是。芸儿虽说几年没来了，侯爷应该还记得她吧，是个规矩又懂事的女孩儿。"

靖安侯心里犹豫了一下。

沈氏对次子一直不待见，要是老二娶了她娘家侄女，母子关系或许会改善——

"侯爷是答应了？"一见靖安侯犹豫，沈氏露出了笑容。

"等人来了再说吧。"

靖安侯想了想，还是觉得有些不妥，私下叫来邵明渊，试探问道："明渊，等乔氏过世满了一年，你有什么打算？"

"打算？如果皇上允许的话，明渊想回北地。"

尽管按照他的推断，这个可能性微乎其微，可他还是想回北地去。

那里不只有饱受齐人残害的百姓，更有能令他自由呼吸的天地。

然而鞑子受重创后暂时退回了阿澜山以北，皇上不大可能让他回北地拥兵自重。

"为父不是问你这个。我是说，你中意什么样的女子？"

邵明渊微怔，而后拧眉："儿子不打算娶妻。"

"为父知道，你还因为乔氏的死心存愧疚，暂时不想考虑娶妻。但你年纪毕竟不小了，婚姻大事不能再拖下去。要是觉得太快了，就趁你这两年在京中慢慢相看，你看如何？"

邵明渊看着靖安侯，神色平静："让父亲操心了。不过儿子的意思是，此生不打算再续弦。"

靖安侯大惊失色，脱口而出道："这怎么行！"

靖安侯过于激动，不由咳嗽起来，邵明渊忙给他倒水。

靖安侯喝过水，缓了缓，语重心长道："结婚生子，延续香火，这是人生大事，终身不娶怎么行？"

邵明渊依然面色平静："明渊上有长兄，下有幼弟，延续邵家香火足矣。"

"这怎么一样！"靖安侯气得一拍桌子，迎上次子诧异的眼神，解释道，"等以后你们兄弟分家，百年后谁来祭拜你？"

"我不在乎那些。"

他这一生，不如意事十之八九，而今孑然一身，未尝不是件好事。

"你这个不肖子，咳咳咳咳——"靖安侯气得脸都红了。

邵明渊从怀中掏出一个瓷瓶递过去："父亲，您服用一枚药丸试试，要是觉得好用，儿子再想办法去弄一些。"

"这是什么？"

"祛寒丸。"邵明渊想了想补充，"明渊已经服用过了，药没有问题。"

靖安侯接过来，面上带着欣慰："臭小子，为父还信不过你不成？"

他取出一枚药丸直接服下，好一会儿后，啧啧称奇："这药是从何处得来？一入腹就浑身暖洋洋的，舒坦极了。"

"一个朋友给的。"

"这药挺难得吧？"

"父亲尽管服用，那个朋友还有。"

靖安侯很高兴把祛寒丸收起来，而后又板了脸："臭小子，别以为拿这个孝敬我就能忽悠过去。我告诉你，你想晚点娶妻可以，但媳妇必须娶！"

"父亲，您别为难儿子。别的事情我都可以答应，只有这个不能。"

"别的事情都可以由着你，只有这点不行！"靖安侯同样毫不让步。

邵明渊不由感到头疼。父亲三个儿子，他又不是长子，为何对他不娶妻的事态度如此强硬？

邵明渊干脆豁出去道："父亲，实不相瞒，儿子常年在北地，有一次因为在雪地里埋伏了两日两夜，冻坏了……"

嗯，兵不厌诈。

"冻坏了？"靖安侯表情呆滞，"冻坏了？明渊，你的意思，不是那个意思吧？"

"就是父亲想的意思。"

靖安侯一屁股跌坐在太师椅上，一副无法接受的表情："怎么能冻坏了？这，这还怎么延续香火？是我的错，当初你去北地，我就该赶你回来的，都是我的错啊！"

邵明渊傻了眼。

父亲一把年纪，居然哭了？

他震惊又内疚，然而早已作出的决定自然不会更改，轻轻拍了拍靖安侯手臂道："父亲，您别难过了，至少还有大哥和三弟让您抱孙子，儿子就别祸害别人家闺女了，您说是不？"

靖安侯扭过头。

他不想说话！

"那……儿子去母亲那里了，不然母亲该喊了。"

"回来！"靖安侯一脸沉重，上下打量着邵明渊。

这么出挑的儿子，居然不行了？

"明渊，在北边你请大夫看过没？"

"看过了，大夫也没办法。"

"北地的大夫不行，我去给你请御医。"

"父亲，这样的话，全天下的人都会知道儿子的隐疾了。"

靖安侯呆了呆，痛苦抱头："这样也不行，那样也不行，你可怎么办啊！"

邵明渊没吭声。

"对了，李神医医术出神入化，说不定可以治好你！"

"李神医已经离开了京城，不知道什么时候才回来。"

靖安侯彻底死了心。

"那我去母亲那里了。"

"等等。"靖安侯站起来，"我找你母亲有事商量，我先去吧。"

沈氏一见靖安侯进来，不由问道："侯爷怎么又过来了？老二呢？"

"夫人，芸儿的事，还是算了吧。"

"侯爷什么意思？"

靖安侯屏退了伺候的人，低声道："二郎他……那方面有些问题。"

"哪方面？"

靖安侯有些尴尬："就是夫妻那方面，我私下问了问，他在北地受过伤——"

沈氏一下子听明白了，眼中喜色一闪而逝。老二居然不能人道？这可太好了！她前些日子想让老二过继老大家的秋哥儿，侯爷和老二都不依，这才退而求其次，想把娘家侄女嫁过来。无论如何，冠军侯的爵位不能便宜了别人。如今好了，老二不能人道，将来早晚是要过继的，那就不急于一时了。

"这种事老二会跟侯爷说？"沈氏不放心追问。

"我跟老二提了提他的终身大事，他不想祸害别人家姑娘，这才对我说了。"靖安侯叹气，"是我对不住他——"

沈氏一听就不高兴了："和侯爷有什么关系？人各有命。"

她还以为老二多么长情呢，还要给亡妻守孝，原来是为了遮丑罢了。

"那行吧，芸儿住几天我就让她回去。"

既然不行，她就不推侄女进火坑了，不然以后不好对娘家人交代。

沈氏本来就是借着侍疾的由头引出邵明渊的婚事来，如今知道邵明渊是个不中用的，瞧见他就心烦，哪还用得着他侍疾，立马就把人打发了。

邵明渊悄悄松了口气。

然而不出两日，冠军侯不能人道的消息就传遍了京城。

冠军侯位高权重，偏偏又年轻俊美，这样的人本来就最容易成为人们关注的对象。这则不知道怎么流传起来的消息就好像插上了翅膀，传播速度之快令人瞠目结舌。

晨光听说后，几乎是哭着跑去了春风楼。

将军呀，您是打算让卑职当一辈子车夫吧，不带这么坑人的啊！

"将军在里面？"见房门紧闭，晨光问站在外面的守卫。

"在里面呢，队长回来了，正向将军禀告事情。"

晨光一听，便老老实实等在外面。

队长邵知奉了将军大人的命令去查要紧的事情去了，这个时候进去打扰要挨揍的。

晨光在外面等了小半个时辰，房门才打开，一脸风尘仆仆之色的邵知走了出来。

"队长，将军没事吧？"

邵知抬手拍了拍晨光肩膀，语重心长道："没事，进去吧。"

嗯，将军大人心情有些糟，正好晨光来了，让将军揍一顿开心也好。

晨光推门进去，就见邵明渊正默默坐在窗前。

他侧着头，让人一时看不清表情，却莫名觉得有一种压抑的气氛笼罩着四周。

"将军——"晨光忽然后悔进来了。

队长坑他啊，这叫没事吗？

邵明渊回头，视线落在晨光身上，淡淡道："过来。"

晨光磨磨蹭蹭过去，硬着头皮又喊了一声"将军"。

"有事？"

"将军，外面的谣言，您听说了没？"

邵明渊面色平静："你都听说了，我会没听说么？"

晨光悄悄松了口气。

原来大人是因为这个不高兴，那他可来对了！

"你过来就是问这个？晨光，你自从当了黎姑娘车夫，真是越来越闲了。"

晨光一听，心中咯噔一声。糟糕，将军大人心情真的很差！小车夫忙表忠心道："将军，卑职不是闲得没事啊，是因为三姑娘也听说了。"

邵明渊面色微变，颇有几分狼狈。

这种事，为什么一个女孩子会很快知道？

"你跟黎姑娘说的？"

"不是我啊，是三姑娘的丫鬟从外面听来的。"

其实他也想不明白，三姑娘身边那个叫阿珠的丫鬟，明明文文静静的，怎么嘴那么碎？

"哦。"邵明渊想了想，又觉得他反应有些过激了。

他既然忽悠了父亲，就没打算在意世人眼光。

一个女孩子的看法，他更不该在意。

"将军您放心吧，卑职替您问过三姑娘了。"晨光赶忙安慰。

"问什么？"邵明渊陡然生出不祥的预感。

晨光压低声音邀功道："卑职问三姑娘您的病能不能治，三姑娘说可以试试。将军，您怎么啦？"

邵明渊站了起来，淡淡道："转过身去。"

晨光一头雾水转过身，只觉一股大力传来，随后被邵明渊一脚踹出了房门。

哎哟一声惨叫，晨光以狗吃屎的姿势趴在地上，入目是三双皂靴。

他一点点抬头，映入眼帘的是池灿那张令人沉迷的俊颜，旁边则是朱彦与杨厚承。

池灿半蹲下来："你们将军发火了？"

"啊。"小车夫愣愣点头。

池灿轻笑一声，抬脚走了进去。

晨光："……"

他居然会以为刚才池公子要把他扶起来，果然是想多了！

池灿三人走进去，就见某人面色铁青，坐得笔直。

池灿不由乐了："庭泉，什么事让你发这么大火啊？"

哈哈哈，居然说邵明渊不行？一想到这个八卦，他就想捶地大笑。

邵明渊瞥他一眼，没作声。

池灿不知死活凑过去："到底怎么啦？说说呗？咱们不是兄弟嘛，兄弟就该有福同享有难同当，你遇到什么难事，可别一个人扛着啊。"

朱彦与杨厚承同时摸摸鼻子。

这样的兄弟，不要也罢。

"庭泉，我们听到一些风言风语，所以过来看看。"朱彦道。

"无关紧要的事。"邵明渊道。

"那就好。"

池灿却不甘心，笑吟吟瞄了邵明渊一眼："庭泉，你说实话，你到底行不行啊？"

邵明渊背靠椅背，修眉微挑，波澜不惊问："你是盼着我行，还是不行？"

池灿张大了嘴，久久没有合拢。

老实人要是不要脸起来，真是要命啊！

"三天后我正式搬家。"邵明渊抛出了一个消息。

杨厚承笑得露出一口白牙："太好了，你早该搬了。就你们那个侯府，还不如待在客栈舒心。"

朱彦跟着点头。

"哪天记得过来喝酒，现在我还有些事要做，就不留你们了。"

邵明渊回到靖安侯府，在靖安侯夫妇面前提出了搬家的事。

靖安侯有些意外："这么急？"

沈氏直接恼了："搬家？我知道，你是嫌给我早晚请安烦了，所以才想早早搬出去逍遥自在,是不是?"

"母亲想多了。"

沈氏冷笑:"我想多了?不然你这么着急上火搬出去做什么?你这个不肖子,在北地待了那么多年,才回来几天,家里就留不住你了!"

"母亲,冠军侯府是圣上赐的宅子,如今已经修葺好,如果不搬,恐怕会令圣上不悦的。"

一听邵明渊搬出了皇上,沈氏不好再多说什么,恨恨道:"那就随你好了。"

三日后。

靖安侯问沈氏:"夫人,二郎今天搬进冠军侯府,可准备了暖屋的物品?"

"准备了。这种小事侯爷如此上心做什么,难道我是这么不周全的人吗?"沈氏淡淡道。

靖安侯尴尬笑笑:"我就随口问问。"

男主外女主内,这话按理他不该问的,只是夫人对次子什么态度他也清楚,这才忍不住多问了一句。

"侯爷放心,我给老二准备的礼物,绝对让他高兴。"沈氏意味深长道。

她可是给邵明渊准备了一份终身难忘的大礼,就等着揭晓那一刻,让他"高兴"了。

冠军侯府今日难得热闹,不只池灿三人来了,邵景渊与邵惜渊也到了,再加上身体好起来的乔墨,众人凑了一桌子,就连晨光都特意跟乔昭请了假,赶过来凑热闹。

酒过三巡,邵景渊开口道:"二弟,恭喜你了,如此年轻就成为一府之主,让大哥好生羡慕。"

池灿听得直皱眉。

靖安侯世子这话,听着有点酸啊。

邵明渊淡淡笑道:"大哥早晚也会有这么一天。"

"呃,对了,那个系红绸的红木匣子是母亲命我带过来给你暖屋的,母亲交代我跟你说一声,一喝酒险些忘了。"

邵明渊看向静静摆放在桌案上的红木匣子。

母亲居然会给他送礼物?

"是什么东西啊,还用上好的红木匣子收着?"池灿起身把红木匣子拿起来,放在手里掂了掂,"不算重。庭泉,我打开了?"

那老妖婆不是什么好东西,最会刻薄庭泉,他倒是要瞧瞧是什么。

"嗯。"邵明渊没有反对。

沈氏会送礼物已是出乎邵明渊意料,在他想来,顶多是一些贵重却没有什么诚意的物件罢了。

池灿把红木匣子打开,不由怔住,喃喃道:"怎么这么多信啊?"

"什么信？"邵明渊站了起来。

池灿目光落在信封上，突然意识到了什么，猛然合拢了红木匣子，干笑道："没什么，一堆没意思的玩意儿。来，来，咱们继续喝酒。"

邵景渊不悦皱眉。

这人怎么说话呢？

邵明渊已经走了过来，伸手去拿红木匣子。

池灿一手搂着红木匣子往后躲，心知躲不过，扬手把匣子扔出去："杨二，接着！"

杨厚承条件反射伸手。

邵明渊一跃而起，瞬间把红木匣子抱在手里。

杨厚承摊摊手："拾曦，你知道的，让我和庭泉比武力，就好像让我和子哲比下棋，和你比美貌，纯粹是为难我。"

池灿一反常态没有与杨厚承拌嘴，面沉如水地看着邵明渊。

众人都意识到不对劲，目光全落在邵明渊身上，气氛莫名紧张起来。

邵明渊低头打开了红木匣子。

池灿欲言又止，深深叹了口气。

入目就是满匣子的信，一封又一封，有的信封已经泛黄，还有的被虫蛀了，露出里面粗糙的信纸和模糊的字迹。

北地环境恶劣，常年处在战火中物资匮乏，即便很有钱，许多在京城富贵人家习以为常享受的物件都是买不到的。

比如，那些昂贵的信笺。

邵明渊不由自主拿起一封信，摩挲着粗糙的纸张。

这是他写的信。

是他成亲两年多来，怀着愧疚和期待，写给妻子乔氏的信。

可如今，这些信全都被锁在这个小小的红木匣子里，在他搬家之日，被母亲送了过来。

到现在，他还有什么不明白的。

原来他在战火连天的北地一笔一画写下的这些信，他的妻子乔氏，从来没有收到过。

他以为，乔氏是一直怨着他的，怨他没有做到一个丈夫的责任，不曾陪在她身边，所以才只字不回。

直到今天他才知道，她竟然从未收到过他的信。

那么她第一次见到他时，被齐人推着站在斑驳的燕城城墙上，心里在想什么？

是不是……格外痛恨他？

邵明渊的脸色越发地白，苍白如雪。

"庭泉,这些是什么啊?"气氛太压抑,针落可闻,杨厚承实在受不了这样的气氛,顶着莫名的压力开口问道。

邵明渊张了张嘴,却发现喉咙涩然,竟说不出一个字来。

有什么可难过的呢?母亲对他如何,早就该看清楚了。

"是——"邵明渊强行开口,忽然一阵气血翻涌,一股腥甜从喉咙往上涌。

"我先出去一下。"他匆匆撂下这句话,闭紧了嘴大步往外走去。

"庭泉——"杨厚承几人不放心追了上去。

才走出房门,灼热的暑气扑面而来,毅力坚强如邵明渊,依然忍不住嘴一张,一口热血喷了出来。

鲜红的血落在青石台阶上,格外刺眼。

"将军!"聚在院子里喝酒的亲卫们勃然变色,哗啦一下涌过来。

邵明渊抬手制止:"喝你们的酒!"

世人眼里温润贵公子般的冠军侯,在将士们面前却是直接的、冷硬的。

北地那么多年同甘共苦、刀尖上舔血的生活,造就了这些男儿铁血的性格。

将军的话对他们来说就是命令,所有人重新坐下来,默默喝酒,可是这些流血不流泪的儿郎,在这一刻,泪水却悄无声息砸进酒杯中。

辛辣的酒与苦涩的泪混合在一起滚过喉咙,让每一人都恨不得拿起刀,把那些让他们不平的事砍得灰飞烟灭。

"庭泉,你——"追出来的杨厚承等人面色大变。

"二弟,你怎么了?"

池灿猛然看向邵景渊。

邵景渊有些莫名其妙:"池公子为何这样看着我?"

"看着你?"池灿挑眉,因为喝了酒,双颊微红,漂亮得让人能忽略了性别。

邵景渊一时愣住。

池灿的拳头却狠狠挥过来,咬牙切齿道:"我还打你呢!"

一拳砸在邵景渊鼻梁上,立刻鲜血四溅。

池灿却不解气,抡着拳头又冲了过去。

"池公子,你这是做什么?"邵景渊惊讶又气愤,不由连连后退,最终扭打在一起。

邵景渊从一出生就是靖安侯世子,年幼时靖安侯夫人沈氏恼恨靖安侯常年征战,聚少离多,不愿儿子再踏上这条路,遂请了许多先生教他四书五经。

可以说,邵景渊是按着京中名门公子的标准培养的,琴棋书画都很不错,吟诗作赋亦不在话下,但要说武力值,别说杨厚承了,就连池灿都比不过。

这个时候两个人扭打在一起,邵景渊几乎就是被池灿全方位碾压。

"你们别打啊,有话好好说,好好说。"杨厚承冲过去劝架,手死死按住邵景渊的手。

邵景渊险些气死。

他都要被姓池的混蛋打死了好吗，居然还来一个拉偏架的！

"三弟——"鼻青脸肿的靖安侯世子气若游丝喊道。

邵惜渊这才如梦初醒，甩开脚丫子跑到邵明渊面前："二哥，你为什么会吐血？"

邵景渊："……"

三弟平时恨老二不是恨得咬牙切齿吗，吐血的事能不能等会儿再问，再不帮忙他真的要被打死了！

有小伙伴杨厚承拉偏架，池公子越战越猛。

朱彦看打得差不多了，扬声道："别打了，还是看看庭泉怎么样了。"

差不多得了，把人打死了就不好了。

"对，对，别打了，庭泉要紧。"杨厚承这才把池灿拦住。

池灿愤愤住手，往地上吐了一口唾沫，狠狠道："邵景渊，你们侯府是个什么腌臜地儿，庭泉不愿多说，别以为我们就不清楚！我警告你，以后再做这种缺德事，我见你一次打一次！"

邵景渊一张还算俊秀的脸已经肿成猪头，含含糊糊道："池公子，你这是什么意思……我好端端的什么地方得罪了你……"

"好端端的？"池灿冷笑一声，"邵景渊，你敢发毒誓说不清楚你那个老不死的娘给庭泉送礼物根本没安好心？你就是趁着庭泉难得高兴的时候看笑话呢，装什么兄弟情深啊！"

邵景渊被池灿骂得哑口无言。

这时传来邵惜渊的惊呼声："二哥，你怎么了？"

邵明渊在邵惜渊面前倒下，给了这个十四岁的少年很大震撼。

他一直是讨厌这个哥哥的，因为母亲只要提起二哥就会很不高兴，有时甚至还会气哭了。

最让他讨厌的是，二哥杀了二嫂。

二嫂是他见过的最好的女子，聪慧漂亮，仿佛没有什么事是她不知道的，就连他教她射箭，都能学得很好。

二嫂不只射箭学得好，还温柔和善，在他练武受伤时，会细心给他包扎，送他很管用的跌打药。

就是这样好的二嫂，他觉得不会再有任何女子能比得上的二嫂，却被二哥亲手杀死了。

他没办法原谅这样的兄长！

可是，二哥那些英雄事迹，尽管在府上很少听人提及，在外面却听了无数遍。

许多同龄人都因为他是邵明渊的弟弟,而对他另眼相看。

这样能耐的二哥,居然会吐血,会昏倒?

邵惜渊吃惊极了,直到杨厚承等人把邵明渊扶进屋子里,依旧没有回神。

"三弟——"邵景渊艰难喊道。

邵惜渊这才回神,看着鼻青脸肿的大哥大吃一惊:"大哥,你的脸怎么了?撞墙上了吗?"

邵景渊:"……"脸撞墙上能这样?

"回……回府……"

"可是二哥昏倒了。"邵惜渊扶着邵景渊,有些犹豫。

邵景渊翻了个白眼,艰难道:"再不回府,我也要昏倒了……"

邵惜渊忙扶着邵景渊,扬声喊道:"快来人扶一下我大哥。"

院中的亲卫们往这边看一眼,目光杀气腾腾,没有任何人吭声。

十四岁的少年身材单薄,感觉到压在肩膀上的重量,有些急了:"谁帮忙去喊一下车夫也行啊。"

依然没有人理会他。

到这个时候,少年才发现,靖安侯府三公子的身份真的什么都不是。

他委屈得眼圈发红,使出全身力气拖着邵景渊往外走,心中不由茫然。

无论如何,二哥搬入御赐府邸不是件该高兴的事吗,到底为什么会变成这样?

邵景渊兄弟二人乘着马车回到靖安侯府,沈氏一见邵景渊的样子,险些昏过去,一边喊人请大夫,一边埋怨靖安侯道:"我就说派个管事过去就得了,侯爷非要让他们兄弟过去。这下好了,景渊竟然被那个畜生打成这个样子,这不是要我的命嘛!来人,就说我吩咐的,让二公子回府!"

她料定了邵明渊见到匣子里的东西后会难受,却没想到那个畜生竟敢对景渊下这样的重手。

邵惜渊忍不住道:"母亲,大哥不是二哥打的。"

"不是那个逆子打的,那还会是谁?"

邵惜渊被问住了。

二哥先是吐血,而后又昏倒,他太吃惊了,满脑子想的都是二哥与二嫂的事,竟没印象大哥究竟是被谁打的了。

"怎么,你个傻子还包庇那个畜生不成?"

"我没包庇二哥,反正大哥不是二哥打的。父亲,您不知道,二哥看完母亲送的东西就吐血了,还昏倒了呢。"

邵景渊一见母亲与三弟因为这个闹起来,艰难插了一句:"是长公主府的池公子打的我……"

靖安侯却完全顾不得长子说什么了，脸色一变，抓住邵惜渊的手腕："你二哥吐血了？"

"是啊，二哥脸色可难看了，雪白雪白的。"

靖安侯松开幼子的手，目光沉沉看向沈氏："你到底给老二送了什么？"

沈氏扬眉："为了一个逆子，侯爷这样与我说话？"吐血昏倒了？呵呵，这可真是太好了！她就说，那个孽障看了那些信，真能冷心冷肺毫不在意？她就是要他难受，生不如死！

"我问你，你到底给老二送了什么？"靖安侯上前一步，箍住了沈氏肩膀。

邵景渊与邵惜渊愣住。

父亲回京养病这么多年，对母亲从没高声说过话。哪怕母亲对父亲最偏爱的次子冷漠苛刻，父亲也没像现在这样对母亲声色俱厉。

"是信……"邵惜渊不大明白二哥见到那些信为何会那样，怕父母更僵持，忙开口道。

"信？什么信？"靖安侯声音冰冷，落在沈氏肩膀上的手不停颤抖，可以看出压抑的怒火。

这么些年靖安侯从未对沈氏发过火，沈氏心里是不惧的，当着儿子们还有长媳的面被落了面子，不快道："那个逆子写给乔氏的信我拦下了。怎么，侯爷要为了这个休了我吗？"

"你再说一遍！"

"再说一遍又如何？是老二写给乔氏的信，我现在给他送去，不行吗？谁知道你那顶天立地的儿子这么脆弱，一看就吐血了。"

啪的一声脆响，靖安侯扬手狠狠打了沈氏一个耳光。

沈氏一个趔趄栽倒在椅子上。

"母亲！"

"你打我？"沈氏捂着脸，恨恨问道。

靖安侯浑身都在抖："沈氏，你太让我失望了！"他也曾重兵在握，是指挥过千军万马的北征将军，哪怕因为常年在北地熬垮了身体，回到京城养病，也不是那些没种的男人。他对妻子处处忍让包容，是为了什么？不过是因为愧疚，不忍让她伤心难过罢了。所求的，只是希望她对明渊多几分怜惜。如今看来，是他大错特错了。

靖安侯眼中的失望与愤怒狠狠刺痛了沈氏，那些在她看来夫妻间心知肚明却这辈子没打算让儿子们知道的话脱口而出："我让侯爷失望了？那侯爷呢？侯爷早就让我失望过了。当年说什么举案齐眉，情深义重，结果不过是笑话罢了。我的二儿子早就死了，早就死了！"

不理会邵景渊与邵惜渊的震惊，沈氏恨声道："侯爷告诉我，现在的邵明渊，究竟是你从哪里抱回来的野种？"

"你——"靖安侯嘴唇抖着说不出话来。

沈氏气势更盛："你说啊，说话啊？说不出来了吧？呵呵，你以为我是傻瓜吗？母子连心，二郎被你抱走看病，再抱回来后，我就知道，那不是我的二郎了！"

说到这里，沈氏扑倒在椅背上，泣不成声。

那时候她坐着月子，她的二郎才刚出生几天，就因为身体不好抱离了她身边。

他们怎么会认为，她当娘的认不出自己的儿子来？

哪怕她只看过一眼，哪怕在所有人眼里刚出生的婴儿都是一个样子，可在她的眼里心里，她的二郎是独一无二的啊！

沈氏扶着椅背，放声痛哭。

屋子里早就屏退了下人，只剩下沈氏的哭声回荡。

良久后，邵景渊问："父亲，母亲说的是真的？"

靖安侯一张脸难看极了，没有吭声。

沈氏抬头冷笑："侯爷说不出口了？今天话既然说到这里，我要问问侯爷，你到底把我的二郎弄到哪里去了？"

"二郎——"靖安侯艰难张口，却发现后面的话那么难以说出口。

"你说啊，你说啊，是不是为了给那个野种腾位置，你弄死了我的二郎？"

"沈氏，当着孩子们的面，你在胡说什么？"靖安侯不可思议地看着沈氏。难道这么多年，她都是这么想的吗？他们是结发夫妻，年轻时虽然相守的时间不长，却也没有红过脸，她怎么会认为他能做出害死自己亲生儿子的事来？

"我胡说？那你说，二郎哪儿去了？我的二郎哪儿去了？"

"二郎死了！"靖安侯终于说了出来。

"沈氏，你自己不清楚吗，二郎生下来就体弱，太医早就说活不成的，二郎病死了啊！"

"我不信，我不信，就是你为了那个野种害了二郎！"沈氏声嘶力竭喊道。

靖安侯只觉无比疲惫，抬手扶住额头问沈氏："夫人，我们当了这么多年夫妻，你一定要把害死亲子的罪名扣在我头上才安心吗？如果是这样，那就随你吧。"

常年的病体缠绵，让曾经手握重兵的靖安侯身体单薄如读书人，脸色白中泛青，加上现在索然的神态，瞧着颇让人心慌。

沈氏心软了几分，语气一转："二郎真的是病死的？"

无数个晚上，她辗转反侧，夜不能寐，想到她十月怀胎生下的孩子很可能早就死了，让一个野种霸占着他的身份，享受着他的待遇，就恨得滴血。可恨过后，她心底深处又隐隐有着奢望。或许，她的二郎没死呢？只是被他这个狠心的爹给弄走了。

靖安侯缓缓点头："嗯，咱们的二郎病死了。沈氏，你是二郎的娘，我是二郎的爹啊，难道我不希望二郎活着吗？"

"呜呜呜——"沈氏掩面痛哭。

邵景渊与邵惜渊大气都不敢出。

邵惜渊尚且还好，邵景渊就惨了。

他的猪头脸还等着大夫给上药呢，现在到底要等到什么时候啊？

父子三人默默无言。

沈氏哭够了，猛然抬头看向靖安侯："那么邵明渊呢？这话我闷在心里二十一年了，今天侯爷能不能告诉我，他究竟是从哪来的？"

邵景渊与邵惜渊齐齐看向靖安侯。

是啊，既然他们的二弟（二哥）死了，那现在的二弟（二哥）又是谁？

靖安侯不作声。

"侯爷说话啊！"

靖安侯嘴唇翕动，被问得说不出话来。

沈氏逼问再三，靖安侯一直一言不发。

"那个野种是你与外室生的，对不对？"

靖安侯一怔。

"你说啊，说啊！"沈氏气急了，站直身体道，"话已经说到这里，侯爷就不要再瞒着我了。你今天要是不说个清楚，我就撞死在这里！你告诉我，他到底是不是你和外面的狐狸精生的？"

"是！"靖安侯闭了眼，沉声道。

沈氏愣了愣，而后猛烈咳嗽起来。

"母亲——"邵惜渊吓坏了，去扶沈氏。

沈氏一边咳嗽一边哭："我就知道，我就知道！你给我滚，我再也不想看到你！还有那个野种，最好是早早死了别给我添堵！"

"你住口！"靖安侯冷喝一声。

沈氏瞪大了眼睛："到了这个时候，你还理直气壮？"

"我为什么不能理直气壮？这么多年，侯府中可有一房小妾，一个通房？没有吧？夫人可以去打听打听，那些勋贵之家哪一家不是妻妾成群？就算那些文臣清流，哪怕是名满天下的乔家，乔御史的夫人自觉上了年纪还给夫君纳上一房小妾呢。我就算曾养过外室，就是什么十恶不赦的罪名了吗？"

靖安侯一连串的反问，让沈氏差点气昏过去，偏偏竟无力反驳。

是啊，这个世道对女子何其不公，男人纳妾天经地义，换成女人，哪怕尊贵如长容长公主，养几个面首就被人在背后戳脊梁骨。

"话既然已经说开，我就明白跟夫人说，邵明渊虽然不是从你肚子里爬出来的，却是我的骨血，按礼法，他叫你一声母亲也是天经地义的。所以，我不想再听到你那些刻薄的话。还有——"

靖安侯扫了两个儿子一眼，收回目光看着沈氏："先前关于明渊的一些流言传出去也就罢了，我可以既往不咎。今后明渊外室子的身份若是传出去，那么，夫人就别怪我不念多年夫妻之情，回娘家去吧。"

"父亲！"邵景渊与邵惜渊大吃一惊。

靖安侯面色阴沉，一字一顿道："你们两个也给我记着，只要有关老二的身份传出去只言片语，我就送你们母亲回娘家！"

他说完，转身大步往外走。

邵惜渊忍不住问："父亲，您去哪儿？"

"去看你二哥！"

靖安侯拂袖而去，沈氏气苦不已，一口气没上来昏了过去。

靖安侯府顿时鸡飞狗跳。

冠军侯府中，同样是气氛紧张。

杨厚承急着去请太医，被池灿一把拉住："不能去请太医！"

邵明渊的身份实在太敏感，一旦他吐血昏倒的消息传出去，恐怕会让多方势力生出不该有的心思。就连皇上那里，态度都会转变。

"不请太医？那庭泉怎么办？"

池灿面色阴沉："济生堂的大夫不错，我去请。"

大不了回来把济生堂的大夫弄进公主府，就不怕传出去了。

"麻烦几位公子看着我家将军，我知道有个人一定比济生堂的大夫还好。"晨光自告奋勇要去请人，撂下这句话拔腿就跑了。

乔昭这两日正有些心神不宁。也不知道外祖父他们查得怎么样了，她身为人们眼中的外人，想知道些情况太困难。

"姑娘，晨光要见您，看样子挺着急的。"冰绿匆匆进来禀告。

"带他过来。"

晨光一见到乔昭就气喘吁吁道："三姑娘，快跟我走。"

"什么事？"

"我们将军吐血了！"

乔昭猛然站了起来，而后意识到自己有些失态，淡淡地问："怎么会吐血？"

邵明渊虽被寒毒折磨得痛苦不堪，却没到如此严重的地步吧？

"是靖安侯夫人送来了一个红木匣子，里面装着满满一匣子信，全是我们将军以前在北地时写给将军夫人的。我们将军看了，就吐血了……"

"信……"乔昭喃喃念着，忍不住问，"什么信？你们将军给他夫人写过信？"

晨光虽不明白三姑娘为何关注的重点不对，还是解释道："当然写过呀。将军每个月都会至少给将军夫人写一封信的，哪怕是战事最紧张的时候也不例外，直到今年初还在写呢，可惜将军夫人一直没有回过信。"

说到后面，晨光语气中不自觉带出了埋怨："将军夫人心太狠了。虽然将军新婚就去了北地，不能陪着将军夫人，可这不是大梁将士们该做的嘛。若人人都留在京城享富贵，这京城早就成齐人的了。我到现在都忘不了，北地那么冷，呵口气都能化成冰碴子，墨被冻住了，将军每写一个字都要重新把墨化开……"

小车夫显然跑题了。

乔昭皱眉："别说了，去将军府。"

她不想把那里叫"侯府"，因为这样一叫就会让她想到那两年多牢笼般的生活，还有挥之不去的窒息感。

坐到马车上时，乔昭脑子里一直在想：原来那两年，邵明渊一直在给她写信的。那些信全都被靖安侯夫人截下了，沈氏为什么这么做？

就算聚少离多，母子亲情不如时时伴在身边的子女那样深厚，可拦下儿子写给儿媳的信，这样的做法太匪夷所思了。

乔昭叹气。

靖安侯府的古怪，比她想的还要多。

晨光把马车赶得飞快，没过多久马车一个急停，乔昭赶忙伸手扶住车壁。

"三姑娘，到了！"

众人正等得心焦，听到脚步声忙抬头看去，一见晨光身后跟着乔昭，不由愣住。

"你怎么来了？"池灿皱眉。

他见到她，心底深处就有着说不清道不明的欣喜。

这份欣喜让他有些慌，自然语气极差。

乔昭深深看了池灿一眼。她又哪里招惹他了？

"晨光喊我来的。"乔昭淡淡说完这话，走向乔墨，"乔大哥，邵将军怎么样了，带我去看看。"

乔墨点头："好，黎姑娘请随我来。"

眼见乔昭跟着乔墨往里走，池灿面上阴云密布，挑眉问晨光："黎姑娘什么时候认识乔公子的？"

他就没见过这么会招蜂引蝶的小丫头！

"我不知道啊。"晨光装傻。立场要分明，态度要坚定，池公子可是他们将军大人的情敌咧，他才不会解释呢。让误会来得更深刻些吧！

乔昭走在乔墨身侧，忍不住打量他的脸色。

她走在乔墨右手边，看到的是他完美无瑕的侧脸，线条柔和不失棱角，俊逸无双。

乔墨察觉乔昭的打量，忍不住看向她。

乔昭坦然一笑："乔大哥脸色好多了。"

乔墨神情淡淡："病好了，脸色自然就好了。"

乔昭脚步一顿。

人多口杂，乔墨没有多说，语气平静道："黎姑娘医术高明，请给冠军侯看看吧。"

乔昭紧紧抿了唇。

"黎姑娘？"

"好，我去看。"她睇了乔墨一眼，匆匆转头走向邵明渊。

乔墨一怔。刚刚黎姑娘看他那一眼，虽然一扫而过，他却似乎看到了眼中有水波隐现。黎姑娘哭了？可他顶多是态度冷淡了一些，没必要如此吧？

说起来，他是感激黎姑娘的。可是他有些不能接受一个小姑娘就这么轻描淡写地逼疯了他的大舅母。

不管大舅母做了什么事，该受什么惩罚，这都是他和外祖家要商量的，而不是由着黎姑娘这样毫不相干的外人插手。

仅仅因为李神医的关系，黎姑娘就在他还没清醒时把仇给报了，即便是出于好意，也有些……多管闲事了。

乔公子想：他态度冷淡一些，让小姑娘以后遇事三思而后行，不是很正常的吗？

小姑娘居然哭给他看，偏偏他心里莫名其妙的愧疚感又是怎么回事？

乔墨默默看着乔昭的背影，心中轻叹：毕竟黎姑娘再像昭昭，也不是他的妹妹啊。

乔昭心情有些差，看到邵明渊的样子，心情就更差了。这人到底是多重的心思，能把自己折腾成这个样子？原本他的寒毒是可以撑几年的，正好等李爷爷回来可以替他祛毒，可现在寒毒攻心，只能她动手了。然而，寒毒攻心后想要驱除，是要赤裸上身的！

池灿等人都涌了进来。

"黎姑娘，你真的会治病啊？"杨厚承迫不及待地问。

乔昭心情复杂地点点头。

"那庭泉到底是怎么了？"

"他体内一直有寒毒，而今受了刺激导致气血逆行，寒毒攻心，所以才变成这个样子。"乔昭解释道。

"寒毒可以祛除吗？"朱彦问。

"可以是可以，不过——"

"怎么这么啰嗦？庭泉也帮过你多次，难道还要讲条件？"池灿莫名有些不快。

乔昭看他一眼，而后环视众人，语气平静道："有个前提我要说清楚。"

"黎姑娘请说。"意识到事情不是想的那么简单,朱彦温声道。

"邵将军体内的寒毒,大概有两个人可以祛除。一个是李神医,另一个是我。"乔昭郑重说出这番话,众人都听愣了。

晨光满眼佩服。

三姑娘,先不管咱医术如何,这份自信肯定是没人比得上啊。

"我说这个,就是希望你们明白,我来给邵将军祛除寒毒是唯一的选择。但凡有人可以替代,我是不会出手的。"

众人越听越糊涂。怎么听黎姑娘的意思,十分不想给邵明渊祛毒呢?邵明渊应该没有得罪黎姑娘吧?

"现在我需要一个人打下手,其他人不得靠近房门——"

乔昭话音未落,就有几人齐声道:"我来!"

看了看池灿,又看了看杨厚承,再看向乔墨,乔昭叹气。池灿肯定是不行的,就他那阴晴不定的脾气,等一会儿万一抽风怎么办?杨大哥也不行,总觉得会守不住秘密。大哥——乔昭暗暗摇头。大哥也不成。一想到当着大哥的面脱掉邵明渊衣服的场景,实在太尴尬了。

"晨光,你来吧。"

池灿脸一黑:"为什么我不行?"

乔昭笑笑:"池大哥生得太好,我怕分神。"

众人:"……"

这理由太好,竟让人无言以对。

池灿气得说不出话来了。

众人都退了出去,只留下乔昭与被点名的晨光。

"三姑娘,我什么都不会啊,我要做什么?"晨光有些惶恐。

将军大人看起来很严重,他对医术一窍不通,万一搞砸了,岂不是害了将军?

"照我说的做就是了。"

"好,好,三姑娘请吩咐。"晨光咽了咽口水,暗暗给自己打气。

他一定行的,为了将军,不行也得行!

"现在,把邵将军上衣脱下来吧。"

"啥?"晨光差点栽倒。

他一定是听错了吧?

"把邵将军的衣服脱下来!"

"三姑娘,这,这不好吧?我们将军还病着呢。"

乔昭简直要气笑了:"要不换池公子进来?"

"我来,我来!"晨光忙上前一步,手忙脚乱地把邵明渊的上衣脱了下来。

晨光一直把邵明渊当战神般敬仰，这个时候给他扒衣服心理压力巨大，脱完了上衣紧张之下就忘了乔昭的交代，伸手去拉邵明渊腰带。

"住手！"一贯淡定的乔姑娘简直要气急败坏了。

这个车夫是不是傻，他扒邵明渊裤子干吗？

乔昭脸微红，从荷包中取出一排银针靠近邵明渊。

安静躺在床榻上的男子上身交错纵横的伤疤让她手一顿。大梁百姓常说，伤疤是上战场的男儿最大的荣耀，所以这人才如此受百姓爱戴吗？可是这样一个受百姓爱戴的年轻将军，他的母亲却不爱他。

乔昭捏着银针交代晨光："这根针刺入后，邵将军很可能会清醒，你一定要按住他，第一时间阻止他乱动。"

"好。"晨光点头如捣蒜。

乔昭静了静心神，把银针刺入邵明渊心口下方的穴道。

才刚离手，邵明渊便睁开了眼。

他的眼睛很黑，眼中的茫然消退得比常人要快，敏锐的本能让他一瞬间绷紧肌肉，便要坐起来。

"将军，不能动！"晨光按着邵明渊的肩膀大喊。

"别动。"乔昭轻声提醒。

明明亲卫的声音更大，把那轻轻两个字掩盖了，可邵明渊却仿佛只听到了那声"别动"。

他没有动，然后才后知后觉地发现：自己没穿衣裳！

那一瞬间，邵明渊脑海中一片空白，几乎是靠着本能扯来锦被遮住身体，淡淡道："出去。"

"将军，三姑娘是给您祛除寒毒呢——"

邵明渊骤然打断晨光的话："晨光，带黎姑娘出去。"

见晨光还在迟疑，他声音更冷："怎么，我已经命令不动你了？"

晨光打了个激灵，忙道："卑职遵命！"

"三姑娘，咱们出去吧。"

乔昭脸沉下来："不出去。"这混蛋是什么反应啊，好像她要非礼他似的。不是英明神武、智勇双全吗，怎么还是抱着世俗偏见？

邵明渊显然没想到乔昭拒绝得这么干脆，忍着尴尬道："我的身体状况我心中有数，请黎姑娘先出去吧。"

乔昭拿起第二根银针，面无表情道："现在邵将军说了不算。你是病人，我是大夫。对于病人无理取闹的要求，大夫一律不予理睬！"

邵明渊呆了呆。

活了二十一载,第一次有人说他无理取闹。

晨光张了张嘴。

天啦,他就知道三姑娘的彪悍不是一般人能比的!

"晨光,把邵将军身上的被子拿开。"

"将军——"晨光鼓起勇气伸手。

邵明渊凌厉目光落在晨光手上,冷冷道:"收起你的爪子。"

晨光赶忙把手背到身后,为了表示自己不存在,干脆跑到门口蹲着去了。

他实在没法打下手了,快要被将军大人和三姑娘联合逼死了。不过帮他们死死守住房门还是可以的,现在的情景,无论如何也不能让别人瞧见!

乔昭伸手拉住盖在邵明渊身上的锦被,平静道:"松手。"

邵明渊完全不知道该有什么样的反应。为什么会有黎姑娘这样的女孩子?他这么大的人,不可能像孩子一样说不松手;可让他松手,在一个女孩子面前赤身裸体,那实在太尴尬。年轻的将军抓着被子不说话。

乔姑娘简直要气笑了。这人幼不幼稚啊,以为不说话就可以不松手了?

"邵将军真的不松手?"

邵明渊把被子抓得更紧了些。

乔昭慢悠悠道:"我要提醒一下邵将军,你心口靠下的银针若是碰掉了,你会重新陷入昏迷。"

邵明渊下意识地低头。他感受不到银针的存在,因为此刻五脏六腑都是痛的。

看着他额头冷汗一片,乔昭心中轻叹。原来他还知道疼。她以为见到个铁打的人呢,寒毒攻心还有精神跟她抢被子:"邵将军是病人,我是大夫。在这个时候,大夫眼里没有男女之分,希望邵将军能明白。"

骗人!蹲在门口的晨光心里默默反驳。他刚刚拉将军腰带,三姑娘还吼他呢,现在居然骗将军说不分男女。

"在下的寒毒,曾请许多大夫看过,他们都束手无策。"邵明渊解释道。

北地太过寒冷,那边的大夫对因为寒冷引发的许多症状比京城这边的大夫有经验。他们都没有办法的事,黎姑娘能够办到吗?再者说,即便医者眼中病人没有男女之别,可他又不是医者,他是病人……他不想以后见到黎姑娘,就想到今天的尴尬场面。

"可是那些大夫都不是我。"乔昭见他疼得厉害,终究是心软了几分,恳切道,"你体内寒毒已经攻入心脉,不能再拖了,难道你就一点也不爱惜自己的身体吗?"

见邵明渊还不作声,乔昭加重了语气:"活不过一年你也不在乎?"

"我——"邵明渊不知该说什么好。在乎吗?又有谁会不在乎自己的性命?可有时候,想到这些年来背负的东西,又会感到深深的疲惫。

乔昭垂眸:"即便邵将军不在乎,但总有些人是在乎你的,所以为了不让在乎你的人伤心，邵将军还是不要任性了。"

晨光猛点头。三姑娘说得太好了，将军要是倒了，他们怎么办？跟着将军才能有肉吃，有仗打，喝最烈的酒，睡最美的姑娘——呸呸，最后这个还没有实现！

邵明渊默默松开手。

乔昭把碍事的锦被丢到一旁，见刺入邵明渊心口下方的银针没有掉落，黛眉舒展，俯身把第二枚银针刺入。

这些银针密密麻麻围着邵明渊心口刺入一圈，乔昭解释道："今天先把攻入心脏的寒毒逼退到其他地方。"

她离得很近，习武之人又敏锐，邵明渊能清楚感受到少女拂到他胸膛上的鼻息，还有一下一下扫过身体的发梢。

他的身体很冷，就更能感知少女指尖的温度。

邵明渊尴尬地别开眼，没有吭声。

他一眼就看到蹲在房门口的晨光捧着脸贼兮兮地往这边瞄，不由脸一热。

嗯，许久没有活动筋骨了，回头可以找晨光练练。

乔昭下了最后一针，心头微松，刚要说话就瞥到了邵明渊泛红的双耳，不由愣了愣。

这人是在……害羞？

乔姑娘原本心中坦荡，可察觉到邵明渊在害羞，入眼是他结实宽阔的胸膛，就莫名有些脸热，目光下移，一下子就看到了对方形状分明的腹肌。这里为什么会是这样的？和女子的如此不同。好奇的天性上来，乔昭忘了尴尬，一时看得出神。

邵明渊浑身一僵，连呼吸都屏住了，手心的汗水瞬间冒了出来。黎姑娘她……在看什么？他就说，这样实在是太尴尬了！邵明渊不由懊恼刚才没有坚持，可这种时刻如此微妙，连空气中都仿佛流动着看不着的火焰，让他不敢贸然开口。装作什么都不曾察觉，大概是最好的法子。邵将军默默想着。可是，黎姑娘看的时间是不是太久了些？

额头的汗凝结滴落，正好落在小腹上，犹如俏皮的春雨砸到经过漫长的寒冬冻得僵硬的土地上，惊醒了沉睡的一切。

乔昭回神，心中尴尬之余，面上却不动声色："嗯，寒毒没有扩散到这里。"

邵明渊："……"

好一会儿，年轻的将军开口问："什么时候可以好？"

"还要等一会儿。邵将军不要说话，等你指甲变成青色，就可以收针了。"

邵明渊已经感到盘旋在心口四周的冷缓解许多，遂眨眼示意明白了。

乔姑娘目光又溜到年轻将军的腹肌上去。

邵明渊干脆抬眼望天。

时间在缓缓流逝，对邵明渊来说每一刻都格外漫长，而对等在外面的众人来说，同样如此。

"黎姑娘到底如何帮庭泉祛除寒毒啊？这么久了怎么还没动静呢？"杨厚承是个急性子，站在游廊里频频往房门那里张望。

"别念叨了，心烦！"池灿冷冷道。

那丫头在里面干什么？她真能帮邵明渊祛毒？哼，有什么不能让人打扰的，他又不像杨二那般聒噪！

等在外头的众人心思各异，忽听有人报道："侯爷来了。"

侯爷？

众人抬头看去，就见一位身材消瘦的中年男子走了过来。

池灿几人对视一眼。

靖安侯怎么过来了？

转眼间靖安侯已经走到近前。

"侯爷。"因为邵明渊的关系，哪怕性情不定如池灿，见到靖安侯依然很给面子地打了招呼。

靖安侯双鬓斑白，眼中黑沉沉透着一股暮气，对几人点头还礼后问："明渊呢，他怎么样了？"

"庭泉在那间屋里，大夫正在给他诊治。"

靖安侯往门口的方向走了两步

"大夫正在施针，这个时候恐怕不便打扰。"池灿出声道。

"不知从什么地方请来的大夫？"

杨厚承一听暗暗替乔昭着急，偏偏又没什么急智，不由看向池灿。

"大夫是庭泉的亲卫请来的。"池灿巧妙避开了靖安侯的问题。

年纪轻轻就吐血是挺严重的事，靖安侯依旧不放心，再问道："请大夫的亲卫呢？"

"呃，正在里面给大夫打下手。"

杨厚承暗暗向池灿竖了竖大拇指。

池灿却翻了个白眼。

竖什么大拇指啊，看靖安侯这意思，肯定是要等下去了，一会儿见到那丫头从邵明渊屋子里出来，那才是热闹了。

屋子里，乔昭突然起身。

邵明渊眼神一闪，颇有种苦尽甘来的感觉。

终于好了！

乔姑娘走到桌边倒了一杯水，捧着水杯坐回了原来的椅子上。

邵明渊："……"

为什么会有这样的女孩子？

乔姑娘看够了，已经很是淡定，安慰邵明渊道："邵将军不要急。"

邵明渊闭了闭眼。让其他人来试一试，在一个不算熟悉的姑娘家面前赤身裸体，不急才怪。不，熟悉的也不行啊！

还好，如今外面流传着他不行的谣言，黎姑娘大概也是这么想的吧。想到这里，年轻的将军不由觉得庆幸，庆幸过后，又有点发蒙：难道就是因为这样，黎姑娘才这么云淡风轻？邵明渊忽然又郁闷了。

"可以了。"乔昭放下水杯，伸手握住邵明渊的手。

邵明渊条件反射，想抽回手，反被握得更紧。

"别乱动。"少女神情严肃，训道，"你现在是病人，怎么能不听大夫的话？"

邵明渊默默垂眸。

乔昭拿起一根明晃晃的银针，提醒道："针从指甲里刺进去会比较疼，不过这也是没办法的事，要把攻入心脉的寒毒放出来才能拔掉你心口附近的针。"

邵明渊微微点头，示意明白了。

"那我开始了，一定不能动。要是疼得忍不住——"乔昭想了想，从袖口抽出一块洁白的帕子团成团塞进邵明渊嘴里，"嗯，这样就可以了。"

邵明渊嘴里塞着帕子，一脸哭笑不得。他什么疼没忍过，针从指甲缝刺进去又算什么，黎姑娘这样真是太孩子气了。可是不知为何，心底深处又有暖流缓缓淌过。

乔昭瞥他一眼，淡淡道："邵将军别以为这种疼不算什么，十指连心，可比刀剑伤还要痛。"

邵明渊再次轻轻点头，表示受教。

"晨光，帮我拿两块温热的软巾来。"

"嗳，好！"晨光跟打了鸡血一样站起来，转去屏风后面把一块干净的软巾用热水浸透了，拧干送到乔昭面前。

乔昭一手握住邵明渊的手指，另一手捏着银针，对准他的指甲缝刺入。

饶是历经战场的血雨腥风，晨光还是别过头去不忍看。

邵明渊却面色平静，眉眼无波。

银针刺入，邵明渊浑身肌肉瞬间紧绷，手指却颤都没颤。

乔昭不由看他一眼。

这样的病人，还真让大夫省心。

为了减轻邵明渊痛苦的时间，乔昭手上动作飞快，很快就给他十只手指都放了血。

血珠从指甲缝里缓缓渗出，才凝聚就变成暗红的冰碴，覆盖在他指端。

"软巾。"乔昭头也不抬伸出手，晨光忙把一条软巾放在她手上。

少女低着头，拿温热的软巾仔仔细细清理着邵明渊手指上的血渍。

邵明渊沉默看着她。

"好了。"乔昭舒了一口气,把软巾扔回晨光手上,抬眸看向邵明渊,"觉得好些了么?"

嘴里塞着帕子的邵将军眨眨眼。

帕子到底能不能拿出来了?

乔昭笑笑,伸手把帕子取下来,上身前倾,温声道:"我帮你取针。"

她的发梢再次轻拂着他的胸膛,有些痒。

邵明渊从没与一个女孩子靠得如此近,他能清晰看到对方轮廓精致的耳朵,甚至上面柔嫩的茸毛,还有耳垂上小小的丁香花耳钉。

丁香花耳钉是银制的,朴素到让人叹息。

邵明渊忍不住想:他之前不是给了黎姑娘一箱子银元宝和一匣子金叶子吗,难道是太少了?

嗯,这次的诊金要给得更丰厚些才行。

女孩子柔软温热的指腹落在肌肤上,邵明渊瞬间浑身紧绷。

乔昭抬眸看他,安慰道:"这次不疼了。"

邵明渊觉得头有些晕,思维好像比平时慢了许多,耳畔那句话却无比清晰:这次不疼了。

他的童年到少年再到如今,不是在侯府的演武场就是在北地的战场上度过的,却从来没有一个人对他说:

有些疼,你忍一忍……

这次不疼了……

这样的话,他居然从一个女孩子口中听到了。

第十五章 笔迹

等邵明渊回神时,乔昭已经取下所有银针,接过晨光手中另一条干净软巾擦拭着他的胸膛。

邵明渊只觉那温热的软巾落在他身上,仿佛有火在烧。

他哑声道:"这个不劳烦黎姑娘了,让晨光来吧。"

这一次乔昭没有反驳,把软巾递给晨光,吩咐道:"替邵将军反复擦身,等肌肤泛红,再穿衣服。"

"嗳。"晨光心里直叹可惜,面上却不敢乱说,老老实实接过软巾替邵明渊擦拭。

乔昭走到屏风后面去净手。等她转回来时,邵明渊已经穿好了上衣。

"黎姑娘,今日耽误了你不少时间,实在不好意思。让晨光早些送你回去吧,他日在下定会重谢。"

乔昭扬眉。这人过河拆桥也太快了吧,她还没缓过来呢,就赶人了?

"邵将军不必急着道谢,明日我还要来的。"

"还要来?"邵明渊心一沉,隐隐生出不祥的预感。

乔昭颔首:"是的。邵将军总不会以为一次就可以把寒毒祛除了吧?今天只是把攻入心脉的寒毒拔出来,然而你体内寒毒已深,稍有情绪波动那些寒毒会再次攻入心脉,且会一次比一次凶险。我打算彻底祛除你体内寒毒,以绝后患。"

"那需要施几次针?"

"施针次数要视你身体情况而定,要把寒毒彻底祛除,大概要半年吧。"

所以她之前才一直没想接手这棘手的差事,可眼前这人再熬下去就等不到李爷爷回来了,她既然已经开了头,就只能管到底了。

邵明渊沉默许久,问:"每次都要像今天这样?"

"前期是如此。"

少女平静淡然的样子让邵明渊有点不敢开口，可今天还能说是情况特殊，要是之后天天如此，即便黎姑娘不在乎，他心里也是过不去的。

他这样，算是毁了黎姑娘清白吗？年轻的将军不确定地想。倘若他不曾娶妻，可以为今日之事负责，自然不会如此纠结。可是他亲手射杀了妻子，早就没了再娶妻的资格，又怎么能心安理得与一名姑娘家牵扯过多。

"既然如此，那在下还是等李神医回来，请李神医诊治吧。"邵明渊话说出口，就发现少女蹙了一下眉，不知怎的心里就有些紧张。

乔昭板着脸道："等不到李爷爷回来，你就没命了，不然邵将军以为我闲得无聊么？"

大男人扭扭捏捏像什么话，好像她是登徒子，想多瞧两眼似的。

邵明渊张了张嘴，说不出话来。

晨光忙道："将军，您就听三姑娘的吧，您身体最要紧啊。您想想看，要是您出什么事，我们这么多兄弟该怎么办？"

"邵将军在犹豫什么？莫非因为被我看到了，觉得我该负责？"

"咳咳咳。"邵明渊咳嗽起来，"黎姑娘说笑了。"

"既然如此，那就这样，明天我还会过来。"乔昭果断作了总结，见邵明渊还想再说，提醒道，"病人的话，我一般只会听，不会采纳。"

邵明渊："……"

晨光暗暗给乔昭竖了个大拇指。

他算看出来了，还是三姑娘对将军大人最有办法。

"晨光，走吧，回去了。"乔昭冲邵明渊颔首，转身走出两步，忽地停住，慢慢转过头来。

"黎大夫还有什么吩咐？"邵明渊无奈问，心情格外复杂。

乔昭上下打量邵明渊几眼，收回视线，淡淡道："除了寒毒，邵将军身体并无大碍，若是觉得有什么不妥，或许是心理原因，邵将军放宽心就好。"

直到乔昭推门出去，邵明渊还处在石化中。身体并无大碍……有什么不妥或许是心理原因……少女轻柔甜美的声音在耳畔回荡，每一句话都很简单，可他觉得脑子完全转不过来了。黎姑娘这是什么意思？一定不是他想的那样！

邵明渊闭闭眼，猛然睁开，视线如利刃射向跟在乔昭屁股后面的晨光。

这个混账，他要杀了他！

晨光只觉后背一凉，一个箭步冲了出去。

将军大人太吓人了，三姑娘救命啊！

一见乔昭与晨光出来，池灿等人涌过去，被撇下的靖安侯孤零零站在原地，吃惊地瞪大了眼睛。

明渊房间里居然走出来个姑娘？

不是说明渊吐血昏倒了，为何会走出来个女孩子？

被众人包围的乔昭视线投过来。靖安侯？他怎么会过来了？是了，今天是邵明渊乔迁之喜，靖安侯府不可能不来人，靖安侯知道邵明渊出事不足为奇。那他知道被沈氏拦下的那匣子信吗？

晨光说，那些信是邵明渊在滴水成冰的北地写给她的。她很想看一看，以前被她认为冷情冷性、满腔热血都给了国家百姓的人，会对自己的妻子说些什么。

只可惜，现在的她没有任何理由去看那些信。

乔昭忽然想到了一件事。

她曾经也是给邵明渊写过信的，只是没有得到过只言片语的回复，便不曾再写了。不知道她写的信也在那匣子里面吗？

若是在，邵明渊是否会看到？

一时之间，乔昭说不清是期待他看到，还是期待过去的一切痕迹彻底消失。

"黎姑娘，庭泉怎么样了？"众人纷纷问道。

"三姑娘妙手回春，我们将军已经醒了。"晨光高兴地道。

"这位姑娘是大夫么？"靖安侯终于醒过神来，大步走来。

他虽个头高，却很清瘦，两鬓的白发比同龄人要多。

短短两三年，靖安侯真是苍老多了。乔昭心中想。

"见过侯爷。"她行了礼。

靖安侯一怔："小姑娘认识我？"

"并不认识。只是看您的气度与年纪，应该是邵将军的父亲了。"

"原来如此。请姑娘先留步，我去看看犬子。"

乔昭立在庭院中，见所有人全都涌进邵明渊所在的房里，对晨光道："走吧。"

"三姑娘，侯爷不是说先等等——"

乔昭笑笑："我又不是大夫，难道要留下来等靖安侯审问吗？"

晨光一听，连连点头。

三姑娘说的可真有道理，他再不走，难道等将军秋后算账吗？

小车夫带着乔姑娘赶忙跑路了。

"父亲。"邵明渊一眼看到了靖安侯。

"明渊，你怎么样了？"靖安侯挤到邵明渊身边，打量着儿子。

池灿忍不住道："侯爷想知道庭泉怎么样了，何不回去问问侯夫人？"

朱彦轻轻拉了拉池灿。

他们是庭泉的好友，在靖安侯面前就是晚辈，再怎么气愤，可以把邵景渊痛扁一顿，但给靖安侯难堪就失礼了。

"拾曦，让你们担心了。我现在不要紧，正好有些话要和父亲说。"

朱彦拉着池灿对邵明渊笑笑："那我们先回去了。"

屋子里只剩下父子二人。

靖安侯打量着邵明渊苍白如雪的面色，心情沉重，叹了口气："明渊，我听说你吐血了，究竟是怎么回事儿？"

"并无大碍，是体内寒毒造成的，吐出来反而好了。"

靖安侯眼神一缩。次子的寒毒如此严重么？他的寒毒，是当年中了敌军埋伏掉进了冰窟窿里落下的，这么些年来可谓是受尽折磨，可即便如此也没有到吐血的地步。靖安侯一下子觉得胸口有些热。那里放着邵明渊送给他的祛寒丸。明渊体内寒毒如此严重，却把祛寒丸给了他——

靖安侯忽觉眼眶有些湿，喃喃道："明渊，是为父对不住你。"

邵明渊沉默了片刻，抬眸看着靖安侯："父亲，明渊有个问题想问您。"

"你说。"

"我真的是母亲的亲生儿子吗？"邵明渊一字一顿问。

这个问题，他曾想过很多次。

如果是，为何都是儿子，母亲对他的态度和对大哥、三弟的态度如此天差地别？

如果不是，他又是从哪里来的？

老人们都说他是母亲难产生下的，当时足足请了七八个有名的产婆。

他曾悄悄派人问过当年给他接生的那些产婆，除去过世了一位，离开京城了一位，剩下的几位产婆全都指天发誓，是亲眼瞧着他从母亲肚子里出来的，绝不存在掉包的可能。

那些猜测在这些人证面前被他默默压了下去，可是今天，他还是无法说服自己。

怎么会有这样狠心的母亲呢？他到底有多差劲，让母亲觉得他死了都不解恨，一定要让他生不如死地活受罪才可以？

靖安侯被问得一言不发，邵明渊语气坚定，再问一遍："父亲，请您给儿子个明白话，我真的是母亲的亲生儿子吗？"

屋子里是漫长的沉默。

窗外树梢的蝉叫个不停，把夏日的暑气都叫得更浓烈了，让人听着心浮气躁，偏偏屋内的父子二人谁都感受不到夏日的炎热，反而有股冷意从骨子里冒出来。

就在邵明渊觉得靖安侯不会回答这个问题时，靖安侯终于吐出两个字："不是"。

他说完，长叹一声，似乎一瞬间又老去几岁。

真的不是啊？

这一刻，仿佛一切有了答案，邵明渊居然觉得压在心头的那座大山陡然一轻，不再碾压得他五脏六腑都痛。

"那明渊是谁的儿子？或者说，莫非明渊的生父亦另有其人——"

"没有！"靖安侯骤然打断邵明渊的话，胸脯起伏，呼吸急促，"你当然是我的儿子，怎么会是别人的！你这样胡乱猜测，就不怕伤为父的心吗？这样的话，以后我不想再听你提到半个字！"

"儿子知道了。"

人人都说他是虎父无犬子，青出于蓝而胜于蓝。他不是父亲的儿子，又能是谁的儿子？

"那么明渊的亲生母亲呢，她是谁？在哪里？"

"为父年轻时曾养过一个外室，你是外室生的。后来你生母过世了，为父就把你抱了回来。"

"可是母亲当年的确生了孩子。"

"是，你嫡母那时候也刚刚生产，可惜你那个兄弟生来体弱，出生没几天就夭折了。那时候你没了生母，你嫡母没了孩子。为父想着外室子的身份对你不好，就把你抱了回来当作那个孩子养了。本想着这样一来既解决了你出身的问题，又能不让你嫡母伤心，谁成想你嫡母心里一直是清楚的……"

靖安侯忍不住湿了眼眶："刚才在家里，我已经警告过你母亲不许再针对你。明渊，这些年你受委屈了，就当是可怜你母亲丧子之痛吧，希望你不要恨她。"

"原来如此。"邵明渊喃喃道。他竟然是外室子，所以才被嫡母恨之入骨……可即便如此，有些事情，不是一个"恨"字就情有可原的。

"父亲，明渊前段时间一直在追查一件事，刚刚才有了结果，正准备和您说。"

"什么事？"

"父亲请稍等。"邵明渊扬声喊了一名亲卫进来，低低交代几句，亲卫领命出去。

约莫半个时辰后。

靖安侯看着被亲卫带进来的人吃了一惊："沈管事？"

沈管事眼神闪烁，低下头不敢看靖安侯。

沈管事旁边一位身材高大的男子同样一言不发。

靖安侯更加困惑，看向邵明渊："明渊，你怎么把沈管事带来了？"

邵明渊身体还有些虚弱，靠着床头淡淡道："沈管事，把你知道的事跟侯爷说说吧。"

对上年轻将军黑沉冰冷的眸子，早就得到过教训的沈管事扑通一声跪下来，抬手就给了自己两个耳光，才哭道："侯爷，老奴有罪！"

靖安侯还没见过一上来给自己两个耳光请罪的，一时大为诧异。

沈管事额头贴地："老奴真不敢通敌的，是夫人安排的——"

"什么通敌，什么夫人安排的？你给我一五一十说清楚！"靖安侯心中一个咯噔，抬脚把沈管事踹翻。

沈管事爬起来，倒竹筒般说起来："年初的时候，少夫人不是被送往北地与二公子团聚吗，夫人派老奴陪少夫人同去，私下交代老奴说，让老奴想办法把少夫人的身份和路线透露给齐人——"

"胡说！"靖安侯猛然一拍桌子，面色阴沉无比。

沈管事吓得一个哆嗦，不敢吭声了。

邵明渊淡淡道："父亲何不听他说完？"

"好，你给我说说，你是夫人的家奴，就算真想联系上齐人，从没去过北地的你又是如何做到的？"

沈管事埋头道："多年前夫人跟老奴说，要了解将军在北地的情况，让老奴安排人进军营，老奴就安排了表弟谢武——"

沈管事旁边的男子立刻低下了头。

靖安侯眼神如刀地扫了谢武一眼。

沈管事继续道："三年多前，谢武受伤回来了，他在北地多年，对那边很是了解……"

等沈管事从头到尾说完，靖安侯脸色难看至极，深深看了邵明渊一眼：

"明渊，这件事事关重大——"

邵明渊打断靖安侯的话："所以儿子收集了很多证据。"

他扬声："邵知，把那些证据呈给侯爷过目。"

邵知捧着一个匣子进来，打开后一件一件取出来给靖安侯看："这是谢武在北地画的地形图，这是谢武与沈管事的通信，这是谢武护送将军夫人回京后收到的江南一处田庄的地契，那个田庄经过几道手，实际上是夫人的陪嫁……"

邵知把一个个证据摆在靖安侯面前，靖安侯一件件翻看，一字不落地听，到最后已是面色铁青。

人证物证摆在面前，容不得他有一丝怀疑。

靖安侯不由看向邵明渊。

当年那个脆弱的小生命，长成了这样的男儿，从容、冷静、隐忍，当掌握所有情况后，又会毫不犹豫出击，不让对方有丝毫翻身的余地。

这样优秀的孩子，却和他的妻子，闹成了这个样子……

一阵气血翻涌，靖安侯抬手按住胸口，说不出一句话来。

邵明渊依然表情平静："邵知，带他们下去吧。"

等邵知把人带走，邵明渊淡淡道："这个谢武也有些古怪，不过目前还没有更多的线索，所以我一直没有流露过什么，谢武和沈管事只以为我追查的是母亲的事。"

靖安侯茫然点头，示意他知道了。

邵明渊看着两鬓斑白的父亲，心中一叹："怎么处理母亲的事，明渊交给父亲做主，不过有一点要跟您讲清楚，从此之后，请母亲不要再以孝道的名义来干涉儿子的生活。"

说到这里，邵明渊自嘲笑笑，压下翻涌的气血："我的生活，其实早被母亲毁去了。"

从他对着结发妻子射出那一箭起，他的后半生就被彻底摧毁了，他将永远背负着良心债，不得安宁。

"明渊，你好好养着吧，你母亲的事，我会处理的。"靖安侯仿佛苍老了许多，连走路都蹒跚起来。

他几乎是浑浑噩噩地回到了靖安侯府。

"夫人呢？"

见侯爷脸色不对，丫鬟怯怯道："夫人去园子里散心去了。"

"请夫人回来，我在房里等她。"

许久后，沈氏才不紧不慢走进来，一见到坐在窗边的靖安侯便冷笑一声："怎么，老二还活着？"

靖安侯猛然看向她。

他看过来的目光太冷，冷得让沈氏打了个哆嗦，不由自主地后退一步，而后恼羞成怒道："侯爷这是做什么？"

"你们都出去！"靖安侯沉沉开口。

丫鬟们面面相觑，不由看向沈氏。

这些年来，侯府的下人们都清楚，侯爷是个好脾气的，对夫人决定的事从没干涉过，特别是宅院里的事，听夫人的准没错。

"滚！"靖安侯暴喝一声。

从没发过脾气的人一旦爆发出来，足以把人吓个半死，丫鬟们再也顾不得等沈氏点头，低头匆匆退了出去。

"侯爷心疼了？"沈氏在下人面前被扫了面子，语气更冷，"那侯爷干脆把我休回娘家啊，让人们都看看，你为了一个外室子把给你生养了三个儿子的嫡妻赶回娘家去了！"

靖安侯闭了闭眼，冰凉如水的目光落在沈氏面上："我不会休了你的。我会命人把西北角的那个院子收拾成佛堂，以后你便在里面礼佛吧，家中的事交给大郎媳妇。"

虽然二郎媳妇乔氏并没有走预定中的路线，但最终还是落在了齐人手中，无论如何，沈氏派人与鞑子联系的事实是抹不去的，往小了说是妇人无知，往大了说就是通敌！

有这样的罪名，他如何敢把沈氏休回家去！

"凭什么？"靖安侯的话让沈氏大为意外，恨声道，"二十多年的结发夫妻，就因为那个外室子，侯爷便要软禁我？侯爷的良心都被狗吃了吗？"

靖安侯已是有气无力："我的良心，只能保证不把夫人勾结齐人的事捅出去。"

沈氏大惊："侯爷这是什么意思？什么勾结齐人？那个小畜生和你说了什么？"

靖安侯摇摇头，把一匣子的物证递给沈氏看。

沈氏看过，瘫软在椅子上。好一个狠毒的小畜生，她给他送去一匣子信，他就回送她一匣子这个！她当初怎么就没掐死他呢！沈氏恨得咬牙切齿。

"夫人收拾一下吧。"沈氏的反应让靖安侯最后一丝希望也破灭，心若死灰地站了起来准备离开。

二十多年的夫妻情分，他此刻何尝好受？可这样的事若不给明渊一个交代，他以后还有何颜面面对次子？

沈氏这才真的慌了，一把抓住靖安侯衣袖："侯爷，您真的要我从此青灯古佛？"

靖安侯长叹："做错事，总要付出代价。"

"做错事？若不是侯爷当年弄出一个外室子来，我如何会走到今天？"

"放眼京城，不，放眼整个大梁，有外室子的何其多，却没有一人能做到夫人如此地步。夫人不必多说，今天把内宅的事和大郎媳妇交接一下吧。"

沈氏一颗心不断往下沉。

眼前男人多年的宽和，让她忘了这个家终究还是以夫为天的。

恐惧在沈氏心中蔓延，她慌忙道："侯爷，大郎媳妇有着身子，这偌大的侯府猛然交到她手中，如何能管得过来？"

靖安侯无动于衷："我记得夫人怀着大郎的时候就在管家。夫人已经管了这么多年，如今也该歇歇了。"

"不，不，你不能这样对我——"沈氏连连摇摇头，无法接受这个事实。

靖安侯深深看着相伴多年的枕边人，心中一阵阵刺痛："还是说，要让大郎、三郎他们都知道真相，连最后一块遮羞布也给夫人扯下来？"

沈氏彻底绝望。

邵景渊听说母亲从此要常住佛堂礼佛，忍不住要去找靖安侯说道。

世子夫人王氏突然得到了管家权，仿佛被天上掉下来的馅饼砸中了，连孕吐都骤然减了许多，见此忙拦住："世子身为人子，还是不要插手父母的事。"

"可是母亲决心礼佛，定然是因为父亲维护邵明渊被气着了。父亲只要表明态度训斥邵明渊一番，再在母亲面前说几句软话，母亲定然就会回心转意了。"

母亲还不到五十岁，又不是守寡之人，怎么能从此青灯古佛？这也太凄凉了。

"我看侯爷这次是真的生气了，世子若这个时候去劝，无异于火上浇油，说不准还让侯爷对二弟更加愧疚心疼呢。"王氏道。

已经落到她手中的管家权,她当然是要好好抓住。

她都生了两个儿子了,肚子里还怀着一个,放到别人家早就开始掌家,让老太太享清福了,偏偏她这位婆母把管家权抓得死死的,半点没有松手的意思。

她可不想再熬个十年八载,把自己熬成了婆。

邵景渊是个没主意的,一听媳妇如此说,当下息了去找靖安侯的心思。

冠军侯府中,邵明渊听说了靖安侯府的事,心中一片麻木,斜靠在床柱上把红木匣子缓缓打开。

匣子里的信灼痛了他的眼,他拿起来一封封看过,直到拿起一封纸张质地与其他信全然不同的信,手忍不住一抖。

素雅的信笺,配着雅致的字。

这是乔昭写给他的信!

邵明渊几乎是颤抖着手把信打开。

"庭泉,提笔如晤。闻君白马已踏边关……君不必以我为念,君所行之事,是为天下百姓谋福……望君珍重,早日凯旋。"

邵明渊一字字读完,伸出双手盖住了脸。

原来妻子给他写过信的,甚至比他写下第一封信的时间还早。

她让他不要挂念她,她理解他的壮志,亦盼着他凯旋。

可最终,她终于与他相见,盼来的却是射入心口的一支利箭。

他甚至,连一句话都没对她说。

邵明渊一颗心疼得揪了起来,让他无法站立,不得不缓缓蹲下去。

那种说不出的悲伤与愧疚,几乎要击溃他的理智,让他疯狂。

嫡母是多么了解他的人,用一封信让他从此生无所谓,死无所惜。

腥甜的味道涌上来,一口热血不受控制喷出来,而后是第二口,第三口。

听到动静的亲卫吓傻了眼,想起晨光的嘱咐拔腿就跑。

接到消息的乔昭吃了一惊:"怎么会又吐血?"

晨光哭得比孩子还惨:"说是将军大人看到了将军夫人给他的信,就吐了好多血。三姑娘,您快去救救我们将军吧。"

乔昭匆匆赶往冠军侯府,却吃了个闭门羹。

"邵将军说不见我?"

亲卫忙解释道:"不是不见您,将军说想一个人静静,谁也不想见。"

他这样说着,却一脸祈求,唯恐乔昭就这么走了。

乔昭听了一挑眉。才施过针又吐血,居然还跟她任性?那封信到底写了什么,她自己都快不记得了,他就至于——想到这里,乔昭也说不清心里是什么滋味,板着脸道:"让开。"

"将军会怪罪的——"亲卫话都没说完,就刷地闪一边去了。

乔昭:"……"这样的属下,真的好吗?

她推门而入。

屋子里很安静,邵明渊闭目躺着,听到动静声音低低的:"出去。"

"是我。"乔昭开口,丝毫不受屋内低沉气氛影响,抬脚走了过去。

邵明渊睁开眼,语气淡淡:"黎姑娘。"

乔昭在一旁坐下来:"把手伸出来。"

邵明渊没动。

乔昭看着他:"我听说邵将军是因为看信才让身体情况出现反复。既然邵将军不配合,那我就把那些信没收了。"

嗯,她绝对不是因为好奇,她全都是为了邵明渊的身体着想。

邵明渊老老实实伸出手。

乔昭伸手落到他腕上,把过脉,问他:"那次给你的祛寒丸还有么?"

"没有了。"

"吃完了?"乔昭眼睛一眯。

察觉乔昭神情不悦,邵明渊点头:"嗯。"

乔昭睨他一眼,当即揭穿:"邵将军给了靖安侯吧。"

"黎姑娘如何得知?"邵明渊尴尬之余,好奇更甚。

"今天见到了靖安侯,发现他亦有寒毒在身,不过没有你这么严重。"

邵明渊眼睛一亮:"黎姑娘可否替家父诊治?"

"可以。"乔昭应得痛快。

"那在下这就派人去和家父说一声。"

乔姑娘面色平静点头:"嗯,邵将军请自便。不过记得提醒令尊一下,到时候的治疗方法和今天给邵将军的治疗方法是一样的,希望他能适应。"

"一样?"年轻的将军呆了呆,面色微沉,"黎姑娘说的一样,是指——"

"哦,要脱掉上衣。"乔昭波澜不惊道。

邵明渊猛然咳嗽起来。

乔昭倒了一杯水递过去。

邵明渊喝了几口水压压惊,颇有几分狼狈对乔昭道:"不知黎姑娘还有没有祛寒丸,在下想厚颜求一些给家父用。"

"不需要我替令尊诊治了吗?"

"不需要,不需要,还是等李神医回来吧。"

乔昭暗暗好笑。靖安侯的寒毒与邵明渊的不同,原本就不算严重,如果长期服用祛寒丸是可以缓缓祛除的,哪里需要赤身祛毒?嗯,其实她就是瞧着这人都半死不活了还能想着别人,有些不痛快罢了。这种病人就知道添乱。

"既然如此,那就罢了。"乔姑娘一脸遗憾。

邵明渊:"……"在黎姑娘眼里,病人果然是没有男女之别的,他先前竟以为黎姑娘对他是有些许不同的,实在惭愧。

"那邵将军宽衣吧。"

邵明渊下意识抓住了衣襟:"我——"

乔昭脸一沉:"难道邵将军觉得,我看到你的身体,是在占你便宜吗?"

"不是,是在下……太古板……"邵明渊想了想,找不到更合适的说法。

乔昭无声地看着他。

邵明渊被看得颇不自在。

乔昭叹了口气:"邵将军,你是在抗拒治疗吗?"

"我没有。"他只是没法在一名年轻姑娘面前宽衣,哪怕这个女孩子一直强调自己是大夫。

"你有。我在你眼中,看不到求生的意志。"乔昭一语道破。

这个笨蛋,他或许没有自杀的念头,但也没有求生的欲望,大概就是顺其自然过一天算一天。他是和尚吗?就算是和尚,也没有真的盼着早登极乐的。

邵明渊顿时沉默了。

乔昭跟着沉默。

不知过了多久,乔昭先开口:"因为那些信?"

她其实理解邵明渊的痛苦,靖安侯夫人沈氏,说是心如蛇蝎也不为过。

别说是邵明渊,即便是她,知道今天的事后,那一匣子信就成了压在心头的小山。眼前这个人,似乎也不再是一个让她想起来就又恼又怨、代表着丈夫这个名头的符号了。

他曾经给她写过一封封家书,她若是能收到,早早就能积满一匣子了。有她的回信,他也许会写得更多。不知为何,思绪飘到这里,乔昭心中蓦地一酸。当时她要是就这么死了,那可怎么办呢?现在才知道,如果永远不知道这些是多么遗憾。乔昭抬手,轻轻按了按眼角。

"黎姑娘——"邵明渊轻轻喊了一声。

"邵将军是见惯生死的,应该比我更明白,只有活着才有无限可能。人死了,便什么都没了。"

这样的大道理,她本来不必要讲,可谁让眼前这个笨蛋似乎钻牛角尖了呢?

邵明渊惨淡笑笑:"黎姑娘说的是,人死了,就什么可能都没了。"

他的妻子死了,所以他再没有了照顾她、保护她,甚至……爱她的可能。

"那也不一定。"乔姑娘伸手，落在邵明渊衣襟上。

她的语气有些奇怪，让邵明渊一时之间忘了反应，直到独属于少女柔软的指腹落到衣襟上，才如梦初醒。

"我自己来，不，让晨光来吧。"意识到屋内二人独处，邵明渊忙走到房门前，伸手打开了门。

晨光一个趔趄冲了进来。

邵明渊眉头一跳，强忍着把这偷听的混账再踹出去的冲动，淡淡道："给我宽衣。"

小半个时辰后，乔昭收起银针，提笔开了一个药方交给一旁亲卫："邵将军近来情绪波动太大，于病情恢复不利，我开了个宁心静气的方子，邵将军记得按着方子抓药喝。"

她语气温和，谆谆叮咛，邵明渊一时有些恍惚。

"邵将军明白了么？"

邵明渊回神，点头："明白了。"

乔昭起身："那我就回去了。"

"好，今天劳烦黎姑娘了。"

邵明渊欲要起身，被乔昭制止："邵将军不必多礼，你能好好休养，对大夫来说，比什么都强。"

邵明渊看着少女一本正经的样子，莫名有些想笑。

乔昭走到门口，回头："邵将军，明天见。"

邵明渊一愣，而后道："明天见。"

直到乔昭走了，他还在沉思：黎姑娘对他的态度好像和以前不大一样了。

邵明渊吐血昏倒的事并没有传出去，摆在江远朝桌案上的，是乔昭一天之内进出冠军侯府两次的情报。

江远朝用手指一下一下敲打着桌案。

在南方时，黎姑娘认识了长容长公主府的公子池灿、留兴侯府的世子杨厚承、泰宁侯府的世子朱彦，回到京城又认识了冠军侯邵明渊、乔家的公子乔墨。

这丫头究竟有什么特别的呢，能让这些人另眼相待？

想到这里，江远朝哑然失笑。

黎姑娘也认识了他，他又何尝不是莫名就分出一部分注意力放在她身上呢？

也许有些人生来就比旁人耀眼，犹如骄阳，吸引着人们的视线。

比如——

他的脑海中缓缓浮现出另一道倩影。

自从与义妹定了亲，他已经鲜少去想那个人了，不是忘记，而是似乎连想念的资格都失去了。

叩门声传来："大人——"

"进来。"江远朝收回思绪，面上波澜不惊。

一名下属走进来："大人，刑部尚书府有了动静，寇尚书的长子寇伯海亲自去了冠军侯府。"

"寇伯海去了冠军侯府？"江远朝眸光一闪，"这么说，是关于乔公子被寇伯海的妻子毛氏暗害一事了？行了，我知道了，继续盯着吧，有情况速速来报。"

下属走到门口，江远朝开口："让江鹤来见我。"

不多时江鹤小跑进来："大人找我？"

江远朝沉默了一会儿，道："黎姑娘那边，你继续去盯着吧。"

"咦，大人不是说以后不盯着黎姑娘了吗？"

"多话！"江远朝脸一沉。

他后悔了不行吗？对，他就是反悔了。原先是出于私人的兴趣对那个小姑娘多留意了一些，可是现在，这个小姑娘隐隐结了一张网，网住了许多关键人物。他有种预感，黎姑娘一定不是表面上看起来那么简单。既然与公事有关，他当然可以反悔了。不知为什么，江远朝忽然就很想知道小姑娘发现又被锦鳞卫盯上后的反应了。或许会指着他的鼻子大骂吧。

"还不快去！"

"属下这就去！"江鹤暗暗撇了撇嘴。

都说人逢喜事精神爽，怎么他家大人自从定了亲，脾气反而越发阴晴不定了呢？

不过也是，江大姑娘那脾气实在不是普通男人能消受的，他家大人这样算是好的了，要是换成他，直接暴走了。

邵明渊按着乔昭的吩咐老老实实吃了药，一觉睡醒，就有亲卫来报："将军，刑部尚书府的大老爷过来了。"

"人在哪儿？"

"门厅里喝茶呢。"

"什么时候来的？"

"有两刻钟了，属下们想着您在休息，就没打扰您。"

那位大老爷虽然算是将军大人的舅父，但什么也没将军的身体重要。

反正等等也不会掉一块肉，将军要是责罚，他也认了。

"把寇大老爷请到会客厅去。"

邵明渊穿好外袍，整理一番瞧不出一丝病容，这才抬脚走了过去。

寇伯海已经等得心烦意乱。

冠军侯这是什么意思？他好歹是长辈，就这么把他晾在一边？

最近家里已经让人焦头烂额，调查毒药来源的事迟迟没有进展，雷雨夜那个"女鬼"留下的白绫帕子又成了一家人的心病。

临来前,父亲便叮嘱他,若是冠军侯热情恭顺依旧,那么当着冠军侯的面就不必提毛氏下毒的事,私下让乔墨认一下白绫帕子上的笔迹就行了。

倘若冠军侯态度冷淡,那就证明冠军侯对乔墨在尚书府的遭遇心知肚明,这样的话,就把毛氏的事和盘托出,以免冠军侯误会更深。

如今看来,冠军侯是真的知道了什么,当初才执意把乔墨接走。

厅内没有丫鬟,就连茶水都是亲卫端上来的,几名高大威猛的亲卫站在厅里,让寇伯海越发坐立不安。冠军侯总不会为了乔墨对他下手吧?他可是他的舅父!可话又说回来,听说冠军侯在北地杀人都不眨眼的,这样的人,谁知道会不会凶性大发——

寇伯海抬起袖子擦擦汗,就听脚步声传来,几名亲卫立刻挺直腰杆低下头,齐声道:"将军!"

一身白袍的邵明渊走进来,语气淡淡:"让舅父久等了,明渊刚刚有些事,没有脱开身。"

"不妨事,不妨事。"寇伯海忍不住站了起来。

邵明渊走过去,从容点头:"舅父请坐,不知舅父今日过来何事?"

寇伯海暗暗舒了口气,心却一直是提着的:"今天过来,是有些事要与侯爷和我那外甥乔墨讲。"

邵明渊侧头吩咐亲卫:"去请乔公子过来。"

"是。"

亲卫领命而去,邵明渊一时没有开口,寇伯海顿觉有些紧张。

冠军侯回京后第一次上门,给他的感觉就是一个低调、谦逊的名门公子,半点压迫感都无,怎么这次一见,就让人心里发毛呢?

"舅父喝茶。"邵明渊端起茶盏浅浅啜了一口。

微苦的茶水顺着喉咙淌下,让灼热的喉咙缓解几分。

对妻子的亲友,他当然会很尊重,可是当这些人去伤害妻子的至亲时,那他的尊重就无从谈起了。

在这些人面前,他可以是晚辈,也可以是冠军侯。

对于武将,文人心中本就有些发怵,当面对武将中的第一人时,那感觉就别提了。

寇伯海不自在地挪动一下身子,听到传来的脚步声才暗暗松了一口气。

"舅父。"乔墨走进来,对寇伯海行礼。

若是往常,寇伯海自是坐得住,可这个时候邵明渊给他的无形压力太大了,便不由自主地站了起来:"墨儿来了,快坐吧。"

乔墨依言坐下来,看着神情忐忑的舅舅,心中轻叹。

不论大舅母下毒是为了什么,他与外祖家的关系,终究是回不去了。

"墨儿，你身体还好吧？"

"多谢舅父关心，已经好了很多。"

"那就好，那就好。"寇伯海想提毛氏下毒的事，面对两个晚辈，那些话像是堵在了喉咙里，好半天不知道从何说起。

都是那个毒妇做的好事！

"侯爷，墨儿，你们可能不知道，你们的大舅母疯了。"沉默下去不是办法，寇伯海犹豫良久，还是硬着头皮说了出来。

说完，脸上顿时火辣辣的难堪。

妻子毒害亲外甥，还成了疯婆子，这样的隐秘他本来是想瞒一辈子的，对人如何说得出口？偏偏父亲嘱咐他不要对冠军侯有所隐瞒。

"舅母怎么会疯了？"虽然早就知道毛氏的下场，乔墨却不好表现出来，遂顺着寇伯海的话问道。

寇伯海老脸通红，惭愧道："墨儿，是舅父对不住你，你大舅母鬼迷心窍，竟然对你下毒！"

开了口，后面的话就容易说了。

寇伯海把事情的来龙去脉简单讲过，深深叹了口气："目前家里正在查毒药来源，不过进展不大。我今天过来，是有一样东西要你看一下，或许能从这上面找到突破口。"

乔墨与邵明渊对视一眼，而后面色平静道："不知舅父要我看的是何物？"

寇伯海从怀中掏出一方折叠整齐的白绫帕子，神情郑重递给乔墨："墨儿，你瞧一瞧这帕子上的笔迹，可认得？"

乔墨接过白绫帕子，打开后只看了一眼，面色大变，失声道："大妹？"

哪怕是家遭惨祸在人前依然冷静从容的乔大公子猛然站了起来，语气急切："舅父，这白绫帕子是从何处得来？"

邵明渊诧异看了乔墨一眼，目光不由落在白绫帕子上，触及帕子上的血字，便是一怔。这字迹如此熟悉，他不久前才看到过，是妻子那封家书。

"墨儿，这帕子上的字迹你认出来了？"

乔墨紧紧捏着帕子，唇色苍白："如何会不认得，这是我大妹昭昭的字迹啊！"

邵明渊心中一紧，深深看向乔墨。

白绫帕子是黎姑娘交给晨光的，上面的字迹为何会与亡妻的相同？

"果然没有认错！"寇伯海叹了口气，神情茫然，"你大舅母是被吓疯的，说下雨的那个晚上在窗外见到了女鬼，这条白绫帕子就是那个女鬼留下来的。"

"女鬼留下来的？"

"所以这事才蹊跷啊。你大舅母疯了后一直说昭昭来找她报仇了，可这世上怎么会有鬼？偏偏这条帕子上的字迹确实是昭昭的。我们原先还想着是记差了，这才来找你确认一下。"

乔墨猛然看向邵明渊："昭昭——"

吓疯大舅母的幕后之人他是知道的,就是黎姑娘啊。

邵明渊心中早已是惊涛骇浪。

二人视线相触,俱是惊疑不定。

"侯爷,墨儿——"寇伯海出声,打断了二人的对视。

乔墨回过神来,勉强笑笑:"抱歉,舅父,我一时失态了。"

"这也怪不得你,事情实在太离奇了,莫非这世上真有鬼魂存在?"

寇伯海问出这句话,厅内三人一时沉默下来。

"查找毒药来源的事,舅父是否需要明渊帮忙?"邵明渊打破了沉默。

"呃,不劳烦侯爷了,今天来就是想确定一下帕子上的笔迹。"寇伯海婉拒,对乔墨道,"墨儿,你舅母已然疯了,还望你不要因为这件事和外祖家疏远了,这几天你外祖父和外祖母心里都很难受。"

"墨儿明白,请舅父转告外祖父和外祖母,让两位老人家不必往心里去。"

"那就好,那我就先回去了。"寇伯海心中微松,转而对邵明渊道,"家中丑事让侯爷见笑了,还望侯爷能代为保密。"

"这个自然。"邵明渊心里乱糟糟的,胡乱应付着。

见寇伯海准备离开,乔墨忍不住道:"舅父,那条白绫帕子,可否给墨儿留下?"

寇伯海犹豫了一下。

邵明渊不动声色开口:"我或许可以从帕子质地等方面查一查来源,说不定就能解开女鬼谜团。"

寇伯海一听,便松了口:"那好,帕子就先留下吧,一旦有女鬼的消息,劳烦侯爷传个话。"

寇伯海离去后,乔墨握着白绫帕子看向邵明渊:"侯爷那日是说,女鬼是黎姑娘命您的属下假扮的吧?"

"嗯。"

"那么,这条白绫帕子呢?"

"我派人去请黎姑娘过来。"邵明渊沉默片刻,吐出这么一句话,而后对亲卫道,"去把黎姑娘今天开的药方拿来。"

乔昭接到邀请有些惊讶,问晨光:"邵将军病情又反复了?"

"没有啊,将军大人就是请您过去。"

"这样啊,那你告诉来送信的人,我今天还有事,明天再过去。"

一天跑三趟冠军侯府,实在有些过分了。

"三姑娘——"晨光一脸哀求。

"去吧。"乔昭无动于衷。

晨光一出院门就抽了自己一下。

叫你嘴贱,说什么大实话啊!

晨光无奈,亲自跑了一趟冠军侯府。

"黎姑娘有事?"发现人没请来,邵明渊和乔墨一起盯着白绫帕子,连吃饭的胃口都没有了。

"有什么事?"邵明渊问。

晨光被问得愣住。

姑娘家有什么事,他怎么知道!他只是车夫,不是丫鬟啊。

"黎姑娘出门了?"邵明渊再问。

"没出门。"

年轻的将军眉头锁起来:"没出门能有什么事?"

绣花?裁衣?总觉得黎姑娘不像这种人啊。

"大概,也许,是三姑娘觉得今天已经来了两次,不想再跑吧。"晨光猜测道。

谁让您每次脱衣服都不情不愿的,三姑娘肯定是生气了。

"再去请。"

"将军?"晨光傻了眼。

三姑娘是个有主意的,人家不来,他怎么请啊?

邵明渊以拳抵唇,轻轻咳嗽了两声:"就说我又吐血了。"

"这——"晨光有些犯难。

将军大人睁眼说瞎话不太好吧?

"快去。"邵明渊冷冷睨了他一眼。

晨光立刻身子一正:"卑职领命。"

乔昭正坐在树下吃杨梅。新鲜的梅子酸甜爽口,她的指尖、唇上都染上了淡紫色。一听说邵明渊又吐血了,她顾不得收拾,急匆匆赶了过去。一日之内吐血三次,那事情就严重了。明明不应该啊,难道她叮嘱他喝的药,他没有喝?

"邵将军怎么样了?"快步走进屋子,乔昭一眼就看到了默立在窗前的乔墨。

乔墨转过身来,与乔昭视线交汇。

他久久望着乔昭,眸光晦涩,犹如深潭。

"乔大哥?"乔昭被乔墨看得有些不解,一偏头便看到了站起来的邵明渊。

乔昭更是意外,仔细打量了邵明渊一眼,道:"邵将军,你气色还好,怎么会再次吐血?"

"呃——"邵明渊张了张嘴。

坦白还是继续撒谎,这是个大问题。

"邵将军请把手腕伸出来。"

"其实这次请黎姑娘前来,是有些别的事。"一听要伸出手腕,某人立刻决定坦白。

乔昭视线落在邵明渊面上,盯了好一会儿,淡淡道:"这么说,邵将军并没有吐血?"

他居然会撒谎了,亏她还心急火燎地赶过来!

邵明渊目光蜻蜓点水般从少女唇角扫过,老老实实认错:"抱歉,实在是有急事找黎姑娘。"黎姑娘是正吃着东西赶过来的吧?吃的好像是梅子……

乔昭脸发黑。有急事就可以利用医者对病人的关心了?算了,她暂且不和他计较:"邵将军究竟有何急事?"

邵明渊见乔昭不再追究,暗暗松了口气,不由看向乔墨。

乔墨走过来,把白绫帕子推到乔昭面前:"这是黎姑娘的东西吗?"

乔昭没有否认:"是。"

乔墨把帕子摊开,露出上面的血字,语气凝重:"那这字呢?"

"也是我写的。"乔昭知道这是无法否认的事,遂大大方方承认。

乔墨眼神一紧,上前一步:"黎姑娘可否写几个字,让我看看?"

"不用了。"邵明渊开口。

乔墨看向他。

邵明渊把一张药方递给乔墨:"这是黎姑娘才开过的药方,舅兄可以看一下。"

乔墨盯着药方目不转睛,上面的墨迹仿佛还没有干彻底,能嗅到淡淡的墨香。

良久后,他把药方与白绫帕子并排而放,视线落在乔昭面上:"黎姑娘,能不能解释一下,为何你的字迹与我大妹的字迹如出一辙?"

乔昭抿了抿唇。她和大哥感情虽好,其实相处的时间并不多。在大哥面前,她从来没打算遮掩什么,心底深处未尝没有期盼过大哥能像李爷爷那样从各种细节上对她产生怀疑,从而水到渠成地相认。可是,现在到了那个时候了吗?

乔昭忍不住瞥了邵明渊一眼,心中莫名紧张起来。起死回生,改头换面,虽然李爷爷能够相信,她却没信心大哥能相信,更没信心邵明渊会相信。当然,邵明渊相不相信她才不在意,对大哥她不敢赌。她与李爷爷没有任何利益牵扯,李爷爷也不是考虑这些的人。可是大哥不同,家里一场突如其来的大火,大哥不可能不多想。

"黎姑娘模仿我大妹的笔迹,不知有什么目的?"乔墨薄唇轻启,问出这句话。

大妹的死,是他心里一道伤,无论黎姑娘一开始给他留下的印象多么好,他都无法容忍有人借着大妹的名头谋求什么。

比如——

乔墨轻轻扫了冠军侯一眼。

比如冠军侯夫人的位置,比如那场大火掩盖的东西。

乔墨目光淡淡看着眼前的少女。

这是一个太聪明的女孩子，她凭着与大妹的相似之处，能轻而易举走近他，打破他的心房。可是，这些相似之处是巧合，还是人为呢？

一场大火，转眼间乔家家破人亡，如今连外祖家都靠不住，还有什么是可以相信的？站在面前的这个女孩子，究竟是她自己，还是某方势力培养出来的？

"目的？"尽管有预感兄长会多心，可听到乔墨这么问，乔昭仿佛又体会到了那日站在燕城城墙上利箭穿身的痛。

她疼得呼吸一窒，眼泪一下子流了下来。

哭了？乔墨傻眼了。怎么就哭了，他准备了那么多问题，才问了一句话！要是有哪方势力推出这样一个女孩子来，实在是太阴险狡诈了，这样一哭，还让人怎么问？

对着兄长哭无所谓，可旁边还站着邵明渊，乔姑娘就觉得有些丢脸了。

她抬手擦了擦眼角，瞪了邵明渊一眼。

年轻的将军一脸无辜。

他什么都没有说！

面对哭泣的少女，两个大男人一时有些傻眼。

"黎姑娘你别哭，我就是随口问问——"不知为何，明明心中怀疑眼前少女目的不纯，可看着她的泪眼，乔墨顿觉心口闷闷的。

乔昭一听，更是难受。随口问问？大哥明明是在怀疑她，怎么会是随口问问？今天第一次过来时，大哥对她态度就很冷淡，她早就察觉了。乔姑娘委屈极了，抬手擦泪。

乔墨向邵明渊投去求救的眼神。

邵明渊硬着头皮开口："黎姑娘——"

"嗯？"少女抬眸。

"我，我觉得有些头晕，你能帮我再看看吗？"话说出口，邵明渊恨不得咬掉自己的舌头。他都说了些什么乱七八糟的。

乔昭却恢复了平静："好。"

她不再看乔墨，伸手替邵明渊把了脉，认真端详着他的脸色。

她的认真，让乔墨莫名有些内疚。难道他真的想多了？可是这世上怎么会有与大妹如此相像的人？即便有，字迹也不可能一样，除非是刻意模仿过！想到这里，乔墨刚刚软下来的目光又恢复了清冷。无论如何，对黎姑娘他以后还是远远避开为好。

"邵将军失血过多，吃一些补气血的就好了。"乔昭问邵明渊，"什么东西补气血，邵将军应该知道吧？"

"知道。"

"不用我写药方了？"

居然还把药方拿出来给大哥当证物!

邵明渊尴尬笑笑。

"既然邵将军没事,那我就回去了。"

邵明渊看了乔墨一眼,见他面容平静,心中一叹:"我送黎姑娘出去。"

他把人骗来,结果闹成这个样子,实在过意不去。

乔昭没吭声,抬脚往外走。

此时已是下午,暑气尚未完全褪去,天也是大亮的,光线晃得人有些刺眼。

"黎姑娘先等等。"邵明渊转身回去,不多时大步走出来,手中多了一柄轻巧薄透的竹伞,撑开递给乔昭,"日头还大,今天辛苦黎姑娘了。"

乔昭忽然就想起那日在雨中,还是眼前的人,用树叶编了一顶草帽替她遮雨。

他替她遮雨,亦替她遮阳,只可惜她不是乔昭了,兄长对她处处提防,相认遥遥无期。

乔昭紧紧握着竹伞,泪如雨下。

邵明渊手足无措:"黎姑娘——"

他就是递了一把伞,为什么又哭了?

"你别说话。"少女音色娇柔,鼻音重重。

邵明渊老老实实闭嘴。

二人站在合欢树旁,粉白相间的合欢花被风一吹,飘飘荡荡拂过二人的衣摆。

"你对女孩子都这么好?"乔姑娘哭够了,泪眼望着面前身材高大的男子。

邵明渊错愕。他没有啊。他长这么大,就认识黎姑娘一个女孩子,就连自幼定亲的妻子还是在燕城城墙下第一次见到的。这个样子就叫对女孩子好吗?年轻的将军不确定地想。可在不上战场、不训练的时候,他对下属也这样的。当然给下属们拿伞是没有的,那些家伙都皮糙肉厚,用不着。

见他沉默,乔昭心中蓦然一酸。

果然是这样,大哥对她的接近百般猜忌,而邵明渊趁她尸骨未寒,就开始勾搭小姑娘了!

"邵将军请留步吧。"乔昭沉着脸转身就走,走出数步回过身来,把竹伞往邵明渊手中一塞,掉头离去。

晨光恨铁不成钢地咧咧嘴,赶忙跟上。

邵明渊看着手中的竹伞,一头雾水地摇摇头,转身回屋。

"黎姑娘走了?"乔墨问。

"嗯。"

"她有没有跟侯爷说什么?"

听乔墨这么一问,邵明渊仔细想了一下。

好像就问了他一句是不是对女孩子都这么好，可是这话告诉舅兄似乎不大合适。

邵明渊摇头："没说什么话，黎姑娘又哭了。"

"呵呵。"乔墨轻笑一声，见邵明渊眼带疑惑，语气唏嘘道，"爱哭这一点，倒是和我大妹很不一样。"

印象里，大妹鲜少哭鼻子。

邵明渊沉吟片刻，问："黎姑娘真的和……乔昭很像吗？"

乔墨深深看他一眼，点头："很像，有的时候我甚至会产生她就是大妹的错觉。那时我只是感慨人有相似，可是今天看到黎姑娘的字才知道事情没有这么简单。就算人有相似，也没有连字迹都一样的。这只能说明，黎姑娘在刻意模仿！"

"刻意模仿？"不知为何，邵明渊眼前就过少女那双含泪的眸子。

许是被泪水洗过，那双眼睛显得更加清澈明亮。

拥有这样一双眼睛的人，会是心机深沉之辈吗？

在北地接触的敌军奸细不在少数，邵明渊懂得人不能看表面的道理，但他的直觉往往很准。

黎姑娘不像是舅兄想的那种人。

"黎姑娘如何能刻意模仿没有接触过的人呢？"

乔墨苦涩笑笑："所以事情才更不简单。"

如果不是因为今天看到与大妹一模一样的笔迹给他敲响了警钟，黎姑娘会凭着与大妹的相似之处一步一步走进他的生活，那样的话，他死死守住的那些东西，焉知会不会被有心人得去？

"舅兄或许想多了。"邵明渊劝道。

乔墨看着邵明渊，意味深长道："也许是侯爷想少了。"

冠军侯对黎姑娘动心了吗？在他大妹过世还不到一年的时候。

想到这一点，乔墨心情更糟。

明明察觉那个女孩子别有用心，为何他想到那个女孩子哭泣的模样，心里会难受呢？

所以说，他一定是被蛊惑了！

乔墨暗暗说服自己，反正是不能心软的。

对，坚决不能心软。

死去的就是死去了，活着的人再像，也不是他妹妹。

邵明渊心思通透，乔墨这么一说，他很快就明白了其中意味，神色郑重道："确实是舅兄想多了，明渊曾经说过的话，不会变。"

乔墨看着邵明渊，心中叹气。

说过的话不会变，并不代表不会动心啊，这个傻小子！

回去的路上，乔昭已经神情平静，全然看不出哭过的痕迹。

晨光悄悄告诉冰绿："三姑娘心情有些不好，你多劝着点儿。"

"为啥呀？你们将军欺负我们姑娘了？"

"怎么可能。"晨光断然否定，心道，你们姑娘不欺负我们将军就不错了，都把我家将军看光了，将军大人愣是一声没敢吭。

"肯定是你家将军欺负我们姑娘了。哼，我家姑娘才不爱哭呢。"冰绿狠狠剜了晨光一眼，扶着乔昭下了马车。

这个时候，西府的大厨房已经开始准备晚饭，走在院子里能看到袅袅炊烟飘散着饭菜香味，满满的人间烟火气。

乔昭立在青石路上，深深吸了一口气。

"姑娘，饿了吧？"冰绿问。

乔昭笑笑："是呀，饿了，去太太那里看看有什么好吃的。"

何氏一见乔昭进来，有些意外，而后满心欢喜："昭昭来了，快到娘这里来坐。"

乔昭意外发现黎光文也在，给二人见了礼。

黎光文颇有些狼狈站起来："昭昭吃饭了没？"

乔昭被问得无语，这个时候大厨房才开始准备，她去哪里吃晚饭？

目光落在黎光文泛红的耳朵上，乔昭眨眨眼，后知后觉意识到老爹这是害羞了。

黎光文确实是害羞了，这么多年与何氏相敬如宾，乍然被女儿撞见与何氏一起坐等晚饭，总有种很尴尬的感觉。

"哦，吃过了。"意识到打扰到父母二人难得的独处时间，乔昭很识趣接口，便要告辞。

何氏一把拉住她，嗔道："在哪里吃过了？娘瞧着你小肚子还是平的呢，定然没有在外面吃过。乖女坐下，今晚和爹娘一起吃。"

乔昭心一热，挽着何氏手臂道："娘，我想吃红烧狮子头。"

"好，那咱们就吃红烧狮子头。"何氏亲昵捏了捏乔昭脸蛋，扬声道，"方妈妈，去做一道红烧狮子头来，三姑娘想吃。"

"红烧狮子头要准备很久，会赶不上晚饭的。"黎光文不识趣地提醒道。

妻女齐齐看过来。

黎光文一头雾水地挠了挠头发。

看他做什么？他又没说错啊。

何氏白了他一眼："老爷真是的，闺女想吃红烧狮子头，那今天就肯定能吃上，大不了当宵夜好了。"

"可是红烧狮子头太油腻，不好消化，当宵夜会对胃不好——"

何氏："……"

不知为何，看着黎光文与何氏大眼瞪小眼的样子，乔昭郁闷的心情陡然消散了几分。

"要不然我去买吧，百味斋的红烧狮子头味道不错呢。"黎光文抬脚便走。

乔昭忙把他拦下："父亲，其实吃什么都是一样的，能和父亲、母亲一起用饭，我就觉得开心了。"

"看昭昭多会说话。"何氏忙拉着黎光文坐下。

嗯，其实难得与老爷相处，老爷要出门她还是有点舍不得的，还是闺女贴心啊。

黎光文慌忙甩开何氏的手，飞快瞥了乔昭一眼，斥道："拉拉扯扯像什么样子！"

乔昭抿唇笑了。

到了用饭的时候，红烧狮子头到底是没有及时端上来，一家三口也不介意，其乐融融地吃饭。

何氏没有养成食不言寝不语的习惯，不时给黎光文与乔昭夹菜闲聊。

黎光文忍无可忍道："你这样会——"

何氏直接打断他的话："我知道，会影响消化嘛，可是难得与女儿一起吃饭，影响消化怕啥？"

看着认认真真吃饭的女儿，黎光文抬手摸了摸鼻子。

媳妇说的居然挺有道理。

人都是会被气氛感染的，黎光文忍不住加入了聊天的队伍："嗯，你东府的大伯父回来了。"

乔昭筷子上夹着的虾丸直接掉了回去。

"就说吃饭不能说话！"黎光文懊恼道。

乔昭把虾丸夹回碗中，不动声色笑笑："虾丸太滑了。父亲说东府的大伯父回来了？他不是去南方了吗？"

身为刑部侍郎的东府大伯父黎光砚被天子封了钦差前去嘉丰查乔家大火一案，这位大伯父今天回来了？那么查案结果如何呢？她家那场大火，究竟是天灾，还是人祸？

这些日子黎光文早就被小女儿培养出了爱讲故事的天赋，闻言立刻道："才回来的，没有进家门直接去衙门整理案卷去了。"

乔昭有些失望。

这么说，事情结果如何父亲也不得而知了。

她顿时没有了食欲，不过在父母面前还能沉得住气，不动声色地把一顿饭吃完，回到屋子里一阵反胃，全吐了出来。

冰绿慌了神："姑娘怎么了？"

"没事。"乔昭接过阿珠默默递过来的蜜水漱了口，胃里舒服了些，"你们下去吧，我要歇了。"

一夜无眠。

乔昭早早就起身，穿戴妥当，熬到时间差不多，赶去了冠军侯府。

想要知道东府大伯父带回来的情况，邵明渊的消息绝对会比寻常人灵通得多，更何况大哥也住在冠军侯府。依照她的推测，大火的事无论结果如何，朝廷里今天都很可能把大哥叫去的。

"黎姑娘早。"邵明渊目光落在少女眼下的阴影上。黎姑娘昨夜没睡好？他还以为昨天她那样伤心，今天不会过来了。

"邵将军早。"

气氛冷下来。

邵明渊轻咳一声问："那开始施针吗？"

站在墙角的晨光暗暗松了口气。

将军大人进步了，已经知道主动脱衣服了！

"昨天施了两次针，今天不用再施针了。"

邵明渊扬了扬眉。那黎姑娘今天过来是为了什么？该不会——是来接着哭的吧？一想到这个可能，年轻的将军陡然紧张起来。女孩子哭起来真的太让人无所适从了！

"邵将军气色不大好，是不是没吃我开的药？"

"吃了。"唯恐把眼前的少女惹哭了，年轻的将军忙点头。

少女秀气的眉拧了起来："那就是药没熬好，我今天过来给邵将军熬药。"

"邵将军有所不知，熬药也是很讲究的，火候、分量乃至离火的时间……"

"好。"

乔昭愣了愣。

她还没解释完就接受了？

邵明渊默默想：只要你不哭，怎么样都好。

"那邵将军命人把小炉子搬来吧。"

"搬来？"

"对，我打算在廊下熬，厨房里太热了。"

邵明渊很想说可以在厨房里放冰盆，不会热，可最终还是什么都没说，照着乔昭的要求安排下去。

廊下通风，乔昭搬了个小杌子坐在小炉子旁盯着药，手中扇子有一下没一下地扇着，扇着扇着便开始走神。

丝丝凉意传来。

"黎姑娘，你可以离炉火远一点。"身后传来男子低沉温和的声音。

乔昭转头，就看到邵明渊站在身后，高大挺拔如一株白杨，遮挡了刺眼的阳光。

她低头，看到周围不知何时摆上了两个冰盆，那丝凉意便是由此而来。
"很快就会融化了。"
"还有很多。"邵明渊宽慰道。
乔姑娘默默抽了抽嘴角。
原来邵明渊是这样有钱任性的人，夏天富贵人家用的冰可不便宜。
浓郁的药香味飘散出来，乔昭揭开紫砂盖子看了看，重新盖上，坐了回去。
"邵将军不必在旁边陪着。"
"我出来透口气。"邵明渊一脸认真道。
黎姑娘又不是丫鬟，留她一个人在走廊里熬药，他心里过意不去。
二人一人坐在炉火边，一人立在廊柱旁，一时之间寂静无声，只有药香萦绕四周。
噔噔噔的脚步声传来。
邵明渊与乔昭同时转头看去。
一名亲卫急急跑来："将军，刑部来了人，请乔公子去一趟。"
乔昭手中的扇子停止了扇动。
"知道了。"邵明渊点点头，看向乔昭，"黎姑娘，我陪舅兄去一趟刑部。"
"不行。"乔昭断然否决。
邵明渊彻底愣了。
为什么这也不行？这明明是正事！
前来禀告的人飞快瞄了乔昭一眼，一脸崇拜。天，敢这么对他们将军大人干脆利落说"不行"还能好好活着的人，他第一次见到！上一次说这话的是鞑子首领的小儿子，当时那畜生掳走了大梁女子玩乐，将军让他放人，他说不行，然后他就再也不行了，将军大人一箭让那畜生当了太监。
"邵将军病情不稳定，我既然接管了这件事，身为大夫就要对你负责，作为患者也要听大夫的话。"
亲卫低着头抽抽嘴角。
别开玩笑了，要是大夫就能管着将军大人，鞑子就不用派将士上战场了，直接派一群大夫过来就行了。
"我明白黎姑娘的苦心，只是今天情况特殊，我陪舅兄一同前往会更放心些。"邵明渊耐心解释道。
给他问诊过的大夫不在少数，可是只有眼前的女孩子曾柔声告诉他：这次就不疼了。
见过她昨天泪如雨下的样子，他希望她别再伤心。
乔昭想了想，松口道："既然这样，邵将军带我一起去吧。"
什么？

邵明渊彻底怔住。

乔姑娘却一脸理直气壮:"有我在身边时时看着,才能放心。"

总算能光明正大跟着去了!

与少女清亮的眸子对视,邵明渊最终妥协:"那好,我也不去了。"

他怎么带黎姑娘去?黎姑娘生得清丽秀美,就算女扮男装,别人又没眼瞎——

一贯聪慧的乔姑娘傻了眼,张着嘴巴好一会儿愣是不知道该说什么好。他居然就不去了!这人还有没有一点原则了?为了一个小姑娘居然就丢下她大哥不管了?

"不要紧,我派心腹送舅兄前去,其实也是一样的。"

乔昭还在愣神的工夫,邵明渊已经吩咐道:"送乔公子去刑部衙门。"

"算了,邵将军还是陪乔大哥去吧,我就在这里替你熬药。你万一不舒服,就赶紧派人来叫我。"乔姑娘懊恼咬咬唇,颇有种搬起石头砸自己的脚的感觉。

"那好,辛苦黎姑娘了。"邵明渊与乔昭告辞,转过身时嘴角翘起来,笑意一闪而逝。他就知道,黎姑娘不是不分轻重的人。妻子娘家的那场大火扑朔迷离,如今终于有了结果,他无论如何都要陪舅兄去弄个清楚的。

直到邵明渊与乔墨出了门,乔昭才回过味来:她这是被姓邵的给忽悠了吧?

第十六章 入狱

日头渐渐爬得更高，盆里的冰早就悄悄融化了，乔昭心悬大火调查的结果，不曾留意。

有亲卫悄无声息过来，轻手轻脚地替换上冰盆，又悄无声息地退了下去，以至于等乔昭回过神来时，发现盆里的冰竟还是满满的。

她不由看了远远站在角落里的亲卫一眼。

亲卫敏锐察觉乔昭的目光，忙跑过来，一脸恭敬问道："黎姑娘有什么吩咐？"

"没有，这冰——"

"哦，我们将军临走时吩咐卑职及时给黎姑娘换冰。"

"多谢了。"乔昭看着晶莹剔透的冰块在艳阳下折射着冷光，暗暗叹了口气。

又有脚步声传来，乔昭抬头看过去，是晨光跑了过来：

"三姑娘，您要不要去逛街？"

乔昭静默一下，淡淡道："不去。"

车夫还提供陪逛街的服务吗？

"要不我领您去乔姑娘那里？"

"乔姑娘？"乔昭心中一紧，"哪来的乔姑娘？"

"乔公子的小妹妹啊。她小小年纪身边只有几个丫鬟婆子陪着，也挺无趣的，不如我带您去她院子里玩？"

"不去。"乔昭语气明显冷了下来。她又不是庶妹的丫鬟婆子，这个时候哪有心思去陪庶妹玩，更何况，她不喜欢听人管别人叫"乔姑娘"。

"那——要不您进屋凉快一下？外头热，中暑了就麻烦了。"

"有冰盆。"乔昭确定晨光有些反常，琢磨了一下问，"说吧，谁来了？"

晨光愣了愣，而后伸手挠挠头："您猜到了啊？是池公子过来了。"

二人说话的工夫，冷淡的声音传来："黎三，你怎么在这里？"

乔昭转头。

阳光下，有着稀世容颜的男子仿佛能发光，举手投足便是世人的焦点。

乔昭面色平静地站起来打着招呼："池大哥。"

池灿大步走过来，快走到近前时似乎想起了什么，脚步一顿停下："邵明渊不在府里，你怎么会在？"

刚刚的场景，他想起来就心塞。

少女守着炉火与肃手而立的亲卫交谈，倒像是当家主母在等着夫君回来的间隙打理家事。

她以为这是在自己家吗？这个厚脸皮的丫头！

"我在给邵将军熬药。"乔昭大大方方道。

池灿轻轻嗅了一下，满满的药香味。

他扬起眉，嗤笑一声："偌大的冠军侯府连熬药的婆子都没有吗，需要你跑来熬药？"

乔昭揭开砂锅盖子看了一眼，坐回小杌子上面色平静道："别人熬的没有我熬的好。"

"你倒是用心！"池灿气个半死，想把眼前的死丫头揪起来教训一下，偏偏又舍不得，沉着脸往旁边台阶上一坐。

乔昭满心惦记着兄长去衙门的事，哪有心思与池灿斗嘴，听了他的嘲讽只觉烦躁，淡淡道："对待病人，我一向用心。"

"这么说，对待别的病人你也如此？"

若是这样，那他以后再生病就找这丫头好了。

"当然不会，只有我的病人，我才这样用心。"乔昭仿佛猜到了池灿的心思，牵唇笑道，"不过我一般不给人看病。"

池灿："……"这死丫头一定是故意的！

"邵将军不在府中，池大哥——"为什么还不走？

"我知道他今天要出去，就是没想到这么早。"迎上少女微讶的目光，池灿淡淡解释道，"刑部侍郎不是回来了，带回了乔家大火的结果，庭泉肯定会陪着他舅兄去衙门打听情况的。"

他说完，皱眉："你这是什么眼神？"难道以为他整日无所事事，闲得无聊跑来找邵明渊斗蛐蛐吗？

"哦，原来是这样。"乔昭有些感慨。

大概是池灿生得太好，性情又不定，她总会忘了这位眉眼精致如画的男子其实是半个皇室中人。身在天下最复杂的地方，又怎么会全然心无城府？

池灿一手扶在廊柱上，挑眉问乔昭："你每天跑过来，家里没人管？"

姑娘家不是该好好在家里绣花的吗，她天天往冠军侯府跑算怎么回事儿？

"家人都很开明。"乔昭回道。

池灿冷哼一声，不再说话。

乔昭乐得清静，托腮坐在小炉子旁想着心事。

时间缓缓流逝，当亲卫跑来第七次换冰盆时，池灿终于忍无可忍道："坐过来！"

"嗯？"

池灿皱眉："我说坐过来，大热天的你守着个火炉子干什么？不怕起痱子啊？"

"有冰盆，并不算热。"

"那些冰都是大风刮来的，不花钱？"这败家丫头，看着一盆接一盆的冰这么换，居然不知道心疼？不是说姑娘家都持家有道吗，她这个样子以后谁能养得起？池公子一边生气一边默默想：或许该找个差事做了。

乔昭起身看药熬得差不多了，吩咐晨光把药端进屋子里去，离开小炉子在池灿不远处坐下来。

见他一直黑着脸，乔昭不确定问："池大哥替邵将军心疼钱？"

这人是不是太操心了，她还当过邵明渊媳妇呢，都没这么心疼过。

"我心疼什么，又不是我的钱！"

乔昭笑笑："我也是这么想的。"

池灿："……"邵明渊，你快回来听听这丫头多不要脸，完全把你当冤大头宰呢。

正这么想着，前边又传来动静。

"将军——"

乔昭忙站了起来，就见邵明渊与乔墨并肩走了过来。

她的目光首先落在乔墨面上。乔墨面上看不出太多表情，神情凝重。乔昭又去看邵明渊。邵明渊面上同样没有太多表情。乔昭暗暗握紧了拳头。事情结果到底是什么，从大哥和邵明渊的表情上全然猜不到。

邵明渊与乔墨很快走近了。

见到池灿也在，邵明渊牵出一抹笑意："拾曦你来了。"

"是啊，等你半天了。"池灿瞄了乔墨一眼。

乔墨冲池灿轻轻颔首，视线落在乔昭身上。

乔昭抿了抿唇。

昨天大哥说出那番话，今天见她又来，定然戒心更重。

果然乔墨对着乔昭只是轻轻点了一下头，而后便对邵明渊道："我先回房喝口茶。"

乔昭眼巴巴看着乔墨走远，连头都不曾回一次，一颗心好像被蘸着盐水的小鞭子抽打了好几下,别提多难受了。

好在经历了一个无眠的夜晚,她已经能做到不动声色地把这份难受压下。

她抬眸,冲邵明渊笑笑:"邵将军,药已经熬好了,我去端来。"

"多谢黎姑娘。"

乔昭转身进屋端药,走出来时便听到池灿问道:"乔家那场大火究竟查出了什么结果啊?"

她脚步一顿,屏住呼吸,端着药碗停在原地。

风吹过,乔昭却觉得周围的气息是凝固的,仿佛时间在这一刻定格。

"据调查,火是从乔家府内厨房开始的,那里烧得最严重,目前得出的结果是一场意外。"

意外?不知道为什么,在听到"意外"这两个字后,乔昭心里没有尘埃落定的感觉,反而生出无法相信的念头。怎么会是意外?她的父母家人就因为厨房失火这样的意外,全都没了?

眼泪不知何时落下来,砸进了药碗里,激起小小的涟漪。

邵明渊似有所感,抬眸看过来。

乔昭忙把眼中水光压下去,端着药碗走过来,平静道:"邵将军,先喝药吧。"

"谢谢。"邵明渊接过药碗一饮而尽,面部表情有那么一瞬间的扭曲,很快恢复如常,不动声色地把药碗递给一旁的亲卫。

乔昭从荷包里摸出一块桂花糖,放到他手里。

邵明渊愣住。

"吃糖就不会那么苦了。"

邵明渊敏锐地察觉眼前的少女心情不大好,虽然觉得大男人当众吃糖有些丢人,还是老老实实把桂花糖塞进了嘴里。

甜蜜蜜的味道伴着桂花香气在口腔散开,顿时把苦涩的药味驱散。

"幼不幼稚!"池灿气个半死,狠狠瞪了乔昭一眼。有这样的大夫吗,居然还给患者准备糖?她肯定是对邵明渊有想法!池灿越想越生气,没法对乔昭怎么样,默默抬腿踹了邵明渊一脚。

嘴里含着桂花糖的邵明渊:"……"

他默默咽下桂花糖,抬头看了一眼天色,一本正经道:"嗯,都这个时候了——"

"还要再熬一服药。"乔昭把邵明渊后面想说的话堵了回去。

现在明明还早,邵明渊这样说,其实就是想打发她走。

这种时候,她怎么可能回去?

甜蜜的感觉仿佛还在口中萦绕,邵明渊默默想:这就是吃人嘴软吧?

"那就麻烦黎姑娘了。"

"我去配药，邵将军和池大哥慢聊。"

之后乔昭守着小炉子熬药，竖起耳朵听邵明渊与池灿聊天。

可惜邵明渊对乔家大火的案子没有详说，转而问起了池灿的来意。

池灿道："我估摸着今天皇上会召见乔公子的，所以来给你提个醒儿。"

乔昭不由握紧了扇柄。皇上会召见兄长？她不由看向邵明渊。

"嗯。"邵明渊侧头等着池灿往下说。

提起当今天子，池灿语气里没有太多敬畏，反而有点说不出的感觉："我那个皇帝舅舅呢，庭泉你久不在京城可能不知道，怎么说呢……嗯，有些不同于常人，他不喜欢任何不好看的东西。所以乔公子若真的进宫见驾，最好把毁容的半边脸遮掩一下。"

"明白了。"邵明渊想了想，吩咐亲卫，"去把那张银面具拿来。"

亲卫领命而去，不久后手捧着一张面具赶来，恭恭敬敬奉给邵明渊。

乔昭忍不住看过去。

那是一张薄如蝉翼的银制面具，做工精致绝伦。

邵明渊伸手接过来，拿在手中摩挲着，吩咐道："去请乔公子过来。"

不多时乔墨走过来，已经恢复了云淡风轻的模样。

"舅兄，今天宫里可能会传你过去。"

乔墨面色平静，抬手触及凹凸不平的疤痕，苦笑道："我这个模样会有碍观瞻吧？那是对圣上的大不敬。"

乔昭听了，心仿佛被蜜蜂蜇了一下，忙垂下眼遮掩心疼的情绪。

"舅兄试试这个。"邵明渊把银质面具递过去。

乔墨微怔，而后接过来，往脸上一罩。

乔墨脸部线条柔和，而邵明渊的脸部棱角更分明些，看着乔墨戴上面具，邵明渊端详片刻，抬手把面具取下来。

他手上用力，只听一声轻响，一张面具被整齐一分为二，而后用手指调整了几处，重新递给乔墨："舅兄再戴上试试。"

一半面具完美贴合在乔墨左脸上，遮住了骇人的疤痕。

一半是银质面具，一半是完好的右脸，反而生成了一种奇异的美感。

邵明渊含笑点头："这样应该可以了，面具的材质特殊，贴合在人的肌肤上便不会掉。"

一旁的亲卫心疼得直咧嘴。

当然特殊啊，这面具材质珍贵，将军大人从十几岁就经常戴着了。

"确实不错。"一贯挑剔的池灿双手环抱胸前，勉强点点头。

乔昭一言不发，默默望着。

乔墨却仿佛不曾注意到乔昭的存在，视线没有往她所在的方向投一下。

有亲卫跑来禀告："将军，宫里来人传旨了。"

邵明渊与池灿对视一眼，而后侧头看向乔墨："舅兄，咱们出去吧。"

乔墨点点头。

二人并肩往前走，乔昭立在原地目不转睛望着，池灿清了清喉咙："看什么？眼睛都拔不出来了。"

他才不想承认，乔墨戴上一半面具的瞬间，让他很有危机感呢。

不对，他才没有危机感，男人长得好看又不能当饭吃！

"池大哥怎么不跟上？"乔昭轻声问。

她厚着脸皮跟过去当然可以，但若是那样，大哥定然会更反感。

欲速则不达，先前是她太急切与大哥相认，才弄到如今进退两难的地步。

"跟过去有什么好看的，左不过是太监唱两嗓子，把乔墨带走罢了，这种场景我见过不知多少次了。"

"天子——"乔昭想问那位一心追求长生的皇帝是否真如祖母以前对她提过的那般不靠谱，可这话又不便直言，只能提个话头，希望池灿意会。

池灿果然明白乔昭问的什么，直言道："喜怒无常，阴晴不定。"

关心则乱，尽管乔昭算是沉得住气的，听了池灿的话，心中还是浮上了一层阴影。

约莫两刻钟后邵明渊折返回来。

"走了？"

"嗯。"

池灿伸手拍拍邵明渊的肩："别老板着一张脸，我看乔墨戴上面具还看得过去，我那皇帝舅舅不会反感的。乔家大火有了结果，已故的乔先生又是名满天下的大儒，今天传他进宫本来就有安抚的意思在里面，皇上应该不会为难他的。"

然而他那皇帝舅舅的风格提起来真是一言难尽，一个不顺眼收拾人的事可没少干。

当然这种话他就没必要说出来添堵了，宫里宫外是两个天地，对宫里的事谁都插不进手，说了也是白说。

"进去等吧。"邵明渊说完看向乔昭，"黎姑娘，不如我派人——"

"嗯，等药熬好了，也该吃饭了。"

邵明渊张了张嘴。

好吧，还要管饭。

午饭还算丰盛，可惜才吃了一半，就有亲卫急匆匆来报："将军，乔公子被打入了天牢！"

乔昭捏着筷子的手一紧，指节隐隐发白。

邵明渊站了起来，沉声问："怎么回事儿？"

"具体情形不知道。卑职守在宫门外，看到乔公子被锦鳞卫押了出来，然后上前打探了一下,那些人什么都没说。"

邵明渊点头,示意知道了。

乔昭看向池灿:"池大哥不是说皇上召见乔大哥,是安抚施恩吗?为何——"

池灿放下筷子:"有可能是乔公子做了什么惹怒皇上的事。"

"不应该。"乔昭否定,见邵明渊与池灿都看过来,解释道,"我看乔大哥沉稳内敛,不会因为冒失惹得龙颜大怒,除非——"

说到此处,乔昭心中一沉。

除非大哥有些话是明知不可说也要对当今天子讲的,甚至说不定大哥等的就是今天!

"拾曦,我记得今天应该是杨二在宫里当值吧?"邵明渊面上还算沉得住气,沉声问道。

杨厚承前不久进了金吾卫,负责的是宫中巡警之事。

"哦,对,今天是杨二那小子当值。"

"去请杨公子来,要快。"邵明渊吩咐亲卫。

"领命。"

亲卫飞奔而出,半路上就遇到了迎面而来的杨厚承。

杨厚承很快赶到冠军侯府。

"重山,今天是你当值吧。"邵明渊问。

"对,我过来就是要告诉你一声,你舅兄今天在宫里惹祸了。"

"究竟是因为什么?"

"我是在外面巡视,详细的情况不大了解,就是隐隐听说乔公子好像拿出了什么账册呈给皇上看。皇上看完立刻大发雷霆,说他污蔑朝廷重臣,命人把乔公子打入天牢了。"

账册?乔昭一颗心猛然往下坠。所以说,家里那场大火,当初大哥并没有对李爷爷和盘托出?这是不是说明那场大火不是意外,而是人为?如果是人为,那大哥一定是知道些什么,只是出于某种原因死死守着这个秘密,直到今天面圣……乔昭没有办法埋怨兄长对她乃至李爷爷的不信任,兄长对李爷爷都只字不提,这足以说明他隐藏的秘密一定是惊人的。

乔昭向邵明渊看去。

这么说,大哥也没有对邵明渊透露只言片语了?

池灿问出了乔昭的疑问:"庭泉,你舅兄那里有什么账册?"

邵明渊浓眉紧锁:"我不清楚。"

他把舅兄从寇尚书府接出来,二人聊的大多是一些往事。他会忍不住问起妻子过往,舅兄讲了妻子未出阁时的许多趣事。

他才知道，原来十四岁那一年他为了见未婚妻悄悄跟着舅兄去了大福寺，目睹了舅兄被小娘子们追捧的场面。而那个时候，在一个不为人知的角落里，乔昭也在偷偷看着这一切。

在那一年的那一天，他们其实看到了同样的场景，甚至可能有过无意识的对视。只是他不认得她，她也不认得他，他们终究算不上相遇，而是一场悄无声息的错过。

舅兄讲得越多，妻子的形象在他脑海里越丰满，然而对乔家那场大火舅兄却只字不提，当他问起时就会轻巧转移话题。

他便也识趣没再多问，现在才知道舅兄不愿多提，并不是因为伤痛不愿回忆，而是另有隐衷。

"你舅兄还真是个有主意的，对你竟然也瞒得死死的。"池灿冷笑，"这下好了，现在究竟因为怎么回事被打入天牢都不知道，打了所有人一个措手不及！"

乔昭面色微沉："或许是有绝对不能透露的理由。"

她的兄长是光风霁月的人，他不说，便说明那个秘密是必须死死守住的，无论对邵明渊还是对外祖家都不会透露一个字。

乔昭不认为乔墨做错了。

就算什么都没说，让所有人都觉得乔家大公子成了废人，威胁不到任何人，兄长在自己外祖家还险些丢了命呢。若是透露出他手中有什么账册，恐怕连京城都到不了。

或许兄长料错的，只有皇上的反应。

果然就听池灿道："你们不清楚，我那个皇帝舅舅最讨厌的就是朝中不安稳，耽误他的长生大道。乔墨呈给他的那本账册，定然是指控朝中某位重臣的证据，说不定因为这本账册朝中就要有大动荡。"

说到这里，池灿摸了摸鼻子，用奇异的语气道："我那个皇帝舅舅觉得现在都挺好的，他讨厌乱起来。"

众人："……"

"算了，我去打听一下。"池灿皱着眉道。

和邵明渊这家伙做朋友真是亏大了，还要替他舅兄擦屁股，以后他一定要连本带利讨回来。

池灿下意识看了乔昭一眼。

嗯，找邵明渊多要点银子，他好娶媳妇。

"拾曦，不用。"邵明渊伸手按住池灿，"我去吧。"

池灿挑眉："你能去哪儿打听？"

好友多年不在京城，对皇城里头的事儿可是两眼一抹黑。再者说，以邵明渊的身份与皇宫大内的宦官接触，一旦被皇上知道了那可是要命的事。

"你们在这里等我，我去见一下锦鳞卫指挥使江堂。"邵明渊撂下这句话，大步走了出去。

杨厚承叹口气:"锦鳞卫指挥使,也就庭泉想见就能见到了。不过,庭泉应该不会跑去锦鳞卫衙门吧?"

池灿坐下来,面无表情灌了一口茶:"他又不傻。"

被皇上知道江堂与冠军侯接触,这两个人都吃不了兜着走,所以这些当皇上耳目的人首先要做的就是先把这事给瞒严实了。

当然,前提是江堂会见邵明渊。

江堂会见邵明渊吗?这也是显而易见的事,江堂不傻,就算对皇上再忠心也会考虑以后的事了。

池灿抬手揉了揉眉心,暗暗叹气。

所以说,这些事情最糟心了。

池公子一眼看到了笔直端坐的少女,眉头皱得更深:"黎三,饭也吃完了,你回去吧。"

这些乱七八糟的事,她一个女孩子卷进来干吗?

"我想等邵将军回来。"

"等邵明渊?你等他干什么?总不会还想着他送你吧?"池灿站起来,语气不耐烦,"走吧,我送你。"

他才不是为了和她独处呢,纯粹是因为她在这里碍事。

"我想知道乔大哥怎么样了。"乔昭纹丝不动。

池灿上前一步,居高临下盯着少女,意外发现她的发旋很是可爱,语气却有些生硬:"乔墨怎么样了和你又没有关系,你就不要瞎操心了。"

她为什么总关心这些莫名其妙的人?之前说好给他做叉烧鹿脯,却从来没有记在心上过!

乔昭猛然站了起来,眼睛睁大,咬着唇:"有没有关系,不是池大哥说了算。"

只因为换了一个身份,想要靠近一个人就这么难吗?

在池灿面前,少女并没有哭,可她眼底的哀伤却直直撞进了他心里去,那些哀伤在他眼里都化成了泪。

他的心蓦地疼了一下,情不自禁伸出手指想戳戳乔昭眼尾,喃喃道:"你想哭啊?"

一旁的杨厚承看得目瞪口呆。

"咳咳咳。"杨厚承大声咳嗽着提醒某人。作为从小穿开裆裤玩到大的,他再清楚不过好友的性子了。这家伙绝对不是会被世俗礼教拘泥的人,一旦想做个啥,那可真是不会顾及别人心脏受不受得住的。

温热的指腹落在眼尾处,乔昭同样有些意外,反应过来后头一偏避开,冷淡道:"池大哥说笑了。"

她即便会哭，也绝不会在池灿面前哭，不然等着被他嘲笑吗？

池灿斜睨了杨厚承一眼，随后直接无视了他的存在，伸手抓住乔昭手腕，问她："你在难过什么？"

乔昭盯着池灿握住她手腕的手，皱眉："池大哥，男女授受不亲。"

池灿气得冷笑："黎昭，你现在和我说男女授受不亲，早干什么去了？当初是谁抓着我衣袖不放手的？又是谁与我同乘一骑？现在你跟我说男女授受不亲？我跟你说，晚了！"

简直是忍无可忍，为了邵明渊的病一天跑好几趟也就罢了，现在为了乔墨还悲痛欲绝了，那么他呢？他在她心里算什么？是不是说，凡是他在乎的人的心里，总会有比他更重要的人和事？这个念头一闪而逝，让池灿心口蓦地一疼。

知道力气上比不过，挣扎起来难看，乔昭没有动，只是平静问他："那池大哥想怎么样？"

人情难还，她早该有这个觉悟的。

"拾曦——"杨厚承忍不住开口。

是呀，你到底想怎么样啊？当着他的面非礼小姑娘是不行的。

"你闭嘴！"池灿扭头吼了杨厚承一句，而后目光直直盯着乔昭，手上用力把她拉过来，一字一顿道："我想要你。"

扑通一声，杨厚承连人带椅子直接摔了下去。

巨大的声响却没有引来正僵持的二人的半点注意力。

乔昭完全蒙了。池灿说什么？他说的一定不是她理解的那个意思！对，还当着杨大哥的面，这人再惊世骇俗也不可能说这么荒唐的话。乔昭轻轻咬了一下舌尖："池大哥想要我做什么？哦，是不是那次说好的叉烧鹿脯？"

池灿深深望着乔昭。

话已经说出口，一直以来因为逃避而压在心头的巨石仿佛被搬走了，一颗心反而沉静下来。

对啊，他在纠结什么呢？

在那个初春的南方小城里，有个女孩子跑到他面前，抓起他的衣袖，说：大叔，救我。

他见过她下棋，见过她作画，见过她自信满满料事如神，见过她很多别的女孩子没有的样子。

他已经遇到了最好的，那么还有什么可逃避的？

管什么惊世骇俗，天翻地覆，他想要的就是她。

池灿弯唇："黎三。"

"哦。"

他一字一顿道："你听好了,我不是想要你做什么,我想要的是你。我喜欢你。"

摔坐在地上忘了爬起来的杨厚承伸手捂住了脸。

老天,当着第三个人就和女孩子告白的人,这世上除了拾曦恐怕找不出第二个人了。

见乔昭神情平淡,池灿莫名有些心慌,手上不自觉加大了力气。

乔昭回过神来,与池灿对视。从他的眼睛里,她看到了期待与忐忑。乔昭这才恍然,原来池灿一直以来的嘲讽找茬,是为了掩饰这份喜欢。

祖父曾说过,我们可以不接受一个人的感情,但对这份感情要懂得尊重,因为任何一个人付出的心意都是美好的,不分贵贱。

"池大哥,我没打算嫁人。"乔昭恳切道。

"不嫁人?"池灿没有想到等到的是这样的答案。

乔昭颔首:"对,所以池大哥不要在我身上浪费时间。"

旁听的杨厚承张大了嘴巴。

黎姑娘不嫁人?

她才多大啊,居然就说这辈子不嫁人?

池灿一副认真思考的模样。

思考片刻,他松开手:"不嫁人也是可以在一起的。"

乔昭:"……"

她有些没听懂,池灿这意思是想要她当外室吗?

祖父可没告诉她这种感情到底还需不需要尊重了,其实她有种抽眼前这家伙一耳光的冲动。

杨厚承已经吃惊到麻木了,终于爬了起来:"不是啊,拾曦,你今天是不是还没睡醒?"

别说黎姑娘还是翰林院修撰的女儿,就是普通百姓家的女孩子,张口要人家当外室,那也是要被啐一脸唾沫的!

"你在说什么胡话?"池灿冷冷扫了杨厚承一眼。

他人生这么关键的时刻,怎么总有个添乱的?

"是你在说胡话吧,你想要黎姑娘当外室?"

"外室?什么乱七八糟的?"池灿皱眉。

杨厚承指指池灿,再指指乔昭:"不嫁人,在一起,这不是养外室是什么?"

池灿这才后知后觉意识到刚才的话容易让人想歪。可他明明是没有这个意思的,他就是觉得,如果黎三一定不嫁人,那他也不娶媳妇了,只要两个人能在一起就够了。其实,在没遇到黎三之前,他本来也对娶媳妇没兴趣。池灿打量着乔昭的脸色,心想:她好像生气了。

"黎三，我不是这个意思，其实我当你的——"

我当你的外室都可以啊，只要在一起。

可惜池灿这话被乔昭打断了："池大哥，是我没说明白，我就想一个人，不想和任何人在一起。"

家中大火扑朔迷离，兄长进了天牢生死未卜，这背后到底隐藏着什么真相，会有什么样的危险都是未知数，她怎么有精力与闲心考虑别的？

别说她对池灿只有朋友之情，即便是有男女之爱，也不会把他拖进这样的泥潭来。

"任何人？"池灿挑眉。

"对，任何人。"乔昭说着这话，脑海中蓦地闪过一个人的影子。那人面色苍白得过分，偏偏不损凌厉清冷的气质，身材也是极好的……呃，她想到哪里去了。乔昭收回不受控制发散出去的思维。当然是任何人，她都已经做过一次邵明渊的妻子了，太没趣。

池灿轻笑出声。

乔昭平静看他。

"黎三。"池灿喊了一声。

也许是表白了心迹，那些从未有过的汹涌情愫让"黎三"这两个字从他口中叫出来时，比往日多了说不出的温柔。

杨厚承打了个哆嗦。

好痛苦，为什么这个时候邵明渊和朱彦都不在啊，这种情形他到底该怎么办？

池灿伸手想去抚摸乔昭鸦黑的发丝，最终收了回去，一字一顿道："你记着，我不是任何人，我是池灿。"

话说完，池灿也不等乔昭的反应，抬脚往外走去。

屋子里只剩下了乔昭与杨厚承。

杨厚承挠挠头："黎姑娘，我在不在其实一点也不重要，你就当我今天不存在好了。"

撂下这话，杨厚承撒丫子跑了。

乔昭脑海中依然回荡着那句话：你记着，我不是任何人，我是池灿。

她无力地按了按眉心。

所以，她说的那些话都是白说了吗？

邵明渊在春风楼里与锦鳞卫指挥使江堂见了面。

"侯爷叫江某过来，可是为了乔公子的事？"江堂开门见山问。

邵明渊亲手倒了一杯茶，递给江堂："大都督是爽快人，在下就不说客套话了，我想知道舅兄究竟是为何惹了圣上震怒。"

"天威难测，这个按理是不该乱说的。不过既然是侯爷问起，那江某就胡乱说几句，侯爷听听便罢。"

"大都督的情谊在下记在心里了，大都督请说。"

得到邵明渊这句话，江堂笑笑，这才把内情说出来："乔公子之所以冒犯了龙颜，是因为呈上了一本证明抗倭将军邢舞阳贪污军饷的账册。"

"邢舞阳？"这个名字对于邵明渊来说并不陌生。

邵明渊与邢舞阳一人在北抗击鞑虏，一人在南抵抗倭寇，都是大梁武将中的中流砥柱。

不过邢舞阳已经年近四十，论起声势，比起年少成名罕有败绩的邵明渊来说就差了些。

邵明渊没有想到，乔墨手中竟然掌握着邢舞阳贪污军饷的证据。

想到池灿对皇上的那番评价，他不难猜到皇上为何龙颜大怒了。

南方沿海那些倭寇的彪悍凶狠不下于北齐鞑子，再加上大梁将士不擅长水战，在最初抗击倭寇时几乎没有还手之力。邢舞阳被调去当了抗倭将军，这些年来虽说没把倭寇驱逐，但至少能勉强支撑了。

明康帝的龙案前有关南方被倭寇横行肆虐的战报不再那么频繁，终于把他从焦头烂额的战事中解脱出来一心追求长生，而今居然有人敢动邢舞阳，他不大发雷霆才怪呢。

"那么大都督可否行个方便，让在下见一见舅兄？"

"这——"江堂犹豫了一下。

他虽然私下对冠军侯示好，但对皇上的忠心也是不容置喙的。皇上才把人关进大牢，他就放人进去探视，那可不像话。

"今天不大方便，这样吧，明天我安排邵将军去探视。"

"多谢大都督了，还望大都督能对在下的舅兄关照一下，舅兄他身体不好。"

"这个侯爷大可放心。"他们锦鳞卫是按着皇上的意思办事，皇上没流露出好好折磨乔墨的意思，他们当然不会乱来。

邵明渊放下茶盏，抱拳："那就谢过大都督了。大都督今日的援手之恩，在下会铭记于心。"

"侯爷客气了，举手之劳。"江堂满意笑起来。

到了他们这样的身份地位，金山银海可比不上这样一句有分量的话。

邵明渊能这样说，至少在他以后遇到难处时，便不会袖手旁观。

二人身份敏感，自是不方便久聚，江堂很快告辞离去，邵明渊则回到冠军侯府。

听到池灿二人与邵明渊打招呼的声音，乔昭急急跑了出去。

三人一齐回头看过来。

乔昭平复了一下心情，提着裙摆走过来，坦然问道："邵将军，打听到消息了吗？

乔大哥究竟因为什么惹怒了龙颜,现在情况如何了?"

池灿脸色微沉。

好想堵住这丫头的嘴,不用再听她说出关心别的男人的话来。

"进屋再说吧。"

四人一同走进屋子,各自落座。

有亲卫默默无声奉上茶水,而后退了出去。

邵明渊这才开口道:"打听到了,舅兄惹怒皇上,是因为指控邢舞阳贪污军饷。"

"邢舞阳——"乔昭喃喃念着这三个字,"是那位抗倭将军邢舞阳?"

邵明渊看向她,点点头:"嗯,是他。"

话说黎姑娘为什么还没走?然而他不敢问。

池灿抬手揉了揉眉心,叹道:"这就麻烦了。"

"怎么麻烦了?"杨厚承问。

"知不知道我那皇帝舅舅最怕什么?"

"你先前说过啊,最怕朝中不稳。"杨厚承道。

"对啊,他最怕乱。那些文臣都不要紧,顶多是内里钩心斗角,派系倾轧,乱也乱不到哪里去。可是武将就不同了,别人也就罢了,一个是邢舞阳,一个是庭泉,他们两个镇守着南北,才有目前的安稳。可以说他们两个只要不犯谋逆那样的大罪名,我那皇帝舅舅都不会计较的。"

池灿说着目光一一扫过众人,最后落在乔昭面上,心中不由冷哼:臭丫头,他刚刚告白的时候心不在焉,现在说起别的男人的事了,却听得这么认真。

他的目光停留在乔昭面上的时间有些长,一时忘了往下说,敏锐如邵明渊自是很快察觉到了。

拾曦为何这样看着黎姑娘?在他出去的这段时间,发生了什么事?

他不由看向杨厚承。

杨厚承挤挤眼,示意回头再说。

邵明渊轻轻点头,表示明白了。

"池大哥怎么不接着说?"乔昭问。

池灿这才回神,清清喉咙接着道:"所以说啊,乔公子想指控邢舞阳贪污军饷,必然会被嫌恶的。"

"池大哥是说,皇上并不在乎官员舞弊?"

池灿呵呵一笑:"你们以为那些大臣贪污点银子,皇上不知道?我那皇帝舅舅其实心里清楚着呢。"

世人都以为明康帝一心求道,是被奸臣们蒙蔽的糊涂虫,实际上恰恰相反。

明康帝就是看得太明白了,反正大部分臣子都是要贪的,那又何必像割韭菜似的收拾完一茬接一茬？做生不如做熟，只要臣子们做好自己的事，不耽误他追求长生就行了。

池灿是早就琢磨透了明康帝的心思，其他三人听了这话，心中俱都发凉。

乔昭嘲弄地想：这就是大梁江山的主人，也难怪祖父早早就弃官不做，宁愿寄情山水。

捂着不挑破的伤口，真的不会化脓吗？这个样子就能天下安定？

到现在，她可以确定，家中那场大火绝对与兄长手中的那本账册有关。

她的家人何其无辜，而牺牲了家人性命、兄长拼死护住的东西终于有机会呈到龙案前，见此却落得个锒铛入狱的下场，又是多么可笑。

她要把兄长救出来。

沉默后，邵明渊开口道："江堂已经答应，明天安排我去见见舅兄。"

"我也去。"

三人看过来。

乔昭只看着邵明渊："邵将军，明天带我一起去吧。乔大哥身体一直不大好，我怕他住在那样的地方吃不消。"

见邵明渊不语，乔昭眼中多了几分哀求："邵将军，带我去吧。"

少女眼下是浓重的青影，眼中哀求如春水泛起的涟漪，能荡漾到人心里去。

邵明渊忽然发觉，拒绝这样的请求并不容易。

其实有什么不可以呢！不过就是带她去大牢走一遭。

她既然想去，他既然能办到，那就可以。

"好。"邵明渊轻轻点头。

乔昭不由露出一抹笑容。

这时一个凉凉的声音响起："我也去。"

池灿一手支撑在椅子扶手上，懒洋洋道："庭泉，我也要去。"

他捡来的白菜，从此以后就要牢牢盯着，谁敢跟他抢，他就和谁拼命。

"拾曦——"邵明渊有些头大了。

带一个也就罢了，还要再带一个？那里是天牢，难道以为是去逛街吗？

池灿脸一冷："怎么，过河就要拆桥了？我这一大早跑过来都是为了谁呀？"

最可气的是邵明渊愿意带着黎昭去，却不想带着他去，这小子到底知不知道和谁更熟啊？

"好，那明天一起过去。"邵明渊太清楚池灿的性子，无奈答应下来，而后看向杨厚承。

杨厚承忙摆摆手："不用看我，我就不去了。"

他和这些小伙伴不一样，他还是正常的！

定下了明天去探监的事,池灿这才站起来:"也该回去了。黎三,我送你。"

邵明渊一怔,而后看向乔昭。

乔昭笑笑:"不麻烦池大哥了,我们不顺路。池大哥和杨大哥一起走吧。"

杨厚承眨眨眼。

别啊,他还有话对邵明渊说呢!

"我不急着回府,我可以绕路。"池灿淡淡道。

邵明渊的眼中已经流露出明显的惊讶。

乔昭忍不住扶额。

她真的没想到,池灿捅破了那层窗户纸后,会是这样霸道歪缠的风格。

"真的不必了,我带了丫鬟和车夫。"

邵明渊冷眼看着,慢慢明白了什么。原来拾曦喜欢黎姑娘。他早该猜到的,却因为那次拾曦的口不对心而忽略了。

年轻的将军垂下眼帘,视线落在骨节分明的手指上。他的指甲隐隐透着青白,那被银针刺入的疼仿佛犹在眼前,却因为少女柔声的安抚,让他回忆不起来是怎样的疼痛,只记得那平静却隐含着温柔的话:

有些疼,你忍一忍……

这次不疼了……

邵明渊想,他可能这辈子都不会忘记这两句话了,因为这是第一次有人这样对他说,大概也是最后一次。

乔昭与池灿先后离去,只剩杨厚承没走:

"庭泉,今天拾曦中邪了。"

"嗯?"

"他居然和黎姑娘告白了,还是当着我的面!"

邵明渊面色平静:"是么?难得拾曦终于遇到了喜欢的姑娘,挺好的。"

杨厚承离开后,邵明渊坐在窗边,看着窗外葱郁的树木后知后觉地想:好像忘了问杨二,黎姑娘到底是答应了,还是拒绝了呢?

他转而进了书房,把乔昭先前开的药方拿了出来,而后又小心翼翼地从红木匣子里取出那封家书。

药方与家书并列而放,一张似乎还能闻到墨香,另一张已经有了岁月的痕迹。

邵明渊伸出修长的手指,缓缓抚过家书上雅致的字,而后落在药方上。

就算是模仿,真能模仿得如此相似吗?

他忽然想起那日阳光晴好,坐在春风楼后院的葡萄架下,少女让他取来纸笔,不过是瞥了相貌普通的亲卫一眼,便一气呵成画出了亲卫的画像。

那时她说:别人见过就忘不能做到的事,我可以。

黎姑娘看人一眼便能把那人画得栩栩如生，那么见过别人的字就能写得如出一辙也不奇怪吧？

她可真是个特别的姑娘。

邵明渊嘴角笑意忽然顿住，惊觉自己对那个少女的关注有些太多了，沉默着把家书与药方收起来，起身离开了书房。

又是一个不眠夜，翌日的清晨，天色依然是明媚的，乔昭乘车到了冠军侯府。

"眼下还早。"知道了好友对眼前少女的心意，邵明渊便觉得二人独处时间太久越发不合适。

乔昭却一脸淡定："正好给邵将军施针熬药。"

邵明渊犹豫了一下，道："黎姑娘，其实我手下有擅长针灸之人。不知黎姑娘方不方便把祛除寒毒的施针步骤教给我的手下，以后由他来替我施针？"

乔昭淡淡看邵明渊一眼，收回视线摸出一根银针，平静道："当然不方便，针灸之术不能外传。"

"那——"

"邵将军宽衣吧。"

邵明渊默默脱了上衣。

"躺下。"

敏锐察觉眼前少女有些不高兴，年轻的将军识趣地躺好。

一根银针轻巧没入肌肤，邵明渊睫毛颤了颤。

乔昭抬眸看他："疼吗？"

"不。"

又一根银针没入，邵明渊身体紧绷了一下。

"这次疼了吧？"乔姑娘一脸温和问。

邵明渊抿了抿唇。

为什么有种黎姑娘是故意的错觉？之前那两次施针，明明毫无感觉的。

小小惩戒了某人一下，乔昭不再捉弄他，认认真真把剩下的针刺进去，而后眉眼平静地问他："邵将军对针灸之术感兴趣？"

"呃，就是每天都要黎姑娘过来，太麻烦你了。"

乔昭睃他一眼。这人又不说实话。前天让她一天跑了三次，最后一次还是被他骗来的，他怎么不觉得麻烦她了？

难道——

想到某种可能，乔姑娘面色微沉。兄长还不知情况如何，她已经够累心了，这混蛋还要给她添乱，知道池灿的心意就要帮着撮合了？乔昭目不转睛看着邵明渊，越想越恼火。撮合自己的妻子和好友，这世上也就这傻子了！

邵明渊被乔昭看得心惊肉跳，轻咳一声："黎姑娘？"

乔昭淡然伸出手，落在了对方腹肌分明的小腹上。

温热柔软的手落在小腹上，邵明渊险些跳了起来。

他连"黎姑娘"三个字都喊不出口了，睁大一双黑亮的眸子错愕地望着乔昭。

他的眼睛黑白分明，澄净如高山雪水，平时看起来冷冷清清，可这个时候因为吃惊莫名多了几分稚气，倒像是茫然失措的少年一般。

把他这样的表情尽收眼底，乔昭忽然就有了不良少女调戏良家美男的错觉。

她手指微曲，按了按对方结实紧绷的小腹，一本正经道："寒毒已经开始往这里扩散了。"

邵明渊猛然翻身下地。

乔昭一脸错愕，急道："不能乱动！"

邵明渊背过身去："黎姑娘，今天就算了吧。"

乔昭完全不明白这人为何反应如此大，沉着脸道："躺好，寒毒还没排出来就半途而废，那会雪上加霜的。邵将军今天不是还要去见乔大哥，若是支撑不住该怎么办？"

邵明渊背对着乔昭好一会儿才默默转身，重新躺下去。

乔昭仔细检查一番，松了口气："幸亏没有把针弄掉。"

她抿了唇，嗔道："邵将军刚刚为何乱动？"

上次明明还是很老实的，这次怎么就不配合了？

邵明渊薄唇紧抿，说不出话来。

门口忽然传来晨光的声音："池公子，您来啦！"

天啦，池公子怎么这个时候过来？让他看到将军大人这个样子，肯定会无理取闹的！

晨光这么一想，声音更大了："池公子，外边天热不？您渴了吧？我领您去喝茶——"

"语无伦次地说些什么呢？你们将军呢？"

屋子里，邵明渊眼神一紧。

此情此景，他虽心中坦荡，但让好友看到了，难免不会多想。

不对，他也没资格说心中坦荡，刚刚——

想到这里，邵明渊狼狈不已。

"啊，我们将军？将军他出去了——"

"请池公子进来。"乔昭语气平静，扬声道。

门打开，池灿走进来："怎么来得比我还早——"

后面的话堵在了喉咙里，池灿立在原地忘了反应。

晨光砰的一声关上了门。

不管怎么样，随他们去闹吧，别殃及池鱼就好。

池灿如梦初醒，大步流星走过去，气得一张脸能滴血："你们——"

"池大哥安静点，我在给邵将军祛除寒毒。"

"祛除寒毒要脱衣服？"池灿一双眼睛眯起来，落在邵明渊身上。

"不然呢，隔着衣服施针？"乔昭反问。

池灿这才注意到那些银针。

他心里稍微缓了一口气，依然面色铁青。也就是说，前天黎昭就是这样替邵明渊治病的？他居然还站在外面替他们两个把风，一定是脑袋被驴踢了！最重要的是——池灿再次瞄了邵明渊上身一眼，心中暗恨。最重要的是这小子身材比他好，脱成这个样子是不是想勾搭他的白菜？

邵明渊闭了闭眼。

之前面对黎姑娘袒露上身就已经够尴尬，如今才知道，更尴尬的是被别人围观。

"黎姑娘，可以了么？"

"嗯。"乔昭点点头，对池灿道，"麻烦池大哥往一旁站站，我要拔针了。"

池灿黑着脸往旁边一挪，目不转睛地盯着二人。

乔昭眉心跳了跳，一言不发地替邵明渊取针，心中无奈极了。

池灿到底是怎么看上她的？她改还不行吗？

银针全都取下来，邵明渊如获大赦，飞快起身穿好衣裳。

"邵将军定好了什么时候去吗？"乔昭问。

"江堂那边安排好了，会派人通知我。"

乔昭起身："那我先去给你熬药。"

"还熬药？"池灿脱口而出。

乔昭无奈看他一眼，转身离去。

屋子里顷刻间只剩下了池灿与邵明渊二人。

池灿坐下来，一手支撑在腿上，默默盯着邵明渊看。

邵明渊不动声色地问："怎么了？"

"你的寒毒，什么时候能完全祛除？"

邵明渊已经从好友压抑的语气里体会到了风雨欲来的气势，迟疑着比画了个"六"。

"六天？"池灿扬声。

这么说邵明渊还要在黎昭面前脱好几次？

池公子有种无法容忍的感觉，可想到好友的毒只有那丫头能治，强行把不悦死死压了下去，勉强道："能治好就行。"

邵明渊沉默了一下，老实交代："是六个月。"

"六个月？"池灿直接跳了起来，气急败坏地瞪着邵明渊。

别开玩笑了，两个人这个样子朝夕相处六个月？六个月后，他是不是直接等着当干爹了？

"这怎么行？这不行！"池灿来回转了几圈，看也不看邵明渊一眼，抬脚走了出去。

邵明渊看着不停摇晃的门，无声叹了口气。

他也不知道该如何是好。

黎姑娘说他若是寒毒不除，活不过一年。他原本不吝这条性命，可是如今舅兄身陷囹圄，又怎么能任由舅兄孤立无援？

他能为亡妻做的，便只有照顾好她的兄长与幼妹了。

池灿找到乔昭时，乔昭正围着炉火熬药。晶莹的汗珠渗出额头滚落到炉子上，发出刺刺的轻响，她却丝毫不嫌热，神情一丝不苟。

池灿默默站了一会儿，开口："黎三。"

乔昭挥动扇子的手停下来，看向池灿。

"你说过，庭泉的毒只有你和李神医能治？"

"对。"

"那你不许给他治了，我这就派人去找李神医。"

"已经起了头，不能停了。"

"要是停了呢？"

乔昭抬起眼帘看池灿一眼，波澜不惊道："会死。"

池灿抬手摸摸鼻子："你就当我什么都没说，好好给庭泉治。"

半年就半年呗，反正是邵明渊脱衣服，这么一想，他家白菜其实也不吃亏。

药还没熬好，邵明渊便来叫乔昭二人出发。

乔昭换上男装，走出来时便是一个清秀的少年郎。

"二位大哥，可以走了么？"

"难看。"池灿皱眉。

邵明渊笑笑："挺好。"

三人离开冠军侯府，在锦鳞卫指挥使江堂的安排下，进了天牢。

天牢设在地下，随着一个个台阶往下走，明明是盛夏，却有一股阴寒之气扑面而来。到了下边，潮湿之气更甚，让人格外不舒服。

这样的环境，哪怕是身强力壮的青年，时间久了身体也会垮。想到兄长已经在这里待了一晚上，乔昭心疼不已。

领路的狱卒停下来，态度恭敬："侯爷，乔公子就在里面了。"

三人面前的是铁栅栏挡住的牢房，里面的男子虽穿着囚服，背影却挺拔依旧。

听到说话声,男子转过身来,语气微讶:"侯爷?"

乔昭不由得用手扒住了栅栏。

大哥——

她张张嘴,没有出声,在心里默默喊了一声。

"能否行个方便,让我们进去说说话?"邵明渊问狱卒。

"这——"狱卒一脸为难,不由看向陪着邵明渊三人前来的锦鳞卫。

锦鳞卫开口:"侯爷的话没听到么?"

"好的。"狱卒忙点点头,掏出钥匙把牢门打开。

"多谢。"邵明渊礼貌致谢,弯腰走了进去。

乔昭与池灿二人紧随其后跟进去。

"舅兄,怎么样?身体有不舒服的地方吗?"邵明渊半蹲下来。

乔墨笑笑:"还可以,吃得不算差,住的也是单人房,多亏侯爷关照了。"

"舅兄说这话就是见外了。"

乔墨垂眸苦笑:"侯爷不怪我有所隐瞒就好。"

"我知道舅兄一定有不得已的苦衷。"

乔墨忽然抬眸看了乔昭一眼。

乔昭莫名有些紧张,下意识握紧拳头。

"多谢黎姑娘和池公子来看我。"乔墨淡漠笑笑。

"乔大哥没事,我……我们就安心了。乔大哥放宽心,我们会救你出去的。"

乔墨淡淡笑着谢过,收回视线对邵明渊道:"侯爷,我有些话,想单独和你说。"

邵明渊看向池灿与乔昭。

"我带她出去等你。"池灿伸手拉了乔昭一下,"走吧。"

乔昭心中苦涩,面上却半点不敢流露,从衣袖中拿出一个小荷包递过去:"乔大哥,荷包里有调养身体的药丸,每天吃一颗不会让你在这种地方落下病根。"

她手中举着荷包,乔墨迟迟没有接。

乔昭紧紧抿着唇,执着地伸着手。

乔墨终于伸手接过来,淡淡道:"多谢黎姑娘。"

"不谢。"乔昭情不自禁地露出欢喜的笑容。

她生得柔弱精致,在这样阴暗潮湿的环境里,乍然绽放的笑容好像一朵最绚丽的花,把明媚春日带了进来。

乔墨一怔。

池灿却气得险些跳脚。

死丫头,居然对着乔墨笑得这么灿烂,气死他了!这幸亏还是他跟着来了,不然她是不是还要给乔墨一个温暖的抱抱啊?

"乔大哥保重。"乔昭垂眸，默默跟着池灿走了出去。

牢房里只剩下邵明渊与乔墨二人。

"黎姑娘怎么会来？"

"她很关心舅兄。"邵明渊解释道。

不知为何，想到少女默默离去的样子，邵明渊觉得有些不忍。

乔墨轻轻一叹。罢了，他是惊讶冠军侯为何会同意带着黎姑娘来这种地方，而不是问黎姑娘来的原因。不过现在，这些都不重要了。

"侯爷，我长话短说。那场大火前不久，先父得到一本记录着抗倭将军邢舞阳克扣军饷的账册，命我以除服访友的名义把它送到了其中一位世交那里。没过多久，家里就遭了大火——"

乔墨说到这里，自嘲笑笑："如今我把账册呈给了天子，天子是这天下的主人，如何处理自是不容他人置喙，但有一桩事我要告诉侯爷，那场大火不大可能是一场意外。当时我进去救幼妹，她在后花园里哭着跑，然而整座宅子里燃着大火却丝毫听不到别的声音，我想——"

乔墨有些说不下去，缓和了一下情绪才道："我想，我的父母家人很可能在大火之前就已经没了，不然不会一点动静都没有……"

"如果真是这样，晚晚如何躲过一劫？"邵明渊问。

乔墨苦笑："后来我问过晚晚，她那天因为调皮被父亲训斥了，于是躲在后花园的假山洞生闷气，后来睡着了，直到被烟呛醒，才发现到处都是火。"

提起这些事，乔墨再也难以保持平静，眉宇间显出痛苦之色："那本账册与那场大火究竟有没有直接的联系，我只能凭猜测，如今身陷牢狱更是不可能去证实了。我有两件事拜托侯爷。"

"舅兄请说。"

"如果侯爷方便的话，就请把乔家大火的真相找出来吧。假若我的猜测是正确的，大火果真有幕后真凶，哪怕不能把凶手绳之以法，至少不会让乔家人当个糊涂鬼。第二件事，就是希望侯爷能把晚晚养大成人。"

"舅兄说的两件事，明渊都会尽力而为。不过请舅兄不要担心，我会把你救出来的。"

乔墨露出释然的笑容："多谢侯爷了。"

"舅兄何必与我客气？我们是一家人。"

乔墨沉默一会儿，开口道："侯爷之前说过的话，也不必当真了。"

邵明渊愣了一下，显然没反应过来乔墨所指何事。

乔墨笑笑："侯爷曾说，此生只有大妹一个妻子——"

邵明渊恍悟，语气郑重道："明渊心意不会变。"

"这又是何苦,侯爷是什么样的人我已经知道。人死如灯灭,侯爷何必守着这些虚的东西空度此生?"

邵明渊垂眸沉默片刻,道:"这是我唯一能为乔昭所做的。"

他没有保护过她,没有爱过她,他是这世上最糟糕的丈夫,又如何能够在亲手杀了她后心安理得娶妻生子?

他不是赎罪,因为无论如何乔昭也不会活过来了,他只想孑然一身干干净净,将来若在地下相聚,她会是他唯一的妻子,他们祠堂里的牌位旁也不用留别人的位置。

乔墨深深看邵明渊一眼,叹道:"侯爷不了解我大妹的为人。她是很洒脱的女孩子,我相信她从没有怪过你。"

"我知道的。"邵明渊握紧了拳。

他知道妻子不是寻常的女子,不然不会在他大婚之日就离京出征后,给他写了那样一封信。

"所以大妹在天有灵,也不希望侯爷如此自苦。"

"舅兄不必劝我了。"邵明渊笑笑。

"那万一侯爷遇到让你心动的姑娘呢?侯爷还如此年轻,人生那么长,何必给自己套上这样的枷锁?"

"不会——"

邵明渊想说,不会是枷锁。

他甘之如饴,又如何会觉得那是枷锁?

然而乔墨打断了他的话:"侯爷能保证自己不会心动?"

他的亲友,包括他自己,已经遭受了太多不幸,他不希望邵明渊也如此。

乔墨说出此话,邵明渊脑海里忽然就浮现出捏着银针一本正经威胁他的少女身影。

一生不会对别的姑娘心动吗?或许很难做到。

他不是圣人,只是个有着七情六欲的凡夫俗子,也许在某个时候会怦然心动。

然而,也仅止于此而已。

一个人很难控制住瞬间的心动,却能控制住自己的理智。

邵明渊坦然笑笑:"舅兄说的我都明白,不过我想,无论是娶妻生子还是孑然一身,随心就好。"

他没办法说服自己跨过亲手杀妻的坎儿去娶妻生子,那么就算世人都觉得孑然一身凄凉寂寞,对他来说却是最好的。

"舅兄,之前你怀疑黎姑娘有蹊跷,我已经安排人着手查探黎姑娘这些年的经历了,等出了结果——"

"不必了。"乔墨自嘲一笑,"现在这些已经不重要了。"

他死死保护的东西已经交了上去,如今身陷大牢,容貌尽毁,还能有什么让人图谋的？

"还是查查吧，这样都能安心。"

虽然他直觉相信黎姑娘没有图谋，也勉强认可了黎姑娘天资绝伦能模仿他人笔迹的能力，可是午夜梦回，想着那封家书，心底深处又如何能做到全无疑心呢？

那一点点疑心，就足以让他辗转反侧，夜不能寐。

有脚步声传来，随后咳嗽声响起："侯爷，时间差不多了。"

邵明渊站了起来："舅兄，你放宽心，我会尽快想办法救你出去的。还有，黎姑娘医术高明，她给你的药丸记得吃。"

邵明渊出去后，乔墨无声笑笑。

还说不会对别的姑娘动心，难道那傻小子不知道，他对黎姑娘的信任已经非同一般了？

乔墨这样想着，便把之前乔昭强行带给他的荷包拿了出来。

他的目光落在荷包一角，顿时便无法再移开。

荷包角落里绣着一只活灵活现的小鸭子，绿色的鸭子眼直直望过来，好像在与人对视。

这个荷包——

乔墨手一抖，快速把荷包打开，里面除了躺着一只小瓷瓶，还有一张折叠好的素笺。

乔墨几乎是颤抖着手把素笺打开，上面只有一行小字：贤者以其昭昭，使人昭昭。落款：阿初。

这是大妹乔昭的笔迹，也是黎姑娘黎昭的笔迹。

而阿初是大妹的小字——

乔墨猛然站起来，冲到铁栅栏前，扬声道："侯爷——"

狱卒走过来，态度还算客气："乔公子还是坐回去吧，冠军侯早就走远了，如何能听得见？"

"不知冠军侯有没有提什么时候再过来？"乔墨万分后悔刚刚没问这句话。

狱卒哭笑不得："乔公子，您以为这地方是茶馆，想来就来呢？这里是天牢，冠军侯能来见您都是托了人情的。我实话和您说吧，就在冠军侯之后寇尚书也来了，都没能进来看您呢。"

乔墨表情呆滞地坐了回去，死死抓着手中荷包久久不语，心中却掀起了惊涛骇浪。

黎姑娘给他留这句话是什么意思？

那句话是大妹名字的由来，"阿初"则是大妹的小字，黎姑娘是想暗示什么？

还有那个荷包，在荷包一角绣绿眼鸭子的习惯是大妹独有的！

乔墨只觉一颗心跳得厉害，一个念头在脑海中一闪而过，又很快被他否决。

不可能有如此离奇的事!

字迹可以模仿,大妹的小字以及习惯同样可以被人知晓,就连大妹的生辰八字最初都是给过靖安侯府的,若是被人拿到又有什么奇怪的?

这世上,只要有心,许多秘密便不算秘密了。

乔墨背靠着牢狱潮湿阴冷的墙壁,用理智说服着自己,可另一个声音不受控制在心中响起来:乔墨,你如今一无所有,狼狈至极,黎昭又能图你什么呢?

乔墨摊开手,默默盯着看。还是说,一把火把他的家烧得干干净净的幕后凶手认为他手里还有什么东西?若说有,便是那本账册了。不错,那账册虽然被他呈给了天子,然而凭借着过目不忘之能,他早已把账册上的每一个字都记在了脑海里。然而这样又有什么意义,连当今天子对账册都浑不在意,别人还不肯罢休吗?

乔墨摩挲着光滑细腻的白瓷瓶,沉默良久终于打开,里面是数枚药丸,不多不少正好七枚,七种颜色。

乔墨心头一震,耳边响起女童稚嫩的声音:"大哥,我跟着李爷爷已经学会了制药,不过我把药丸做成了虹霓的颜色,被李爷爷骂了,说别人会吓得不敢吃。"

他说:"没事,别人不敢吃,大哥敢吃。只要是妹妹做的。"

"大哥,你受了凉,我制的药丸正好对症。不过这些药丸虽然功效相同,外衣的味道却不一样哦。"

"是么,都有什么味道?"

女童露出缺了门牙的狡黠笑容:"大哥试试就知道了,只能吃一颗,吃到什么味道就看大哥的运气了。"

"那我试试。"他拿起绿色的药丸放入口中,一股苦涩顿时在口中蔓延开来。

女童大笑:"哥哥运气实在不好,绿色放了黄连的。"

"调皮!"乔墨抬手捏了捏女童的鼻子,却老老实实把药丸吞了下去。

乔墨收回回忆,视线落在白瓷瓶中的绿色药丸上。

沉默片刻,他把绿色药丸倒了出来,放入口里。

熟悉的苦涩味道瞬间蔓延开来,苦得他控制不住,一滴眼泪从眼角滚落下来。

"昭昭——"乔墨喃喃叫着这两个字。

如果说言行举止、字迹都能模仿,这又是怎么回事?

要是敌人连大妹七八岁时与他开的小小玩笑都能知晓,那未免太可怕了。

不,这是不可能的事。

大妹从小就跟着祖父在嘉丰居住,每年会来京城小住,若说这些事情早就被有心人盯着已是难以置信,毕竟那本账册是父亲才得到的,幕后凶手又不会未卜先知。

退一万步讲,就算京城乔家早早被人盯上了,那么这些彩色的药丸又怎么解释?

那年他回嘉丰看望祖父祖母,不料因为不适应气候而病倒,大妹才制了这些药丸。

这件事除了他和大妹，除非是神仙才能知道。

那么，黎姑娘是如何知道的？

乔墨再次把那张素笺拿起来。

贤者以其昭昭，使人昭昭。

他把素笺轻轻放在了心口上，轻声呢喃："黎姑娘，你究竟想证明什么？"

证明——你是我大妹么？

这个猜测已经呼之欲出，可是乔墨依然难以置信。

大妹没有死？

他不敢去相信有这种可能，因为一旦失望，那会成为早已麻木的心难以负荷的痛。

乔昭被池灿拉到外面去，新鲜的空气与明媚的阳光不但没让她心情舒展，反而更加压抑。

大哥就是在这种暗无天日的地方待着。

乔昭抬头看着蔚蓝的天空，深深吸了一口气。

她一定要尽快把大哥救出来，竭尽所能。

"黎三，我怎么觉得，你一直在拿自己的热脸蛋贴乔墨的冷屁股？"池灿见乔昭秀眉不展，忍无可忍开了口。

怎么乔墨蹲了大牢这丫头活像比自己蹲大牢还难受？牢里的人若是换成他，她可会这样？

只要这么一想，池灿一颗心就像浸泡在了醋水里，又酸又涩。

原来喜欢一个人是这样的，会为了她的一颦一笑患得患失。

池公子很不喜欢这种感觉，所以，一定要黎三也早早喜欢上他，那就万事大吉了。

"池大哥，我心情不好，不想聊天。"乔昭转过身，背对着池灿。

"黎三！"池灿一字一顿喊。

这时脚步声传来，乔昭猛然转身，却发现来人不是邵明渊，而是另一个熟悉的人——她的外祖父寇尚书。

在乔昭眼里，外祖父比最后一次见面时要苍老许多，而大舅的眼角也爬上皱纹了。

寇尚书由寇伯海陪着往外走，面色凝重。

乔昭忍不住上前一步。

外祖父与大舅是来看大哥的吗？

寇尚书往这个方向看了一眼，目光在乔昭脸上一掠而过，落在池灿面上。

寇伯海在寇尚书耳边低语几句，寇尚书听完抬脚走了过来。

乔昭目不转睛望着头发花白的寇尚书。

"池公子是来看望老夫的外孙乔墨的吗？"

"嗯。"寇尚书年纪摆在这里，池灿勉强给了个回应。

乔墨在尚书府住着能被邵明渊突然接走，虽然他不了解内情，但也可以猜得出，这尚书府不是什么好地方。

家破人亡前途尽毁的外孙投奔而来，却没有容身之地，这让他对寇尚书府的人如何有好感？

对待不喜欢的人，他向来懒得多话，只有这丫头身在福中不知福！

池灿很干脆忽略了寇尚书父子，看向乔昭。

寇尚书这才多看乔昭一眼，而后咳嗽一声道："池公子，请问你是否与冠军侯一道来的？"

"没有。"池灿干脆利落否认，一拉乔昭，"寇尚书，我们刚出来，先走一步了。"

见池灿拽着乔昭走了，寇尚书自恃身份没有多说，带着寇伯海默默离去。

池灿松开乔昭的手，冷笑一声："定然是想借着庭泉的光进去看乔墨呢。"

那些锦鳞卫给冠军侯面子，可不会给这些人面子。

别看寇行则身为六部长官之一，见了锦鳞卫照样要客客气气的。

乔昭没有说什么。自从查到大舅母毛氏给大哥下了毒，且背后有没有人推波助澜还是未知数，她对原本该亲近的外祖家就有了防备之心。无论外祖父等人对大哥心意如何，这种时候减少接触都是好的。

"怎么不说话？"池灿问。

"邵将军出来了。"乔昭往外走去。

邵明渊看看二人，不动声色道："回去再说吧。"

三人回到冠军侯府，邵明渊停下脚步："黎姑娘，你换回女装吧，我送你回家。"

乔昭没有动，直言道："我要救乔大哥出来。"

"这种事，你掺和什么？"池灿皱眉。

乔昭没理他，直视着邵明渊："邵将军应该还记得我之前说的话，李爷爷离京前，特意托付我照顾乔大哥。受人之托忠人之事，如今乔大哥遇到麻烦，我不可能袖手旁观。"

"可你——"

"好，那进来说吧。"邵明渊转身往内走。

池灿翻了个白眼。

邵明渊居然由着这丫头胡闹，简直不可理解！

进屋后三人纷纷落座，邵明渊直言道："拾曦先前说，皇上为了朝局稳定，只要邢舞阳没有犯谋逆大罪，都不会计较。"

"对。"池灿点头，"所以乔墨才被关进大牢里。邢舞阳不能动，那就只能是乔墨'诬告'了。"

"要是邢舞阳能被取代呢？"邵明渊抛出这句话来。

池灿在这方面脑子转得很快，闻言立刻吃了一惊："你想取代邢舞阳去抗倭？"

"不行！"同样两个字从池灿与乔昭嘴里同时吐出来。

邵明渊表情波澜不惊，显然在回来的路上已经考虑好了："既然皇上要的是稳定，能有取代邢舞阳的将领是一样的，这样才能和邢舞阳算别的账，舅兄便可以脱身。"

更重要的是，他前往南方，就可以亲自追查乔家大火的幕后真凶了。现在明眼人虽然都能推测出来乔家大火与那本账册有关，邢舞阳定然脱不开关系，但没有确凿的证据，凭猜测是无法给人定罪的。

"哪有这么简单。南方形势可比与北地齐人打仗复杂得多。最重要的是，我那皇帝舅舅是不会想看到武将中你一人独大的……"池灿分析着，"到时候你远离京城之外，一旦某些人在御前嚼舌几句，说不定功劳就变成了罪过，连个自辩的机会都没有。而今南北边境都不安定也就罢了，倘若等天下太平那日——"

"那是以后的事。"邵明渊淡淡道。

池灿脸一沉："今日之因，他日之果，你为了救乔墨出来，就不想以后了？"

他不能看着自幼一同长大的好友找死，至于乔墨，当然还可以想别的办法，大不了他去求一求母亲看有什么办法，万一实在不行——

呵呵，他和乔墨又不熟，不行就算了呗。

"不成，邵将军不能去。"乔昭开口。

邵明渊看向乔昭。

乔昭面色平静道："我之前便说过，邵将军体内寒毒因为前两天情绪波动太剧烈，已经攻入心脉。如今祛毒已经起了头，就不能半途而废了。倘若邵将军前往南方抗倭，那么不需要考虑什么以后，也没有以后了。"

乔昭这话邵明渊与池灿二人都听明白了。池灿暗暗点头。嗯，两个人意见一致的感觉还是很好的。

"但是——"邵明渊开口。

乔昭打断邵明渊的话："如果说救出乔大哥是以邵将军性命换来的，那么乔大哥定然也不会安心的。所以没有什么但是，与其走这条死胡同，不如再想更好的办法。"

办法总是人想出来的，一命换一命，这是最笨的做法。乔昭忍不出睇了邵明渊一眼。看来她之前的话白说了，这人依然丝毫不在意自己的性命。他是因为愧疚吗？然而她不需要他用命来偿还这份愧疚，她的兄长，她自会想办法救出来。

第十七章 相认

"黎三说得对,咱们再想别的办法好了。这样吧,我回去找我母亲想想办法。"池灿站了起来。

乔昭抬眸:"池大哥,等一下。"

"嗯?"池灿看她。

"长公主的身份,不大合适掺和进来。"

她已经欠了池灿救命之恩,如今再欠下去,最后总不能真的以身相许吧!她与兄长的事,更希望靠自己的能力来解决,而不是依靠别人。

"这也不行,那也不行,你说该怎么办?"池灿一屁股坐下来,皱眉问乔昭。

看这丫头能的,他和邵明渊都不行,就她行?

"不知邵将军和池大哥知不知道,朝中内外能在皇上面前说上话,甚至让皇上改变主意的有谁?"

池灿不假思索道:"有三个,一个是当朝首辅兰山,一个是锦鳞卫指挥使江堂,还有一个是秉笔太监兼东厂提督魏无邪。这三个人在皇上面前都是能说上话的。"

他说完看了乔昭一眼:"你不会想从这三人身上下手吧?"

"不行吗?"乔昭反问。

池灿往椅背上一靠,懒洋洋道:"想都不要想。先说说首辅兰山,邢舞阳本来就是他提起来的人,他不把乔墨灭口就是好的了,还指望他在皇上面前说好话放乔墨一马?那除非是脑子被驴踢了。"

池灿端起茶杯喝了一口,放下接着道:"秉笔太监魏无邪就更不行了。我那皇帝舅舅最厌烦宦官多嘴,魏无邪正盯着掌印太监的位置呢,没有谁有这样的脸面让他在这种紧要关头惹皇上不快。"

池灿说到这里看了邵明渊一眼："至于锦鳞卫指挥使江堂，看似是最好说话的，然而也不可能。一些无关紧要的事他或许会给庭泉脸面，但在这种事情上是不会违背皇上意思的。"

江堂为了将来打算有意与邵明渊交好，然而要是失去了皇上的信任，那就不用想什么将来了，眼下就要倒霉。

孰轻孰重，这些在朝堂内廷混成精的人都是拎得清的。

"就是江堂了。"听完池灿的分析，乔昭道。

"什么就是江堂？"池灿皱眉，"黎三，我刚刚说的话你没听见？"

乔昭笑笑："多谢池大哥指点，我是说，我有办法让江堂答应帮忙。"

邵明渊与池灿俱是一愣，面带惊讶看着她。

在二人的注视下，少女依然从容不迫："想要对付邢舞阳，那是稍后的事，眼下的当务之急是救乔大哥出来。只要不和账册挂钩，不牵涉邢舞阳，我想此事在皇上面前应该有回旋余地。"

"然而这个忙并不简单，江堂怎么会乐意出手？"池灿问。

邵明渊亦深深望着她。

乔昭笑笑："所以要让江堂不得不答应帮忙啊。事不宜迟，邵将军、池大哥，我先告辞了。"

"等等。"邵明渊喊住她，"黎姑娘想见江堂，我陪你去。"

池灿目瞪口呆："庭泉，她胡闹，你也跟着胡闹么？她一个小丫头怎么让江堂答应帮忙？想想都不可能啊。"

总不能是色诱吧，好像江堂自从发妻过世后不近女色的。

邵明渊笑笑："黎姑娘不会信口开河。"

池灿哑口无言。

"多谢邵将军信任，不过我想一个人去见江堂，邵将军出面不合适。"

她要提的事江堂忌讳让别人知道，而且本来是公平交易，邵明渊一出面，倒成了邵明渊欠下了江堂人情。

江堂那样的人物，人情可不好还。

"为何不合适？"邵明渊问。

"只是公平交易，邵将军不出现，事情反而简单一些。"

"那我派人陪你去。"

"有晨光陪我就够了，我先回府准备一下。"乔昭告辞离去。

池灿忍不住想追，被邵明渊拦下："黎姑娘既然这么说，就先让她试试看吧。"

"你就不怕江堂对她不利？"池灿完全不理解邵明渊的想法。

邵明渊坦言道："江堂知道黎姑娘是我照顾的人，即便黎姑娘不能让他答应帮忙，也不至于招来麻烦。"

池灿松了口气，而后又是一阵心塞。黎三是庭泉照顾的人？这话从邵明渊嘴里说出来，听着怎么这么别扭呢？

邵明渊见他脸色不大好，想了想，解释道："受人之托。"

"你解释这个干什么？"池灿睇了邵明渊一眼，"你们两个都有主意，就我乱操心。好了，我先回去了，有事情叫我。"

乔昭从冠军侯府离开，上马车时停了一下。

"姑娘，怎么了？"冰绿问。

乔昭不经意落在某处的视线收回来，面不改色地上了马车："没事，走吧。"总感觉墙角那个少了一条腿躺着要饭的乞丐有些熟悉。说起来，过目不忘有时候也是一种烦恼啊。

回到黎府，乔昭从箱子底部摸出一个瓷瓶放入荷包里，略作休息便又出了门。

"三姑娘，还去将军那里吗？"晨光跟在乔昭身旁问。

"不，去别处。"乔昭出了侧门往外走，还没走到马车处就忽然停下来，而后快步往墙根走去。

太阳爬到高空，墙根阴凉处趴着一只老黄狗，正伸着舌头呼哧呼哧地喘着气。

老黄狗旁边躺着个少了一条腿的乞丐，披头散发，脸上灰扑扑看不出原本模样来。

墙根处阴凉地方有限，老黄狗个头又不小，独腿乞丐嫌被占了地方，用完好的那条腿踢了老黄狗一下。

"汪！"一直懒洋洋的老黄狗忽然龇牙冲独腿乞丐叫了一声。

晨光拦住乔昭："三姑娘，别过去了，当心被狗咬到。"

"那条狗不咬人的。"乔昭笑道，一边说一边往那边走。

"为什么？"晨光忍不住问。

乔昭一本正经解释："因为太老咬不动了，只会靠叫唤吓人了。"

老黄狗："……"这些人类真是够了，能不能别拿它取乐？

乔昭已经站到江鹤面前。

江鹤胆战心惊地盯着少女脚上淡绿色的绣花鞋，灵机一动，举着破瓷缸哀求道："小娘子行行好，赏口吃的吧。"

乔昭俯下身来，笑吟吟道："小哥儿哪里需要我赏饭吃，你不是在十三爷手下混饭吃的吗？"

江鹤险些昏过去。为什么会被发现？镇定，镇定，对方一定是在诈他的，他要是沉不住气就中计了！

"小娘子在说什么？小娘子行行好吧，赏个窝窝头吃也行啊，俺被黑心的主家打断腿赶出来，已经两天没吃东西了。"

乔昭伸出纤长莹白的手指，指了指空荡荡的那条腿，温声提醒道："要是把腿捆绑时间太长了不放开，最后真的会因为血脉不通而烂掉的。"

"什么？"江鹤险些跳起来。

少女托腮浅笑："那小哥儿以后恐怕就真的要蹲在我家门外的墙根处讨饭了。嗯，到时候我会命人每天给小哥儿送窝窝头的。"

江鹤忙掀起衣摆把绑着的那条腿放了出来，哭丧着脸问："我都这样了，您是怎么认出来的？"

目瞪口呆的晨光："……"他也想知道这个问题！他好歹是受过这方面训练的，都没留意到。

少女认真解释道："我们擅长作画，尤其是擅长画人物画的人，看人不只是看脸的，还要看骨。当然，你除了脸形没变，左边眉毛旁边那颗小痣的位置也一模一样的。"

江鹤心若死灰站起来，抬腿踹了看热闹的老黄狗一脚："滚！"

刚刚这畜生一直跟他抢阴凉地方，他多敬业啊，为了让自己看起来像一个真正的乞丐，愣是忍着没动手。

"汪汪——"老黄狗叫了两声，扫乔昭一眼，摇着尾巴悲伤地走了。

"小哥儿，麻烦带我去见江大人。"

"您要见我们大人？"

"我想，你们大人应该也是乐意见到我的。"

江鹤干笑："黎姑娘真会开玩笑。"

监视失败的小锦鳞卫垂头丧气领着乔昭去见江远朝。

"黎姑娘。"乔昭的出现让江远朝有些意外，而后看到灰头土脸的江鹤，隐隐明白了什么。

他知道这笨蛋早晚会被发现，却没想到会这么快！

"大人，属下真的尽力了——"

"滚！"江远朝薄唇轻吐出一个字，而后冲乔昭歉然一笑，"让黎姑娘见笑了。"

他想过被发现后黎姑娘会生气，却没想到黎姑娘会直接来找他。

江远朝眼尾余光扫了江鹤一眼。

他承认，对黎姑娘发现被监视后的反应他是有些期待的，不然就不会派这蠢货去了。

乔昭淡淡道："已经习惯了。今天来见江大人，是有一件事要麻烦您。"

"黎姑娘请说。"

"我想见江大督，劳烦江大人代为引见。"乔昭面色平静道。

嗯，这样看来，被监视有时候也是能反过来利用一下的。

"黎姑娘想见大都督？"江远朝嘴角笑意收起，大为意外。

这时厅外传来声音:"十三哥——"

江远朝暗道要糟。

转眼间江诗冉已经进来,兴冲冲道:"十三哥,我今天——"

后面的话突兀截断,江诗冉目光直直地看着乔昭,失声道:"你怎么会在这里?"

"江姑娘,我找江大人有事。"

"有事,你能有什么事——等等,你脸上的疤呢?"

"已经好了。"

"不是说被我毁容了吗,怎么会一点痕迹都没留下?"江诗冉面色阴沉,"我明白了,当时你就伤得不严重,故意夸大其词,好败坏我名声,是不是?"

"不是,是我用了特殊的药——"

江诗冉打断乔昭的话:"你不必狡辩,要真是那么严重的疤痕,什么药都不能治好的。你就是存心害我名声扫地,再出门聚会让别人对我敬而远之!"

江诗冉越说越气,扬手向乔昭打去:"我打死你这个小贱人——"

"冉冉,不要胡闹!"江远朝抓住江诗冉的手腕。

江诗冉不可思议盯着自己的手腕,而后抬眼看向江远朝:"十三哥,你说我胡闹?你居然为了她说我胡闹?你是不是喜欢上她了?难道你忘了我们已经定亲了吗?"

江远朝一个头两个大,无奈道:"我没忘。冉冉,这是办公的地方,你赶紧回去吧,有什么话咱们在家里说。"

"那她怎么会在这里?"江诗冉伸手一指乔昭,"十三哥,你让我回去,她为什么能登堂入室?这里可是锦鳞卫衙门,你不要哄我,我不信随便一个小姑娘能来这里!"

她目光往茶几上一落,更是气个半死:"你还请她喝茶!"

"江姑娘,我不是来见江大人的——"

"你闭嘴!"江诗冉的注意力又放回到乔昭身上,"我还真没见过你这样水性杨花的女孩子!"

"水性杨花?"乔昭愣了愣。这样的评价,她两辈子加起来第一次听到。乔姑娘有些生气了。

"难道不是吗?亏我爹还叮嘱我,让我以后不要招惹你,说你是冠军侯的人。呸,你无媒无聘的就跟着冠军侯勾勾搭搭,现在又跑来勾搭我十三哥了——"

无媒无聘?与冠军侯勾勾搭搭?勾搭江远朝?

这些话字字戳心,让乔昭的怒火到了极点,扬手打了江诗冉一巴掌。

啪的一声脆响在厅中响起,不只江远朝震惊得忘了反应,连站在外面的锦鳞卫都傻了眼。

老天,这姑娘胆子真肥,居然敢打江大姑娘?最关键的是,还是在锦鳞卫的地盘上!

江诗冉同样惊呆了。

身为锦鳞卫指挥使江堂的掌上明珠，她何曾挨过一下打。

"你打我？你居然敢打我？"江诗冉捂着脸颊，连还手都忘了。

乔昭面色平静："如果江姑娘不敢相信，那我可以再打一次。"

什么样的女孩子会把"水性杨花""无媒无聘"这样恶毒的话挂在嘴边上？简直是可忍，孰不可忍！

出乎乔昭意料，江诗冉没找她继续算账，反而看向忘了反应的江远朝："十三哥，你就眼睁睁看着她打我？你心里有她，是不是？呜呜呜，我去告诉我爹！"

江诗冉捂着脸飞奔而去，厅内只剩下江远朝与乔昭二人。

沉默过后，江远朝开口："黎姑娘，你会有麻烦的。"

"江大人要教训我？"

江远朝无奈笑笑："黎姑娘应该知道，你的麻烦不在我。"

义父对义妹疼爱入骨，哪怕有冠军侯的情面在内，这件事都不会就这么算了。

"黎姑娘，你不该冲动的。"江远朝真心实意地劝道。

对眼前的少女，他总是有着莫名的好奇，那些好奇在不知不觉中变成好感，无论如何他不希望她出事。

乔昭笑笑："我不会冲动的。"只是有些事情可以忍一时，而这样的辱骂，她忍不得。祖父、祖母对她十几年的教养，也不允许她当缩头乌龟。

"黎姑娘，你走吧。"江远朝忽然道。

"嗯？"

"大都督那里我来解释，你先回去。"

乔昭有些意外。在她印象里，江远朝是那种一言一行都会权衡利弊的人，万万没想到这个时候他愿意揽事。

"快走吧。"江远朝语气软下来。

他为什么就是拿这个女孩子没有办法呢？她调侃过他，讽刺过他，疏远过他，而他明知她与乔姑娘是毫无关系的，可还是忍不住想保护她。

"多谢江大人，我今天本来就是来见大都督的，等见过他再走。"

"黎姑娘，大都督对女儿的在意远超乎你的想象，无论你找大都督有什么事，今天都不是好时机。"

"我想大都督不会计较的。"

"为什么？"江远朝越来越看不懂眼前少女了。

"我也想知道为什么。"一道男子的声音响起，江堂抬脚走进来。

江诗冉紧挨着江堂，眼睛红红的，显然是哭诉过了。

江堂已经有些发福，平时给人慈眉善目的感觉，此刻却脸色阴沉，盯着乔昭的眼神很是凌厉，流露出了锦鳞卫指挥使的威严来。

江堂的功夫是极好的，哪怕上了年纪养尊处优，朝廷中身手比他好的人却屈指可数。当他发火时，能够面不改色的人很少，现在外面站着的那些锦鳞卫全都低着头盯着脚尖，唯恐大都督的怒火不小心波及到自己头上来。

乔昭却面不改色向江堂见礼："见过大都督。"

江堂一双眼睛上下打量着乔昭，声音平静无波："我知道你，你是翰林院修撰黎光文的次女。"

乔昭大大方方一笑："能被大都督记住，是我的荣幸。"

江堂脸色一沉："那么，黎姑娘可否告诉我，你凭什么认为我不会计较你打了我女儿？就凭借着冠军侯的照应吗？"

他与冠军侯是互利互惠的关系，最终还是为了爱女的将来打算，而如果现在因为冠军侯反而让爱女受辱，那么这样的关系不要也罢。他江堂还真不是得罪了谁就混不下去的人，至少现在如此。

"爹，您跟她费什么口舌，我再也不想看到她！"

江诗冉说完，越想越气，抽出缠在腰间的鞭子向乔昭抽过去，被江堂拦住："冉冉，少安毋躁，爹会给你出气的。"

到底还是顾忌江远朝在场，怕太粗鲁野蛮惹他不快，江诗冉把鞭子收起来，委屈道："嗯。"

江堂看着乔昭冷笑："黎姑娘要是说不出个所以然来，就别怪我不客气了。"

乔昭依然面不改色："大都督想要知道我有什么凭仗，可否单独一叙？"

"爹，您不要听她的鬼话，她一个小丫头能有什么凭仗，哪来的脸面和您单独一叙！"江诗冉此刻看着乔昭就如眼中钉、肉中刺，恨不得灭了她。

江堂安抚地拍拍江诗冉，扫江远朝一眼："十三，你先陪着冉冉聊聊天。黎姑娘，你跟我来。"

乔昭默默跟在江堂后面走，江远朝欲言又止。

江诗冉跺脚："十三哥，你还看她！你是不是真的喜欢她？"

"没有。"江远朝头大如斗，"冉冉，我们已经定亲了，这样的话以后不要再说，对谁都不好。"

"定亲了和喜不喜欢别人是两码事。"江诗冉难受极了，眼中含泪。

她只要一想到十三哥多看别的女人一眼，就恨不得把那个人大卸八块，千刀万剐。

"对我来说是一码事。"江远朝笑容透着一丝疲惫，"冉冉，别闹了，我既然与你定了亲，以后便会和你好好过一辈子。"

"真的？"

"真的。"

江诗冉这才破涕为笑。

另一间屋内,江堂坐下来,指指另一张椅子:"坐。"

乔昭从善如流地坐下。

"黎姑娘可以说了。你究竟是有什么凭仗,让你在打了我女儿后,还能面不改色,坐在我对面。"

难道锦鳞卫衙门已经沦为街头茶馆了吗?一个小姑娘想来就来想走就走,态度还如此淡定。

这样想着,江堂端起茶盏喝了一口,不急不缓的语气中透着浓浓的警告:"小姑娘,今天你即便把冠军侯搬出来,也是没用的。"

乔昭同样端起茶盏抿了一口,而后把茶盏随手一放。

江堂的太阳穴跳了跳。原本是盛怒的,可见了这小姑娘后,她越沉稳,他的盛怒反而被好奇心压下去了。难道是无知者无畏,初生牛犊不怕虎?不管怎么说,这样的小姑娘还真让他有几分欣赏。但是她今天敢打他女儿,无论如何都要给她一个教训!

乔昭终于开口,语气很是平静:"大都督,我在想,您如此给冠军侯面子,是为了什么?"

江堂一怔,而后面色阴沉道:"黎姑娘,你还小,这些事你不该问,也没有掺和的必要。"

"不,不,我并不是好奇,就只是分析这个事情。"乔昭不急不缓地道。

江堂越发被挑起了好奇心,而后心中一惊。

他之前一直好奇冠军侯为何会对一个小修撰家的女儿另眼相待,而今倒是发现这小丫头的特别之处了。

先不说别的,这小丫头竟是个挑动人情绪的高手,这才眨眼的工夫,便让本来打算干脆利落替爱女出气的他因为好奇而生出听她讲话的耐心来。

他堂堂锦鳞卫指挥使,居然被一个小姑娘带动着情绪走,然而他并不在意。

"说说看。"

"我想大都督给冠军侯面子,是为了以后让江大姑娘的路更好走吧。比如——"乔昭深深看江堂一眼,"比如您若是因为身体或其他原因从这个位置退下来,在江大姑娘遇到事时,冠军侯能有几分关照。"

"小姑娘这是什么意思?"江堂万万没想到一个小丫头会说出这种话来,眼中陡然爆发出凌厉的杀气。

他从这个位置退下来?

不错,坐在他这个位置上的历朝历代都是天子心腹,如果新皇登基,把他换下来是必然的。不过当今天子正值壮年,等新皇登基的那一天还不知猴年马月,他交好冠军侯不过是未雨绸缪罢了。

然而，小姑娘那句"因为身体原因退下来"是什么意思？

江堂越想这句话越觉得心惊。他近来渐渐把手中事务交给十三处理，众人都以为是为了培养准女婿，实际上，这固然是一个原因，但更重要却不足对外人道的原因是：他的身体越来越差了。但这个原因，一个小姑娘怎么会知道？江堂坐直了身体，神情郑重起来："黎姑娘，有话直说吧。"

乔昭笑笑："我是觉得，大都督让谁照顾江大姑娘都不如自己照顾最好，所以，大都督一定要保重好身体才是。"

既然江堂最在意的是女儿，那她就用他最在意的东西来打动他。

这个时候，江堂已经完全不再把眼前的少女当寻常小姑娘看待，冷笑道："如果黎姑娘只是提醒我这个，那我就没兴趣与你多说了。"

乔昭垂眸一笑，摸了摸系在腰间的荷包："那么，丹毒呢？"

"你说什么？"江堂豁然站了起来，眼睛死死盯着乔昭。

乔昭冷静如初，甚至都没站起来，半仰着头微笑道："大都督了解丹毒吗？"

当今天子追求长生已经到了走火入魔的程度，召集天下有名的道士们在宫内炼丹已有二十年。那些世人眼中的灵丹妙药，却是有毒性的。

明康帝她没有机会见过，不得而知，锦鳞卫指挥使江堂在她还是乔昭的时候就偶然见过了。

那是在她的婚礼上，宫里忽然来传旨命邵明渊即刻出征，在所有人都被突如其来的圣旨吸引去注意力时，她悄悄掀开喜帕一角，看到了接了圣旨随太监而去的邵明渊的背影。当时满堂皆静，留下来说场面话打破沉默的便是锦鳞卫指挥使江堂。

那个时候的江堂已经丹毒在身，而今更是越发严重了。

"小丫头，你的胆子太大了！"江堂冷冷道。

每当宫里道长们炼出仙丹，皇上都会赏给他作为恩赐，这小丫头居然敢提什么丹毒？

乔昭丝毫不受影响，伸出三根白皙的手指："三年。大都督体内丹毒不除，活不过三年！"

"住口！"江堂冷喝一声，逼人的目光仿佛能择人而噬。

乔昭依然面不改色地坐着，甚至端起茶盏又喝了两口。

"小丫头，茶可以乱吃，话可不能乱说。"

乔昭把茶盏放下，往江堂面前推了推，侧头笑道："大都督，良药苦口利于病，忠言逆耳利于行。"

江堂忽然上身前倾，骇人的气势笼罩着面前的小姑娘。

气氛一时之间剑拔弩张。

乔昭抬眸，坦然对视。

良久后，江堂坐直了身体，缓缓开口道："小丫头，我凭什么相信你？就连最好的御医都不会说出我体内丹毒不除活不过三年这样的话，我怎么知道你是不是信口开河？"

乔昭笑笑："最好的御医当然不会说。"

迎上江堂微带疑惑的目光，少女眨眨眼，忽然有了这个年纪的俏皮："因为他们不敢呀。"

丹药害人，那些御医并不是不知道这一点，只是当今天子笃信无疑，谁又会不知死活乱说呢？

江堂哑然。

对面的少女却又严肃起来："当然，更重要的原因，是他们无法推断。"

"那些经验丰富的太医无法推断，你一个小姑娘就可以推断？"

"我可以。"

"为什么？"江堂觉得眼前的小姑娘越来越有意思了。

她真能看出自己只能活三年吗？还是为了逃离现在的麻烦，信口开河？

若是后者，那他是不会因为对手年纪小就手下留情的。

"因为我是李神医的弟子。"

江堂听了乔昭的话扬了扬眉，忽然有些失望，淡淡道："你不是。"

乔昭等着江堂往下说。

江堂笑笑："小丫头，你告诉我这里是什么地方？"

"锦鳞卫衙门。"

"我呢？"

"锦鳞卫指挥使。"

"小丫头既然没糊涂，那我就告诉你，早在你和我女儿上次发生矛盾后，你从小到大的经历我已经派人调查得清清楚楚。在你被拐卖之前，你根本没有和李神医有过任何接触。"江堂深深看了乔昭一眼，"小丫头，不要告诉我，你的医术是从南边往回走的路上跟着李神医学来的。若是医术如此简单就能学会，那这天下神医早就遍地走了。"

乔昭不动声色听江堂说完，才淡淡道："李神医这次离京前，把记载着毕生所学的医书全都留给了我。"

江堂嗤笑："李神医离京才多久，记载着毕生所学的医书恐怕连翻一遍都困难吧。"

"别人不是我，别人也不会跑到大都督面前来说这个。大都督总不会认为，我今天过来只是为了与令爱吵架的吧？"

"那你究竟有什么目的？"

"为了与大都督做个交易。"

"什么交易？"

"我给您解丹毒的药丸，您想办法救乔公子出来。"

"乔公子？"

"对，前左金都御史家的公子乔墨。"

"绝无可能！"江堂猛然站了起来，脸色阴沉如墨，"小丫头，你若嫌活得不耐烦了，我这就可以成全你！"

乔昭不紧不慢道："三年。"

江堂心里硌硬极了，怒道："小丫头莫要把我当傻子哄，你随口说个三年就是真的？如何证明？"

"大都督每天卯正时分是否会觉得心下三寸隐隐作痛，以至于气息不畅，无法正常作息？"

江堂一怔。

他以往习惯了卯时起来练功，而这个坚持了数十年的习惯却因为近来一旦活动起来就呼吸困难、心痛如绞而停止了。

这小丫头居然说准了？

江堂眼睛一眯，看着乔昭的眼神认真起来。

他可不认为一个小姑娘有机会知道他的身体状况，更何况他的这个症状都没对女儿说过，更遑论其他人了。

乔昭迎上江堂的目光，再道："每日子正时分，大都督会双腿抽搐，延续大概一刻钟，医药无解。"

"你！"江堂再一次忍不住站了起来，直勾勾盯着乔昭，心中翻腾一片。如果说每天清晨的练武因为停止容易被有心人得知，那么夜里的双腿抽搐一事如何能泄露出去？这绝不可能！如果连这样的事都能被外人得知，那他锦鳞卫指挥使的位置早就不必坐了！

江堂心中惊疑不定，久久不语，乔昭坦然道："大都督何必想得太复杂，而不愿意去相信最简单的原因？"

"最简单的原因？"江堂喃喃道。

"对呀，最简单的原因，因为我懂医术，传承自李神医的医术。"说到这里，乔昭叹口气，"当然，要是大都督依然不信，还要我证明，那我就没办法了，只能等三年后。"

江堂一听，又好气又好笑，一拍桌子道："小丫头，你倒是胆子肥！"

"我只是实话实说。"

"那好，我姑且相信你。"

人都是怕死的，到了江堂这样的身份地位，尤其怕。

他还正当壮年，位高权重，连六部尚书见了他都要客客气气的，这样的好日子只能再过三年，谁甘心？别说这小丫头说得头头是道，哪怕说不出个一二三来，他都会仔细查证的。

乔昭弯唇一笑："大都督愿意相信，那是对自己和家人负责任。"

江堂摇摇头。这小丫头还真是不客气，典型蹬鼻子上脸。江堂话锋一转："不过你说要我救出乔墨，这个事情很难办。"他说着，意味深长瞥了乔昭一眼，"至少，没有另一个办法好。"

"什么办法？"江堂话中深意没有让乔昭神情起变化，她顺着话头问道。

江堂忽然手腕一翻，手中多了一柄明晃晃的匕首，在乔昭还没反应过来时便抵到了她脖子上。

吹毛即断的匕首散发着丝丝寒气，拿着匕首的人比匕首还要阴冷，然而被匕首抵住脖子的少女却面不改色，平静地看着江堂。

"大都督这是何意？"

江堂轻笑一声："小丫头还是太单纯。我何必去做救乔公子出来那样的麻烦事？既然你有医术在手，那我有你在手不就够了吗？"

"大都督是要拿我的性命威胁我替您解毒？"乔昭平静问。

"有何不可？"江堂反问。

乔昭忽然往前一倾，江堂急忙把匕首往后缩，然而锋利的匕首已经划破肌肤。

少女修长白皙的脖颈顿时血流如注。

"小丫头找死啊？"江堂把匕首往墙角一丢，怒容满面。

若不是他反应快，那把锋利的匕首就真的割断了这小姑娘的脖子，那她现在就是一具尸体了。

他固然不惧冠军侯，可冠军侯说过是罩着这丫头的，今天这丫头的尸身从锦鳞卫衙门抬出去，那他和冠军侯的梁子就结大了。

为了一个小丫头片子，谁愿意与冠军侯成为死敌？这完全不值得啊。

江堂越想越恼火，眼神狐疑地打量着乔昭，心道：这丫头莫非早就不想活了，故意来这里给他挖坑的吧？这丫头欲擒故纵？不，以他的敏锐自是能分辨出来，刚刚这丫头是抱着赴死的决心的。

乔昭没有抬手按住颈间伤口，反而任由鲜血直流，甚至连眉头都没有皱一下，仿佛感觉不到疼痛般，面色平静道："大都督，我不想死，但也不惧死。"她爱惜这条性命，但正是因为这样，才要让江堂明白她不畏死的决心。她的医术，只能为她所用，而不是成为怀璧其罪的负累！

江堂脸色阴沉地盯着乔昭，好一会儿，气势一缓，淡淡道："赶紧包扎一下，你才多大，就要死要活的。"

不过是和他女儿年纪相仿的小姑娘罢了，又有冠军侯当靠山，他又何必呢。

乔昭这才拿出手帕在颈间草草缠了一圈。

江堂重新落座，睃她一眼："小丫头，你要知道，若是没有冠军侯，我是不介意从这里抬出去一具尸体的。"

乔昭笑笑。

"坐。"江堂指了指椅子。

乔昭坦然坐下来。

"你真不怕死？"

"大都督不是知道了么？"乔昭避而不答。

重获新生，她如何舍得死，不过有的时候怕死反而会死得更快些。

"据我所知，你与乔公子没有任何关系，为何会如此尽心救他？"

乔墨被打入天牢，冠军侯与寇尚书有所动作早在意料之中，然而他怎么也想不到明确要他救出乔墨的会是一个小姑娘。

"李神医离京前，托我照顾乔公子，我答应了。"

"就因为这个？"江堂不可思议问，显然并不相信这样可笑的理由。

李神医托她照顾乔墨，她为了救乔墨就连死都不怕了？

"这样还不够吗？"乔昭反问。

对上少女平静的眉眼，江堂一时愣住了。这样还不够吗？君子一诺，其实是足够的。然而，这样的风骨他很难相信会出现在一个小姑娘身上。

"其实大都督何必在意我救乔公子的原因，咱们之间无非是公平交易罢了。您帮我救乔公子出来，我给您解毒丹。只要您需要，我会一直给。"

江堂的丹毒哪怕是清理干净了，以后还会再有的。原因无他，当今天子会时不时赏赐……这样一想，乔昭又有些同情江堂了。哪怕明知那些丹药吃下去对身体不好，因为是皇上赐的，却不得不吃。对了，祖母曾跟她讲过，祖父以前还在京做官时也曾被皇上特殊关照过，然后祖父就直接不干了。

"要知道，救乔公子出来并不是那么简单的事。"

皇上喜怒不定，心思深沉，说不准哪句话就惹了皇上不满，被暗戳戳地记下了。

他想救乔墨出来固然是可以办到的，但也要担一些风险。

乔昭抿唇笑笑："替大都督延寿也不是那么简单的事。"

她说完，伸出三根手指。

江堂嘴角一抽："我知道了，三年！"

这丫头倒是吃准了他怕死了。

"那好，我答应你。不过，我还有一个条件。"

"大都督请说。"

江堂看着乔昭，一字一顿道："我要解丹毒的药方。"

他堂堂锦鳞卫指挥使，怎么能在这种要命的事上受制于人？

乔昭痛快点头："可以，等您救出乔公子之日，药方定然双手奉上。"

江堂点了点头，心道：这丫头还真是不见兔子不撒鹰，这样一想，他闺女在她手上屡屡吃亏也不奇怪了。

乔昭起身："大都督，那我就告辞了。"

"小姑娘，我还有最后一个问题问你。"

"请说。"

"你与冠军侯，究竟是什么关系？"

乔昭被问住了。

她与冠军侯有什么关系？这个问题太复杂了！

"我觉得我与冠军侯没有什么关系，至于冠军侯如何想的，大都督恐怕要去问他了。"

江堂摇摇头，与乔昭一同走出去。

"爹——"江诗冉迎上来。

江堂一看到女儿神情便软化下来："冉冉，没和十三一起出去走走？屋里闷。"

江诗冉皱皱眉："谁有心思出去呀。爹，您要怎么处置她？"

乔昭没有看江诗冉一眼，冲江堂欠身行礼道："大都督，那我就先回去了，静候佳音。"

"好，黎姑娘慢走。"江远朝猛然看向江堂，义父居然就这么轻描淡写放过了黎姑娘？那么，黎姑娘私下里与义父谈了什么事？他就说，黎姑娘的身上仿佛全是谜团，让人一旦注意到就很难再放开。江远朝目光落在乔昭身上，而后眼神一紧。她受伤了！

江堂瞥了江远朝一眼。

江远朝心中一凛，收回了视线。

"我派人送黎姑娘回府。"

"不用麻烦大都督了，我有车夫。"

江诗冉一看父亲居然就这么放乔昭走了，不由大急："爹，您怎么就这么放她走了？她打了我，您忘了？"

"好了，冉冉，不要闹了。"

江诗冉不可思议睁大了眼睛："爹，您把打我的人就这么放走了，还说我胡闹？您，您也中邪了吧？好，你们都不教训她，那我自己动手！"

江诗冉说完扭身往外跑，江堂淡淡道："十三，拦住冉冉。"

江远朝心中虽诧异，手上动作却很快，一把拦住了江诗冉。

江诗冉拼命挣扎："放开，我今天要不好好教训一下那个小贱人，我就出不了这口气！"

"住口！"江堂冷喝一声。

"爹，您凶我？您居然为了打您女儿的人凶我？她肯定是一只狐狸精，才一眨眼的工夫就把您给蛊惑了——"

江堂脸一黑："冉冉，你也不小了，说的都是什么混账话？"

看来是他太娇惯女儿了，居然说出这样的荒唐话来。

知道女儿是个脾气倔的，江堂耐着性子解释道："黎姑娘找我是有要紧事，冉冉你以后少和她打交道。"

"爹，找上门来的是她，打了我的也是她，您居然这么说？她一个小丫头能有什么要紧事，分明是您偏袒她！"

"冉冉，爹不是和你说笑！"江堂忽觉心口一窒，脸色瞬间煞白，捂着心口摇摇欲坠。

江诗冉骇了一跳："爹，您怎么了？"

江远朝一把扶住江堂："义父？"

江堂说不出话来，被江远朝扶着缓缓坐下来，好一会儿才缓过气来。

江诗冉伏在江堂膝前，已经落了泪："爹，您到底怎么了？"

"没事，就是有些头晕，大概是昨晚没睡好。"江堂抚摸着女儿的头发，语重心长道，"冉冉，你是爹唯一的女儿，你要记着，爹不会害你的。"

"嗯，女儿知道。"

"所以暂时放下与黎姑娘的矛盾，明白么？"

江诗冉咬着唇犹豫了好一会儿，才委屈点头："知道了，我听您的。"

江堂露出欣慰的笑容："冉冉，你先回去，我和你十三哥还有事要处理。"

"那好吧。"江诗冉觉得这一天简直窝火极了，偏偏父亲不舒服不能再顺着她的心意来，只得垂头丧气地离开。

屋子里没了旁人，江堂看江远朝一眼，淡淡道："十三，你太让我失望了。"

江远朝立刻单膝跪地："是十三不好。"

"快成家的人了，别动不动就跪。"

江远朝默默站起来。

"你知道我指的是什么？"

"请义父指教。"

"你对黎姑娘另眼相待，为什么？"他可不认为随便一个小姑娘能进到这里来。

江堂语气很平静，江远朝却心中一沉。

他虽不知义父为何放过了黎姑娘，但却知道，一旦黎姑娘让义父妥协的点没有了，那就是义父秋后算账的时候了。

想到这里，江远朝面色坦然道："回禀义父，十三是觉得黎姑娘具备的才能不符合她的出身经历，这才有些好奇。"

"没有别的原因？"

"当然没有。义父，十三是您救回来抚养长大的，您还信不过十三吗？"

江堂这才笑了笑："我自是信得过你，不过义父也是男人，在有些事上不得不先提醒你，省得你将来犯错误。"

"义父请放心，十三绝不会的。"

"嗯，那你先回去吧，今天冉冉受了委屈，你多陪陪她。"

乔昭出来后，晨光迎上来。

"回府。"乔昭匆匆撂下一句话，快步往前走。

晨光觉得有些不对劲，忙追了上去："三姑娘——"

话音未落，他便一眼看到了乔昭脖颈上缠绕的手帕，血迹若隐若现。

目光下移，晨光大惊："三姑娘，您受伤了？是谁干的？我找他去！"

"别去，回府再说。"

"可是您——"

"我自己伤的，先回府！"乔昭的声音已经哑了。

脖颈上的伤口虽不深，可她不是铁打的人，也会疼的。

"好。"晨光咬咬牙，狠狠瞪了锦鳞卫的黑漆衙门一眼，跳上了马车，"三姑娘，您坐稳了。"

车厢里传来乔昭低低的回应声。马车在宽阔的青石街道上疾驰起来。

伤口处已经不再流血，只剩下火辣辣的疼，乔昭从荷包里摸出药膏随便涂了一下，面色虽然越发苍白，却露出了淡淡的笑容：还好这一步没有走错，只要先把大哥救出来，其他的事都好说。

她闭目靠着车厢，忍不住想：她可不可以期待一下，大哥见了她给的东西，会放下一点戒心呢？也许，他会试着相信她。乔昭自嘲笑笑。她选在大哥入狱的时候把那些东西给他看，已经是最好的时机了。大哥应该会明白，把账册交出去又身陷囹圄的他已经没有什么可让人图谋的。如果这样大哥依然不愿意相信她，那么，她大概没有机会做回他的妹妹了。

马车猛然停下来，晨光在外面道："三姑娘，到了。"

乔昭弯腰掀起车门帘，不由一愣。

"三姑娘，您能动吗，我扶您下车？"晨光问。

乔昭盯着冠军侯府的门匾默默无语。

"三姑娘？"晨光一脸困惑。

"晨光，我说的是回府。"

"是回府了啊。"晨光指指冠军侯府大门，理直气壮道，"您去了锦鳞卫衙门，将军他们一定担心着呢，还好咱们回来得还是挺快的。"

"回黎府。"乔昭重新坐回去。

"啊？"晨光傻了眼。

乔昭一手掀着车门帘，淡淡道："晨光，你现在是我的车夫。"

"好吧。"晨光垂头丧气地挥动着小马鞭，马车驶离了冠军侯府。

站在冠军侯府门口的亲卫飞奔进去禀告："将军，刚刚晨光带着黎姑娘过来，不知为什么黎姑娘没有下马车，然后马车又走了。"

邵明渊想了想道："你去黎府问一下晨光是怎么回事儿。"

"领命。"

亲卫往外走，又被邵明渊叫住："不必去了，晨光应该会过来的，到时候让他进来回禀。"

黎姑娘不是不分轻重的人，她去了锦鳞卫衙门，无论结果如何都应该会和他说一声。不过——邵明渊抬眸望了一眼侯府大门的方向，若有所思。黎姑娘来了没有下车就离开，是因为什么呢？

脚步声响起，邵知进来，语气恭敬道："将军，您找我？"

"谢武那边，有进展了吗？"

"目前还没有。"邵知有些惭愧。

"不急，谢武是多年前就埋下的钉子，想要追查清楚不是一朝一夕的事。这样吧，谢武那边的事你先暂时交给副手，腾出手来把寇尚书府毛氏毒害乔公子一事查一查，看背后是否还有什么主使。"

如果还有幕后黑手存在，那这一方势力十有八九便是乔家大火的真凶。即便他不能立刻着手查嘉丰那边的事，从京城查起也是一样的。

"领命。"邵知抱拳。

四周安静下来，只有蝉鸣声越发聒噪，邵明渊双手十指交叉放在桌案上，发了一会儿呆。

马车总算在黎家西府的侧门停下来，乔昭下了马车，交代晨光："晨光，你去一趟冠军侯府，就说那件事应该成了，让邵将军不要着急，安心等等就是。"

"好。"

"另外，我受伤的事，不要和邵将军提。"

晨光赶忙返回冠军侯府，才走到门口，一名亲卫就跑过来："晨光，快进来，将军大人一直等着你呢。"

晨光赶忙跑进去："将军，让您久等了。"

"黎姑娘去了锦鳞卫衙门是什么情况？"

"黎姑娘说事情成了，让您安心就是。"

听到晨光这么说，邵明渊居然不觉得有什么意外，反而有种早知如此的感觉。

他沉默了一下，问："黎姑娘还有什么事？"

若没有什么异常，黎姑娘不会来了又走，连他的面都不见。

晨光耳边响起乔昭的叮嘱：我受伤的事，不要和邵将军提。

三姑娘就爱开玩笑，这么重要的事，他怎么能不跟将军大人提！

"将军，三姑娘受伤了。"

"受伤？"邵明渊面色一沉，"你跟着黎姑娘去，是去睡觉的吗？"

晨光一脸委屈："将军，三姑娘后来有事情与江堂单独谈，没让属下跟着进去啊。"

"狡辩！"

晨光猛然挺直了身体："属下狡辩，属下该死！"

邵明渊淡淡瞥他一眼："下次再护不住黎姑娘，军法处置！"

"是！"晨光大声应道。

"说吧，是谁伤了黎姑娘？"

晨光挠挠头："黎姑娘说是她自己弄伤的。"

自己弄伤？邵明渊略一琢磨，便大概猜到了当时的情景，心中不由一叹。黎姑娘如此，倒是让他们这些大男人无地自容了。

"黎姑娘伤到了哪儿？"

晨光鼓起勇气道："脖子。"

邵明渊沉默了片刻，吩咐亲卫去取两箱子银元宝交给晨光带回去："诊金。"

黎姑娘手中不缺好药，好像缺银子。

晨光回到黎府，喜滋滋把两箱子银元宝交给冰绿："将军给三姑娘的礼物。"

入手一沉，冰绿险些栽到地上去。

晨光忙把箱子接住。

"这么重！算了，你抱着跟我来吧。"冰绿丢给晨光一个白眼，扭身走了。

晨光见到乔昭有些心虚，忙把两个箱子放到一旁的桌案上："三姑娘，将军让我给您带礼物过来。"

说诊金多俗啊，将军真是不会哄女孩子。

乔昭示意冰绿打开。

冰绿伸手打开箱子，不由一声惊叫。

乔昭看过去，就见红绸底的箱子里堆满了白花花的银元宝，在阳光下闪烁着刺目的光芒。这银元宝的大小规格，看着很眼熟啊。乔姑娘默默想，

"这是邵将军送我的礼物？"乔昭面色微沉，脖子上的伤口让她声音微哑。

晨光眨眨眼：黎姑娘好像有些不高兴。

"诊金？"小车夫迟疑着换了个说法。

乔昭脸色更沉。

小车夫都快哭了："要不您说什么就是什么吧！"

这差事真是没法干了！

"你跟邵将军说我受伤了吧？"乔昭淡淡问。

晨光险些给跪了："三姑娘我错了，将军大人很关心您，一问起来我就没忍住给说了。"

"算了，说就说了。"乔昭揉了揉太阳穴。

她要真跟晨光计较，早就气死了，那人就不能给她派个靠谱的车夫吗？

她不想让邵明渊知道，最主要的原因是不想让大哥知道。不过想想，邵明渊应该不会刻意对大哥提起的。

见乔昭没计较，晨光忙溜了，冰绿指着两箱子银元宝问："姑娘，这个怎么办啊？"

"当然是收起来了。"乔姑娘一脸淡定道。

江堂的动作远比想象的还要快，不出两日天牢的牢门便打开，乔墨被放了出来。

邵明渊亲自来接他。

外面阳光明媚，与阴暗湿冷的大牢里是两个世界。

乔墨深深吸了一口新鲜的空气，环视一圈，没有看到他以为会出现的那个身影，不由一阵失落。

"舅兄，上车吧。"邵明渊伸手去扶乔墨。

乔墨收回目光坐上马车，一路回到冠军侯府中，终于忍不住问："黎姑娘知道我出来了么？"

邵明渊有些惊讶，敏锐察觉乔墨对黎姑娘的态度有些不一样了。

他没有隐瞒："其实舅兄能这么快出来，是黎姑娘的功劳。"

"嗯？"

"黎姑娘去找了江堂。"

乔墨脸色立刻变了："锦鳞卫指挥使？"

邵明渊点头："嗯。"

"江堂为何会答应她？"乔墨脸色愈发难看。

"黎姑娘说和江堂做了一个公平交易，具体是什么，我没有问。"

"侯爷为何不问？她一个小姑娘，能和锦鳞卫指挥使做什么公平交易？"乔墨苦笑。

邵明渊笑笑："黎姑娘没说，我就没问，不过我相信黎姑娘不是逞强的人。"

乔墨沉默了一会儿，道："侯爷，我想见见黎姑娘。"

"舅兄今天出来，我派人去告诉黎姑娘了，不过黎姑娘说有事，暂时过不来。"

乔墨闭了闭眼。

几日的牢狱生活让他身心俱疲，可是一想到荷包里那些东西，他就恨不得立刻见到那个女孩子，找她问个清楚。她该不会是故意躲着不见他吧？想到这一点，素来能沉得住气的乔公子竟觉得片刻等不得了。

"舅兄放心，今天黎姑娘会过来的。"

乔墨睁开眼。

邵明渊老实交代道："黎姑娘以后每天都会过来帮我施针，所以她事情处理完的话，一定会过来的。"

"那就好。"乔墨盯着邵明渊看了一会儿，神情颇为复杂。

邵明渊被看得莫名所以，劝道："舅兄先去沐浴更衣吧，稍后吃些东西便好好休息，等黎姑娘一来我立刻通知你。"

"好。"乔墨点点头，一颗煎熬了几日的心这才稍微缓解几分。

乔昭这时候正被江堂请进了锦鳞卫衙门里喝茶。

待客的茶是上好的白毫银针，乔昭喝了一口便觉芳香四溢，放下茶盏笑道："真是好茶。"

"特供的茶，一年只有不到十斤。"江堂笑眯眯道，恢复了慈眉善目的模样。

"那我真是有口福了，多谢大都督。"

寒暄过后，江堂直接进了话题："乔公子已经出狱，黎姑娘该兑现承诺了吧？"

他吃了药丸，足足在茅厕蹲了大半天，出来后就神清气爽，到了夜里居然没再抽搐，早上的心悸症状也缓解了不少。如果说最开始他还抱着试试看的态度，到现在对那张药方已经是势在必得。

乔昭从袖口抽出一张折叠的信笺推过去。

江堂抽出里面的纸张，匆匆扫了一眼。纸张上写着入药的各种药材，甚至连制药的步骤都写得一清二楚。这是一张很有诚意的药方。

江堂对面前少女的感观更加复杂，收好信笺道："回头我会让大夫试着制药，若有不明白的地方，到时候还请黎姑娘不吝赐教。"

"这是自然。"乔昭应得痛快。

江堂见她眉眼平静，不知道她是胸有成竹还是无知者无畏，试探笑道："黎姑娘就不怕我翻脸不认人，事后找你麻烦？"

一旦药方在手，能顺利制出克制丹毒的药方来，她还有什么凭借？

听江堂这么问，乔昭面不改色道："我听闻，当朝的天师已经换了三个。"

明康帝信奉道教，追求长生，自然是把天下有名的道士聚在宫里替他炼长生丹，这些道士中地位最高的便是天子亲封的天师了。

不过天子的好恶难以捉摸，今日的天师，明日亦可能成为阶下囚，甚至丢了性命。

江堂一时不解乔昭为何会提到这个，不动声色笑道："不错，是换过三个天师了，那又如何？"

乔昭端起茶盏轻抿一口，笑盈盈道："难道大都督不知道，天师不是一家呀，各家的炼丹手法与用料都是不一样的。"

江堂立刻收起了笑意。

话说到这里，他已经听明白了。道家亦分许多派系，炼丹手法与用料不同，炼出的灵丹就不同，显而易见，形成的丹毒也是不同的。这小姑娘是在提醒他，假若他现在得到药方便过河拆桥，那么等皇上再任用新的天师后，这张解毒药方就成废纸一张了。江堂目不转睛地看着对面的小姑娘。这么说，他堂堂的锦鳞卫指挥使，岂不是要一直受制于一个小丫头了？

乔昭坦然与之对视。

那又怎么样？有本事杀了她呀。

江堂最后收回视线，叹了口气："黎姑娘，以后你可要保重才好。"

乔昭笑笑："还望大都督多多关照。"她放下茶盏，"我还有事，就先告辞了，谢过大都督的好茶。"

江堂看着从容淡定的少女，好笑又无奈。他活了这么多年，位高权重，一言九鼎，现在居然拿一个小丫头没有办法了。若是能把这小丫头收为己用——这个念头一晃而过，江堂吩咐一旁的锦鳞卫道："叫十一过来。"

不多时进来一名气质冰冷的英俊男子："大都督。"

"送黎姑娘回府。"江堂吩咐道。

"是。"江十一来到乔昭面前，"黎姑娘请。"

乔昭站起来："不用麻烦了。"

"黎姑娘是我的贵客，派人送送是应该的，请不要推辞了。"江堂给江十一使了个眼色。

乔昭见此没有再推让，冲江堂欠身一礼，抬脚走了出去。

没过多久江十一悄无声息返了回来。

江堂讶然："这么快？"

江十一同样讶然："送到门口马车上——"还需要多久吗？

江堂恨铁不成钢瞪他一眼："谁让你送到门口！"

见江十一依然冷冰冰面无表情的模样，江堂一阵心塞，摆摆手道："下去吧！"

难怪冉冉从小对十三情根深种，对相貌明明更出众的十一却视而不见，就这木头性子谁待见啊！

锦鳞卫衙门外。

"三姑娘，回黎府还是回咱们将军府啊？"晨光握着缰绳问。

乔昭按了按眉心。

什么叫咱们将军府？罢了，她不和一个小车夫计较。

"去将军府。"乔昭放下了车帘，靠着车壁心情复杂。这个时候，大哥应该已经到了冠军侯府了吧，他可否想到了她？外面天气燥热，车内乔昭的心情也多了几分浮躁，全然没有了在锦鳞卫衙门中面对令文武百官忌惮的头号人物的坦然自若。乔昭想，她不怕刀山火海，只怕近乡情怯。

就在这样矛盾又复杂的情绪中，马车停下来，晨光在外面喊："三姑娘，到了。"

马车里一时没有动静。

晨光有些纳闷，又不便掀开帘子瞧，只得又喊了一声："三姑娘，将军府到了。"

里面这才传来淡淡的声音："知道了。"

乔昭暗暗吸了一口气，这才抬脚往内走去，才走到正院里，便看到邵明渊站在合欢树下垂手而立，脚步不由一顿。

邵明渊听到动静转过身来，边迎上来边笑道："黎姑娘来了。"

"邵将军。"乔昭打过招呼，想问一问乔墨在哪里，话到了嘴边却没问出来。

她不知道见到兄长后，等待她的是什么。

"黎姑娘，我舅兄已经回来了。"

乔昭木木地点头，手不自觉握拳。

邵明渊目光轻轻扫过，不由疑惑：黎姑娘在紧张什么？

"我舅兄一直在等着见你，我派人去喊他。"

"不要——"乔昭脱口而出，迎上邵明渊微讶的眼神，勉强笑笑，"我先给邵将军施针。"

对，还是应该先给邵明渊施针，不然等见了大哥后无论结果如何，她恐怕都静不下心来了。

"施针不急，黎姑娘还是先见我舅兄吧，他一直等着呢。"

乔昭脸一沉："施针不能耽误，邵将军要听医者安排。"

"那好吧。"

二人进了屋。

没等乔昭吩咐，邵明渊很自觉地脱下外衣躺好："黎姑娘，可以开始了。"

乔昭却盯着邵明渊上身好一会儿没吭声。

邵明渊轻咳一声，指着缠在腰腹上的绷带解释道："练功时不小心伤到了……"

乔昭嘴角抽了抽。练什么功能伤到小腹，还把整个腰腹都缠了起来？这人是傻呢，还是当她傻？

"是么？"乔昭一抬手，邵明渊下意识地伸手护住小腹。

乔姑娘凉凉地瞥他一眼，面无表情地把手中的银针刺入他心口四周。

施完了针，乔昭看也没看邵明渊一眼，倒了杯热水捧在手心里，侧过身坐着望着窗外出神。

邵明渊忍不住打量了近在咫尺的少女一眼。他确定，她今天有些不对劲，和以前冷静自信的样子判若两人。是因为与江堂的交易？这个念头才起，就被邵明渊否定，而后想到了另一种可能：应该是因为舅兄。可是想到这一点，邵明渊又困惑了：黎姑娘对舅兄的另眼相待，真的只是因为李神医的嘱托吗？

邵明渊视线落在乔昭的脖颈上，却发现她的衣裳是高领的，把修长的脖颈遮得严严实实。

"黎姑娘，你的伤怎么样了？"

望着窗外的少女一动不动。

邵明渊只得再问一句："黎姑娘？"

乔昭这才如梦初醒："邵将军叫我？"

"黎姑娘的伤好些了么？"

乔昭笑笑："没什么大碍了，其实就是碰破了点皮。"

邵明渊皱眉："江堂威胁你？"

见邵明渊语气郑重，乔昭不愿他和江堂关系闹僵，便笑道："应该是我威胁他才对，邵将军不必担心我，没有把握的事我不会做。"

只除了与兄长相认这件事上。她发现，无论是什么时候向兄长挑明身份，她都是没有把握的。因为太在乎，所以输不起。

邵明渊一时有些失神。没有把握的事我不会做。这样一句话从一个女孩子口中说出来，并且她也确实做到了，很难不让人刮目相看。短短接触的这些日子，他见过她从容自若解决问题的样子，见过她一本正经教训他的样子，也见过她明明有些小小的无理取闹却无法让人讨厌的样子。他想，和这样一个女孩子朝夕相处半年，确实是一件很危险的事。

二人各有心事，一时谁都没有再开口，室内寂静无声。

好一会儿后，乔昭伸出手来把银针一一取出，站起来道："我去见乔大哥。"

无论如何，该面对的她只能去面对，哪怕只有她一个人。

邵明渊把外衣穿好，翻身下地："我叫人请舅兄过来。"

"不用了，乔大哥在牢里没有休息好，应该挺疲惫了，我过去就好。邵将军派个人给我带路吧。"

"我带黎姑娘过去。"邵明渊利落地把腰带扣好。

乔昭视线忍不住滑过去。里面缠着绷带，外面缠着腰带，不热么？

邵明渊放在腰间的手一顿，脸莫名就热了热。他今天已经缠了绷带，什么都没有露出来，黎姑娘为什么还要看那里？

"黎姑娘，走吧。"年轻的将军撂下这句话，迈开大长腿就往外走，走出房门快到月亮门时才发现身边没人，转头一看，少女正提着裙摆往这边小跑着。

乔昭总算赶上来，忍不住嗔道："邵将军很会带路啊。"

她要是跑得再慢点儿，只能请别人带路了！

邵明渊尴尬地笑笑："黎姑娘走前面吧。"

乔墨的院子里，乔晚正挽着他说话："大哥，这几天你去哪里了？"

"侯爷没有告诉你吗？"乔墨不知道邵明渊怎么跟幼妹说的，一句反问把幼妹套了进去。

果然小姑娘不打自招道："说京城来了位神医，你去求医了。"

"是呀，大哥去求医了。"

乔晚打量着乔墨的左脸，小心翼翼道："可是看起来和以前一样呀。"

"是么？"乔墨颇为伤感地问。

小姑娘一看哥哥难过了，忙捂着嘴摇摇头："大哥，是我看错了，其实已经好很多了！"

乔墨伸出手在乔晚头上揉了揉："真的？"

乔昭随着邵明渊走进来时，看到的就是这样一幅景象。

院落里亭亭如盖的树下，白衣男子温柔抚摸着素衣女童的头顶，眼中是满满的疼爱。素衣女童仰头看着兄长，同样是满满的依恋。

乔昭脚步顿了一下。

邵明渊不由看她一眼，而后开口道："舅兄，黎姑娘来了。"

乔墨嘴角笑意一僵。

乔晚立刻扭了头，一看是邵明渊忙跑过去，拉着他衣袖喊道："姐夫。"

邵明渊笑着拍拍她："看到大哥高兴了？"

"高兴。"乔晚点头，而后一扫站在邵明渊身侧的乔昭，不情不愿打招呼，"黎姐姐。"

这人怎么又来了，一看到她来，她就有些不高兴了。

"乔妹妹。"乔昭冲乔晚温和笑笑，低头问她，"收到小马驹了吗？"

乔晚扬扬下巴："很快就会收到了，姐夫答应的事从不会变的。"

乔昭不敢去看乔墨此刻的表情，紧张之下便拉着乔晚说话："看来有个姐夫还是挺好的。"

"那是当然。"乔晚说完，露出警惕的神色。

她就说黎姑娘想打姐夫的主意呢，肯定是见姐夫对她好，眼红了。

小姑娘宣誓主权般拉住了邵明渊的手。

乔昭心里虽有些不好受，自是不会和一个孩子计较，便笑了笑。

"黎姑娘——"

身侧传来熟悉的声音，乔昭浑身一僵，久久没有转头。

乔墨站在一丈开外的地方，亦没有再开口。

乔晚年纪虽小，也觉得有些不对劲，看看乔墨，又看看乔昭，最后摇晃着邵明渊的手问："姐夫，大哥和黎姐姐怎么了？"

邵明渊张张嘴，不知该怎么说。

他也想知道这两个人是怎么了，为什么这二人之间的气氛那么古怪呢？

邵明渊干脆半蹲下来："晚晚，姐夫带你去挑一匹小马驹，好不好？"

乔晚眼睛一亮："好呀。"

邵明渊站起来，对乔墨道："舅兄，我先带晚晚出去了，你和黎姑娘有事的话，慢慢聊。"

乔墨这才回过神来，轻轻点头。

院子里很快只剩下了乔昭与乔墨二人。

漫长的沉默过后，乔昭牵唇笑了笑："乔大哥——"

"你随我来。"乔墨深深看她一眼，转身便走。

他原就身体不好，此时背影看起来单薄消瘦，落在乔昭眼里，心中一阵刺痛。

曾经的兄长芝兰玉树，风度翩翩，何曾有过这般落魄的样子？

她抬脚默默跟上去。

乔墨在一处开阔的地方停下来，这样的地方谈话反而更安全，不怕被有心人躲在暗处听了去。

乔昭立在乔墨身后。

乔墨缓缓转过身，伸出手来，手中正是乔昭前去大牢时交给他的那个荷包。

乔昭抿了抿唇，终于等到乔墨开口。

"贤者以其昭昭，使人昭昭。我不懂这句话的意思，黎姑娘可否给我解释一下。"

乔墨的语气很平静，令乔昭完全看不透他心中所想。

然而乔昭已经没有了退路，开口道："这句话，是我名字的由来。"

"不知黎姑娘的名字是哪位长辈起的？"

"祖父。因为祖父希望我成为这样的人。"乔昭的声音已经有些颤抖。

乔墨深深看着她："那么阿初呢？"

乔昭闭了闭眼睛，声音很轻："祖母。因为祖母与祖父打趣，偏说我的'昭'该作'日月昭昭'来解释，为我取小名阿初。"

"黎姑娘，绿色的药丸很苦。"乔墨慢慢道。

乔昭眼眶发酸，却强撑着没有落泪，反而露出顽皮的笑容，一字一顿道："乔大哥运气实在不好，绿色放了黄连的。"

话音刚落，乔墨不由上前半步，目不转睛地望着乔昭。

乔昭心中紧张到极点。

大哥和她一样记性好，他们兄妹十多年前的这段对话大哥一定不会忘的。

如果这样大哥依然不相信，那她便真的没有办法了。

见乔墨迟迟不语，乔昭干脆心一横，主动打破了令人窒息的沉默："我把药丸做成了虹霓的颜色，还以为乔大哥不敢吃的。"

乔墨定定望着她，终于把轻如呢喃的声音送到了乔昭耳畔："别人不敢吃，大哥敢吃，只要是妹妹做的。"

乔昭心头一震，情不自禁上前一步："大哥？"

乔墨张开手："昭昭。"

这一刻，所有的忐忑、痛苦、折磨全都找到了宣泄口，乔昭投入乔墨怀里，狠狠抱住他，放声痛哭。

乔墨环拥着乔昭，仿佛小心翼翼地捧着失而复得的珍宝，任由她哭个痛快。

"大哥，我以为你还是会不相信我——"

"傻丫头，你个傻丫头。"乔墨一遍一遍地轻抚乔昭的秀发，语无伦次。

大妹失控痛哭，而他又何尝不是心乱如麻？

他有太多话想问她，又有太多话想告诉她，可他现在除了叫她"傻丫头"，竟是什么话都说不出口了。

兄妹二人相拥良久，乔昭才悄然挣开乔墨的怀抱，见他眼中满是温柔与宠溺，不由想起了先前那些冷言冷语，委屈道："大哥还不如李爷爷细心，李爷爷早就认出我了。"她知道不该埋怨的，可是偏偏忍不住，谁让他是哥哥呢。

"是大哥笨，现在才把妹妹认出来。"乔墨此刻只有满心欢喜，哪里还在意这点小小的埋怨？

兄妹二人目不转睛看着对方，最后一起傻笑起来。

良久后，二人一同开口：

"家里那场大火究竟是怎么回事？"

"妹妹如何成为这样的？"

二人一怔，而后又是异口同声道："你先说。"

乔昭忍不住笑了："那还是我先说吧。"

不知过了多久，乔昭终于讲完，乔墨情不自禁抬手轻抚她的发："还好老天有眼——"

远处传来女童的惊呼声："大哥！"

第十八章 山崩

兄妹二人一同望去，就见乔晚提着裙摆飞快跑来。

转眼间乔晚就跑到了近前，挡在乔墨身前，气鼓鼓瞪着乔昭："你干什么？"

她怎么能这么厚脸皮，与大哥坐得这么近！大哥还摸她的头！

小姑娘越想越恼火，瞪着乔昭的眼神越发不善。

乔昭终于与兄长相认，心情大好，对庶妹的那点不足为外人道的小嫉妒早就烟消云散了，抬手戳戳庶妹脸颊道："小丫头总爱生气的话，会越长越丑的哦。"

乔晚愣了愣，而后恼道："骗人！"

"我可没有骗人，难道你姐夫没有告诉过你，我可是大夫。"

乔晚转过头，却发现邵明渊依然站在远处没有动，提着裙摆又跑回去，仰着头问："姐夫，黎姐姐是大夫吗？"

"是的。"邵明渊压下刚刚看到那一幕情景的震惊，不动声色回道。

乔晚心中一惊："那爱生气真的会越长越丑吗？"

邵明渊忍不住遥遥瞥了乔昭一眼，而后低头对乔晚道："这个要问大夫呢，姐夫也不知道。"

小姑娘咬着唇："可是我还是忍不住生气。姐夫你刚刚看到没，黎姐姐和我大哥好亲近，连梓墨表姐都没和大哥这么亲近过呢，她凭什么这样呀？"

邵明渊眸光微闪。都说小孩子的直觉是最敏锐的，那他刚才确实没有看错，黎姑娘与舅兄之间确实有种超乎寻常的亲近。可这又是为什么呢？分明前几日舅兄对黎姑娘还满心戒备，甚至不惜用言语刺伤了她。

邵明渊心中疑惑，领着乔晚走过去。

乔昭的神色已经恢复如常，忍不住瞪了邵明渊一眼。

他不是带着晚晚去挑小马驹了,怎么这么快就回来了?她才对大哥讲完自己的经历,还没找大哥解惑呢。

邵明渊被乔昭瞪得莫名其妙,心中又早早打定主意一定要保持适当的距离,便干脆不看她,直接对乔墨道:"给晚晚挑了一头小马驹,我看时辰已经不早了,就吩咐厨房准备饭菜,等会儿送到这里来,大家一起吃顿团圆饭。"

乔昭与乔墨这才惊觉二人谈话居然过去了这么久,已经将近晌午了。

"好,有劳侯爷了。"乔墨说着这话,视线却忍不住落在乔昭身上。失而复得,此刻没有人比他更能理解这四个字的意思。他的大妹还活着。

"黎姐姐也要和我们吃团圆饭吗?"乔晚嘟着嘴问。

羞不羞,他们一家吃团圆饭,还赖着不走!

"当然。"乔墨淡淡开口。

"大哥!"乔晚不可思议瞪大眼睛。

乔墨摸摸乔晚的头:"晚晚,你以后要叫黎姑娘姐姐。"

乔昭猛然看向乔墨,而后不由自主看了邵明渊一眼。大哥难道要当着邵明渊的面把她的真实身份说出来?她想阻止,又不便直言,只得悄悄伸出脚踢了乔墨一下。

邵明渊默默看向别处。虽然不知道黎姑娘为何与舅兄突然亲昵起来,但要是让黎姑娘发现他看到她踢人,那就有些尴尬了。

"为什么叫黎姑娘姐姐?"乔晚咬唇问。

乔墨轻笑一声,眉眼间尽是温柔之色:"因为大哥认了黎姑娘当义妹啊,所以以后她就是你的姐姐了。"

听乔墨这么一说,乔昭悄悄松了口气。

她能与李爷爷还有兄长相认已是幸运至极,这种匪夷所思的事自然是越少人知道越好,特别是庶妹年纪尚幼,就更不可能让她知晓了。

至于邵明渊——她心中一叹。让他知道了,他又凭什么相信呢?她与大哥尚有共同的成长经历,她与邵明渊之间有什么?她甚至在是他妻子的时候,与他之间就一无所有。退一万步讲,即便他相信了,也只会让她更尴尬而已。邵明渊可没爱过乔昭,以前他们之间有长辈之命媒妁之言,别无选择成为了夫妻,而今都是自由身,知道她是乔昭后,邵明渊该怎么办呢?为了这样荒唐的理由娶她?而若是依然当对方为陌生人,那也只是徒增尴尬而已。

所以,这个样子就好了。她做她的黎昭,他当他的冠军侯,等替他祛除了寒毒,便各安其位,各得其所。

"我姐姐?"乔晚咬着唇后退了一步,目光直直瞪着乔昭。

"晚晚,怎么不叫人?"

乔晚拼命摇头,眼泪一下子流出来:"大哥,你变了。"

"大哥怎么变了？"乔墨收起了笑意。

"你忘了大姐吗？大姐是天下最棒的姐姐，我才不要别人取代她的位置！"乔晚还从没与长兄顶过嘴，说完这话又是恐慌又是伤心，捂着脸扭身跑了。

"舅兄——"

乔墨笑笑："小孩子脾气大，过去就好了。"

邵明渊站起身来："我去带晚晚回来吧。"

等邵明渊走出院门，乔墨收回视线看着乔昭，意味深长道："冠军侯是个好脾气的人，和传闻中他在战场上的表现一点不一样。"

这些日子的相处，乔昭自然也明白邵明渊是个什么样的人，笑道："战场上他是统领千军万马的将军，与平时自然是不同的。"

"铁骨柔情。"乔墨沉默片刻，忽然吐出这四个字来。

乔昭一怔。

乔墨目不转睛看着她，眼底是打趣的笑意："所以妹妹究竟是怎么想的？"

乔昭莫名脸一红，嗔道："大哥，莫要拿我开玩笑。"

"大哥没有开玩笑，大哥是很认真地问你。"

"什么都没想。在大哥面前我是乔昭，在他面前我只是黎昭。"

"可他要是喜欢的是黎昭呢？"

这个问题问得太突然，乔昭几乎不假思索就顺口答道："那就让他去死吧，黎昭才不喜欢他！"

话音落，乔墨已经轻笑起来："是，黎昭才不喜欢他。"

"大哥！"乔昭脸一热，忙岔开这个尴尬的话题，问起家中大火的事来。

乔墨自是把在牢狱中对邵明渊所说的话对乔昭讲了一遍。

当乔昭听到乔墨说起家中亲人很可能在大火前就已经遇害时，险些咬碎了银牙。

令人窒息的沉默后，乔墨开口："皇上压下了那本账册不打算动邢舞阳，刑部侍郎黎光砚前往嘉丰带回来大火是一场意外的结果。我在狱中时已经托付冠军侯调查大火一事，不过其中困难定然重重——"

"无论多困难，也要把事情查个水落石出，不能让我们的父母亲人白死了。"乔昭面色严肃道。

乔墨轻叹一声："君心难测，大哥走了一步错棋，而今虽然出狱，锦鳞卫却已经暗中交代下来，上边禁止我在京中随意走动。"说到这里，乔墨自嘲一笑，"连自由身都失去了，又何谈探查真相呢？"

乔昭伸手按住乔墨的手，宽慰道："大哥放心，还有我。"

乔墨清楚大妹比许多男儿还要强得多，他不愿说什么"你是女孩子，不要掺和进来"这样的话来伤她的心，因为他知道，大妹本来就不是菟丝花那样的女孩子，这样的家仇她是不可能置身事外的。可是，想到这样的重担将来压在妹妹身上，他心中苦涩至极。

"大哥，你把父亲生前走得近的有哪些人都告诉我，如果有机会，我要去一趟嘉丰。"

"回嘉丰？"乔墨面色微变。

乔昭却一脸平静："京城这边粉饰太平，想要查清大火幕后真凶，拿到确凿的证据，嘉丰非去不可。"

"昭昭，你一个女孩子如何能孤身前往嘉丰？"

乔昭笑笑："大哥放心，我不是莽撞的人，会耐心等待机会的。家中那场大火已经过去了这么久，很多线索早就断了。刑部侍郎黎光砚又去调查了一遍，倘若他的立场中立，能够查到的情况已经查到了；倘若他心怀叵测，那么该破坏的证据已经破坏了。我要去查的，本来就是更深入而暂时无人察觉的情况，所以反而不急于一时了。"

她分析得头头是道，乔墨只说了一句话："我绝不同意你一个人去嘉丰。"

"大哥——"

"喊大哥也没用。大哥已经失去了你一次，难道要我再失去一次吗？昭昭，你要明白，你和晚晚是我在这世上仅剩的亲人了。我身为长兄，不能查清真相替父母亲人伸冤已是生不如死，若任由你一人涉险，还有何颜面活在世上？"

乔昭忙保证道："我不会一个人去的，假若有朝一日去嘉丰，一定会和可靠的人去，这样总行了吧？"

乔墨无奈点头，这才把近两三年来嘉丰乔家的情况讲给乔昭听。

邵明渊走过月亮门，就见到乔晚站在一株栀子花树下，有一下没一下地踢着脚边的青草。

他摇头笑笑走过去，喊道："晚晚。"

乔晚抬头见是邵明渊，有些失望不是大哥来找她，不过姐夫她也是很喜欢的，便甜甜喊了一声："姐夫。"

邵明渊走过来，揉了揉乔晚的头："肚子饿了吧？跟姐夫一起回去吃饭吧。"

"我不吃。"

"怎么？"

"我不想和黎姑娘一起吃饭。"

"这又是为什么呢？"邵明渊半蹲下来，与乔晚平视。

乔晚嘴一噘："谁让大哥认她当义妹的，我不喜欢。"

"晚晚，你不是跟姐夫说过，你大哥是天下最优秀的男子。"

乔晚点点头，想了想补充道："姐夫也是的。"

邵明渊笑笑："既然如此，那晚为何不相信你大哥的眼光呢？"

这话把小姑娘问住了。

她低头轻轻踢了一下青草，小声道："我不想她取代姐姐的位置。"

"晚晚还说过，你姐姐是天下最优秀的女子，这样的人怎么会被别人取代呢？更何况，你要明白，无论是什么人，优秀与否，在亲人心里都是无法被取代的。"

"真的？"小姑娘眼睛一亮。

"真的。"年轻的将军肯定地回答。

"那黎姑娘也不会取代姐姐在姐夫心中的位置吗？"

邵明渊被问得一愣，短暂沉默了一下才道："不会。"她们的位置，从来都不一样。乔昭于他，是妻子、是责任、是愧疚，是一生无法偿还弥补的遗憾。而黎姑娘——邵明渊自嘲笑笑。黎姑娘只是让他知道了，他也是个人，不是个木头，他也会为一个聪明可爱的女孩子怦然心动。

听了邵明渊的回答，乔晚这才笑起来："那好吧，我听姐夫和大哥的，就叫她姐姐好了。"

邵明渊暗暗松了口气。孩子太难哄了。

乔晚眼珠转了转："那大哥认了黎姐姐当义妹，黎姐姐岂不是也要管姐夫叫姐夫了？"

向来冷静的某人在这一刻表情格外复杂，傻了好一会儿才咳嗽一声道："没有的事，快走吧，你大哥他们该等急了。"

邵明渊领着乔晚回来时，乔昭与乔墨有关乔家大火的谈话已经告一段落，二人神情平静，全然看不出刚才的沉重。

"大哥。"乔晚来到乔墨身边，怯怯喊了一句。

乔墨好笑又无奈，问："不胡闹了？"

乔晚红着脸看乔昭一眼，轻声喊道："姐姐。"

她才不在乎黎姑娘，但她不想让大哥不高兴。

乔昭毫不客气揉揉乔晚的头："没有准备见面礼，等下次姐姐给你补上。"

乔晚："……"

讨厌，这人怎么这么自来熟啊！

四人围坐在一起吃过饭，乔昭提出告辞。

乔墨开口道："侯爷替我送送昭昭吧，我毕竟不方便。"

对乔墨的话，邵明渊自然没有异议，起身送乔昭出去。

"舅兄的事，真的多谢黎姑娘了。"

"我已经认乔大哥为义兄，他的事我自然责无旁贷。"乔昭一脸认真道。

邵明渊嘴角动了动。黎姑娘明明是救舅兄在前，认舅兄为义兄在后——

"对了，邵将军，明天我会晚些才能过来。"

邵明渊脚步一顿。

乔昭解释道:"明天是我去疏影庵的日子。"

"黎姑娘还是每隔七日去一次疏影庵?"

"对。"乔昭说完,默默往前走。

邵明渊走在她身侧,凝视着少女恬静的侧颜。

乔昭若有所感,侧头看他:"邵将军有事?"

邵明渊沉默了一下,却不知道如何开口。

他派人去调查黎姑娘从小到大的情况,虽还没有具体的情报,下属初步调查的结论却让人很费解:人们口中的那位黎姑娘与眼前的黎姑娘简直判若两人。下属甚至还得到了黎姑娘去年用来练字的一叠纸张,那上面的字迹……邵明渊想起第一眼看到那些字的感觉,心情很有些一言难尽。若说黎姑娘前些年一直在藏拙,藏成这样她是怎么做到的?况且,这样的藏拙有什么必要?据他从侧面的了解,黎家西府虽一直被东府压着一头,但当家的邓老夫人是个明事理的老太太,即便是对不受宠爱的孙女也不会刻薄,孙女无须这般小心翼翼。

"邵将军?"

邵明渊回神,轻咳一声:"怎么了?"

无论他调查来的情况多么奇怪,眼下他却没有任何资格对黎姑娘提出质疑。

"我以为邵将军有话对我说。"

"没有。"邵明渊否认,说完又觉得不大合适,补救道,"今天天气不错。"

乔昭暗暗翻了个白眼:"就到这里吧,邵将军请留步。"

"黎姑娘慢走。"

乔昭欠欠身,提着裙摆走到马车旁与晨光打过招呼,弯腰进了马车,由始至终没有回头。

邵明渊亦没有停留,转身往府内走去。

夜里,邵明渊的书房内依然亮着烛光。他又把那封家书与药方拿出来,并排而放,坐在灯下仔细打量。一模一样的起笔和收笔,他实在无法相信这是出自两个人之手,而另一张——邵明渊拿起一叠纸张,随便翻了翻,只能失笑。他七岁时就能写得比这些字好很多了,黎姑娘究竟是怎么写出来的?

邵明渊默默把东西收好,吹灭烛火躺在临窗的矮榻上。窗外就能看到葱郁的竹林与深邃的星空,夏天睡在这样的书房里还是很舒适的。邵明渊却再一次失眠了。他辗转反侧,渐渐又感觉到了熟悉的痛,不过这次的疼痛却比以往缓解不少。

"明天要变天?"邵明渊喃喃道。

翌日清晨,邵明渊睁开眼睛,翻身下床用井水洗了一把脸,不由暗暗吃惊。

黎姑娘替他施针祛毒竟然如此有效,以往每逢变天的日子他根本一刻都睡不着的，熬到清晨就是一身冷汗，里衣能全部湿透了。

这一次虽然没有出太多汗，邵明渊还是习惯性冲了个澡，然后吩咐亲卫道："去黎府告诉晨光，今天出门记得带雨具。还有，让他管好那张嘴！"

晨光正靠着一棵树懒洋洋地站着等乔昭出门，接到传信忙跑进去拿了雨伞、蓑衣等雨具放在车门旁的暗盒里，而后才后知后觉地反应过来："不对啊，就为了这么点事将军专门派人来说一趟？"

这辆马车虽看着普通，实则是花了不少银子打造的，结实又稳当，再不会出现那次大雨马车散架的事。今天就算有雨，到时候三姑娘躲在车厢里也淋不着的。

想到这儿，晨光兴奋地一拍脑袋。将军大人终于开窍了，居然知道关心女孩子了！晨光越想越激动，不由吹起了口哨。

冰绿陪着乔昭走过来，忍不住白他一眼："有什么高兴的事啊，看你乐得满嘴牙。"

晨光正高兴着，懒得和小丫鬟计较，笑嘻嘻道："你这话可就不对了，谁不是满嘴牙啊，没有牙的那是老太太和奶娃子。"

"你——"冰绿瞪了晨光一眼，还待再说，被乔昭拦住了。

"时候不早了，上车。"

晨光一路唱着歌，乔昭主仆则忍受了一路的魔音灌耳。

下车后，冰绿捂着胸口干呕了一下。

晨光纳闷道："冰绿，以前没见你晕车啊，早上吃坏东西了？"

"不是。"冰绿白着一张小脸虚弱摇头，咬牙切齿道，"我不是晕车，我晕歌！"

晨光脸一红："不带这么埋汰人的啊！"

"不信你问问姑娘！"

"三姑娘才不会像你这样想呢。对吧，三姑娘？"

乔昭笑笑："晨光，我有个小小的建议。"

"三姑娘请说。"

"嗯，以后你要是心情不错的时候，可以试着吃东西。"

晨光顿时垂头丧气，嘀咕道："以前将军都没嫌弃过呢。"

乔昭没再多说，抬眼看了看忽然阴下来的天，对冰绿道："上山吧。"

冰绿却没有动，拉着乔昭衣袖低声道："姑娘，您看那边。"

乔昭顺着望去，就见一辆精致宽大的马车往这个方向驶来，马车两旁足足跟着七八个统一装束的年轻男子。

"啧啧，好大的排场啊，也不知道车里是谁。"冰绿小声嘀咕道。

晨光上前一步挡在乔昭身前，一动不动盯着驶来的马车，轻声道："那些人不像是寻常护卫。"

等马车渐渐近了，晨光轻咦一声。

"有什么发现？"乔昭问。

"那马车上的标志是一朵鸢尾花。"

"真真公主。"一听晨光提到鸢尾花，乔昭立刻就知道了车里人的身份。

自从那次大雨中真真公主受伤，算起来已有不短的日子了，然而这却是自真真公主腿伤后她们第一次遇见，也不知道是以前没赶巧错过了，还是说真真公主才养好腿伤出宫。

马车眨眼间就到了近前，在乔昭面前忽然停下来，车帘掀起，一名宫婢扶着真真公主下了马车。

"见过公主殿下。"乔昭几人见礼。

"起来吧。"真真公主目光只落在乔昭一人身上，忽地嫣然一笑，"本宫知道你的名字了，你姓黎，行三。"

乔昭看向真真公主。

"行了，边往山上走边说吧。"真真公主道。

二人沿着山路缓缓往上走，身后跟着各自的侍卫婢女。

"黎姑娘，上次的事多谢了。"

"不敢当殿下的谢。殿下身体大安我就放心了。"

真真公主目光下移，落在乔昭的手腕上："我母妃送你的血玉镯，你怎么没戴呢？"

真真公主问出这话，心里不大痛快。

她养了好些日子的腿伤，不久前才彻底好利落了，本来早几天就可以过来了，不过估算到今天才是黎三来疏影庵的日子，这才选了这天出来。不为其他，就是对黎三道一声谢。

她不是知恩不报的人。

然而黎三在她心里是个挺特立独行的女孩子，那次大雨中无论是她展露的医术，还是不卑不亢的态度，都让她觉得这不是个俗人。

可这样一个难得令她觉得不俗的人，居然没戴那么漂亮的血玉镯。不用说，定然是觉得血玉镯太贵重，不舍得戴把它给压箱底藏起来了。在她看来，再贵重的东西，只有使用才有价值，要是收起来压箱底，那就是暴殄天物，把好好的东西当石头糟蹋了。

乔昭是猜不透这些隐秘曲折的女子心思的。一个镯子而已，在她看来，无论是血玉镯还是木头镯子，在她不急需用银子时，并没有大的区别，于是坦言道："戴着镯子写字不方便。"

真真公主一听这话，脸上又有了笑意："可以戴在左手上啊。"

"我有时候也会用左手写字。"

真真公主怔了怔，而后笑道："我才发现，黎姑娘真的是个妙人。"

也不枉她特意等着这一天，当面说声谢谢。

"殿下谬赞了。"

"本宫从来不会乱夸人，妙就是妙，无趣就是无趣。"

乔昭笑笑："一般这样说会显得比较谦逊。"

真真公主笑起来，而后回眸："黎姑娘好像换了车夫。"

跟在乔昭身后的晨光一头雾水。他只是个车夫而已，为什么会成为公主与三姑娘谈论的话题？小车夫悄悄拉了拉冰绿衣袖。

"你拉我干吗啊？"冰绿一脸莫名其妙问。

乔昭与真真公主同时回头看了晨光一眼。

晨光："……"因为他蠢！

真真公主轻笑一声："这个车夫瞧着可比之前的强多了。"

"我也这样觉得。"乔昭莞尔一笑。

真真公主等了一会儿，不见乔昭开口，忍不住道："你就没发现本宫带的人也不同了？"

"带的人好像比以前多了。"乔昭不动声色道。

她当然早就发现这位公主殿下的亲卫龙影这次没跟来，像龙影这样的亲卫，按理说公主出门该形影不离才是，这次没跟来，由此可知，是因为上次大雨真真公主受伤的事受了责罚。看真真公主的行事，对待伺候的人是有几分真心的，她若主动提及，岂不是触霉头。不得不触霉头时乔姑娘谁都不怕，然而若无必要，她当然不会平白惹人嫌。

"龙影没跟来。"真真公主主动道。

乔昭扬了扬眉。她大概猜到真真公主的心思了。龙影定然是因为责罚伤了身体，或许是有什么不便之处，找她讨药来了。

果不其然，乔昭心中才闪过这个念头，真真公主便道："龙影因为保护本宫不力而受了刑，不知黎姑娘上次给本宫用的那种吃下后能让人浑身暖洋洋的药丸可还有？"

"殿下是说祛寒丸？"

"对，就是祛寒丸。"

"我随身带了一瓶，只有几粒。一般寒气入体的话，一日一粒，把这几粒都吃完差不多就能好了。"乔昭从荷包里摸出个小瓷瓶递过去。

真真公主接过来，打开瓶塞看了看，笑道："但愿吃完能好吧，本宫每次出门都带着龙影，用起别人来还不顺手。"

二人才说着话，忽然一阵凉风吹过，雨点紧跟着掉下来。

"怎么又下雨了！"真真公主对下雨已经有心理阴影了，再没了说话的兴致。

跟在真真公主身后的宫婢忙把随身携带的竹伞撑开来。

冰绿着急道："糟了，没有带伞，姑娘岂不是要淋雨了！"

"谁说的？"晨光把背着的布搭打开，拿出雨具来。

冰绿忙拿过竹伞撑开遮住乔昭头顶，笑道："姑娘，晨光居然准备了雨具呢。"

乔昭回头看晨光一眼。

晨光挠头笑笑："有备无患嘛。"

有备无患？

乔昭心中轻笑。

就算是有备无患，做到这一点的也不会是晨光。她心中突兀闪过一个人的影子。她认识的人中，对下雨能准确预报的非那个人莫属了。原来邵明渊这样会哄小姑娘！乔昭心情格外复杂，脚下一不留神滑了一下。

"姑娘，小心点！"冰绿忙把她扶住。

真真公主偏头看了乔昭一眼，淡淡笑道："本宫还以为你从来不会出这种状况呢。"

乔姑娘一脸淡然："殿下说笑了，我也是个人。"

她有时也会茫然该做乔昭还是黎昭，也会心乱的。

在这场雨渐渐大起来之前乔昭与真真公主总算赶到了疏影庵。

因为下雨，真真公主的侍卫与晨光都留在了大福寺，冰绿与真真公主的宫婢则被破例允许进了疏影庵避雨。

盛夏的天，连落雨都是热烈的，很快就成了狂风暴雨之势。

疏影庵坐落的位置比大福寺还要高，在这与天幕更接近的地方，就更能感受到暴风雨的威力。

一场雨足足持续了一个多时辰才渐渐止住，天开始放晴了。

无梅师太命尼僧静翕多留了二人一阵子："刚下了大雨，山路难行，二位小施主晚些走山路没有那么湿滑，会安全一点。"

虽是如此，等到了申时，真真公主还是等不得了，对尼僧静翕道："再不回去宫门就要落锁了，到时候惊扰了长辈们就不好了，本宫要走了。"

乔昭跟着告辞。

眼下确实不早了，等下了山再回到城中至少要一个多时辰，她还要赶去冠军侯府给邵明渊施针。施针祛毒才刚刚开始几天，正是最要紧的一段日子，一旦中断那就麻烦了。

夏日大雨乃是常事，出了日头后晒上一两个时辰路已经能半干了，二人再待下去回去的路上就该天黑了，到时更是不便，静翕自是没有再劝。

空山新雨，扑面而来的草木湿润气息很是好闻，真真公主却因为想起了上次大雨中的遭遇而心情郁郁。

乔昭乐得清静，小心翼翼地走在山路上。

大福寺是数百年的名寺，疏影庵则有数位皇家公主或太妃归根于此，多少年下来，这里的山路不同于寻常山路的狭窄陡峭，可以算得上宽阔了，只是今天下了雨，路上香客并不多。

晨光走在外边不动声色地护着乔昭。

雨后路滑，将军大人把保护三姑娘的任务交给了他，他自然不会掉以轻心。

走着走着，晨光脚步一顿，耳朵动了动。

"怎么不走啦？"冰绿推了晨光一下。

"别吵！"晨光罕见的严肃狠厉。

"哎，我说你有毛病啊——"

冰绿气得不行，被乔昭拦住。

"姑娘，您看看他——"

乔昭没有作声，轻轻摇了摇头。

晨光忽然蹲下去，以耳贴地。

冰绿大为不解，拉拉乔昭衣袖，乔昭则目不转睛盯着晨光。

这么一停顿的工夫，真真公主一行人与他们已经拉开了一段距离。

"不好，是山崩！"晨光一跃而起，脸色已经铁青，以迅雷不及掩耳之势抱起乔昭，对呆若木鸡的冰绿吼道，"不想死就跟着我跑！"

晨光抱着乔昭拔腿狂奔，却不是往山下的方向，而是斜向山坡上奔逃。

冰绿虽不解其意，这个时候脑海中只有一个念头：无论如何，跟着姑娘就对了！

斜向上的山坡并没有路，又因为下了雨是湿滑的，晨光腾出手一拽，才把冰绿拽了上去。

山体轰鸣声已经传来，山路隐隐震动，紧接着就是山石伴着水流、树枝滚落的声音。

晨光边跑边大声提醒山路上的行人："快跑啊，是山崩！"

真真公主的护卫们也听到了动静，立刻护着真真公主往下跑，其他听到动静的人全都效仿。

晨光一看坏了，大声吼道："不能往下跑，不能往下跑！"

可是人在极度的恐惧中哪还能听得进这样的提醒，眼看着那些人越跑越远，而泥石流却以更快的速度追过去。

"完了，他们完了！"晨光一跺脚，顾不得再理会，抱着乔昭往上跑去。

晨光功夫极好，虽然抱着一个人却丝毫不影响速度，还能时不时拉冰绿一把。

冰绿这几个月天天随着晨光习武，身手远比寻常女子矫健，在晨光的拉扯下，竟也能勉强追上。

三人一口气跑到快接近山顶处，山体崩离的震动感已经消失，这才敢停下来。

冰绿弯着腰大口大口喘着气，心有余悸道："吓死了，还以为今天要完了。"

晨光忙把乔昭放下来，暗暗调整着呼吸。

这番巨变后，乔昭看起来只是面色有几分苍白，她稳了稳心神，对晨光道谢。

晨光咧嘴一笑："三姑娘不用谢我。我们将军早就说了，我再让您伤到一根汗毛，就提头去见！"

乔昭心中一热。尽管她表面镇定，可谁能不怕死呢，今天若没有晨光护着，任她机智百出也逃不脱了。邵明渊——这三个字在她心里一闪而过，却没有再想下去，而是往山下眺望道："真真公主他们怎么样了？"

冰绿捂住了嘴巴，一脸惊恐："姑娘，您看那边的山脚下！"

乔昭顺着冰绿所指的方向望去，就见山下堆满了巨石，把路堵得水泄不通，包括真真公主一行人在内的行人哪还看得到影子？

乔昭脸色渐渐变了："那些人——"

晨光收回目光，摇摇头："应该都被埋了。"

普通老百姓也就罢了，那些宫中侍卫真是绣花枕头，平时看起来人高马大，威风凛凛，遇到突发状况却这么蠢，山崩时怎么能往山下跑呢？那样死得最快了，这种常识他们都不知道！

等等！晨光想到这里愣了愣。这不是常识。北地全是雪山，雪崩是很常见的情况，遇到雪崩时如何逃生，将军大人给他们讲了许多遍。晨光没有了鄙视那些侍卫的心思，唏嘘不已。

"那真真公主——"

晨光叹气："应该不可能逃生的。"

乔昭一时沉默了。说起来，再没有真真公主这样倒霉的公主了。那次遇到大雨伤了腿，这次遇到山崩竟连是死是活都不知道。

"我们去看一看是否还有活着的人，万一有人只是被压着腿，时间久了会因失血过多而死的。"

晨光拦住乔昭："三姑娘不能去！"

"嗯？"

"这种山崩不见得只有一次，您这样贸然下去太危险了；而且您看，山脚下已经堆满了巨石，我们即便去了也没有能力把这些巨石移开救人。"晨光神情坚决，面对乔昭时从未有过这般的不容置喙，"反正我绝不会让您去涉险！"

乔昭眺望着山脚久久不语，再一次感受到个体的渺小。

"那我们呢，我们就一直待在这里吗？"冰绿忍不住抱住了双臂。

跑了这一路，她喉咙都冒了烟，可与死亡擦肩而过的恐惧却让她心里发寒，直想打哆嗦。

晨光遥望了一眼大福寺的方向。他们是斜往上跑的，已经偏离了那个方向。

"落霞山的山崩数十年难遇，这种震动之下大福寺不可能没有察觉，我们先往那个方向走再说吧。"晨光说完从怀中掏出一个油纸包，打开后是个样式古怪的东西。

他把那样式古怪的东西一甩，立刻有火星往天上冲去，而后如烟花般爆裂而开。

"这是遇险传信用的，若有咱们自己人凑巧看到这个，就能把消息传到将军那里了。"

"那走吧。"乔昭最后看了一眼山下，轻叹一声。

出城办事的邵知突然看到落霞山的方向亮起邵家军独有的求救信号，顿时面色一变，带着两名手下策马往那里赶去，等赶到山脚下，看着被山石掩埋隐约露出来的衣角，不由大吃一惊。

"小六，你速速回去禀告将军，就说落霞山山崩，有咱们的人遇险！"

这样的情况只凭他们三人的力量是无法救人的。

"领命！"叫小六的年轻男子策马狂奔，进城后速度没有减慢半分，到了冠军侯府门口一跃而下，边往里跑边喊道，"快开门！"

这时的邵明渊并没有在屋中，而是站在院子里心中有些疑惑。黎姑娘按说应该来了，此时还没到，莫非遇到了什么事？想到不久前那场暴雨，邵明渊心中隐隐生出不祥的预感。

"将军，落霞山发生山崩了，山脚下埋了好多人！"

"落霞山？"邵明渊只觉心中一痛，面上却除了冷肃看不出别的表情，边往外走边吩咐道，"召集四十名亲卫随我去落霞山，另去通知户部、五城兵马司等衙门！"

"领命！"

邵明渊在马背上疾驰着，耳旁的风是热的，又夹杂着大雨过后的一丝清凉。

泥泞的官道让速度慢了许多，他只能拼命催动着胯下健马，好让速度快些、再快些。

落霞山终于近在眼前，可映入眼帘的一切却让赶到这里的人心底发寒。

成堆的泥土巨石阻住了通往山上的道路，在泥石与断枝间隐约可见人的衣裳甚至残肢。

邵知与另一名下属正埋头徒手刨着泥石。数十名亲卫骑马跟在邵明渊身后，鸦雀无声。

邵明渊翻身下马，沉声喊："邵知！"

邵知跑过来，十指已经血肉模糊："将军！"

邵明渊手中提着刨土的工具，一边往前走一边问："你在何处看到信号？"

"回禀将军，属下是在十里外的岔路上注意到的，一路赶到这里，就是现在的样子了。"

"传信号的人是晨光，这么说他那时还活着。"邵明渊说着这些，眼睛却没有停留，一直打量着四周。

"那晨光现在——"邵知声音颤抖。

邵明渊没有回答,站在泥石前环绕半圈,伸手指出几个地方:"五人一组,从这几个地方开始挖,要随时注意情况,不要伤到被埋的人,其余的人负责运送泥石。"

凭他的经验推断,只有被压在这几处下面的人尚有一线生机。

"领命!"众亲卫一同应道,而后迅速按着邵明渊的吩咐行动起来,竟无一人提出任何异议。对他们来说,军令如山是一方面,更重要的是,他们的将军从来没有错过。

邵明渊并没有旁观,而是弯腰搬起一块巨石。

"将军,属下们来就是了。"

"多嘴!"邵明渊冷斥一声,手上动作不停。

他如何能做到袖手旁观?

这一刻,邵明渊心中空荡荡的,什么都不敢想,也不去想,只有手中刨土的工具不停挥舞着。

然而到了后来,不只是邵明渊手中的锄头嘎嘣一声断掉了,许多亲卫手中的工具陆续开始出现损坏。这些失去了刨土挖石工具的亲卫却没有丝毫犹豫,全都和邵明渊一样,开始徒手挖土搬石。渐渐地,众人的手指开始血肉模糊。

"出来了,出来了一个!"有一处传来亲卫的欢呼声。

邵明渊立刻大步走过去。

两名亲卫拖着一名玄衣男子出来,男子很年轻,半边脸被砸烂了,勉强还能看出清秀的眉眼,人却已经死透了。

那一刻,邵明渊说不清是什么样的心情,只得吐出两个字:"继续!"

他返回原处继续挖土石,尽管心中空茫茫一片,双手却没有一丝颤抖,默默把泥土树枝挖走,把石块搬开。

山脚下四十多人有条不紊开展着救援,除了搬动泥石的声音,竟没有任何声响发出来。当五城兵马司的西城指挥姜成率人赶到时,看到的就是这样一幅令人震撼的情景。

一旁的地面上并排躺着几具年轻男子的尸体,俱是清一色的侍卫服。

姜成看清一具尸体身旁的佩剑,腿都要软了:"侯爷,这,这是宫中侍卫!"

邵明渊头也没抬,淡淡道:"救人再说。"

在天灾面前,人又分什么贵贱,他现在想的只是救人,越快越好!

"将军,有一位姑娘!"

这话一出,邵明渊瞬间浑身僵硬了一下,而后才面无表情走过去看。

两名侍卫拖着一具年轻女子的尸体往外走,其中一人道:"脸都砸烂了。"

邵明渊看清女子身上衣裳的颜色与款式时，紧绷的心一下子松了。

他知道，每一个人的生命都是宝贵的，然而他永远不想看到她从这里面被抬出来。

邵明渊返回去，见有西城指挥姜成带来的人在那个位置抡起锄头就挖下去，不由冷喝一声："住手！"

锄头举在半空，被喝止的人一脸莫名其妙："侯爷有什么吩咐？"

他们西城的可真是倒霉，本来都要下衙了，结果头儿得到上面大人们的通知，说落霞山发生山崩了。

落霞山上可是有大福寺与疏影庵的，这一寺一庵都和皇家有着隐隐的关系。这里发生了山崩还了得，不管有没有人被埋，这条山路都是要被清理出来的。

怪只怪他们西城兵马司不走运，谁让离着这边最近呢。

"你可知道这里面可能还有活人？"邵明渊也不和小小的捕务废话，推开他小心翼翼搬起一块大石。

而就在这块大石被搬开后，里面不再是严严实实的土石，竟有一个狭窄的空间。

邵明渊往里面看了看，吩咐道："来几个人。"

立刻有几名亲卫过来："将军有何吩咐？"

"你们几个支撑着这两侧，我进去救人。"

"将军，让我等进去吧！"在场的亲卫全是身经百战千里挑一的良才，眼下这种情况没有人是糊涂虫。

这样机缘巧合支撑起来的狭窄空间极不牢固，随时都有塌陷的可能，要是进去救人，很可能就把命交待在这里面了。

"不必废话。"邵明渊把衣摆往腰间一扎，袖口系紧，俯下身小心翼翼钻了进去。

除了得到邵明渊吩咐前来支撑两侧泥石的亲卫，其他亲卫明明一脸担心却没有任何人停下手头的事。

姜成不由啧啧称奇，暗道难怪冠军侯能威震北地，今日一见，果然是军令如山。他一个小小的西城指挥就没这么高觉悟了，伸长脖子往里面瞧。

邵明渊动作灵活避开可能会触碰到内里泥石支撑点的地方，爬到一名躬身俯卧的男子面前。

他拉住了男子的手，然后脸色猛然变了。

这名男子身下竟还护着一名女子，难怪身体会呈现这样的姿势。

触到男子手的瞬间，邵明渊就知道这人已经死透了，小心把男子移开，露出了被男子护在身下的女子。

女子脸上全是血，看不清本来模样。

邵明渊猛然松了口气。虽然看不清模样，他却知道这不是黎姑娘！

女子脸上虽然有血，但看起来并无明显的外伤，邵明渊伸出手试探了一下她的鼻息，冷凝的面庞难得露出欣慰的表情。

居然还活着！

他不知道女子身体其他处是否有伤，便不敢太用力，小心抱起她一点一点往外挪。

女子蹙了一下眉，忽然睁开了眼睛。

"你是谁？"她一动不动盯着邵明渊，怔怔问。

没等邵明渊回答，她眼中闪过一抹光亮："我想起来了，你是冠军侯。那日……那日大雨……"

那日大雨中，冠军侯也在的，他的衣裳还给她包扎过伤口……

"公主殿下不要多说，微臣带你出去。"邵明渊一手抱着真真公主，一手撑地，缓缓往外爬。

真真公主果然不再出声，眼睛牢牢盯着男子清冷如玉的侧颜，仿佛要把这个人的模样印到心里去。

"公主殿下千万不要乱动。"眼看着要爬到最狭窄的地方，邵明渊叮嘱道。

二人靠得近，真真公主甚至能闻到对方身上那种淡而清冽的气息。

"好。"

然而真真公主虽这么应了，毕竟是金尊玉贵的人，当一块凸起的尖石划破她腿部肌肤时，腿下意识一缩，这一缩便碰到了脆弱的石壁上，顿时一阵石雨落下来。

邵明渊身子一翻替真真公主挡住了那些石雨。

"侯爷——"见挡在上方的人久久不动，真真公主忍不住喊了一声，而后便看到了邵明渊嘴角的血迹。

她大急，抬手就要去触碰他的唇："你受伤了？"

邵明渊匆忙避开，平静无波道："没有大碍，公主殿下还是不要乱动为好。"

"好，好，我不乱动。"听到对方这样淡淡甚至有些不耐的语气，真真公主不知为何却丝毫不觉得生气。

等石壁再次稳定下来，没有碎石落下，邵明渊这才带着真真公主继续向前爬。

总算到了洞口，有亲卫弯腰去接真真公主，真真公主不由斥道："住手！"

"把公主殿下接走。"邵明渊淡淡道。

亲卫听了将军吩咐，自是毫不犹豫把真真公主抱了出来。

"你做什么？"真真公主回头，见邵明渊居然又退回去，不由自主问道。

邵明渊却没有回答她，而是缓缓沿原路退回，不久后带着男子尸体重新出现在人前。

他爬出来站直身子，顾不得抖落浑身泥土，来到真真公主的马车旁："殿下，微臣想问您一件事。"

"什么事？"躺到马车里，真真公主这才感觉到浑身疼痛没有半点力气，阵阵眩晕感袭来，然而听到那人的声音还是掀起了窗帘。

"殿下是否与黎姑娘同行？"

"黎姑娘？"真真公主有着一颗聪慧敏感的心，尽管眼前的年轻将军面上未露半点声色，可对方深邃的眸光却让她心中一紧，扬眉道，"是又怎么样？"

邵明渊只觉心中一痛。

他相信如果黎姑娘被埋在这下面，晨光的表现一定不比护住公主的那名侍卫差。说不定，他们两个都活着……

"不知黎姑娘当时走在殿下什么位置，是前是后，是左是右？"

知道了真真公主被埋之处，他就能更快推断出他们两个大概的位置。

"当时都在拔腿逃命，本宫哪里能注意到这么多？"

"那微臣知道了。"邵明渊不再多问，转身便往石堆处走去。

"你站住！"真真公主一时情急露出了公主脾气，虽然声音虚弱，气势却十足，可惜那个男人却没有停顿一下。

"她从那里掉下去了！"真真公主赌气一指被堵住的山路上方。

邵明渊回过身来，顺着真真公主所指的方向望去，看到了一片悬崖峭壁。

山路那一侧原本为了行人安全建有护栏，此刻已经被落石砸得面目全非。

邵明渊收回眼，平静道："她不会。"

晨光是他一手调教出来的，就算当时山崩太突然，让人没有反应的时间，出于本能反应晨光都不会往相反的绝路跑；更何况晨光还发出了求救信号，证明那个时候他还活着。而如果黎姑娘真的掉落山崖，晨光当时一定会选择和她一起跳下去。

晨光是他的属下，他把黎姑娘的安全交给晨光，那么晨光绝对会不打折扣地执行。

邵明渊不再看真真公主，用手背随意擦拭了一下嘴角血迹，爬上泥石堆，徒手挖起来。

真真公主强撑着身子探头出窗外，目光落到邵明渊血肉模糊的双手上，表情格外复杂。

西城指挥姜成走上前来："殿下，微臣先送您回宫吧。"

真真公主收回视线，蹙眉扫了姜成一眼。

她虽不想走，可也不能全由着性子来，只得勉强点了点头，目光再次落在邵明渊身上。

"当时黎姑娘的车夫带着她往那个方向的山坡跑了，至于后来有没有事，本宫就不知道了。"

"多谢殿下告知。"邵明渊冲真真公主点头致意，而后身子一纵，如雄鹰展翅般飞扑到一处凸起的山壁上。

尽管下过雨，山壁比平时湿滑，可他却稳稳抓住一条藤蔓，然后脚尖在山壁上一点，借着这股反力又往上蹿起一丈有余，很快便消失在众人面前。

那些亲卫虽有心跟上，奈何知道没有将军大人的身手，只得更加努力地搬挖土石。

真真公主眼中闪过一抹异彩，恋恋不舍地放下车窗帘，眼前一黑，软软倒了下去。

邵明渊绕过了被泥石淹没的路段，回到通往大福寺的山路上，拾级而上。

他在一处停下来，蹲下来观察片刻，离开山路往斜侧方的山坡而去。

因才下过雨，山坡上渐渐出现凌乱的脚印，邵明渊仔细辨认了一下。

地上留下了两个人的脚印，其中一行稍小，明显看出是女子所留，另一行则是男子的脚印。

邵明渊可以肯定，男子的脚印是晨光留下来的。

他沿着留下的脚印往上走，当快走到山顶处时，发现又多了一行女子脚印，这行女子脚印比先前就有的女子脚印还要小一些。

晨光、冰绿，还有……黎姑娘。

邵明渊隐隐松了口气，而后继续根据脚印追寻他们的身影，当走到一处陡坡旁，不由面色一变。

三个人的脚印都不见了，取而代之的是陡坡上倒了一片的青草。

邵明渊顺着陡坡下到谷底，就见一道熟悉的身影正沿着山涧徘徊。少女手中持着一根长长的竹竿，竹竿另一端没入水中，似在探索着什么。

"黎姑娘。"邵明渊喊了一声。

那道背影明显一僵，而后猛然转身，正是乔昭无疑。

"邵将军——"乔昭张了张嘴，吐出这三个字，眼眶不由自主发涩。在这样绝望无助的时刻，邵明渊的出现无疑在乔昭心里点亮了一道光。乔昭想，她真的是没办法再讨厌这个家伙了。

邵明渊已经大步走过来，温声问道："你还好吧，有没有受伤？"

乔昭紧了紧手中竹竿："我还好，不过晨光与冰绿不见了。"

"不见了？"邵明渊略一思索，问道，"冰绿失足从陡坡跌了下来？"

乔昭怔了怔，随后点点头："对，晨光去拉她，结果脚下的土松了，两个人一起滚了下来。我顺着山坡爬下来，发现这里有一道山涧，却没有他们两个的影子，他们十有八九是掉进山涧里了。"

说到这，乔昭神情一黯。

以晨光的本事，当时若是清醒的，两个人不可能就这么不见了。

乔昭想到往下面爬时看到的石头上的血迹，心中更加难受，强自掩饰着道："晨光在滚下来的途中可能伤到了头，我估计他们掉进水里时是昏迷的，就是不知……不知他们是在底下，还是被水冲走了……"

她顺着水流的方向找去一无所获，又捡到一个竹竿探索着山涧原路返回，本来已经不抱什么希望了，然后就听到那个人喊她：黎姑娘。

有那么一瞬间，乔昭想，其实当黎姑娘也没什么不好的。然而这个念头只是一闪而过，便被更多的情绪挤到了九霄云外去。

"黎姑娘，麻烦你转过身去。"邵明渊忽然开口。

乔昭知道这人心智不在自己之下，且在这样恶劣的环境中武力又比智慧实用得多，听他这么一讲，自是没有犹豫便转过了身。

她看不到邵明渊在做什么，侧耳倾听，只听到极轻微的窸窣声。

背对着山涧的乔昭忍不住开口问："邵将军？"

"我下水去看一看，黎姑娘请暂时不要——"

"请暂时不要转过身来"这句话还没说完就被乔昭厉声打断："不行！"

她立刻转身，而后惊得睁大了眼睛后退半步。

眼前的男人脱去了外袍与长裤，上身赤膊，下面只穿了一条短裤。她因为过于惊讶，已经抬起的一条长腿就那么僵硬在半空。

瞬间的凝滞后，邵明渊扑通一声跳进了水中。

乔昭猛然惊醒，快步跑到山涧边大声喊道："邵明渊，你上来！"

这人是不要命了么，山涧的水本就寒冷，他今天又没施过针，这样一来，不去掉半条命才怪！

乔昭着急不已，喊了数声，偏偏除了水面激荡的水波，下面全无动静。

"邵明渊，你再不上来，我就下去了！"

话音落，水花四溅，邵明渊冒出头来。他摸了一把脸上水珠，气息有几分急促："还好，底下什么都没有！"

水底并不是什么都没有，而是有散落一片的人骨，不过这些就没必要说出来吓黎姑娘了。

邵明渊唇角轻轻扬了扬："他们滚落山涧后没有陷入水底的淤泥中，这总算是个好消息。顺水漂走的话，就有生还的希望——"

邵明渊后面的话说不下去了，面对着水边少女铁青的脸色，语气一滞："黎姑娘，你——"

"上来。"乔昭尽量让自己语气平静些，虽然她很有踢死眼前人的冲动。他究竟有没有把自己的身体当回事儿？

"好。"邵明渊答应得痛快，"请黎姑娘暂时避一避。"

乔昭眼皮都没抬，面无表情转过身去。

身后传来上岸的动静，然后是邵明渊有些尴尬的声音："黎姑娘，我的衣裳在你前面——"所以他想穿衣裳必须绕到她前面去……

乔昭险些气笑了，上前几步，弯腰把地上的衣裳捡起来，扬手往后一扔。

邵明渊稳稳接住，迅速把衣裤穿好，这才松了口气。

他竭力当作什么都没发生过，走到乔昭面前："黎姑娘，我先送你回大福寺。"

乔昭伸手一指："邵将军去那块石头上坐下，然后把外衣脱下来。"

邵明渊一怔。他才刚刚穿上的——

"今天还没有施针，你又下了水，不立刻施针祛毒的话，别说送我去哪了，恐怕等一会儿我还要扛着你走。"

他这么大的块头，她怎么可能扛得动？

邵明渊一听只得老老实实坐好，脱下上衣。

此时天色已经转暗了，谷底风凉，他忍不住打了个寒战。

乔昭心中一叹，半跪在邵明渊身侧，伸手摸向系在腰间的荷包。

她手一顿，变了脸色。

"黎姑娘？"邵明渊目光下移，看到少女腰间空空如也。

"荷包丢了，这下糟了。"乔昭虽一贯冷静，经历了这一连串的变故后，却难免有些心乱了。

"你为什么不听我劝，非要下水？"

邵明渊目光平静："确认水底的情况才能安心。我相信如果黎姑娘会水，一定也会这样做的。"

眼前的女孩子太坚强，遇到突发的状况首先想到的是靠自己，从未想过依靠别人。

他很庆幸能及时赶到。

乔昭被问得哑口无言。如果她会水，当然也会下去看个究竟，因为只有亲眼看过，无论结果是好是坏，才能死心。乔昭想，她和邵明渊在某方面是很相似的人。然而乔姑娘是不会被某人噎得说不出话来的，她板着脸道："这怎么一样，你体内有寒毒——"

邵明渊没有顺从乔昭的话，认真道："这不是遇事往后缩的理由。"他目光温和望着乔昭，一字一顿道，"我是一个男人。"

他这话明明说得光风霁月，坦坦荡荡，乔昭却不知为何脸一热，移开视线淡淡道："邵将军还是先把衣裳穿上吧。"

邵明渊呆了呆，这才想起此刻还赤裸着上身。他默默把衣服穿好，心道：习惯果然是个很可怕的东西："黎姑娘，我先把你送到大福寺去，然后再回来找他们。"

乔昭断然拒绝："来不及了。你在这里等我，我去找草药。"

这人真以为自己无所不能吗，这种时候居然还想着送她回大福寺去，却不知道自己的身体很快就要撑不住了。

乔昭转身便走，却被邵明渊一把拉住。

"邵将军？"乔昭大为意外。印象里，这人很是古板，这般主动拉她还是破天荒头一次。

"我说来得及，便来得及。"

乔昭白他一眼："邵将军以为自己是铁打的不成？请放开我，我要去找草药——"

邵明渊充耳不闻，手上一用力，拉着乔昭便往回走。

"邵将军，你这是干什么？"

"别闹！"邵明渊冷斥了一声。

乔昭愣了愣，完全不敢相信邵明渊会这般声色俱厉地说话。

她愣神的工夫已经被带到了坡底处。

邵明渊半蹲下身，平静道："上来！"

他要背着她爬上去？乔昭彻底震惊了。他以为自己有三头六臂吗，明明快熬不住了，还要背着她爬这么陡峭的山坡？

"邵将军，你不要逞强——"

话还没有说完，乔昭忽然身体悬空，竟然被邵明渊直接背了起来，身下的男人低声道："抓稳我的肩膀。"

话音落，他一个纵身往上扑去，乔昭只得紧紧揽住他，恼道："邵明渊，我是大夫！"

邵明渊一边往上爬，一边道："平时是，现在不是。"

"你什么意思？"

"现在在我眼里，你只是个女孩子。"他要是保护不好她，又算什么男人？

乔昭咬咬牙。自大！

"邵将军，你的身体状况我很清楚，你根本撑不了多久，要是爬到一半寒毒发作没了力气，那我们岂不是都要掉下去？趁现在还没爬高，我们赶紧下去吧。"乔昭趴在他身上不敢乱动，又发现他一反常态不讲道理，只得耐心劝道。

然而背着她往上爬的男人仿佛吃了秤砣铁了心，语气平静道："我的身体状况，自己最清楚。黎姑娘放心，我不会让你掉下去的。"

乔昭气得张了张嘴，恨不得一口咬在他肩头。这个顽固不化一根筋的混蛋！她虽气恼，然而此情此景连挣扎都不敢，唯恐给他添了负担。到这个时候她也看出来了，邵明渊就是个平时披着温润如玉贵公子外衣的野狼，真的遇到事，哪怕什么都不剩了，还能剩下一身狠劲。

乔昭只得退而求其次道："那你把我放下，我自己爬。"

"不行。"

乔昭抿了抿唇。这怎么也不行？

"会有失足掉下去的可能。"

乔昭暗暗吸了一口气，道："邵将军忘了，我是一个人下来的。"

男人理直气壮回道："那时候我不在。"

乔昭："……"以前没觉得他是这么无理取闹的人！

"邵将军,我们这样算是肌肤相亲了吧,难道你准备娶我吗?"乔昭问出这话,明明是有意激他把她放下来,却不知为何心中一动。

她能明显感受到那人浑身一僵,然后淡淡道:"如果是这样,在下要娶的姑娘会不下百人。"

在北地,多少柔弱女子被鞑子祸害,他救过的又何止百人,他甚至为惨遭蹂躏的女子盖过衣裳……

乔昭低头在邵明渊肩膀咬了一口。

那他去娶好了!

邵明渊挂在陡坡上有那么一瞬间一动没动,然后艰难开口:"黎姑娘?"

乔昭却一下子恢复了理智,双颊阵阵发热。

她刚刚真是有些失态了。嗯,都是因为这混蛋一意孤行,才让她心乱了。

"抱歉,刚刚不小心撞到了。"乔姑娘语气淡定解释。

邵明渊继续往上爬,心中有些迟疑:撞到好像不是那个感觉——

他却没敢再深想下去,解释道:"在下一贯认为,在无可选择的情况下,什么礼数都没有人的性命来得重要。"

"如果有些女孩子就是认为闺誉更重要,要邵将军负责呢?"

"在北地没有遇到过这样的女孩子。"

多年的战火,朝不保夕的生活,也许就是因为随时可能失去最宝贵的性命,北地的人反而对其他的看得很淡。有什么能比活下去更重要呢?

"这里不是北地,是京城。"

"但是黎姑娘不是这样的人。"

他相信自己看人的眼光。

乔昭伏在邵明渊背上不再说话,心道:傻子,你早晚会遇到这样的人。

二人渐渐爬到了半腰处,忽然一道惊雷落下,大雨顷刻而至。

邵明渊停了下来,语气凝重:"不行,不能爬了。"

他要带黎姑娘上去当然不是逞强,而是有绝对的把握才会如此,然而这场突然而至的大雨却打乱了计划。

冒雨往上爬,成功的概率微乎其微,若是他一个人还可以搏一搏,可现在是两个人,他不能拿她的安全去赌。

乔昭还没来得及回话,邵明渊就提醒道:"黎姑娘,抓稳我!"

说完这话,他脚往下一伸,顺着陡坡快速往下滑去。

往上爬那样艰难,往下滑时似乎只过了一瞬间,二人就落到了实地上。

邵明渊扶着山壁喘了口气。

"邵将军,你怎么样?"

邵明渊把乔昭放下，转过身来："没事，咱们要赶紧找个地方避雨。"

山里寒气重，哪怕是夏日，二人一直淋雨也会受不住的，更何况他已经快要控制不住体内肆意流窜的寒毒。

大雨倾盆，山涧原就充沛的水流又高涨了许多，湍急如一条水龙咆哮着向远处奔去。乔昭心中越发沉重。雪上加霜，晨光与冰绿是否还有生还的希望？然而她与邵明渊此刻自身难保，却没有能力去寻他们了。

"来，我们往这边走。"唯恐乔昭失足跌入山涧中，邵明渊紧紧拉着她的手往一个方向走，终于在走出两刻钟后发现了一个山洞。

"你在这里等我。"邵明渊交代完弯腰进了山洞，不多时退了出来，露出如释重负的笑容，"里面是安全的，咱们进去吧。"因为寒毒在身，他的脸一直如冷玉般白皙，此刻被大雨冲刷着，笑容显得格外干净。

乔昭轻轻点头："好。"

邵明渊在前，乔昭在后，二人一起进了山洞。

山洞里是干燥的，越往里走越开阔，到最里面时已经无须弯腰低头。

邵明渊靠着山壁坐下来，因为浑身上下都湿透了，水顺着头发、衣摆往下淌，很快就在他所坐的地方积成一片小水洼。

山洞里光线昏暗，二人只能隐约看到对方的轮廓。

"邵将军，你要把湿衣裳脱下来。"乔昭感觉得到，邵明渊已经撑不住了。

邵明渊闭着眼睛没说话，好一会儿才勉强睁开，轻声道："用不着。黎姑娘，你把手伸过来。"

乔昭不明白他的意思，依言照做。

邵明渊直接握住了乔昭的手。

"邵将军？"乔昭吃了一惊。

黑暗中，邵明渊把乔昭的手握得紧紧的，乔昭看不清他的表情，只听到男子声音低低响起："黎姑娘，我要睡一下。"

乔昭垂眸。

睡觉要拉着别人的手吗？

"外面下着雨，你不要出去。"

之后邵明渊没有再说话，二人明明离得这么近，山洞里又这么静，乔昭甚至连他的呼吸声都听不到。她这才明白了他的意思。怕她趁他睡觉时冒雨出去采药？她确实有这个意思，因为再找不到合适的草药，眼前这人就没救了！这个傻子……乔昭轻轻把手往回抽，原本悄无声息的人却猛然握紧了她的手。

"邵将军——"

对方没有应声，可是手却一直没有松开，仿佛本能一般。

那只手如烙铁一般烫人，乔昭心中一咯噔，抬起另一只手覆到他额头，惊人的热度让她手一颤。

"邵将军，邵将军，你醒醒。"对面悄无声息。乔昭一颗心沉了下去，去抽被邵明渊握住的那只手，那只手却被握得更紧。这一瞬间，乔昭忽然觉得心被轻轻触动了一下。这个人意志力是有多强大，哪怕陷入昏迷中，依然记得抓住她的手。

"邵明渊，你放开，我保证不出去。"乔昭轻轻道。

山洞里越来越黑了，她已经完全看不到他的样子。

被握住的那只手依然没有松开，那人轻轻摇了摇头，脸颊一下一下蹭到乔昭手背上。

"冷——"

黑暗中，这一声轻轻的"冷"仿佛一根小小的羽毛，落在乔昭心上。她叹了口气，狠狠心用力抽出手，伸手去解他的衣裳。寒毒发作，再穿着湿衣裳，他真的要没命了。

也许是身体状况糟糕到了极点，这一次，邵明渊没有作出任何反应。

乔昭摩挲着脱去他的上衣，手往下移落到腰间，犹豫了一下，然后坚定了神色。

费了好一番力气，总算把他的湿衣裳脱下来。乔昭凭着刚进来时隐约看到的景象摸黑往一个方向走去，脚试探地来回轻轻踢着，终于踢到了东西，在黑暗中发出轻微的响声。

那是洞里尚有一丝光线时隐约看到的一堆稻草。

乔昭弯下腰去摸索着抱起稻草，微微松了一口气。

稻草很干燥，这样就能让他暖和一些了。

乔昭抱着稻草小心翼翼地返回，脚下触到对方的身体，蹲下来把稻草盖到他身上。

指尖与男子身体的碰触让她脸有些热，却依然有条不紊地把这些事做好，然后头也不回走出了山洞。

雨还在下，山风阴冷，乔昭忍不住打了个冷战，步入了雨帘中。

谷底草木茂盛，不乏草药，却因为天已经暗下来又下着雨很难分辨。乔昭埋头找了许久，终于找到了需要的东西。

她握着一把根茎通红如竹管形状的草药，露出欢喜的笑容，抬手抹了一把雨水快步往山洞走去，快走到洞口时脚下一滑，顿时传来钻心的疼痛。

乔昭立刻疼出了一身冷汗，痛苦弯下腰去，缓了好一会儿才重新站起来，一瘸一拐地走了进去。

山洞里漆黑依旧，更是安静得吓人。

乔昭轻轻跺脚甩了甩身上的雨水，忍着脚踝处传来的剧痛往里走去。

"邵明渊——"她蹲下来，摸索着拉住邵明渊的手。

他的手大而粗糙，指端因为受了伤更是凹凸不平，比她离开时越发热了。

热在肌肤，寒在骨髓，这是寒毒已经不受控制了。

似乎是感受到了乔昭手指的温度，那只大手竟不自觉动了动，却再没力气反握住她的。

乔昭忽然一阵心酸，往后退了退以免湿透的衣裳把稻草打湿，把竹管形状的草药轻轻掰断，顿时有晶莹的汁液沁出来。

乔昭看不见，只能用指腹试探一下，然后把那截草药递到邵明渊嘴边："邵明渊，吃药了。"

没有回应。

草药汁液倒出去，又顺着嘴角流出来，流了乔昭一手。

乔昭怔了怔，扔掉这半截草药，把另外半截草药中的汁液倒入自己口中，然后坚定贴上他的唇。

她还不信喂不下去了！

不同于全身各处的火热，他的唇却是冰冷的，甚至算不上柔软。

良久后，乔昭抬起头来，轻轻擦拭了一下嘴角，摸黑找到邵明渊脱下来的衣裳，一瘸一拐地走到另一边拧干铺展开，然后开始脱身上的湿衣。

虽然知道那人是昏睡的，而且这样的环境中即便清醒也无法看到什么，女子天性的羞涩还是让她的手指不停颤抖。

邵明渊说得对，活下来才最重要。

乔昭缓缓走回去，挨着邵明渊坐下来，不时伸出手去确认他的状态。

已经入夜了，尽管是盛夏，可外面下着雨，又是在这样的地方，没有衣物遮体的乔昭还是感觉到了阴冷，后背靠着的石壁更是又冷又硬。

她只得把整个身体蜷缩起来，叹了口气。才刚入夜，邵明渊究竟能不能撑过去还不知道，而她因为脚伤也不可能再出去采药，一切只能凭天意。这一夜该有多难熬！

"邵明渊，你可别被寒毒打败了，不然，咱们两个就真的要一起死在这里了。"乔昭喃喃道。

时间缓慢流逝，黑暗里忽然传来牙齿打战的声音。

乔昭一惊，伸手去摸邵明渊，发现他整个人都在颤抖。

这是到了最要紧的时候，熬过去了就能撑到明天，要是熬不过去——

乔昭不敢往下想。

她两手互相搓一搓，把手心搓热，然后放在邵明渊心口上替他取暖。

突然一股大力传来，乔昭整个人被拽了过去，覆盖在那人身上的稻草在黑暗中四飞。

"邵明渊！"乔昭低呼一声。她话音才落，邵明渊一个翻身把她压在了下面。乔昭整个人都僵住了。这混蛋,这混蛋,他怎么能——乔昭已经完全不知道该说什么了。

"冷——"那人在她耳畔低吟一声，像是找到了热源，越抱越紧。

黑暗里，乔昭却骤然想起了那人清俊冷肃的眉眼，宽阔结实的胸膛，还有形状分明的腹肌。

乔昭脑袋轰的一声炸开，推搡道："邵明渊，你要把我压断气了！"

她的推搡好像起了作用，身上的人翻到了一旁，可还没等乔昭松口气，那人像是找被子一样把她拉过去，盖在了身上。

乔昭："……"

她趴在他身上好一会儿，清晰感受着他痉挛般的颤抖，最终低低叹了口气。

乔昭伸手环住他的腰。

男人的颤抖渐渐平息了，像是得到抚慰的狼崽，用冒出胡茬的下巴蹭了蹭少女的肩窝。

第十九章 靠近

山洞里的光线渐渐亮起来，乔昭睁开眼，已经能清楚看到对方的眉眼。

没有了黑暗那层保护，乔昭尴尬不已，唯恐惊动了依然在沉睡的人，小心翼翼地脱离他的束缚，她这才发现右脚踝已经高高肿了起来，这是昨天崴了脚没有及时处理的后果。可这种时候她也顾不得了，一瘸一拐走到晾衣服的地方。

一夜过去，二人的衣裳已经晾干了，乔昭迅速穿好衣裳，这才抱着邵明渊的衣裳返回去。

许是少了温暖的源头，那人紧皱着眉头，身体微微蜷曲着。

乔昭不敢乱看，把衣裳盖到邵明渊身上，随后坐下来轻轻揉捏着肿成馒头状的脚踝。

不知过了多久，邵明渊睁开眼睛，一眼看到的就是近在咫尺的少女。

她的头发有些散乱，上面甚至有不少稻草，秀气的眉蹙着，隐约露出几分痛苦。

"黎姑娘，你脚受伤了？"一开口声音低沉喑哑，邵明渊自己都有些意外。

乔昭按捏脚踝的手一顿，没好意思转头看他，轻声提醒道："你快些把衣裳穿好吧。"

邵明渊愣了愣，目光下移，触及披在身上的衣裳一阵茫然。他脑子乱糟糟的，对眼下的状况理不出丝毫头绪。他的外袍是什么时候脱下来的？头脑清醒了一些，一脸茫然的将军在心里悄悄补充道：还有裤子。再补充：还有短裤——邵明渊险些跳了起来。为什么还有短裤！他几乎是不可置信地看了乔昭一眼。

少女已经完全背过身去，修长的脖颈泛起粉霞。

邵明渊一颗心彻底坠了下去。

他默默穿好衣裳，喊道："黎姑娘。"

"穿好了？"

"嗯。"

乔昭这才转过身来，面上已经瞧不出任何异色。

"我昨晚——"

"昨晚邵将军寒毒发作，我担心穿着湿衣裳会加重你的病情，就替你把衣裳脱了。"

"我——"

乔昭笑笑："邵将军昨天对我说，在无可选择的情况下，什么礼数都没有人的性命来得重要。我觉得邵将军这话说得很有道理。"她说着看邵明渊一眼，似笑非笑地问，"邵将军该不会要我负责吧？"

邵明渊陡然红了脸："黎姑娘说笑了。"他这样说着，心里却乱糟糟的，隐隐觉得昨夜没有那么简单。他是睡得太熟了么，连黎姑娘替他脱衣裳都没有知觉……

"邵将军，我崴了脚，今天要走出去就靠你了。你现在觉得如何？"

必须走出去，不然等邵明渊再一次寒毒发作，两人就只能等死了。

"还不错。"邵明渊轻轻活动了一下身体，沉声问，"黎姑娘昨天是不是出去了？"

"没有草药，你今天就醒不过来了。"乔昭面无表情道。

"多谢……"邵明渊依然觉得哪里不对劲，却又不知道这种莫名的感觉从何而来。他知道这是直觉，而他也相信自己近乎本能的直觉。他想，给他时间，他会慢慢想明白的。

"来，我背你。"邵明渊半蹲下身。

乔昭没有忸怩，抬手伏到他背上去。

少女柔软的手落在肩头，邵明渊目光无意中一扫，触及对方手背上干涸的血迹，电光石火间灵光一闪，猛然直起身来。

乔昭从邵明渊背上滑落下来，落地的瞬间邵明渊迅疾转身，一手揽住她的腰肢，避免了她脚踝二次受伤的命运。

"邵将军？"乔昭皱眉。

邵明渊视线落在她散乱的发上，一言不发。

"怎么了？"乔昭觉得某人眼神有些吓人。

邵明渊声音涩然："黎姑娘头发上有许多稻草。"

"是么？"乔昭下意识摸了摸头发，不以为意笑笑，"昨夜为了取暖抱来这些稻草。"

邵明渊深深望着她，仿佛要望进她的心里去。

他轻声道："可是黎姑娘衣裳上没有。"

那一瞬间，乔昭有种被揭穿的狼狈。昨夜她与他皆未着寸缕，衣裳上当然不会有稻草。他这么敏锐干什么？而她却因为昨夜的事到底是乱了心神，忽略了这样的破绽。

"如果——"邵明渊张了张口，却说不出话来。

他依然不确定昨夜发生了什么事，该如何说呢？

"当然没有啊，我醒来清理过了。"乔昭笑盈盈解释，催促道，"邵将军，我们还是快些离开这里吧，今天要是去不了大福寺，你再次寒毒发作的话，我就束手无策了。"

"嗯。"邵明渊暂且压下心中疑虑，把乔昭背了起来。

一个时辰后，终于爬上陡坡的二人坐在地上大口大口喘着气，相视一笑。

落霞山的一场山崩，让整个京城都为之震惊。

落霞山是什么地方，那可是百年名寺大福寺所在，这种佛家圣地居然也会发生山崩？

明康帝信奉道教，然而当今太后却是信佛的，户部、兵部等衙门自是不敢怠慢，分来很多人手疏通被堵塞的通道。

一时之间，京城百姓茶余饭后议论的话题全都离不开这个，都在猜测是不是哪里冒犯了佛祖，才降下这样的祸事。

真真公主身份特殊，为了不让百姓们把山崩一事扯到皇家身上，她赶上山崩被活埋的事自然是被压了下去，没有走漏丝毫风声。

真真公主昏倒在马车里被送回宫中，一直到第二天才苏醒过来。

她感到喉咙干疼，哑着嗓子喊道："来人——"

"殿下醒了！"守在一旁的宫婢忙跑过来，随后像是见了鬼一般瞪大了眼睛。

"去给本宫倒水。"真真公主脑袋昏沉沉的，对宫婢这样奇怪的反应没有多想。

"殿下，殿下——"宫婢面色发白，浑身忍不住发抖。

"去啊，本宫要喝水！"

"是，是。"宫婢心慌意乱，只得先按着真真公主的吩咐去倒水。

真真公主闭上了眼睛，脑海中蓦地闪过一个年轻男子的身影。

那可真是一场噩梦啊，幸亏他救了她。

她只记得当时山崩水出，像是一条怒龙在后面拼命追赶着他们。

她被侍卫抱着跑，眼望着后方，就这么眼睁睁看着怒龙越追越近，越追越近，最后咆哮着把他们淹没，再后来就没有一点印象了。

再次醒来，无边黑暗中她什么都看不清，仿佛落着雨，滴答滴答落在她脸上。她忍不住抬手去摸，却摸到了僵硬冰冷的人。

那一瞬间，她猛然明白了，撑在她身体上方的是死尸，而她以为的雨滴，却是人血——

那一刻，她差点疯狂，拼命喊着救命，可直到嗓子快喊哑了都没有任何动静。

绝望铺天盖地地把她淹没,她甚至有些恨侍卫们,当时为何不让她就这么被砸死算了。她活下来,清醒着忍受这一切,最后会活活饿死。

再后来她又昏了过去,不知睡了多久,在她的意识里仿佛有一辈子那么长,然后就感觉到了光亮。

她仿佛有了很多力气,努力睁开了眼睛,然后看到了一个年轻的男人。

剑一样的长眉,寒星一般的眼睛,还有波澜不惊的眼神。

他说:"公主殿下不要多说,微臣带你出去。"

回忆到这里,真真公主忍不住微笑起来。

她要这个男人!这样的男人,一定会给她最好的依靠,以后无论遇到什么困难,他都会云淡风轻告诉她:微臣带你出去。

"殿下,水来了。"宫婢见真真公主闭目微笑,不知为何觉得更恐怖,颤声道。

真真公主重新睁开眼睛,这一次茫然褪去,神志回归,便察觉出不对劲来。

她没有喝水,皱眉问:"怎么了?"

宫婢把头埋得死死的,不停发抖:"殿下,殿下您——"

"到底怎么回事儿,给本宫说个清楚!"

宫婢鼓了鼓勇气,干脆扭身跑去拿来雕花西洋镜,颤抖着双手递到真真公主面前:"殿下,您看——"

真真公主心中已生不祥的预感,忍着紧张往西洋镜中瞄了一眼。

这漂洋过海传来的西洋镜不同于寻常铜镜,能把人照得纤毫毕现,真真公主只往镜中扫了一眼,立刻就声嘶力竭大叫起来:"怎么会这样,怎么会这样?"

她双手捂着脸尖叫不已,又怀着最后一丝希冀透过指缝往镜中再次瞄了一眼,彻底崩溃,劈手打掉了镜子。

"这不是真的,不可能是真的,啊——"真真公主白眼一翻昏了过去。

"殿下,殿下——"

一阵人荒马乱,丽嫔得到消息赶了过来:

"殿下醒了怎么会又昏倒?太医请了吗?"

宫婢们皆战战兢兢,其中一人大着胆子道:"娘娘,您看看就知道了。"

丽嫔快步走进里室,一眼看到了床榻上昏迷不醒的真真公主,不由惊呼一声:"真真!"

真真公主毫无动静。

丽嫔奔过去,仔细端详着真真公主的脸,只见女儿脸部肌肤泛着红,往外渗着黄色的汁水,瞧着竟是要溃烂了。原本姿容绝世的一张脸,这个时候却只让人觉得恶心反胃。

"这是怎么回事?"丽嫔忍不住尖叫道。

宫婢们呼啦啦跪了一片："奴婢们不知道啊，昨晚殿下还好好的，谁知今早醒来就变成这样子了。"

丽嫔眼前一阵阵发黑。

昨天女儿被送回宫中，她才知道竟出了这么大的事，守着女儿直到半夜才回去歇着。当时女儿瞧着确实好好的，太医也说公主是身体虚弱，多休养就好了，这才过了一夜怎么就变成这个样子了？

"娘娘，太医来了。"

丽嫔立刻起身迎出去。

前来的还是昨夜给真真公主看诊的太医。

"太医您快去瞧瞧公主吧。"丽嫔制止了太医的见礼，急匆匆折身返回。

太医跟着进来，一看到真真公主的样子就惊了。

"太医，您快看一看，公主怎么会成了这个样子？"

太医仔仔细细替真真公主检查过，连连摇头："匪夷所思，匪夷所思啊！"

"怎么说？"

"殿下这个样子，倒像是脸上沾染了什么毒物，不过究竟是怎么回事，下官却说不好了。"

"这，这该如何是好？"听太医这么说，丽嫔也没了主意。

"或许请我们院使来看看，能瞧出几分端倪来。"

院使是太医院的最高长官，一般都是推举医术最高超的太医担任，不过以丽嫔的身份想请院使来也不是那么容易的，院使服务的对象主要是皇上与太后。

丽嫔抬脚去了慈宁宫。

"有这种事？"杨太后听完丽嫔的请求，不由吃了一惊。

明康帝子嗣稀少，活下来并成年的皇子只有两位，公主虽然多一些，但也没到泛滥的地步。杨太后对乖巧又漂亮的真真公主很有几分真心疼爱，立刻便吩咐宫人去传院使，甚至起身道："哀家随你去看看。"

"李院使，九公主这究竟是怎么回事？"杨太后沉声问道。

皇室几位公主，以九公主样貌最好，甚至可以说满京城都找不出比九公主更出挑的，这样的好相貌要是毁了，那真的太让人难受了。

"回禀太后，公主殿下有可能是沾染了什么不知名毒素。"李院使斟酌一番，还是把诊断的结论说出来。

"毒素？"杨太后眼神一紧。

皇室中人，对这些事尤为忌讳。好好的一个孩子，怎么会沾染到不知名毒素？难道有人给真真下毒？

杨太后越想脸色越难看：

"李院使说说看，这不知名的毒素能从何而来？"

李院使神情严肃，恭敬回道："下官觉得，这种不知名的毒素很可能是公主殿下从外面带回来的。"

"从外面带来？"杨太后听了心中一惊。

真真昨天被埋在山石下面，今天就变成了这副模样，难道说与此有关？

"不要，不要——"真真公主猛然睁开眼。

"真真。"杨太后喊了一声。

真真公主愣了愣，随后抓住杨太后的手："皇祖母，您怎么过来了，我刚才好像做了一个噩梦，真是把我吓坏了。"她说着乖巧一笑，"不过见到您，我就不怕了，那些都是假的——"

杨太后心中一酸，拍拍真真公主的手："好孩子，别怕，皇祖母会让太医给你好好瞧瞧的。"

"皇祖母在说什么呀？孙女好好的，劳烦太医做什么？"

丽嫔忍不住哭道："真真，你怎么啦？"

"母妃，您怎么也来了？"真真公主收起了笑意，环视一圈，视线落到李院使身上猛然睁大了眼睛。

李院使？只给皇祖母与父皇看诊的李院使怎么也在？

真真公主只觉脑袋嗡的一声，全都想了起来，捂住脸道："我的脸，我的脸，拿镜子来——"

宫婢们皆低着头不敢出声。

真真公主对着贴身伺候的大宫女斥道："芳兰，你是木头吗，快给本宫拿镜子来！"

芳兰立在那里一动不动，忍不住抬眼去看太后与丽嫔。

杨太后叹口气道："你们都退下。"

宫婢们如蒙大赦，赶紧退了出去。

"皇祖母？"

"真真啊，你冷静点，遇到事了着急是没有用的。"杨太后这样劝着，却不忍拿镜子给真真公主看。

容貌对女孩子是比命还重要的事，别说整张脸溃烂，就是留下一个小小的痘印子都是一生遗憾。真真如今这个样子，看到了自己的模样肯定会想不开的。

"原来我不是做梦，不是做梦——"真真公主簌簌流泪，抓住杨太后衣袖，"皇祖母，以后真真该怎么办呀？"

"别怕，别怕，你是公主，是皇祖母的乖孙女，皇祖母会让太医们想办法的。"

真真公主低着头，哑声道："多谢皇祖母。"

杨太后站了起来，交代丽嫔道："照顾好真真，这些日子你就不用回寝殿了，留下来陪着真真吧。"

杨太后一走,真真公主才控制不住情绪大哭起来。

"真真,你莫哭,太后一定会给你请最好的大夫的。"

"可是李院使已经是最好的太医了。"刚刚太后在这里,真真公主一直强忍着,可她毕竟不是傻瓜,见到李院使明显束手无策还有什么不明白的,如今只剩下母妃在一旁,这才肆无忌惮说出来。

"母妃,我以后可怎么办呀?治不好脸,我不要活了——"

丽嫔骇得魂飞魄散,紧紧搂住真真公主哭道:"一定会治好的,一定会治好的。"

九公主这边愁云惨淡,黎家同样好不到哪里去。

因为真真公主的关系,黎家三姑娘同样困于山崩的消息没有流传开来,然而何氏一听说落霞山发生了山崩,直接就昏死了过去。等她睁开眼睛时,守在身边的是二太太刘氏。

"大嫂醒了。"

"老夫人呢?老爷呢?"何氏猛然坐了起来。

"老夫人打探消息去了,大哥赶去了落霞山。"

"落霞山?昭昭——"何氏忽然抬手给了自己一耳光。

刘氏吃了一惊:"大嫂,你怎么啦?"她这位小大嫂以前只是有点傻,没看出来有疯癫症啊。

刘氏悄悄往外挪了挪屁股。

傻倒是没什么可怕的,疯癫症的人可惹不起,万一随便剁人怎么办?

"都是我没用,只知道昏倒,我要去落霞山找昭昭。"

"哎哟,大嫂,你可别去添乱。落霞山那里现在有好多官差呢,你过去了能干啥呀,肩不能挑手不能提的。"

"我比老爷力气大!"

刘氏:"……"

这样说自己相公不好吧?

"弟妹,今天多谢你了,不过你也别拦着我,昭昭是我身上掉下来的肉,哪怕我就是什么都干不了,只能在那里干等着,我也要过去。"

刘氏一听叹了口气,也不再拦了:"那行吧,大嫂要去我也拦不住,不过咱们府上可没有马车了。"

"没有马车就雇。"何氏说到这里猛然想到了什么,急忙吩咐大丫鬟取了一叠银票来。

"大嫂这是做什么?"刘氏看得眼睛发直。

"我想到了,用这些银钱买些烧鸡、酱牛肉和酒水给那些官差送去,这样他们就能更尽心帮忙了。"

何氏一边抹泪一边吩咐人去采买东西,刘氏忙去给邓老夫人传话。

邓老夫人知道了叹口气:"让她去吧。"

落霞山山脚下挤满了各色人等,有各个衙门里的衙役,还有雇来的壮丁,再有就是昨天去大福寺后失踪的香客家人及看热闹的老百姓。

池灿三人也赶来了。

池灿抬头望着满目疮痍的山路发呆。

"你们快看,峭壁上好像有人。"杨厚承忽然道,而后兴奋起来,"是庭泉!"

池灿与朱彦俱是一喜,放眼望去,就见一道熟悉的身影由远及近从峭壁上灵巧下来。

三人忙往那个方向走去。

邵明渊落到地面上,靠着山壁稍作休息,亲卫们围过来见礼:"将军!"

他的嘴唇已经干裂,眼睛却明亮如昔,淡淡道:"拿水来。"

亲卫忙把水递过来,又有亲卫搬来椅子请邵明渊坐。

邵明渊没有坐下,接过水壶靠着山壁仰头灌了几大口,任由漏出的水顺着脖子流进衣领里也不在意。

他一口气喝完,环视一圈,视线落在某处。

"侯爷。"江远朝站在那里,嘴角含笑打了招呼。

邵明渊把水壶扔给一旁的亲卫,淡淡道:"江大人。"

江远朝朝着邵明渊走过来,亲卫们立刻拦住他。

"侯爷这是何意?"

"不得无礼,请江大人过来。"

亲卫们立刻散开,江远朝面不改色走过来,打量邵明渊一眼,笑道:"听闻侯爷昨日就上山了,在下真是佩服侯爷的好身手。"

"江大人过奖了。"邵明渊默默调整着呼吸。

"侯爷去过大福寺了吧?圣上与太后都很关心大福寺高僧们还有疏影庵师太的情况。"江远朝道明来意。

邵明渊此时身上穿着的就是大福寺替香客们准备的常服。

这时几名官员也满头大汗跑来,见过礼后对邵明渊问出了同样的问题:"侯爷,大福寺与疏影庵如何了?"

"大福寺倒塌了一座偏殿,有十多名僧人受伤,所幸并无人员伤亡,目前高僧们的生活并无大碍。疏影庵一切安好。"

"那就好,那就好。"几名官员擦了一把汗。

落霞山山崩的消息传进宫中,太后已经连传三次口谕催问了。那些高僧要真有什么事，别看他们是干活的，到时候绝对受累不讨好，说不定被安个什么罪名就不知道哪里待着去了。

"多谢侯爷告知，侯爷辛苦了，快去那边凉棚歇歇吧。"几名官员真心实意道。

这山路想要疏通至少还需十来日工夫，没有冠军侯，还不知道什么时候才能得到里边的消息呢。

几名官员道完谢又去忙碌，江远朝站在原地冲邵明渊笑了笑："侯爷的能耐，在下佩服至极。"

邵明渊面上不动声色，心中却有些疑惑。

他与这位锦鳞卫的十三爷说起来没打过交道，更谈不上过节，为何隐隐觉得江远朝对他总是抱着一种说不清道不明的敌意呢？

"不敢当。江大人若是没有别的事，在下要去那边歇一歇。"

"侯爷请便。"江远朝笑眯眯让开路，见邵明渊大步离去，忽然又说了一句，"不知道家住杏子胡同的黎姑娘怎么样了？"

邵明渊脚步一顿，随后转过身来。

江远朝依然嘴角含笑，瞧不出任何端倪。

"在下没有见到黎姑娘，不过疏影庵的尼僧往大福寺传过话，说黎姑娘在疏影庵中。"邵明渊对江远朝笑笑，"黎姑娘想来是没有大碍的。"

"这样啊，看来黎姑娘的家人可以放心了。"

邵明渊没再多说，冲江远朝点点头，抬脚走了过去。

池灿三人立刻把邵明渊围住，拉到了一旁避人处。

"她怎么样？"池灿迫不及待问道。

邵明渊迟疑了一下。

池灿脸色微变："到底怎么样？"

邵明渊深深看他一眼，平静笑道："黎姑娘挺好的，你放心。"

"真的？"

"真的，我怎么会骗你。"

"那就好。"池灿笑起来。

邵明渊沉默片刻，对三人道："明日我还会上山。"

"还上去？"杨厚承看了陡峭山壁一眼，不解问道，"既然都没事，等着山路疏通不就得了，还上去做什么？"

池灿突然道："是不是要黎三给你——"

邵明渊点头："嗯。"

他今早带着黎姑娘赶到大福寺，黎姑娘借了寺中僧人的银针替他祛毒，他才有能力下山。而经历了这两日，他切实感受到了施针祛毒的重要性。黎姑娘没有夸大，施针一旦中断一日，他就和半个死人差不多了。一想到对昨夜究竟发生了什么一无所知，偏偏直觉又告诉他一定是很重要的事，邵明渊心里就仿佛笼罩了一层阴云，莫名不安。

"我今天下来就是把情况传出来，好让大家安心，等明天再上去后就等山路疏通再下山了。"

"这样也好，万一寺中有什么情况，外边不至于一无所知。"朱彦道。

杨厚承摇摇头道："知道了又怎么样啊，如今山里只有庭泉能进得去，一旦里面有什么事，外边的人还不是束手无策？"

"庭泉，别人怎么样我不管，你替我把黎三照顾好。"

邵明渊看他一眼，笑笑："我会的。"

"黎三的父兄都在这儿，我去跟他们说一下。"池灿转身向凉亭走去。

邵明渊回到冠军侯府，沐浴更衣后去见了乔墨。

"舅兄，我要出门几日，你若有什么事就对我的亲卫说。"

乔墨沉默了片刻，问："是不是昭昭有什么事？"

邵明渊一怔。

乔墨苦笑："我虽然是笼中鸟，却不是傻瓜。昭昭不是要每天来给侯爷施针吗，如果不是她有事，侯爷怎么能出门？"

邵明渊尴尬笑笑："本来是不想舅兄担心的——"

乔墨脸色一变："昭昭真的有事？"

邵明渊总觉得哪里不对劲，特别是"昭昭"两个字从乔墨口中叫出来，让他莫名心跳加速。

"是这样的，昨日大雨，黎姑娘去了疏影庵，结果遇到了山崩——"

"你说什么？"乔墨一把抓住邵明渊手腕。

邵明渊惊诧莫名："舅兄？"

"她怎么样了？"

"她……应该还好。"邵明渊不确定地道。

"应该？"

"黎姑娘目前在疏影庵。"

"那她人呢？可有受伤？"

"舅兄放心，黎姑娘只是伤了脚。"

"只是伤了脚？"乔墨一字一顿地念着这句话，意味深长看了邵明渊一眼。

邵明渊被乔墨看得心里打鼓。他那话没什么毛病啊，舅兄为何这样看着他？虽然黎姑娘伤了脚他心里不好受，但以他的身份又有什么资格表现出来呢？

"还好只是伤了脚。"乔墨神情恢复如常，"山路被封了吗？"

"嗯。我明天上山，会在寺中待到山路疏通，就给黎府送消息，让他们来接黎姑娘。"

"侯爷直接带昭昭下山就好。"

邵明渊又是一愣，见乔墨神色淡然，又觉得自己多心了，笑道："好。"

他离开后，乔墨望着窗外叹了口气。

大妹与冠军侯之间的关系实在是剪不断理还乱，难道真如大妹所说，要瞒冠军侯一辈子吗？

邵明渊回房后，则立刻喊来亲卫，画了一幅简略的地形图吩咐道："这里山谷中有一道山涧，根据流向推断，此处山脉应该是其出口，你带着几人在这边下游查探一下，看是否有晨光的消息。"

"领命。"

翌日，邵明渊还未出门，池灿就风风火火赶了过来，把一个小包袱塞给他："知道你爬山不便，里面只有一些吃的，你替我带给黎三吧。"

"行。"邵明渊接过小包袱背在身上。

池灿犹豫了一下，叮嘱道："里面有一封信，别弄丢了啊。"

"信？"邵明渊把包袱解开，几包吃食中间果然压着一封信。

"庭泉，你打开包袱干什么？"池灿有些意外。

邵明渊把那封信拿出来，递给池灿："这个我不能带。"

"不能带？庭泉，你这是什么意思啊？"

"带信不妥当。"

"如何不妥当了？"池灿双手环抱胸前，面露不悦。

"如今聚在落霞山脚的人太多，而我从那处峭壁上山并没有十足的把握，万一失手……不小心遗落了包袱，只是一些吃食倒无大碍，但这封信若是落入别人手中就不好了。"

"你想得太多了。"池灿翻了个白眼。

邵明渊的身手别人不了解他还会不知道吗，哪有失手一说？

"不怕一万，只怕万一。"邵明渊不为所动，"我可以帮你带话。"

"庭泉，你不是故意看我笑话吧？"

邵明渊抬手揉了揉眉心，疲惫道："我没有那么无聊。"

若是可以，他恨不得躲得远远的，也不愿夹在他们二人之间。

池灿犹豫了又犹豫，发狠道："那行，别的废话我也不多说，你告诉黎三，让她好好保重自己，我会光明正大娶她回家。"他说完，见邵明渊没反应，伸手在邵明渊面前晃了晃，"庭泉，你傻了？"

"没有，我记着了，还有别的么？"

"没了。"池灿伸手拍拍邵明渊肩膀，"爬山小心。"

邵明渊赶到大福寺时已经快到晌午了，随便扒了几口斋饭，便请小沙弥玄景去疏影庵告诉乔昭。

彼时乔昭正陪着无梅师太抄写佛经。檀香萦绕在静室内，仿佛把此处隔绝成红尘之外的一片天地。

"你心不静。"无梅师太悠悠道。

乔昭放下笔，冲无梅师太敛衽一礼，大大方方道："让您见笑了，昨日送我来寺中的将军下山报信去了，说好今天一早上来，现在还没有他的消息，我有些担心。"

无梅师太深深看着乔昭，忽而笑着摇摇头："你真是个特别的孩子。"她以为这是一个骄傲的女孩子，可这个女孩子却能坦荡表现出对别人的心意。或许，这样的孩子更容易得到幸福。

这时门口传来动静："师伯，小玄景过来了，说昨日的那位将军到了，正在寺中等着黎三姑娘。"

"去吧。"

尼僧静翕扶着乔昭起身。

"劳烦师父了。"乔昭道谢。

静翕扶着乔昭走到院中，两名身材结实的尼僧抬了肩舆过来。

疏影庵地位特殊，不允许俗世男子靠近。昨天邵明渊背着乔昭到了大福寺，就是由小沙弥玄景来禀报了静翕。在征得无梅师太同意的前提下，静翕安排这两名尼僧把伤了脚的乔昭接了上来。

乔昭再三道谢，上了肩舆。

一路上，走在肩舆一旁的小沙弥玄景有些沮丧，快到大福寺时终于忍不住问："女施主，每次陪你来的女施主在哪里呢？小僧记得昨天她和你一起下山的。"

乔昭被问住了。她不确定冰绿还活着，但也不愿相信冰绿已经没了。

怎么会没了呢？那样鲜活可爱、活得真实精彩的小丫鬟，还有好长好长的日子要过呢。

"她死了吗？"玄景仰着头问，见乔昭沉默，大大的眼睛忽闪了两下，便有了泪意，"小僧还没跟她说，她上次给小僧带的窝丝糖很好吃……"

玄景年纪小，一说就忍不住，抽抽搭搭道："小僧不怪她笑话我没有门牙了，我不想要她死。女施主，怎么办呢？"

乔昭伸出手抚了抚玄景的小脸蛋，柔声道："小师父莫哭，她没事的。"

"真的？那她怎么没跟你在一起呢？"

乔昭温和笑着："因为我伤了脚，那位将军只能背动我一个人，她有另外的人照顾呢。"

小沙弥这才破涕而笑："那太好了，不过照顾她的人怎么不背着她一起来呢？"

乔昭心中感慨小孩子不好哄，捏捏他的脸颊道："因为那个人力气不够大，背不了这么久啊，所以他们就去附近的人家休息了。而我怕小师父担心，所以就过来了。"

小沙弥顿时红了脸，连连摆手道："小僧不是担心，我们佛门中人六根清净、四大皆空，阿弥陀佛——还有，女施主不该捏小僧脸的。"

乔昭忍不住笑了。

邵明渊等在寺门外，一眼就看到了少女对着小沙弥露出盈盈浅笑。

那一瞬间，他只觉心跳急促几分，暗暗吸了一口气才把乍然乱了的心绪抚平，抬脚迎了上去。

乔昭随着邵明渊进了他暂时歇脚的客房：

"邵将军把消息告诉我的家人了吧？"

"他们已经知道了。"

乔昭视线落在邵明渊手中包袱上："这是家里人带给我的？"

邵明渊把包袱递给她："是拾曦托我带给你的一些吃食。"

乔昭接过来，当着邵明渊的面打开，里面有几包老字号的素馅点心，还有一只香瓜。香瓜是金黄色的，散发着清甜的香味。乔昭一时之间不知该说什么。

"拾曦还有几句话托我转告黎姑娘。"邵明渊察觉气氛有些尴尬，忙道。

"池大哥有什么话说？"乔昭平静问道。

"他说——"邵明渊看着少女黑湛湛的眸子，迟疑了一下，"要你保重身体，他会努力，以后光明正大娶你。"

乔昭脸色冷了下来。光明正大娶她？那她是不是要感动万分，还要谢谢这位传话的"红娘"呢？

少女冷冰冰的眼神让年轻的将军有些无所适从。他就只是带个话——既没有撮合他们的意思，也没有从中阻挠的意思，黎姑娘这样的女孩子心中自有主意，应该不会被外物干扰。可是黎姑娘为什么又生气了？

"邵将军把衣裳脱了吧，早些给你施完针，我要回庵里了。"

"哦。"邵明渊抬手去解衣带。对于脱衣裳这种事，某人明显已经习惯了。

乔昭挑了挑眉。居然一点都没意识到自己的错误？他一个手握重兵的将军，抢红娘的差事不觉得惭愧吗？乔昭不由想起了前夜。眼前这个男人把她当被子盖了一整夜，她都要冻成冰块了，现在他告诉她别的男人要努力娶她，并一脸乐见其成？

乔姑娘越想越恼火，伸出食指戳了戳某人的腹肌，凉凉道："邵将军用了什么祛疤良药，这里好得还挺快的。"

邵明渊一张脸腾地红成了熟透的虾子。

乔昭淡淡瞥他一眼，生不出丝毫同情心来，一边把银针刺入他的胸膛，一边冷冷道："邵将军自顾尚且不暇，以后还是不要管闲事为好。"

邵明渊张了张嘴，没敢辩解。

他没有啊，他就只是传个话！

乔昭见他默默穿衣，问道："有没有冰绿与晨光的消息？"

"还没有，我已经派人去寻找他们。"见乔昭问起正事，邵明渊悄悄松了一口气，"黎姑娘的脚好些了吗？"

"配了些药热敷泡脚，已经消肿了，很快便能行动自如，到时候就不必麻烦疏影庵的师父们抬我下来了。"

"都是为了给在下施针才如此麻烦黎姑娘。"

"邵将军救了我的命，就不要说这种客套话了，我要回疏影庵了。"

邵明渊从衣袖中摸出一物，递给乔昭："黎姑娘把这个收好。"

"这是什么？"乔昭打量着邵明渊手中之物。

那是长不过三寸的一个小物件，似玉非玉，似骨非骨，瞧不出是什么材质来，上面有圆润的小孔。饶是乔昭见多识广，也认不出这是何物。

邵明渊解释道："这个叫骨笛，是用北地一种野兽的喉骨制成，笛音短促，穿透力强，黎姑娘把这个带在身上吧。如今山路断绝，你腿脚又不便，万一遇到什么情况就吹响它，以疏影庵到大福寺的距离，我可以听到的。"

乔昭握着小小的骨笛，只觉清凉如玉，口中却道："即便真的有事，邵将军能听到也不方便过去的，疏影庵不允许俗家男子靠近。"

邵明渊一脸认真道："规矩是死的，人是活的，黎姑娘收好就是。"

"好，我收下了，多谢邵将军。"

回到疏影庵的乔昭闲下来后摩挲着邵明渊给的骨笛，心道：那人倒是心细，不过这笛子应该是用不上的。

山中清净，时间如流水般缓缓淌过几日，乔昭已经能自行前往大福寺替邵明渊施针祛毒，一来二去，与小沙弥玄景越发熟悉了。

这天乔昭替邵明渊施针后准备回去，小玄景不知从哪里抱了一只兔子来："女施主，这只兔子的腿流血了，你能教我怎么给它包扎吗？"

"好呀。"山中随处可见野生的草药，乔昭领着玄景采了一把止血药，教他捣烂了敷在兔子伤口处，并用帕子包扎好，打了一个漂亮的蝴蝶结。

"好了，等明天我们再一起给它换药。"

玄景连连点头："好的，女施主救兔子一命，功德无量呢。"

乔昭忍不住笑了，抬手捏捏玄景的脸蛋："那我应该感谢这只兔子了。"

"女施主，小僧送你回疏影庵吧。"

"不用了，兔子受了伤，小师父不是还要照顾它吗，我自己回去就行了。"

"那你认识路吗?"玄景担心问道。

乔昭忍俊不禁:"当然认识,从大福寺到疏影庵不就只有一条路吗?"

"不是啊,女施主我悄悄告诉你啊,其实还有一条路呢,不过那条路会绕远,而且要过一道桥。那道桥很早很早之前就断了呢,比我出生还要早,所以久而久之,就没人记得啦。"

"那小师父怎么知道的呢?"

玄景红了脸:"有一次迷路了嘛,就发现了。小僧是怕你迷路,所以才告诉你。"

"小师父放心,我就沿着咱们每天来回的路走,绝对不会迷路的。"

玄景站起来,一手抱着兔子,一手拍了拍僧袍上的尘土:"那小僧就放心了。女施主,明天见。"

"明天见。"

乔昭与小沙弥道别后踏上山路返回疏影庵。

疏影庵比大福寺的位置要高,占地却小了很多,整座尼姑庵都掩映在葱郁花木中。这条路乔昭已经很熟悉了,她脚步轻盈走到庵门前,推门而入。

她今天的午饭是在大福寺用的,又陪着玄景去采了草药,回来得要比平时晚一些。

庵中一片静悄悄的,这个时候庵中师父们应该在午休,可乔昭越往里走越觉得隐隐不对劲,仿佛自己成了一头猎物,被耐心的猎人隐在暗中窥视着,一步步走入早布置好的陷阱中。

她的脚步渐渐慢下来,眼尾余光扫着两旁,忽然瞥见药圃旁有一个脚印。

那是男子的脚印!

乔昭猛然转身。

离乔昭两丈开外处,一名猎户打扮的魁梧男子冷冷看着她,一双眼睛比野兽的还要瘆人。

乔昭后背瞬间被冷汗湿透。

那名男子与乔昭视线相触,居然笑了笑。

乔昭几乎是不假思索地吹响了邵明渊交给她的骨笛,不由庆幸当时把骨笛串起来挂在了脖颈上。

然而这丝庆幸很快就消失得无影无踪,她提着裙摆转身便跑。

那名男子反而并不着急,转身把庵门从里面别上,这才大步流星向乔昭追去。

乔昭拼命向前跑,身后的脚步声咚咚咚越来越响,越来越近,她仿佛再一次嗅到了死亡的味道。

"救命——"她声嘶力竭喊了一句。

疏影庵中静悄悄的,没有一丝回应,整座庵堂仿佛陷入了死寂,便如墙角那株安静的老梅树。

乔昭一颗心狠狠坠了下去。

无梅师太、静翕师父，还有那些尼僧，她们都还活着吗？还是已经——

她不敢再往下想，也顾不得往下想，跑得喉咙中仿佛着了火，可身后的声音却越来越近了。她脚下不知踩到了什么，一个趔趄往前栽去，倒在地上后立刻翻过身来。

那名男子已经追到了近前，离着乔昭不过半丈的距离，居高临下问道："怎么不跑了？"

男子的声音有些粗哑，配着他的样貌，居然让人觉得有些憨厚。

乔昭想，这样的人若不露出狰狞面目，任谁见了都以为是个老实本分的山民。

她干脆站了起来，甚至动作优雅掸了掸身上的灰尘，面色平静道："跑不动了，所以不跑了。"

男子憨憨笑起来："没想到还是个挺有意思的小娘子，没白让我等。"

"你等我？"

"是呀，不然你早早发现了去通风报信怎么办？"男子逼近一步，"现在好了，等我解决了你，至少到明天这里的事才有可能被人知道呢。"

男子说完伸手把乔昭提起来，一手捏着她的颈部把她抵到一旁的老树上。

灼痛的窒息感传来，连呼吸都变得困难，乔昭一张白皙如玉的脸涨得通红，脚无力蹬了蹬，眼泪不受控制顺着眼角流下来，淌在那人手背上。那人却无动于衷，手上加重了力道。

这人想立刻要她的命！乔昭猛然意识到这一点。

她不想死，她才和兄长相认，害死父母亲人的仇人还没找出来，怎么能就死在这里？

"很……很快……就会被发现了……"乔昭用尽全力吐出这几个字。

"你说什么？"男子手上力气一松。

乔昭大口大口呼吸着新鲜的空气，冲男子露出个意味深长的笑容："我说，不会等到明天……很快就有人发现这里了……"

喉咙的灼痛让她说话断断续续。

"你是什么意思？"男子果然被乔昭的话引起了兴趣。

乔昭笑笑："你想知道？"

"臭丫头，不要故弄玄虚！"男子抬手打了乔昭一个耳光。

乔昭耳朵嗡嗡作响，面上依然带着冷笑："你忘了刚刚的笛音吗？难道你以为我只是吹着好玩？他会来救我的。"

男子面色微变。

趁着他愣神的机会，乔昭猛然抬脚照着男子的命根子踹去。

男子虽有一身功夫，却没想到砧板上的鱼肉居然还敢反抗，又是趁他失神的那一瞬间，于是竟真被踢中了。

无论是什么样的男人，被人踢中了那里就没有不痛的，男子当即闷哼一声捂住了下边。

乔昭转身就跑。她心里清楚，再被抓住就没有任何机会了。邵明渊，你什么时候才能来？

彼时邵明渊正陪着大福寺的住持在石亭中下棋。

住持已到花甲之年，连眉毛都是雪白的，对面的人却如此年轻，但两个人的画面看起来很和谐，仿佛是认识许久的朋友了。

尖锐短促的笛音响起，于住持来说这样的声音微乎其微，根本没有留意到。邵明渊却直接弹了起来，撂下一句"疏影庵有变"便化作一道影子从石亭中冲了出去。

住持捏着棋子琢磨了一下，才后知后觉反应过来：冠军侯去疏影庵了！

"阿弥陀佛！"住持高念一声佛号，忙命僧人追过去。

疏影庵中依然一片死寂。

"臭娘们，你敢踢我那里？"男子大步追上去，一把揪住了乔昭。

乔昭心中苦笑。她虽侥幸踹了这凶徒一脚，奈何此人武功高超，这一脚顶多为自己争取了喘息之机而已。

"你……杀我会……后悔……"乔昭断断续续道。

"臭娘们，不要再拖延时间了，杀了你我有什么可后悔的？"男子死死箍着乔昭的手脚，不再让她有任何挣扎的机会。这臭娘们太可恶了，居然敢踹他那里，害得他现在还隐隐作痛，他非要狠狠弄死她不可！

"你被我踹伤了那里……以后就只能当太监了，我可以治……"

可惜乔姑娘虽生了一副七窍玲珑心肝，奈何对男人这种生物委实不大了解。她说出这话本意是让男子有所犹豫，从而拖延时间，却忘了这话对一个男子来说是多么大的羞辱。

"太监？"男子眼都红了，伸手刺啦一声就把乔昭一只衣袖扯了下来，露出雪白的香肩，"小娘们原来替我担心这个。老子这就让你见识见识，老子是不是太监！"

男子直接把乔昭拉向自己，乔昭拼命推搡着他："冠军侯很快就会来救我的，你以为是他的对手吗？有这个时间，你为什么不跑？"

男子伸手捏住乔昭下巴，凶狠笑道："他是神仙不成，在大福寺能听到那么一声笛音？就算是听到，在他赶来之前，也足够老子办你了！"

男子直接把乔昭推到了地上。

黑影覆盖上来，乔昭把唇咬得鲜血横流，手中死死攥着一根簪子。她已经领教了这人的能耐，如果用簪子刺他，只能落得个求死不能的下场，所以这支簪子是她留给自己的。当男子的手伸向乔昭衣襟的瞬间，乔昭无声地哭了。邵明渊，你再不来，我就不等你了。"

邵明渊没有靠近过疏影庵，但他在大福寺外却眺望了很多次。

黎姑娘住在那里，那么他就要把路线牢牢记在心里。

此时的他跑得飞快，跳跃于山林间犹如一只矫健的豹子。他没有走大福寺到疏影庵的那条路，而是选择了之前在心中勾勒出的路线。

这条路几乎是在陡壁上行走，却是最近的路。

几个起落，邵明渊已经到了疏影庵外。

疏影庵的门是紧闭着的，只有梅枝探出墙外。

邵明渊一个纵身攀上了围墙，只看了一眼就让他惊骇欲绝。他几乎是不假思索地从绑腿处抽出匕首，扬手一甩。匕首直奔着男子的太阳穴而去。这个角度一旦射中凶徒，必然会骇到黎姑娘，可邵明渊只能如此选择。凶徒身手如何尚不清楚，若是射他后心处，一旦被他躲开，那么后果不堪设想。

乔昭握紧了手中的簪子，死死盯着男子不肯闭眼睛。

她不会逃避，要么生，要么死。

眼前忽然弥漫成一片红色，黏稠的血喷了她满脸。

乔昭握着簪子的手陡然松开，在那人往她身上栽倒时爆发了惊人的力气，狠狠把他推向一旁。

那人的太阳穴处插着一把匕首，死状可怖，在乔昭把他上半身推到一旁时下半个身子还压在她身上。

乔昭这才感觉到溃堤般的恶心。

"走开，走开！"她拼命去推压住双腿的尸体。

高大的身影挡住了刺目的阳光，邵明渊俯下身来把男子尸体推开，温声问："黎姑娘，你怎么样——"

乔昭直接冲进了邵明渊怀中。她冲得太猛，邵明渊又毫无防备，竟揽着她往后退了半步。

少女投入怀中的瞬间，古怪的熟悉感油然而生，而那瑟瑟发抖的柔软身体让他顾不得多想，把人直接抱了起来。

"邵明渊，邵明渊——"

"我在。"邵明渊声音有些颤，下意识抱紧了她。

他觉得，他可能做错了。可是这个时候，他又怎么做得到把她放下来？

"邵明渊，你就不能射别的地方吗？"乔昭冷静下来，觉得刚刚软弱的样子有些丢脸。

"我带你去洗脸。"

"你放我下来吧，快去看一看师太她们怎么样了。"

"先带你去洗脸。"邵明渊带着乔昭大步流星走到墙角水缸处,舀了一瓢水往下倒。

乔昭忙用双手接住水冲洗掉脸上的鲜血,至于喷溅到身上的血却顾不得清理了,催促道:"邵将军,你快去看一下无梅师太怎么样了。我先前跌了跤,两腿没力气,我在这儿等你——"

话未说完不由低呼一声,只因身边的男人直接把她拦腰抱了起来。

"一起去。"邵明渊不容置喙道。

乔昭张了张嘴,最终没有反驳。那晚崴了脚,就是邵明渊背着她来大福寺的,这个时候推三阻四未免矫情了。

"无梅师太住哪个房间?"

乔昭伸手一指:"师太午休时都是在那个房间。"

邵明渊抱着乔昭匆匆赶过去,直接踢开了房门。

两扇门来回晃着,室内空无一人。

"榻上的薄被是散开的。"乔昭道。

凶徒带来的阴影还未散去,少女的声音难掩颤抖,但无梅师太等人目前的安危让她不得不暂时忘了这些,只专注于眼前所见。

"还有静翕师父,平时静翕师父会歇在隔壁房间。"乔昭挣扎了一下,"邵将军,你放我下来吧,赶紧去隔壁看看。"

"嗯。"邵明渊把乔昭放下,转身出去。

乔昭打量着无梅师太起居的地方。

一张矮榻,一个蒲团,一组衣柜立在雪洞般的墙壁处,除此之外就只有窗前桌几上摆放的檀木盆景了。

乔昭匆匆环视一圈,隐隐觉得哪里不对劲。

她说不清究竟是哪里不对劲,或许只是女孩子玄妙的直觉,却让她的心无端紧张起来。

因为惊惧过度,乔昭身上没有多少力气,她伸手掀起矮榻上的薄被盯着看了一会儿,又掉转视线看向别处。

无梅师太午休的这间静室地面铺着木地板,地板上有一道不甚明显的拖痕。

乔昭眼神蓦地一缩。

无梅师太很爱干净,静翕师父每日早晚都会打扫这间静室,正常情况下不可能出现这样的拖痕。

那道拖痕极浅,乔昭俯下身去顺着拖痕往前走,最后停在了衣柜前。

乔昭直起身来,盯着严丝合缝的衣柜一动不动,好一会儿才伸出手握住了铜环。

已经有了岁月痕迹的铜环触手冰凉,乔昭暗暗吸了一口气,不再迟疑,猛然拉开了衣柜。

一个蜷缩的人直接栽到了乔昭身上,把她压倒在地。

"邵明渊——"乔昭放声喊。

几乎是一瞬间邵明渊就冲了进来。

"别用力推,她是静翕师父!"即便是这样意外的状况,乔昭依然保持了最后一丝理智。

邵明渊把静翕抱到矮榻上,弯腰扶乔昭起来。

"黎姑娘在衣柜里发现了静翕师父?"

"对,她……是不是已经——"

"身体并没有僵硬。"邵明渊冷静分析。

"我检查一下。"乔昭咬了咬唇道。

邵明渊立刻往一旁让开。

乔昭无奈看着他:"我身上没力气,扶我过去。"

"哦。"邵明渊直接把乔昭抱了过去。

乔昭:"……"这人抱她是不是越来越顺手了?

静翕双手被反绑在身后,双目紧闭。

乔昭先看了一下她的脸色,高高悬着的心稍微放松了些,再搭上她的手腕,不由露出如释重负的笑意:"太好了,静翕师父只是昏迷了。"

乔昭伸手去替静翕解绳索。

邵明渊忽然开口:"事情有些不对劲。"

乔昭手一顿,抬眸看他。

年轻的将军似乎怕面前的少女接受不了,声音很轻:"我刚去别的房间检查了一下,那些尼僧都死了,全是被割断了喉咙死在床榻上。"

乔昭心思何等敏锐,听邵明渊这么一说,猛然看向昏迷不醒的静翕。

如果别的师父全都毙命,为何独独静翕师父还活着?

她立刻伸手去检查静翕脖颈处,面对着她的这一边白净无瑕。

乔昭轻轻把静翕的头扳向另一侧,眼神骤然一缩。

一道浅浅的伤口横亘其上,伤口处已经凝结不再出血。

乔昭与邵明渊四目相对。

眼下的状况越来越离奇了,无梅师太不见了踪影,其他尼僧全都被割喉,而最奇怪的是静翕师父,明明脖子上有一道伤口,却只是浅浅一道。

难道说,这不是一个凶徒干的?

或许是心有灵犀,当乔昭想到这里时,邵明渊开口道:"从其他尼僧脖子上的伤口形状与角度来看,静翕师父脖子上的这道伤口应该是出自同一名凶徒。"

在这方面邵明渊无疑比乔昭经验丰富。

乔昭更是疑惑："那为何静翕师父脖子上的这道伤口如此浅？"

"这个回头再研究，先把静翕师父救醒。"

乔昭替静翕解开绳索，检查一番后对邵明渊道："除了手腕上被绳索勒出来的痕迹，静翕师父身上没有明显外伤。"

邵明渊转身低头："应该只是被打昏了。"

乔昭取出一根银针："我试试能不能把静翕师父救醒。"

银针刺入静翕的百会穴，不久后，静翕缓缓睁开了眼睛。

这时院子里脚步声凌乱，一阵喧哗。

静翕眼珠转了转，茫然问道："黎三姑娘，外面怎么了？为何如此吵闹？"

"静翕师父，您还记得昏迷前发生了什么事吗？"

"昏迷前？"静翕眼中越发茫然。

外面传来声音："师太，师太您是否无恙？"

"阿弥陀佛，师兄别问了，我们快些进去看看吧。"

很快数名僧人涌进来。

静翕吃了一惊："你们？"

"静翕师兄，师太没事吧？"

"师太？师太在午休啊——"静翕猛然醒过神来，抓着乔昭的手问，"难道师太出事了？"

"静翕师父，您对昏迷前的事一点没有印象了吗？"

静翕茫然摇摇头。

"您仔细想想，最后有印象的是什么？"

静翕陷入思索："贫尼当时好像给师太端来一杯热水。师太习惯午休起来后喝一杯凉开水。"

"那个时候无梅师太在做什么？"邵明渊接口问道。

"师太在午休啊，就是在这里——"静翕脸色一瞬间变得惨白，"师太到底出什么事了？"

"师太不见了。"乔昭道。

"不见了？阿弥陀佛，怎么会如此？怎么会如此？"静翕摇摇欲坠，一副难以接受的模样。

乔昭拉着她的手安慰道："静翕师父，您不要慌，现在有没有无梅师太的线索还要看您。"

趁着乔昭安抚静翕的工夫，邵明渊对领头的僧人道："在下已经初步检查了几处房间，里面的师父全都遇害了。现在还请各位师父仔细检查一下整座疏影庵，看有没有无梅师太的下落。"

"这是自然。"领头僧人高念一声佛号,对其中一名僧人交代道,"师弟,你速速回寺中报告住持此事,并多带些人过来。"

然后又对其他几位僧人道:"几位师弟立刻检查一下庵中各处,看有无师太的下落。"

"是。"

等几名僧人都出去,静室内就只剩下了四人:尼僧静翕、大福寺的领头僧人以及乔昭二人。

乔昭把桌几上的水杯递给静翕。

静翕捏着水杯神情悲戚:"这是贫尼给师太准备的水。"

"静翕师父给无梅师太送过水后又做了什么?"邵明渊问。

"又做了什么?"静翕凝眉思索,最后摇了摇头,"贫尼没有印象了,再睁眼就看到了诸位。"

"静翕师父仔细想想,您把水杯放在桌几上后,是否走出了房间?"乔昭问。

静翕摇头:"贫尼没有走出房门的印象。"

"静翕师父应该是在这间屋子里被袭击的。"邵明渊道。

领头僧人开口道:"贫僧带着几位师弟过来时,看到一名死去的山民——"

"是凶徒,在下赶到时,他正要把黎姑娘灭口。"

"阿弥陀佛,侯爷若是留得那人性命,或许能问出来师太的下落。"领头僧人叹息道。

邵明渊平静道:"在下救人心切,没有把握好分寸。"

再来一次,他依然会毫不犹豫灭了那人。

当时的情景,谁知道迟上一瞬间会发生什么不可挽回的事,他不可能拿黎姑娘的性命与清白开玩笑。

又过了一会儿,几位僧人返回来:"师兄,庵中各处没有发现师太的下落。"

"阿弥陀佛——"领头僧人念了一声佛号,心情很是沉重。

邵明渊宽慰道:"如果无梅师太不在庵中,那还算一个好消息。"

领头僧人一愣。

乔昭开口道:"这证明无梅师太很可能还活着!"

邵明渊赞赏地看了她一眼,而后环视四周,问道:"无梅师太平时起居都在此处吗?"

"不,这里只是师太午休的地方,师太的起居室在别处。"静翕道。

"静翕师父现在觉得怎么样?若是没有大碍,劳烦带在下去看看。"

"贫尼没事。"静翕忍耐着被绳索长时间捆绑过后的不适站了起来,领邵明渊等人去无梅师太的起居室。

邵明渊拉了乔昭一下，压低声音道："跟着我，不要离开半步。"

"嗯。"乔昭轻轻点头。

山崩才发生了没几日，被泥石堵住的山路隔绝了大福寺与外界的联系，然后就发生了这样的事，谁知道凶徒到底隐藏在何处呢？

"这里便是师太的起居室。"静翕把房门推开。

众人一眼看去俱是一怔。

无梅师太喜洁，平时所有屋子都被打扫得纤尘不染，一应物品归拢得整整齐齐。而这间起居室却一片混乱，显然是被人胡乱翻找过了。

"无梅师太手上有某种东西，是对方需要的。"短暂的沉默过后，邵明渊开口道。

"凶徒显然没有找到，又担心留在这里夜长梦多，所以携走了无梅师太。"乔昭跟着道。

二人对视一眼，异口同声道："凶徒至少有两个人！"

一人早已带着无梅师太逃之夭夭，另一人则静候在庵中，等着乔昭回来后杀人灭口，好延长被发现的时间。

"阿弥陀佛，二位施主的意思是还有其他凶徒吗？不知另外的凶徒究竟能带着师太去何处？"

乔昭刚要开口，忽然发现邵明渊对她飞快眨了一下眼睛。

她顿时咽下了后面的话。

邵明渊不动声色道："这个还要继续查探下去才能有线索。黎姑娘，你恢复力气了吗？"

"好多了。"乔昭不解邵明渊为何问起这个。

"那我们一起出去看看吧。"

二人一起走出房间。

乔昭走在邵明渊身侧，看他走到已经咽气多时的凶徒身边蹲下来仔细检查。

噩梦般的记忆涌上来，她转了头往外看去。

疏影庵的门大开着，能隐约听到人声与脚步声越来越近了，这是大福寺那边得到了消息派了更多的僧人赶过来。

这座小小的在无数京城人心中神秘无比的尼姑庵仿佛是一瞬间就掀起了笼罩多年的那层神秘面纱。

僧人们涌进来，邵明渊直起身来，护着乔昭给这些僧人让开路。

等所有僧人进去，邵明渊摊开手心，低声道："黎姑娘，你看。"

乔昭立刻看去，神情微诧："这是——牙齿？"

"对，里面藏了毒。"

乔昭神色立刻变了:"这么说,这人是死士之类?"

邵明渊迟疑着点头:"在我看来,这人绝对不是合格的死士。大概是伪装成山民太久,已经忘了自己的身份。"

一名合格的死士应该不被外物所扰,可他却亲眼看到这人意图非礼黎姑娘——想到这里,邵明渊庆幸又后怕。也幸亏这人算不上合格的死士,不然等他赶到定然已经来不及了。

乔昭何等聪慧,听邵明渊这么一说,略一琢磨便明白了他的意思,脸上不由热了热。大概不是这人不合格,而是她挑衅过头了。现在想想,怀疑这人被她踹成了太监,这人不恼火才怪呢。可是——乔昭不由瞥了邵明渊一眼。前些日子京城可是传得沸沸扬扬,说冠军侯不中用的,连她都听闻了。虽然站在医者角度她看不出邵明渊有什么问题,然而他是如何做到面对那样不堪的传闻无动于衷的?难不成有她都看不出来的隐疾?乔昭目光隐晦地从邵明渊身上一扫而过。

邵明渊下意识觉得身边少女的目光怪怪的。总觉得黎姑娘误会了什么。年轻的将军想不出个所以然,把牙齿递给乔昭:"黎姑娘把它收好。"

黎昭神色怪异:"收好?"

邵明渊神色平静:"在下对医术一窍不通,不过听闻医毒不分家,黎姑娘试试能不能分析出这人牙齿中藏的是什么毒。这种能令人即刻毙命的剧毒如果确定了是哪一种,说不定对此人属于何方势力能得出些线索。"

"好。"一听是正经事,乔昭哪怕再觉得恶心也没有推托,抽出帕子把牙齿包裹好。

"此时不宜多说,走吧,我们先进去。"

领头僧人已经安排好了各项事务。

一部分僧人继续搜查疏影庵,一部分僧人探查疏影庵四周,还有一部分僧人则负责处理遇害尼僧们的身后事。

"师父,疏影庵已经不安全,在下想带黎姑娘回大福寺,不知可否方便?"邵明渊问。

领头僧人道:"寺中虽有客房供香客们歇息,但还未有过女香客留宿寺中的情况。不过在寺院西门外的竹林旁建有一排竹屋,是可以让女客小住的。"

"那好,在下从寺中搬出来,照顾静翕师父与黎姑娘。"

邵明渊一句话就把乔昭与静翕绑在了一起。

领头僧人自是没有异议:"贫僧会派两名武僧过去与侯爷一同保护她们。阿弥陀佛,只盼能尽快找到师太才好。"

之后整个大福寺都忙碌起来,沉重压抑的气氛笼罩着这座百年名寺,让刚刚经历过山崩的许多僧人无法静心修行。

乔昭走出竹屋。

邵明渊站在青翠的修竹旁,白衣胜雪,人清如竹,浑然看不出半点杀伐之气。

"静翕师父睡了?"听到轻微的脚步声,他转过身来。

乔昭走到他身旁,轻轻点头:"嗯,静翕师父受重击后好像伤到了脑子,记忆有些缺失,她吃了安神的药已经睡了,醒来后或许能想起更多的线索来。"

邵明渊扶着青竹沉默片刻,然后问道:"记忆是否缺失,医者能不能准确判断?"

乔昭失笑:"这怎么可能?人的脑部是最为复杂的地方,又不能剖开来看看,如何能肯定记忆是否缺失?邵将军的意思是——"

她回眸看了一眼,声音压得更低:"静翕师父有可能假装?"

"静翕师父是否假装我不能肯定,但凶徒独独留下她一个活口,必然是有特殊的原因。我有预感,如果能解开这个原因,说不定就能查到凶手的身份了。"

乔昭点头:"不错,还有静翕师父脖子上的那道伤口。这说明凶徒刚开始是想对她下手的,又是什么原因让凶徒改变了主意?"

"是呀,又是什么原因让凶徒改变了主意?"邵明渊望着大福寺的方向,轻声道。

他本来就身材高大,乔昭站在他身边就更显得娇小,只得仰着头才能看清他脸上的表情。

察觉少女望着他,邵明渊低头:"黎姑娘还发现了什么?"

乔昭清了清喉咙:"邵将军认为大福寺中不安全?"

邵明渊露出一抹浅淡的笑容:"不是大福寺中不安全,而是事情没有水落石出之前,哪里也没有我身边安全。"

乔昭牵了牵唇角。

脸皮真厚!

邵明渊原本没有别的意思,可少女的反应却让他顿觉尴尬,轻咳一声解释道:"在我心里,大福寺确实不能摆脱嫌疑。如今山路堵塞,把大福寺与疏影庵与世隔绝,那凶徒说不定还真有可能隐藏在大福寺中,不过有一点我还想不通。"

"邵将军想不通什么?"

"从大福寺到疏影庵的路一直暴露于众人视线中,倘若凶徒真的带着无梅师太躲藏在大福寺里,又是如何避开众人视线的呢?"

"还有一条路。"乔昭神情一下子严肃起来,"小玄景告诉我的,从大福寺前往疏影庵还有另一条路!"

"另一条路?"邵明渊诧异扬眉。

他的眉是标准的剑眉,修长凌厉,眼睛却纯黑温润。

"对,玄景说那条路已经废弃多年了。"

"累不累?"

乔昭被邵明渊问得一怔,默默看他。

"要是还支撑得住，我们就一起去看看。要是觉得累，那等你休息好了再一起去。"

眼下的情形，他不打算让黎姑娘再离开自己的视线。

"撑得住，一起去吧。"乔昭显然也对不久前发生的事心有余悸。

她望着眼前青松修竹般的男人，忽然感慨万千。那一日在燕城城墙上，倘若不是这个男人当机立断的一箭，她会落得什么样的下场？原来身临其境要比想象中可怕一万倍。直到这时，乔昭甚至还能感觉到那人嘴里喷出来的浊气。

邵明渊发觉眼前少女虽然面色平静，可眼底深处却流动着挥之不去的惊恐，尽管她竭力不表露出来，还是无法瞒过他的眼睛。

这样的眼神，他在北地已经见过太多太多。他救过的许多女子都曾流露过这样的眼神。原来，再坚强的女孩子也会害怕的，无论她表现得多么云淡风轻。这一刻，邵明渊心头最柔软的角落仿佛被悄悄撞了一下，有些疼，有些涩，更多的是无可奈何。如果可以，他多想把她揽入怀中，替她遮一世风雨。然而他不能。

年轻的将军想抬手拍拍少女的肩膀，最终却规规矩矩把手放在身侧，面色平静道："走吧。"

乔昭垂眸："嗯。"

她跟着他往前走，心道：不能心软，就算他那一箭是应该射的又如何，她要不是嫁给他怎么会出现在那里？就算她心里放下了那一箭，原谅他了，但也不能感动吧？乔姑娘有些恼自己不争气。

"黎姑娘——"邵明渊忽然转身回头。

一直神游天外的乔姑娘来不及停下来，直接撞了上去。她的额头轻轻擦了一下他的肩，被他双手扶住。

"小心。"明明只是轻轻碰了一下，邵明渊却又生出莫名的熟悉感。他说不清那种感觉是什么，耳根却不由自主热了热。

没等乔昭站稳，邵明渊便收回了手。

乔昭一个趔趄险些栽倒，不由睇他一眼。他这样还不如不扶！

邵明渊尴尬不已，有心道歉，又不知该说什么，干脆闭嘴转身继续往前走。

乔昭忍不住问："邵将军，你刚刚喊我什么事？"

邵明渊身子一顿，不好意思笑道："一下子又忘了。"

他想告诉她别怕，然而想想，说这些又有什么意思呢？

二人并肩默默往前走，找到玄景时，小沙弥鼻头都哭红了。

乔昭俯下身来："小师父怎么哭了？"

"小僧没有哭。"玄景忙用衣袖擦了一下眼睛，眼含着泪水仰头问，"女施主找小僧有事吗？小僧今天不想吃窝丝糖。"

呜呜呜，疏影庵好多可亲的师伯们都不在了，好伤心！

乔昭掏出手帕替玄景擦擦眼角，郑重道："我们来找小师父，确实有很重要的事呢。"

"什么事？"

"小师父之前不是说从大福寺还有一条路通往疏影庵吗，能不能带我们过去看看？"

玄景毫不犹豫地答应了。两人在小沙弥的带领下来到了断桥前。

邵明渊走到断桥旁，弯腰检查了一下，对乔昭道："断口处很新，应该是接上后不久又砍断的。"

"这么说，凶徒真的从这条路回的大福寺？"

"凶徒去了哪里目前不能肯定，但肯定走过这里。"邵明渊直起身来，望了望，忽然纵身而起，向着断桥中央跃去。

"啊呀！"小沙弥吓得蒙住了眼睛。

那一刻，乔昭的心跟着提了起来，但面上却没有露出半分端倪，目光平静地看着那个背影。

邵明渊落在断桥口处，脚尖轻轻一点又折身返了回来，如一只展翅翱翔的鹰。

待他落到地面上，玄景一脸崇拜道："施主，你原来会飞！"

邵明渊笑着捏捏小沙弥胖嘟嘟的脸蛋，而后摊开手心："黎姑娘，你看这串佛珠会不会是无梅师太遗落的？"

乔昭记性好，拿起佛珠仔细打量一番，点头道："无梅师太确实有这么一串沉香手珠。"

她说完把佛珠套在邵明渊手腕上，在他不解的目光下与之拉开了一小段距离，然后嗅了嗅，肯定道："这串沉香手珠是无梅师太的无疑。"

"黎姑娘能肯定？"

"能的。无梅师太一直戴着这串手珠，我与师太接触时大半时间都是我们现在的距离，闻着就是这样的香味。"

每一串沉香手珠都会随着佩戴时间的不同有着独属于自己的味道，不过这样细微的差别想要分辨出来需要足够的熟悉或者细心。

黎姑娘每七日才来一次疏影庵，熟悉定然是谈不上的，那么靠的就是超乎常人的记性与细心了。

邵明渊忍不住想：这就是令他怦然心动的女孩子，越是与她相处，就越能发现她更多值得人喜欢的地方。

也许他的妻子乔昭也是这样聪慧的姑娘，如果他有机会与她相知相守，早早把她装在心里，就不会有如今的痛苦与遗憾了。

第二十章 水落

两大一小直接回了大福寺。

平日里祥和兴盛的寺院如今气氛低沉,仿佛有阴云笼罩在上方。

"住持,这是我们在断桥处发现的手珠,应该是无梅师太的。"邵明渊把沉香手珠交给了住持。

他们毕竟是外人,而大福寺与疏影庵则同气连枝,该告诉大福寺住持的自然无须隐瞒,只除了那颗含毒的牙齿。

在场的除了住持还有几位长老。住持把手珠接过来,仔细看了看,点头:"阿弥陀佛,这确实是无梅师兄的手珠。"

"这样说来,掳走无梅师兄的凶徒就是走的这条路线。"一名长老道。

另一名长老接着道:"贫僧记得那条路通往两个地方,一处是大福寺,另一处则通往深山老林。那些深山老林中零星有猎户人家,偶尔会有猎户前来大福寺以草药换取盐巴等物。"

众僧互视一眼。

住持开口道:"这就分出一队人去那边看看。"

"住持师兄最好多安排一些人去探查,那边地形复杂,要保证安全。"

"这是自然。"

邵明渊与乔昭皆没有插话,在住持安排具体事务时识趣退了出去。

二人站在开阔处说话。

"邵将军,你说大福寺的僧人会搜查大福寺吗?"

"不好说,即便会搜查,也不会大张旗鼓。"

乔昭点点头:"是啊,倘若无梅师太被隐匿在寺中,那么凶徒明面上的身份就是大福寺的僧人。一旦大张旗鼓搜查，凶徒就有可能狗急跳墙，悄悄把师太——"

"黎姑娘不要太担心。"邵明渊宽慰道，"还记得被我射杀的那个凶徒吗？"

乔昭条件反射打了个寒战，苦笑道："怎么会不记得？"

"我检查他身体时就发现，他指端老茧的位置是长期射箭磨出来的，这说明他伪装成猎户多年了。既然无梅师太手中有他们需要的东西，能让他们隐忍这么多年，那只要那个东西没有到手，他们就不会把人灭口。"

"但愿师太能撑得住。"乔昭这样说着，心中却有几分担心。

以无梅师太傲然出尘的性情，万一不堪受辱或许会选择自行了断……

"黎姑娘，我们回去吧。该查探的已经查探过了，剩下的事要看住持安排了。"

"好。"乔昭点点头。回到竹屋她可以试着分辨一下那颗牙齿中的毒素，说不定会有别的发现。

走在路上，乔昭低声对邵明渊道："邵将军，我还是觉得凶徒十有八九就隐藏在大福寺中。我先前回到疏影庵中，并不是运气不好撞上那名凶徒，而是他一直在等我，这说明他对我每天什么时候前往大福寺替你施针是清楚的。他不会选在我没去大福寺前动手，那样会引起你的怀疑。只有等我替你施完针回去再灭口，才能把被发现的时间拖延到第二天。如果凶徒是外面的人，怎么会知道这么清楚呢？"

"不管会不会隐藏在大福寺中，凶徒与大福寺定然有联系。走，我们去看看静翕师父醒了没有。"

二人回到竹屋，乔昭问守在静翕屋外的僧人："师父，静翕师父可否醒过来了？"

僧人冲乔昭合十一礼："施主可以进去看看。"

乔昭回头，对邵明渊道："我先进去瞧一瞧。"

邵明渊领首。

乔昭走进去，就见静翕依然沉睡着。

她悄悄退了出去，冲邵明渊摇摇头。

二人在竹屋后的木椅上坐下来。

乔昭拿出折叠好的手帕，打开来露出那颗毒牙。那颗牙齿的牙根处泛着黑黄色，令人作呕，她却直接用银针挑出一点毒素放到鼻端嗅了嗅。

邵明渊颇为意外。他以为女孩子对这类的东西都会觉得恶心的。

乔昭睨他一眼，淡淡道："看我做什么？"

仿佛猜透了邵明渊的心思，少女波澜不惊道："我当然也会觉得恶心，但查出是什么毒更重要，不是吗？"

邵明渊点头，深深凝视着她，语气是自己都不曾想到的温和："是。"

乔昭全部的注意力都放在那颗牙齿上，嗅过后皱眉道："不是砒霜。"

"能闻出来？"邵明渊笑问。

"嗯，砒霜有种苦杏仁的味道，很好分辨的。"乔昭隔着手帕摆弄着那颗根部发黄的牙齿，迟疑道，"有很淡的腥气，倒像是从活物体内取出的某些毒液。"

"活物？"

乔昭抬眸看他一眼，语气无波道："比如说蛇毒。"

邵明渊神色凝重："若真是活物，那么确定到底是从什么活物体内提取的毒素就很有必要了。"

不同的地方会有不同的鱼虫走兽，如果幸运，甚至能凭借此点推测培养死士的是哪一方势力。

"黎姑娘能分辨出来吗？"

乔昭摇摇头："暂时不行，这里什么都没有，要想确定到底是什么毒素需要借助许多东西来验证，只能等出去再说了。好在这种毒能保持很久，耽误几日并没影响。"

"那就等出去再说。"

"邵将军，你要不要把疏影庵发生的事传递到外面去？"

现如今外面都知道邵明渊有能力进出山，而无梅师太失踪是大事，要是不把这消息传递出去，回头有可能会被上面怪罪。

"要传出去的。我已经发了信号，在等亲卫的信鸽。"

乔昭有些意外。他不打算亲自走一趟吗？

似是猜到乔昭所想，邵明渊笑笑："此处敌暗我明，迷雾重重，留你一人在这里太危险。"

"原来我成了邵将军的累赘。"乔昭无奈地笑笑。

"不是。"邵明渊断然否定。

迎上少女深邃的眸光，他认真道："黎姑娘不要这么想。我现在日日离不开黎姑娘施针，那岂不是黎姑娘的累赘？"

乔昭莞尔一笑。算这傻瓜有自知之明。

"二位施主，静翕师兄醒了。"一位僧人过来报信。

乔昭走进竹屋。

"静翕师父，您现在觉得好些了么？头是否还疼？"

静翕半坐着："已经好多了，原来黎三姑娘还懂医术。"

"跟着干爷爷学了一点皮毛。静翕师父，您跟着师太好多年了吧？"

"是啊，从师太在庵中落发，贫尼就被派来服侍师太了。黎三姑娘，现在有师太的消息了吗？"

"还没有，大福寺的住持已经安排师父们四处寻找了，静翕师父要放宽心。"

"阿弥陀佛，都说出家人四大皆空，可真正能做到的恐怕早已成佛了。不怕黎三姑娘笑话，贫尼一想到师太如今生死未卜，便心如刀割。"

"静翕师父的心情我感同身受。我虽与师太只相处了几个月，却早已被师太的风采所倾倒。"乔昭打量着静翕的神色，忽而问道，"静翕师父跟了师太这么久，那有没有听师太提起过手中有什么特殊物件？"

静翕缓缓摇头："贫尼醒来后反复想过了，并没有。"

"师太也没有过反常的言行？静翕师父仔细想一想，这很可能关乎到能不能顺利找到师太。"

静翕陷入了思索："师太刚来庵中时贫尼还小，依稀记得那时候师太经常整夜整夜睡不着，不过这也是人之常情吧，算不上反常，再后来师太就渐渐作息正常了。"

静翕说到这里顿了一下："让贫尼想想，后来师太似乎还有睡不安稳的时候，一次是在三年多前……"

乔昭心中一跳。三年多前，正是祖父过世的时候。不知为何，明明知道无梅师太对祖父的情意，她却很难对这位青灯古佛大半生的公主生出反感来。想到无梅师太，她更多的是唏嘘。情之一字，还真是让人烦恼啊。不过很显然，无梅师太的失踪与祖父的过世没有任何关系。

"还有奇怪的地方吗？"

"还有一次，距现在很多年了。师太曾经下过一次山，回来后又有几日睡不安稳。"静翕叹气，"贫尼之所以记得，就是因为师太在庵中几十年，那是唯一一次下山。"

"静翕师父还记得那是哪一年吗？"

"有二十年了吧。嗯，现在是明康二十五年，那时候是明康五年。"

"静翕师父陪师太一起下山的吗？是否知道师太见了什么人？"

"陪师太下山的不是贫尼，而是当年与师太一同落发的婢女，那位师兄已经过世多年了。"静翕收回思绪，"这么久的事，应该不会与师太这次的劫难有关系。"

"那么静翕师父有没有遇到过奇怪的事呢？"趁着气氛正好，乔昭转而问到了静翕身上。

静翕笑笑："贫尼从有记忆起就在庵中，每天过得都差不多。"

"静翕师父有没有救过人？或者结交过什么朋友？"

"贫尼很少下山，没有机会结交朋友。至于救人——"静翕沉吟一下，"曾经在山脚下给过一位快饿晕的人一块馍馍，除此之外，没有过什么特别的事了。"

"那静翕师父好生歇息吧，我再去打探一下情况，有师太的消息就立刻告诉您。"

"多谢黎三姑娘了。"

乔昭走了出去。

邵明渊坐在竹林旁的草地上，一只灰色的信鸽扑棱棱落下来，在他脚边跳跃。

他伸出手，唇微拢发出调子奇特的声音，信鸽展翅落在他手上。

乔昭走过来，在一旁坐下，好奇问："这就是经过特殊训练的信鸽吗？"

"对。"邵明渊把早就准备好的情报卷成细小的纸条放入信鸽腿部的铜管中,手一扬放飞了信鸽。

乔昭盯着信鸽消失的天空出神。

"黎姑娘喜欢鸽子?"邵明渊侧头问身旁的少女。

乔昭回过神来:"谈不上喜欢鸽子这一种,会飞的鸟儿我都喜欢。对了,我刚刚从静翕师父那里打听到一些陈年往事,不知道会不会和无梅师太的失踪有关。"

"黎姑娘说说看。"

"静翕师父说,无梅师太来到疏影庵后这么多年只下过一次山,不过已是二十年前了。"

"明康五年?"

"对,就是明康五年,那时候邵将军刚刚出生吧?"

她与邵明渊同龄,皆是明康五年出生。

那一年,对于无梅师太来说,究竟有什么特殊的事情发生呢?

邵明渊点头:"不错,我那时候才出生。"

明康五年,他还是襁褓中的婴儿,父亲说他的生母死于难产,然后他被充作嫡次子抱回了靖安侯府。

他问过父亲把生母葬于何处,父亲说充作奴婢葬在了侯府郊外的庄田里。他追寻而去,看到的是一座没有墓碑的小土丘。

跪在那座几乎被野草埋没了的小土包前,他忍不住想:这里面埋葬的就是给予了他生命的娘亲吗?这么些年,她可曾怪过他与父亲从未来看过她?

明康五年,对他来说,又何尝不是一个特殊的年份呢?

"静翕师父说,那年无梅师太下山回来后有一段日子夜里失眠。只可惜年代太久远,疏影庵又与世隔绝,想要查到当初无梅师太下山做了什么无异于痴人说梦。"乔昭叹道。

邵明渊双手撑着草地仰望着蔚蓝天空,暖洋洋的阳光让他舒服许多:"太久的事,确实很难查了。"

如果可以,他多么想知道生母是个什么样的女子,有什么样的出身,生母在这世上是否还有亲人。只可惜,父亲对这些只字不提。

"不过有一件事或许可以查一查。"乔昭同样双手撑着草地,随手拨弄着青草。

邵明渊侧头看她。

"静翕师父说曾经在落霞山脚下对一名快饿晕的人有一饭之恩。假设静翕师父没有隐瞒什么,那我们可以试着查查那个人后来与大福寺有没有什么联系。"乔昭看了一眼竹屋,低声道,"如果说凶徒有什么破绽,那么独独留下静翕师父活口就是最大的破绽。邵将军觉得呢?"

邵明渊笑笑:"在没有更多线索的情况下,确实不能放过任何细微的可能。"

灰色的信鸽飞过被阻隔的山路,落在邵知手中。

江十一默默走到邵知身边。

邵知看他一眼,背过身去解下信鸽携带的铜管,从中取出纸条。

江十一又绕到邵知面前来,冷冷问道:"冠军侯传来什么消息?"

邵知心里骂了一声娘。现如今所有人都知道只有他们将军大人是唯一能传出山里消息的人,所以一切讯息都成了透明的。然而,这人怎么这么讨厌,就算要把将军传出来的消息公之于众,有必要跟哈巴狗似的盯这么紧吗?锦鳞卫不是很能耐吗,这么能耐怎么不自己进去?

邵知展开纸条看了一眼,脸色陡然变了。

"什么事?"江十一伸手去接纸条。

还真是不客气!邵知暗暗抽动一下嘴角,把纸条塞给江十一。

江十一展开一看,冷冰冰的脸上有了诧异的神情。

"如果冠军侯还有别的消息传出来,请通知在下。"江十一快步走至一旁,招来一名锦鳞卫低声吩咐几句。

那名锦鳞卫立刻翻身上马,一骑绝尘而去。

江堂得到无梅师太失踪的消息时,正坐在家中园子里树下的躺椅上纳凉,惊得手中蒲扇都掉下去了:"确定是冠军侯从山里传出来的消息?"

"回禀大都督,是十一爷亲眼看着冠军侯的亲卫从信鸽腿上取下来的情报。"

江堂站起来,苦笑着摇摇头,一边往外走一边道:"近来还真是不安生。对了,黎三姑娘安然无恙吧?"

"这个十一爷没有说。"

江堂微松口气。

冠军侯没有提,就证明那个小丫头平安无事。

说起来,怎么这丫头走到哪里,哪里就多灾多难呢?

这个念头一闪而过,江堂笑了笑,心道:只要那丫头无事就好,这些日子自从服用解毒丸后,他整个人都舒坦多了。

"爹,您去哪儿?"江诗冉迎面走来。

"爹要换一身衣服进宫一趟。"

"这个时间您还要进宫啊?"

"有要紧事,冉冉自己在家要好好吃饭。"

江诗冉撇了撇嘴:"一个人吃饭好没趣儿,爹要进宫去,十三哥又不住在家里了。爹,要不我陪您一起进宫吧。"

江堂沉下脸:"胡闹,爹进宫是有正事面圣,你跟着去做什么?"

"我去看看真真啊。真真不是去疏影庵遇到了山崩,前天我进宫去看她,正赶上她歇了,没有见着人。"

"你要去看九公主什么时候不行,非要跟着爹去凑热闹!"江堂皱眉。

他这个女儿确实被他宠坏了,自幼似乎没有什么要好的朋友,唯有九公主与女儿关系不错。

"爹,就一起去嘛,一起去一起回不是挺好的。"江诗冉挽住江堂手臂软语相求。

"好吧,你要是先出来就不必等着爹,自己坐车回家,记得不?"

"知道啦。"

父女二人一同进宫去,江诗冉去公主居所探望真真公主,江堂则直接去面圣。

"大都督来了,请稍等,皇上在忙呢。"秉笔太监魏无邪笑眯眯道。

江堂一听就暗暗叹了口气。

糟糕,又赶上"仙丹"出炉了!

江堂足足等了半个多时辰,才等到明康帝的召见。

威风八面的锦鳞卫指挥使此刻面上不敢流露丝毫不耐之色,恭恭敬敬给明康帝见礼。

"起身吧。"明康帝淡淡道。

江堂这才直起身子。

"奶兄坐吧,又不是上朝的时候,这么拘谨作甚?"

"多谢皇上赐坐。"江堂规规矩矩坐下来。

都知道他是皇上心腹,在天子面前有赐坐的殊荣,然而作为最了解明康帝的数人之一,他却一刻不敢掉以轻心。正是因为了解,才更能深深意识到这位天子是多么喜怒无常、城府深沉。

"魏无邪——"

"奴婢在。"

"把朕新得的仙丹赐给大都督两颗。"

"是。"魏无邪立刻端着托盘出来,托盘上放着一个水晶盘,盘中有两颗红彤彤的丹药。

江堂看了一眼,头皮顿时发麻。这是新品种啊!

"奶兄尝尝看。"明康帝笑眯眯道。

他没有穿龙袍,而是穿了一件宽大的道袍,看起来不像是一国君主,更像是一名法术高深的道士。

"谢皇上赏赐。"江堂在明康帝笑眯眯的目光注视下,一脸感激地吞下了两颗丹药。

他吞得急,一下子噎住了,憋得脸通红,一副上不来气的样子。

明康帝大笑:"心急什么,朕这次得了不少呢,等奶兄走时再带几颗。"

"咳咳咳——"江堂再也忍不住地大声咳嗽起来。

明康帝不以为意,反而温声吩咐魏无邪道:"魏无邪,快给大都督倒杯水送送。"

江堂好不容易把两颗丹药咽下去,噎得满眼都是泪,捧着水杯灌了好几口,请罪道:"臣该死,在皇上面前失礼了。"

"起来,起来,朕知道你急着尝仙丹的味道,不过又不是吃过这一次就没有了。朕但凡得了仙丹,肯定会和奶兄分享的。"

江堂:"……"

不过他知道,刚刚的表现显然把明康帝取悦了,等下说出无梅师太失踪的消息,大概就不用面对帝王的雷霆之怒了。

这样想着,江堂悄悄松了口气。

"奶兄觉得如何?"明康帝问。

江堂暗暗叹了口气。

这也是他没办法换掉丹药的原因,皇上每次都要问他吃下丹药后的详细感受,从味道到吃下去后的感觉,定要细细问过才肯罢休。

"入口辛辣,吞入腹中后仿佛有火在烧……"江堂详细描述着吃过丹药后的感觉。

所以说那丫头果然是个聪明的,有这么一位三天两头赐丹药的天子在,就不怕他卸磨杀驴了。

何止不能卸磨杀驴啊,以后谁要敢伤着那丫头,他就要谁的命!

"这是天师改良了丹方后开炉炼出来的,没想到一炉就成功了,正好被奶兄赶上。"明康帝以一种"你走运了"的语气说道。

江堂感激涕零:"都是圣上仁德,才能让天师顺利炼出仙丹。"

这位令文武百官忌惮的锦鳞卫头目,从进来到现在,只字不提进宫的目的。

君臣二人就着仙丹这个话题聊了许久,直到明康帝心情大好,主动问道:"奶兄这个时候进宫见朕,有什么事?"

江堂立刻绷紧了后背,身体前倾,毕恭毕敬道:"冠军侯从山中传来消息,有凶徒杀害了疏影庵的尼僧,无梅师太下落不明。"

明康帝陡然收起嘴角笑意:"无梅师太下落不明?"

"是。"

"现在情况怎么样了?有没有无梅师太的消息?江堂,朕的锦鳞卫都在干什么呢?"

江堂从椅子上起来,跪了下去:"皇上,如今因为山崩,通往大福寺的山路断绝,目前只有冠军侯一人能出入。"

"你的意思是说,朕的锦鳞卫没有一人能进去?"明康帝语气淡淡地问道。

江堂冷汗直冒。要是不顾性命，十一、十三他们几个当然也能试一试，可万一中途失足，不就太冤枉了。作为义父，他舍不得让精心培养大的义子做这种没必要的牺牲。

当时，谁也不知道疏影庵会出这么大的事。

"也对，世上只有一个冠军侯。"明康帝淡淡道。

"皇上说得是。"

承认此点并没有什么丢人的，若人人都能做到冠军侯那样，北地就不是非冠军侯不可了。

"朕知道了，无梅师太有什么消息传出来速速来报，太后那边暂且先瞒着。"

"臣明白。"

明康帝站了起来，在殿内来回踱步，停下来眺望窗外。

红墙绿柳，盛夏的皇宫被名贵的花草装点得分外华丽，明康帝却觉得很烦躁。

花有重开日，人无再少年。他的时间用来修道尚且不够，偏偏要有这么多俗事烦他！

"退下吧。"明康帝摆摆手。

顺利把无梅师太失踪的坏消息报告给了皇上，江堂悄悄松了一口气："微臣告退。"

"奶兄等等——"明康帝似乎想起了什么，转过身来喊道。

江堂立刻停下来，恭敬问道："皇上还有什么吩咐？"

明康帝扫了秉笔太监魏无邪一眼："魏无邪，装两枚仙丹给大都督带上。"

"是。"

魏无邪递给江堂一只玉盒，江堂忙接过来谢恩，心道：皇上记性忒好了啊，以后谁再怀疑皇上因为修道忘了红尘琐事，他就跟谁急！

江堂等在宫外，等到了江诗冉出来。

"爹，原来您早出来了。"

"上车吧。"

父女二人进了马车。

"九公主还好吧？"江堂随口问道。

"不好。"

"怎么？"

"她的脸烂了。"

"烂了？"江堂一脸意外，"这是什么话？"

他怎么有点听不懂这种形容？

"就是脸烂了啊，像肉坏了那样腐烂了。"

江堂大为意外。他没想到女儿说的"烂了"就是真的烂了的意思，锦鳞卫虽然消息灵通，但对皇上的后宫是不能伸手的。

"爹，真真好可怜啊，咱们帮帮她吧，不然她要活不下去了。"

江堂失笑："爹又不是大夫，怎么帮？九公主没有请太医看过吗？"

"看了，连李院使都请过了，但束手无策。"

"那爹就更没办法了啊。"

"谁说的，女儿知道，就算别人都没办法，爹也有办法的。"

"那冉冉说说爹能有什么办法？"江堂好笑问道。

"我听说李神医能活死人肉白骨，医术出神入化，爹能不能把李神医找到，给真真治脸？"

"李神医不在京城。"江堂收起笑意。

"那爹派人把他找来啊。"

"南边传回来的消息，李神医出海了。海域比陆地还要广袤，要去哪里寻找呢？"

江诗冉一听急了，嗔道："那怎么办呢？爹，您当时就该拦着李神医不让他出京的。"

江堂无奈笑笑。

李神医是皇上当年亲口允诺可以自由离去的人，别人能拦着，锦鳞卫却不可以。

"爹笑什么？"江诗冉伸手揪住了江堂的胡子，"我不管，爹当时没有拦着李神医，现在找不到了，那么爹要想办法赔我。我都答应真真了，不能在她面前丢脸。"

"快松手，快松手。"江堂赶紧抢救自己的胡子，"傻丫头，爹给你指一条明路吧。"

江诗冉放开江堂的胡子："什么明路？"

她就知道，父亲一定有办法的。

"等山路疏通了，可以找那位黎姑娘试试。"

江诗冉蓦地瞪大了眼，以为自己没听清楚，追问道："什么黎姑娘？"

"就是困在山里的那位黎三姑娘。"

"爹，您在说笑话吗？为什么找她？"

江堂轻轻揉揉江诗冉的头发："傻丫头，黎三姑娘是李神医的干孙女啊。"

"那又怎么样？您还是我爹呢，可我也没有您的本事啊！"江诗冉越想越气，翻了个白眼。

江堂却大笑起来。

女儿很会说话嘛，知道当爹的有本事。

"爹，您还笑！明明知道我最讨厌那个姓黎的，还要提起她给我添堵！"江诗冉一生气又揪住了江堂胡子。

江堂无奈道："快松手，多大了还胡闹！"

"哼！"江诗冉冷哼一声，别过脸去不说话。

江堂笑笑，靠着车壁闭目养神。

他不吱声，江诗冉又忍不住了，回过头来软语求道："爹，您别睡啊，快给我想想办法。真真太可怜了，我不能不管她。"

江堂睁开眼，无奈道："爹不是已经给你想过办法了吗？"

"您那是什么办法呀？纯粹哄着我玩呢！"

"正经事上，爹什么时候哄过你？"

江诗冉一愣，迟疑道："黎三真的能帮到真真？"

"能不能帮到，爹也不敢保证，不过那个小姑娘当时不是伤了脸嘛，后来没有落下疤。"

"对，我想起来了。"江诗冉喃喃道，然而她还是不愿意相信一个比她还小的女孩子会什么医术，抚掌道，"她手上一定有李神医的灵丹妙药！"

夜色中的大福寺巍峨庄严，却少了往日的安详静谧，寺中一片灯火通明。

外出搜寻无梅师太下落的一队僧人踏着月光返回了寺中。

除了这一队僧人，还多了一男一女两名年轻人，二人皆被五花大绑，推到大福寺住持面前。

"住持，弟子等人在深山一处老屋里发现了这二人，形迹非常可疑。"

住持看了二人一眼，问道："有什么可疑之处？"

"这名男子穿的衣裳和今天在疏影庵中死去的凶徒所穿的衣裳材质、样式皆是一样的。我们还在那间老屋里发现了大福寺与疏影庵的布局图。"领队僧人把一张兽皮递给住持。

住持展开兽皮看了一眼，面色微沉："阿弥陀佛，二位与杀害疏影庵尼僧的凶徒有何关系？"

年轻男子垂着头，整个身体的重量都压在了扶着他的僧人身上，对住持的问话毫无反应。

年轻女子却大叫道："你们这些老糊涂的和尚，快把我们放开！都说过多少次了，我们没杀人，也不认识什么凶徒。我是翰林院修撰黎大人府上三姑娘的贴身丫鬟，他是三姑娘的车夫，你们抓错人了！"

"住持，和冠军侯在一起的那位姑娘就是黎三姑娘。"一位僧人凑在住持耳边提醒道。

"女施主是黎三姑娘的丫鬟？"

"对呀，我都说破了嘴皮子这些和尚都不信。你要是也不相信的话，可以叫玄景小师父来，他认识我！"

"去请冠军侯与黎三姑娘过来。"住持低声吩咐僧人。

"住持，你快命人把他松绑。他身上有伤，被你们这么一折腾，快要支撑不住了呢！"冰绿焦急不已。

晨光若不是为了保护她，也不会受这么重的伤。刚开始她以为他快不行了，养了几天总算谢天谢地有了起色，谁知这些臭和尚就闯了进去。

"施主少安毋躁。"

"少安毋躁，少安毋躁，再不让他好好歇着，万一有个什么事你们负责吗？"

"施主还是先证明自己的清白再说吧。"一位中年僧人沉声道。

这僧人生了一对长而黑的眉，眼角上翘，不同于住持的慈眉善目，看着有几分凌厉。

冰绿却浑然不怕，翻了个白眼："住持还没说什么呢，你凭什么诬赖人啊？"

"阿弥陀佛，施主再逞口舌之利，贫僧只好先请你们去戒律院了。"

"凭什么？我们又不是大福寺的僧人！"

中年僧人沉声道："就凭无梅师太下落不明，疏影庵的尼僧们全都被害！"

冰绿冷笑："那和我们有什么关系？大福寺与疏影庵离得这么近，你们保护不好师太，又找不到凶手，就跑到深山老林去把我们抓回来？"

这话一出，很多僧人惭愧低下头去。

中年僧人高声道："把他们带到戒律院去！"

"师弟不要急——"

"住持该不会想包庇他们吧？"

"阿弥陀佛，师弟你这话就过了。"住持面色有些难看。

他已经老了，作为首座的师弟却正当壮年，不过大福寺作为天子脚边的寺院这些年都安然无事，这一次确实是树立威望的机会，难怪师弟沉不住气了。

"住持。"夜色中传来年轻男子平静的声音。

冰绿一扭头，不由大喜："姑娘，姑娘，是婢子啊！"

她一面喊一面挣扎："快放开我，你们这些臭和尚！"

"冰绿？"乔昭与邵明渊对视一眼，随后快步走过来。

"冰绿，你怎么在这里？晨光呢？"乔昭问完，顺着冰绿视线看过去，不由吃了一惊，"晨光？"

她伸手去抓晨光手腕，被中年僧人拦住："施主请不要妄动，他们是嫌犯！"

"嫌犯？"乔昭面色微冷，"是不是嫌犯，稍后再说，现在，我要给他看诊。"

中年僧人冷笑一声："这两个嫌犯，一个说是施主的丫鬟，一个说是施主的车夫，施主是不是要给我们大家一个交代？"

"师父想要什么交代？"邵明渊走过来，站在乔昭身边。

大福寺的僧人身在红尘之外，又与皇家有着若有若无的联系，对朝中百官并没有多少畏惧。

中年僧人冷冷道:"疏影庵的师兄们惨遭杀害,无梅师太生死未卜,贫僧有理由怀疑,此事与黎姑娘定然有联系。"

"出家人慈悲为怀,不论师父有什么怀疑,请先让黎姑娘替她的车夫诊治过再说。"邵明渊面沉似水,伸手去解捆绑晨光的绳索。

"施主莫非要插手我们大福寺的事?"

邵明渊转身,定定看着中年僧人:"师父错了,这其实是疏影庵的事。"

就算疏影庵与大福寺同气连枝,他也不会让人牵着鼻子走。一个和尚庙,一家尼姑庵,难道他们能说这就是一家吗?

中年僧人果然被邵明渊一句话噎得无法反驳。

邵明渊已经解开晨光手上绳索,唤道:"晨光,醒醒——"

"邵将军,先扶晨光去屋子里。"乔昭提醒道。

邵明渊扶住晨光:"回竹屋。"

"不可回竹屋!"

邵明渊看向中年僧人。

"施主一定要先给此人诊治可以,但请在寺中看诊,不然若是人跑了,到时候不好说。"中年僧人冷冷道。

这时住持开口道:"侯爷,寺中客房一应物品俱全,留在寺中看诊更方便些。"

邵明渊深知做事留有余地的道理,没有反驳住持的话,扶着晨光进了客房。

"住持,我需要丫鬟给我打下手。"乔昭语气平静道。

没等住持说话,中年僧人就道:"施主莫要得寸进尺!"

乔昭扫他一眼:"师父何必多此一举。冰绿只是个弱女子,就算给她松绑,有这么多高僧在还怕她跑了不成?"

"那也未必。"

乔昭一笑:"师父怕什么呢?是怕我们逃了?"

她环视众僧一眼,目光最后落在中年僧人身上:"那师父就更是多虑了。如果我们想逃,有邵将军在,谁又能拦得住?"

这话一出,场面便是一静,许多僧人露出羞愤之色。

这女施主太瞧不起寺中武僧了吧?然而这似乎是事实——

乔昭料定了众僧会有这种反应,语气一转:"但邵将军不会这样做,也没必要这样做,师父这种担心是多余的。"

她说完,转而看向住持:"住持觉得呢?"

"给这位女施主松绑。"住持道。

"住持——"中年僧人面色不快喊道。

"师弟不要说了。黎姑娘说得不错,人已经在这里,不急于一时,等明天再问不迟。"

乔昭解开冰绿手上绳索,带她走进客房。

邵明渊默默跟了进去。

"姑娘,晨光会不会有事啊?"

"先不要闹。"乔昭替晨光把过脉,问冰绿,"他身上是否有伤?"

"有,后背上有伤口。"

乔昭抬眸:"邵将军,麻烦把晨光翻过来,背朝上。"

邵明渊依言照做。

乔昭淡定伸手掀起了晨光衣裳,露出年轻男子结实的后背。

邵明渊眉心跳了跳。

果然是他想多了,黎姑娘对病患全都一视同仁。

冰绿捂住嘴,嘤嘤哭道:"姑娘,您一定要治好晨光,他都是为了保护婢子才变成这样的。"

乔昭目光落在晨光狰狞伤口交错的后背上,叹口气:"确实是挺严重的。"她说着伸出素白莹润的手指,轻轻落在一处向外翻卷的伤口处,"而且这里化脓了。"

"化脓是不是有可能会死——"冰绿顿时白了脸。

乔昭冲她莞尔一笑:"化脓有可能会死,不过有我在,就不会。"

她的小丫鬟明显动了春心,她怎么能让她心碎呢?

邵明渊同样被那个温柔的笑容晃了一下神。

他确定,自信的女孩子很可爱。

"邵将军?"

邵明渊猛然回神:"黎姑娘喊我?"

"有干净匕首吗?"

邵明渊弯腰从裤腿中抽出一枚匕首递过去:"这柄匕首还没用过。"

乔昭接过来,吩咐冰绿:"把窗台上的油灯拿来。"

"姑娘,油灯。"

乔昭抽出匕首在火焰上烫过,俯身凑在晨光耳边喊他的名字。

"姑娘要干什么啊?"冰绿一脸费解。

邵明渊没有吭声,默默看着。

乔昭直起身来,对冰绿道:"准备热水和干净的软巾。"

客房是专为香客们歇脚所设,这些东西自然一应俱全。

见冰绿把所需之物都准备好,乔昭把匕首塞回邵明渊手中:"邵将军动作快,麻烦把这个地方割下来。"

"割肉？"冰绿惊呼出声，"这，这——"

话未说完，邵明渊已经手起刀落，把晨光后背化脓的地方割了下来。伤口处顿时渗出一片红。

晨光呻吟一声，垂在床边的一只手猛然拽住了乔昭的裙摆。

乔昭顾不得理会这些，飞快把银针刺入伤口四周，那快速渗出的血竟然止住了。她全神贯注地处理晨光的伤口，额头渐渐布满细密的汗珠。

邵明渊拿出手帕递给冰绿，示意她替乔昭擦汗。

乔昭匆匆看邵明渊一眼，点头表示谢意。

两刻钟过去，一切总算处理妥当，乔昭松了口气，对冰绿道："说说你们这几天的情况吧。"

冰绿对乔昭二人讲起了那天的遭遇："婢子失足跌下山坡，再醒来时发现躺在河边，晨光就躺在不远处。他醒来后带着婢子找到一座老屋避雨，老屋中的猎户收留了我们。今天一早猎户说要出去一趟，结果一直没回来，反而来了一群和尚，非说我们和杀害疏影庵师太们的凶徒是一伙的，还逼问我们把无梅师太藏到哪里去了。"

冰绿越说越气愤："我们怎么解释他们都不相信，尤其是那个凶和尚，根本不顾晨光的身体，强行把我们绑了带了回来。幸亏姑娘也在，不然晨光定然没命了。"

"那名猎户有没有什么异常？"邵明渊问。

"异常？"冰绿想了想道，"晨光悄悄跟我说，那名猎户功夫应该不错，让我不要离开他半步。"

邵明渊与乔昭对视一眼。

"应该是同一个人。"乔昭道。

邵明渊颔首："明天可以让冰绿去认一认。"

冰绿一头雾水："姑娘，你们在说什么？"

乔昭笑笑："明天你就知道了。"

"冰绿，你们这几天一直与那名猎户在一起吗？到今天为止，这期间他有没有出去过？"邵明渊再问。

"他每天都会出去啊，回来时会带些兔子、野鸡之类的猎物。"说到这里冰绿抿嘴一笑，"那野鸡炖了汤还真好喝呢。"

"你们有没有见过别人？"乔昭问。

既然确定了凶徒不止一个人，而是有同伙，那么他们策划了这么大的事就不可能不联系。

"有的。"冰绿给了二人一个惊喜，"我们去的第二天，有个人来找他，不过见我们在，那人没进屋，而且以后再没见过。"

"那人长什么样子？"

冰绿皱眉："看不到呀，那人戴着斗笠。"

乔昭看了邵明渊一眼。

"那天没有下雨，老屋又位于深山老林中，去见同伙的话按理说没有戴斗笠的必要，因为这样反而更加显眼。"邵明渊分析道。

二人对视一眼，异口同声道："除非为了掩饰更明显的特征！"

冰绿吃惊张了张嘴，看看邵明渊，又看看乔昭："姑娘，你们在说什么呀？"

二人皆没理会冰绿。

"所以他的身份，很可能是——"碍于冰绿在场，乔昭后面的话没有说出来。

并不是不信任自己的丫鬟，而是冰绿太沉不住气，一旦知道了容易说漏嘴。

邵明渊点头："对。"

冰绿更加疑惑："姑娘，婢子怎么觉得几天不见，连话都听不懂了？"

乔昭安抚地拍了拍她的手臂，望着邵明渊道："我奇怪的是，如果收留冰绿他们的猎户就是那个凶徒，在如此关键的时刻，他为何没有对冰绿他们下手呢？"

邵明渊看了昏睡不醒的晨光一眼，沉声道："有两种可能，一种是晨光露了两手，让他心生忌惮，在没有十足把握的情况下不敢打草惊蛇。还有一种可能——"

"转移视线，掩护真正掳走无梅师太的凶手？"乔昭接口道。

"对，这是第二种可能，也可能是发现晨光不好对付，对方临时有了这个想法。"

"冰绿，那个头戴斗笠的人大概多高？是胖是瘦？"

"婢子当时只是瞥了一眼，约莫比我高三四寸，瞧着挺瘦的。"

乔昭沉吟道："冰绿在女子中只是中等身高，比她高三四寸，证明那人在男子中是偏矮的。"

邵明渊与乔昭目光相触，对那人已经有了大致轮廓：大福寺中的僧人，个子不高，偏瘦，很可能是半路出家，以及随时外出而不引人怀疑的差事。大福寺中僧人众多，但全符合这些条件的僧人必然不会太多，至少是可以查得过来的。

"出去吧。"邵明渊温声道。

"嗯。"乔昭点点头，对冰绿道，"冰绿，你留下照顾晨光吧。"

外面已是繁星满天，住持等人早已各自回房，几名僧人守在门外，一见二人出来，视线立刻投过来。

"还望各位师父能照顾好屋里的伤患。"邵明渊客气道。

"侯爷请放心，住持已经交代过了。"一位僧人道。

"请师父带路，我们想去和住持说一声。"

"二位施主这边请。"僧人领着乔昭二人去了住持的居所。

一盏茶的工夫后，乔昭二人从住持居所走出来，回到了竹屋。

乔昭停在竹屋前。

月光下，竹屋清幽，只闻竹叶沙沙作响。

"黎姑娘还不想睡吗？"邵明渊问。

乔昭往竹林的方向走了几步，轻声道："我有些担心师太的安危。虽说师太手中有让对方想要的东西，一时安全无虞，可万一对方被逼急了，也有可能狗急跳墙。"

"希望明天就能找到那个人。"邵明渊伸出手，想如曾经无数次宽慰将士们那样宽慰眼前的女孩子，却猛然意识到眼前的人到底和他那些生死兄弟是不一样的。

他只得不着痕迹把手放下来，温声道："别想太多，我们尽力而为，剩下的就看天意了。"

这世上最难测的是人心，对方什么时候会对无梅师太动杀机，难以预料。

乔昭垂眸盯着染上霜华的地面，淡淡道："尽人事听天命，道理我懂。"就像她明白她已经安全了，可还是不想去睡。她怕静下来，又想到那个凶徒压到她身上的那种窒息感。"要不然——"她想说，要不然一起随便聊聊天。

某人却接口道："要不然我去弄些东西给你吃吧。"

"邵将军会做饭？"

小半个时辰后，竹林尽头。

邵明渊把烤得金黄流油的野鸡撕下了一只腿递过去："可以吃了。"

乔昭有些不好意思："这里是佛门圣地。"

躲在这里一起烤野鸡吃不大好吧？

月光下，年轻的将军一笑露出整齐的白牙："佛门圣地在那边，这里只是山间竹林。"

"话虽如此，保护静翕师父的那两位师父恐怕会不高兴的。"

这么诱人的香味，定然瞒不过同住竹屋的僧人。

年轻的将军一本正经道："吃肉可以养身体、补充体力，高僧们慈悲心肠，定然能理解的。"

乔昭忍不住笑了，坦然接受了对方的好意。

她没想到邵明渊烧烤的手艺竟然很不错，一口气吃下整只香喷喷的鸡腿，胃顿时熨帖了，诚心赞道："很好吃。"

邵明渊视线从少女带着油渍的唇角移开，问道："还要吗？"

乔昭摇头："不了，吃饱了。"

邵明渊这才把剩下的鸡肉吃完，动作熟练地毁尸灭迹，而后冲乔昭一笑："走吧，该休息了。"

二人回到竹屋前。

乔昭临进去时转过身来，轻声道："邵将军，多谢。"

邵明渊有些意外，随后笑笑："举手之劳，主要是我也饿了。"

乔昭弯了弯唇角。真难得，居然还知道撇清。她转身走进竹屋，关上了房门。

邵明渊在外面站了一会儿，进了另一侧的竹屋。

竹林幽静，可没过多久，本来就没有睡意的乔昭便被外面的喧哗吵了起来。

她直接坐起来，看到外面一片火光，忙穿好鞋子走到门口，手握上了邵明渊给她的那只骨笛。

外面动静这么大，邵明渊定然也听到了。

这样一想，乔昭便打开了房门，外面的情景让她颇为意外。

数十名僧人把邵明渊所住的竹屋团团围住，手中举着的火把映照着他们凝重的表情。

邵明渊站在门口，遥遥与乔昭视线相对，安抚地冲她点点头，然后问众僧："不知各位师父这个时候前来是为了何事？"

"请侯爷随我们回寺中一趟吧。"

"师父可否告知在下，寺中发生了什么事？"

领头僧人强忍悲愤："我们首座遇害了，住持请侯爷随我们走一趟。"

僧人这话说完，邵明渊敏锐察觉围着他的僧人悄悄上前一步，缩小了包围圈。

他面上丝毫不动声色，淡淡道："好。"

听他直接应下来，众僧显然松了一口气。

邵明渊走到乔昭身边："黎姑娘，同去吧。"

"嗯。"乔昭点点头，与邵明渊走在一起。

二人在众僧的"簇拥"之下进了大福寺，才刚进去，寺门立刻关上了，深夜里发出刺耳的关门声。

大福寺中灯火通明，亮如白昼。

领头僧人直接发难："诸位师弟，把谋害首座的凶手绑起来！"

众僧一拥而上，邵明渊把乔昭护在身后，高声道："慢着！师父认为，是在下谋害了首座？"

"事到如今，侯爷还想狡辩不成？"领头僧人冷笑。

邵明渊一眼看到走来的住持，朗声道："住持，不知贵寺首座遇害究竟是怎么回事？在下与黎姑娘都在竹屋那边，为何会与此事扯上关系？"

"阿弥陀佛，不久前我师弟的房中传来一声惨叫，大家赶到时发现他已经惨死屋中。"

"那为何认为是在下所为？在下没有害首座的理由。"邵明渊平静问道。

他深知越是这种情况越不能急躁。

不等住持回答，领头僧人就激动道："当然有理由！我们首座之前就怀疑你们有问题，只是住持宽宏，一直不愿意相信。现在想想，首座怀疑的一点没错，无梅师太的失踪还有疏影庵师兄们的遇害定然是你所为。如若不然，怎么之前从未发生过这样的事，各位来到大福寺之后就发生了呢？"

"也就是说，师父全凭猜测？"

"不是猜测，而是合情合理的推测。这位女施主一直住在疏影庵中，没有人比她更熟悉庵中布局以及师兄们的作息规律。而侯爷又住在寺中，与女施主频繁接触，想悄无声息前往疏影庵行凶是很容易的事。"领头僧人道。

"那位凶徒又怎么解释？"乔昭问道。

看来首座之前对晨光的怀疑加上他的死，让众多僧人对他们起了疑心。

领头僧人冷冷道："那位凶徒说不定才是替罪羊，不然又怎么解释女施主的车夫与丫鬟会在那座老屋里，还有大福寺与疏影庵的布局图？"

他说完冲住持一礼："住持，无梅师太的失踪定然是他们几人精心策划的，您万万不可再听信他们的狡辩，让害死首座的凶手逍遥法外。"

住持面上瞧不出喜怒，看向邵明渊。

邵明渊淡淡问领头僧人："无论是猜测还是推测，师父其实还是没有任何证据了？只是想当然？"

"谁说没有证据？圆喜——"

一名清瘦的僧人站出来。

"圆喜是第一个发现首座遇害的人。圆喜，你把看到的再讲一遍。"

圆喜看了邵明渊一眼，往旁边挪了一步，才道："我出去如厕，猛然听到首座房里传来惨叫声，忙跑过去看，就见一个人影从首座屋里窜出来，跳上屋顶往那个方向去了。"

他伸手一指，正是竹屋的方向。

"那就证明是在下所为吗？"邵明渊面不改色问。

"虽然是夜里，但今晚月色不错，贫僧虽没看清凶手模样，却能确定他穿的不是僧袍，而是寺中为香客准备的衣裳，就如施主这般。"

这话一出，众僧视线全都落在邵明渊身上。

领头僧人接口道："从首座发出惨叫到我们赶过去，连一盏茶的时间都不到，试问除了侯爷谁能做到在如此短的时间内顺利脱身？"

邵明渊不以为意笑笑："自然是真正的凶手了。"

"侯爷是料定我们大福寺拿你没有办法吗？"领头僧人咄咄逼人问。

"不知诸位听到惨叫是什么时候？"

"两刻多钟前。"众僧纷纷道。

邵明渊笑了笑："不巧那个时候在下并没有睡下。"

领头僧人冷笑："侯爷当然不会睡下，那时候你不正在我们首座房中行凶吗？"

邵明渊随意走了两步，面带惭愧道："行凶不敢，杀生是真的。"

住持深深看了他一眼。

"让住持见笑了，那时候在下正在烤野鸡吃。"

乔姑娘垂眸，默默想：还好，没把她供出来。

邵明渊笑看乔昭一眼，补充道："与黎姑娘一起。"

乔昭："……"这人还有没有一点牺牲精神了？

这一刻，气氛有种诡异的沉默。

领头僧人轻咳一声打破沉默："侯爷与黎姑娘是一起的，这恐怕不能证明什么。"

"鸡骨头还埋在竹林尽头的土坑里，现在应该还是温热的。至于人证——"邵明渊扫了众僧一眼，视线落在某处，不紧不慢道，"保护静翕师父的两位师父可以作证。"

众僧立刻向那两名僧人看去。

领头僧人沉声问道："二位师弟当时可在场？"

两名僧人互视一眼，其中一人道："两位施主那时候确实在烤野鸡。"

领头僧人显然无法接受这个事实，黑着脸问："那个时候二位师弟还没睡？"

两名僧人默认，心道：能睡得着吗，烤野鸡味道那么香！

邵明渊垂眸暗笑，却察觉有一道熟悉的目光落在他身上。

他侧头，对看他的姑娘轻轻扬了扬唇角。

乔昭猛然收回视线，抿紧了唇。

这么说，他们两个烧烤时，他就发现香味把两位僧人勾来了？居然还能面不改色地吃得香。

住持开口道："误会一场，还请侯爷与黎姑娘不要见怪。"

邵明渊淡淡道："我们能理解各位师父的心情。"

"住持，我想去看一下我的车夫现在怎么样了。"乔昭道。

得到住持点头，乔昭二人向客房走去。

客房的门紧闭，里面却亮着灯光。

乔昭拍了拍门，里面立刻传来冰绿的声音："别敲了，我是不会放你们这些秃驴进来的！"

"冰绿，是我。"

门猛然打开，冰绿拎着一把椅子眼都红了："姑娘，可算见到您与邵将军了。"

"晨光怎么了？"乔昭问。

冰绿把椅子放下，警惕瞪了陪乔昭二人前来的僧人一眼，怒道："晨光没事，是这些臭和尚，刚刚在外面把门拍得震天响，喊打喊杀的。婢子死死抵着门没给他们开。"

一同前来的僧人不乐意了，双手合十一礼："阿弥陀佛，女施主误会了，刚才

· 259 ·

我们寺中发生了命案，本来是想找二位施主问问情况的。"

冰绿冷哼一声："晨光昏迷不醒，我只是个姑娘家，你们来问什么情况？分明就是不怀好意，想把杀人的罪名胡乱安在我们头上。"

小丫鬟说到这里，上前挽住乔昭手臂："姑娘，婢子刚刚没开门，做得对不对？"

乔昭伸手捏捏小丫鬟脸颊："挺好。"

在情况不明又无能为力的时候，避开确实是最好的选择。

"我去看一下晨光。"乔昭对邵明渊说完，抬脚走了进去。

邵明渊立在门口，看着少女俯身替晨光检查。她抬手摸了摸晨光的额头，又摸了摸自己的，而后又抓起他的手腕诊脉。

邵明渊就这么静静看着，眸光渐渐深沉。

冰绿看看乔昭又看看邵明渊，越发困惑。

乔昭检查完，扶起晨光上半身，吩咐道："冰绿，倒一杯温水来。"

冰绿应了，立刻倒了一杯水过来。

乔昭接过来，把水杯凑到晨光唇畔，温声道："晨光，喝点水。"

晨光没有什么反应。

"帮我撑着他点儿。"乔昭对冰绿道。

冰绿依言照做。

"晨光，你听得到我说话吗？张嘴喝水。"

晨光嘴唇动了动，倒进去的水顺着嘴角流出大半。

邵明渊原本要上前帮忙的，可见到如此情景脚下却像生了根，无法挪动一步。

那一夜，他昏睡不醒，黎姑娘是怎么把药喂下去的？

乔昭拿帕子替晨光擦了擦嘴角，松口气："还好能喝下去一点，冰绿，记得每隔半个时辰就这样喂一次，无论能喝多少都好。"

"婢子知道了。"

乔昭起身走到邵明渊面前："邵将军，咱们出去吧。"

邵明渊黑湛湛的眸子一动不动地盯着少女淡粉色的唇。

他这是看哪儿呢？乔姑娘皱皱眉，疑惑地问道："邵将军？"

邵明渊回神，轻咳一声："走吧。"

没等乔昭回答，他便率先转过身，大步流星走了出去。

乔昭一头雾水，摇摇头赶紧跟上。

这人腿太长，步子太大，再不跟上去又被甩到天边去了。

这个夜晚，对大福寺的僧人来说注定是个难眠夜，各处全都亮起了灯，连树上沉睡的鸟儿都被这番动静惊醒，扑棱着翅膀找清净地方去了。

首座和尚的尸体依然在他的屋子里。得到住持允许，邵明渊由住持陪着一起进去查看。

首座和尚的致命伤在后心。

"住持，在下认为，杀害首座的就是寺中僧人。"

邵明渊这话一出，立刻引来众僧侧目。

领头僧人怒道："侯爷认为，疏影庵的师兄们还有首座是我们寺中弟子杀的？您这样说可有证据？"

邵明渊看他一眼，不紧不慢道："当然只是推测。"

"侯爷的依据是什么？"住持问。

邵明渊伸手一指："住持您看，首座屋内摆设没有丝毫凌乱，这证明他没有与凶手展开搏斗，而是在毫无防备之下被人杀害的。"

"这又能说明什么？首座当时在熟睡，自然是毫无防备。"

"不，首座当时起身了，而且是他亲自把凶手迎进屋来。"乔昭接口道。

"不可能，我们当时进来就看到首座趴在床上的。"众僧纷纷反驳。

乔昭看向邵明渊，邵明渊冲她微微一笑，示意由她来说。

乔昭也不客气，不疾不徐问道："诸位师父进来后，有没有挪动过首座师父？"

"没有，确定首座已经没有气息后就一直保持着这个样子。"

乔昭笑笑："所以这不是十分明显的事吗，首座整个人都是在这床薄被上面的，这说明是他遇刺后被凶手放到床上去的。"

"还有伤口的角度。"邵明渊补充道，"如果首座当时是趴着睡觉遇刺，伤口刺入的角度不应该是这样的，而是斜向下。这个伤口角度，是凶手从背后刺入才能造成。"

众僧面面相觑，一人问道："那又如何证明凶手是首座迎进来的？"

"窗是关着的，首座既然是被人用利器刺入后心口，只能是他给那人开了门，转身往里走时遇害的。"邵明渊环视众僧一眼，"这说明，首座对凶手很信任。"

这话一出，众僧都神色凝重起来。他们也不傻，当然知道邵明渊分析得有道理。夜半时分，若不是信任的人，怎么会开门让他进来呢？这正说明了凶手是寺中僧人无疑。而这个认知，让在场众僧都心情沉重起来。

"空云，召集寺中所有弟子在殿中集合。"住持吩咐道。

领头和尚空云应一声是。

不久后，浑厚的钟声在山寺间回荡不绝。

寺中熟睡的僧人全都惊醒，匆忙披上僧衣赶往大殿。

邵明渊与乔昭作为局外人，一直默默旁观。

"困了吗？"邵明渊忽然侧头问。

夜色中，少女眼睛明亮，轻轻摇了摇头："怎么可能睡得着？"

"放心，那人没有沉住气，反而把自己暴露了，很快就会水落石出。"

"是呀，就是不知道师太如何了。"乔昭遥遥看了住持一眼。

住持似有所感，冲二人微微颔首。

在住持的安排下，所有僧人不分长幼，分成数队一间间地搜查所有人的住处，大福寺里亮如白昼，直到天色亮起来，灯笼才熄灭了。

众僧回到大殿集合，一无所获。

领头僧人空云道："住持，所有弟子住处已经搜查过了，并无任何异常之处。我看还是请黎姑娘的车夫与丫鬟出来，问个清楚吧。"

"师父何不再等等？"

"还等什么？侯爷说凶手是我寺中僧人，可到如今没有发现任何异常，而那两个人却有诸多疑点。他们即便不是凶手，也定然与凶手有关系。"

"是有关系，我的丫鬟看到了猎户同伴的样子。"乔昭忽然道。

众僧吃了一惊，领头僧人空云更是面色陡然严厉起来："既然如此，黎姑娘为何不早早说出来？"

乔昭笑了笑："早早说出来，让真正的凶手杀人灭口吗？"

"那就请那位女施主出来指认凶手吧。"空云冷声道。

乔昭没有接话，侧头去看住持。

住持沉声道："大家少安毋躁，再等等吧。"

"住持还要等什么？"空云不解问道。

住持笑而不语。

两刻钟后，一位年轻僧人走进来，附在住持耳边低语几句。住持连连点头，面露喜色。

等年轻僧人说完退至一旁，住持环视众人一眼，笑道："师太已经找到了。"

"师太找到了？"众僧面面相觑，俱是一脸惊讶，纷纷问道，"住持，师太在什么地方？如何找到的？"

他们这些人一直在搜查每个人住处，住持什么时候命人去找师太了？

众僧不由看向年轻僧人，这才恍然：先前住持的小弟子静虚一直没有出现过，只是因为静虚年纪轻、资历低，无人留意。

"空云，现在你可以说说看，为何会掳走师太、杀害首座了吧？"住持看着空云突然问道。

这话一出，好似一道惊雷落在众僧头上，所有人忍不住往旁边一退，把空云显露出来。

空云一脸震惊："住持这话是什么意思？弟子听不懂！"

"静虚，你告诉空云，师太是在何处发现的？"

静虚冲住持一礼，朗声道："师太是在谷米库房发现的。"

众僧看向空云的眼神多了几分异样。

空云依然面不改色："弟子虽然是管理库房的副寺，可师太在库房被发现并不能说明就与弟子有关。"

住持神情凝重，看着空云摇头叹息："昨夜冠军侯与黎姑娘离开前去了我那里，描述了凶手最可能的样子——瘦小、半路出家以及有随时外出而不引人怀疑的差事。"

"符合这些的弟子不在少数。"

住持深深看空云一眼，平静问："若再加上多年前很可能以难民或乞儿的身份险些饿死在山脚下呢？"

空云面色一僵。

住持长叹一声："我命弟子连夜翻看名册，二十年来符合这一点的弟子不超过七人，而这七人中又同时符合那三点的，便只有你。"

空云失笑："所以住持早就怀疑弟子了吗？可是仅凭两名外人的胡乱猜测，就要给弟子定罪吗？"

"信海——"

另一名中年僧人走上前来，手中捧着一个托盘，托盘上放着折叠好的衣裳。

看到托盘上的衣裳，空云面色一变。

"这是从空云师兄房间中搜查出来的香客衣裳，上面还有血迹。"

住持深深看着空云："空云，你还有什么话说？"

空云盯着住持，神色变幻莫测，许久后长叹道："原来住持演了一场好戏，集合寺中弟子由我领头四处搜查，就是为了不让我有时间处理血衣吧？"

"把空云拿下。"住持背过身去。

早已候在一旁的武僧立刻围住空云。

"晚了……"空云勉强说出这句话，嘴角有乌黑的血流下来。

早在看到静虚出现的那一刻，他就已经咬破了牙齿中藏的毒囊。

空云眼睛瞪着上方，喃喃道："我真后悔——"

若是没有因为当年的一饭之恩而心软求同伴留下静翕的性命，是不是就不会留下破绽让人怀疑到他身上呢？

空云眼睛瞪得大大的，已经气绝。

众人听了他最后没说完的话，却永远也猜不到他后悔的究竟是什么了。

"阿弥陀佛——"住持长叹一声，"静虚你带路，我们去看看师太如何了。"

乔昭见到无梅师太时，无梅师太倚靠着枕头，神情虚弱，目光却是平静的。

"你们来了。"无梅师太牵了牵唇角，"住持师兄，我想和黎姑娘单独说说话。"

住持点点头，与邵明渊等人一起退出去。

室内只剩下无梅师太与乔昭。

"师太，您觉得怎么样？我替您把脉可好？"

无梅师太笑笑："贫尼没有受虐待，只是一直没吃东西。"

"那我去给师太做些清粥小菜吧。"

"不急。"无梅师太拦住她，淡淡问道，"吓到了吧？"

"是挺怕的，更担心您的安全。"乔昭坦然道。

到现在，她都清晰记得察觉背后有人时的不寒而栗，还有被凶徒控制住时的绝望。

"连累你了，还好你没事。"

"师太——"

无梅师太收回目光，望向雪白的墙壁："我知道你有很多话要问，不过这些事不是你一个小姑娘该过问的。好孩子，下山后把这些都忘了吧。"

"师太的意思是——"乔昭心中一动。

无梅师太目光平静地笑笑："疏影庵只剩下贫尼与静斋，贫尼不打算留在疏影庵了，以后你就不必来了。"

乔昭有些意外，沉默了片刻问："那以后，谁陪师太抄写经书呢？"

她与无梅师太相处了短短数月，在那间小小的静室中，无梅师太诵经文，她抄佛经，不知不觉大半日就过去了。每七日一次心无旁骛地抄写经文，何尝不是让她一颗在煎熬中浮躁的心沉淀下来呢？

如果说一开始乔昭接近无梅师太有着自己的盘算，那么现在她确实有几分不舍。

"傻孩子，以前那么多年都无人陪着贫尼抄写经书。缘聚缘散，不必太在意。"

"那我以后还能见到师太吗？"乔昭问。

她总觉得无梅师太决意离开疏影庵不是这么简单。

"或许能，或许不能，谁知道呢。贫尼饿了，你去给我熬一碗粥喝吧。"

乔昭把沉香佛珠拿出来："师太，您的佛珠。"

无梅师太没有接："这串佛珠就送给你吧，希望能保你平安。"

"多谢师太。"乔昭知道无梅师太不喜推搡，收下佛珠退了出去。

邵明渊等在门外。

"住持，师太让我给她熬粥，不知厨房在哪里？"

"静虚，领黎姑娘去厨房。"

邵明渊跟上去："黎姑娘，我和你一起去。"

这个时辰大福寺的厨房里空荡荡的，乔昭熬上粥，坐在一旁的小机子上出神。

"师太是不是什么都没说？"

"对。"乔昭回过神来，拨弄了一下柴火，轻声道，"师太要离开疏影庵了，所以以后我也不必来了。"

"不来也好。"

乔昭停下手中动作,看向邵明渊。

邵明渊从乔昭手中接过火钳,淡淡道:"这次的事,或许只是个开始。"

"邵将军为何这么想?"

邵明渊笑笑:"大概是直觉吧。树欲静而风不止,那名猎户和空云和尚蛰伏了那么多年,背后势力没有得到所求之物岂会善罢甘休?"

"是呀。"乔昭叹气。

刚才在无梅师太面前,她甚至没想过问那两名凶徒要找的是什么东西,因为她知道,即便问了无梅师太也不会说的。

"这个事情对无梅师太等人来说只是刚刚开始,但对黎姑娘来说却是到此为止了,这样未尝不是好事。"

"嗯。"乔昭点点头。

好奇心人人都有,但更多的时候需要学的是控制住这份好奇。

"黎姑娘,其实你可以考虑教会我的亲信针灸祛毒,那样的话就不必麻烦你每天都过去了,我保证亲信学会后不会传给任何人。"

乔昭斜睨了身边的男人一眼,险些气乐了。

搞了半天重点在这里,他还没放弃让人跟着她学针灸呢!

"所以邵将军是打算过河拆桥吗?"乔姑娘冷冷问。

那天晚上这混蛋把她当被子盖了一宿,现在跟她说这个?

"不,黎姑娘误会了,在下只是觉得太麻烦你了。"

"我不嫌麻烦。"乔姑娘直接堵了回去。

邵明渊张了张嘴,最终发现实在不知道该怎么解释,干脆不吭声了。

"粥好了。"乔昭起身把粥盛出来,留了一碗在厨案上,端着粥出去时回头道,"邵将军把那碗粥喝了吧,等我把粥送去后回竹屋给你针灸。"

邵明渊盯着冒着热气的粥出了会儿神,端起来喝了一大口,随后一张俊脸憋成了猪肝色。

烫死了!

疏影庵的凶案以无梅师太的闭口不言做了尾声。

乔昭与邵明渊回到竹屋,替他针灸后终于熬不住了:"我去睡一下,若是有事邵将军就喊我。"

"好。"等乔昭走后,邵明渊睡了一个时辰左右便醒过来,推门走出去。

一只灰色鸽子落在他脚下。

他取出鸽子携带的纸条,展开看过后,把纸条碾碎了丢进风里。

乔昭一直睡到晌午才醒过来,头重脚轻地走出去,屋外的人立马转过身来。

"邵将军没有休息吗？"

昨夜可算惊心动魄，此刻大福寺的僧人们恐怕都在补眠。

"睡过了。"邵明渊指指放在磐石上的木盆，"接的泉水，黎姑娘洗把脸吧。"

"谢谢。"乔昭有些意外，面上却没有流露出来，俯身掬起泉水洗了把脸，头重脚轻的感觉一下子没了，顿时神清气爽。

邵明渊递了一杯茶过来。

乔昭抬眸看他。

"烧开了泉水泡的。"

"谢谢。"乔昭再次道谢。

邵明渊坐下来："又收到了山外的消息。"

乔昭握住茶杯没有动。

邵明渊声音压得很低："我让属下查了明康五年有什么大事。"

乔昭心中一动。明康五年——她以为他会等出去后再调查的，没想到已经开始着手查了。

"明康五年有两件大事。"没等乔昭问，邵明渊便低声讲给她听，"第一件，是北征将军靖远侯因通敌罪被判满门抄斩。"

乔昭听了心中莫名一颤，问道："第二件呢？"

"第二件还发生在靖远侯被判通敌罪之前，明康五年年初，肃王反了。"

"肃王？"乔昭仔细想了一下，喃喃道，"岭南之乱？"

邵明渊扬眉："黎姑娘也知道岭南之乱？"

岭南之乱之后的二十年，几乎无人提及这段仅维持了不足三个月的叛乱。他也是见到信鸽带来的讯息才隐约有了点印象，却已经忘了这点模糊印象究竟是从哪本书上看到的，还是听人无意中提起的了。

"曾经看过一本野史，上面隐晦提过一句。"

"虽然说无梅师太那年下山应该和这种大事扯不上关系，但明康五年确实是个很特殊的年份。"

"邵将军还打算继续往下查吗？"

邵明渊笑笑："先查查看吧。对了，山路这几日就能通了。"

"希望能早些通路，家里人该等急了。"

数日后，随着一阵欢呼，山路终于通了。